Für Claudio und Piedad.
In memoriam.

Das Wasser kehrt zurück in sein Bett, ein jeder Buchstabe in seinen Kasten und der Friede in die Herzen. Und so ist es gut.

Camilo José Cela, *Viaje a la Alcarria*

STATT EINES PROLOGS

19. März 1937. Bei Trillo (Guadalajara)

Der Flüchtling kauert in einem schmalen schlammigen Erdloch, ausgehoben mit den eigenen Händen, die eigentlich keine andere Arbeit gewohnt sind, als Berichte auf dem Schreibtisch seines Büros zu stapeln. Unter den Zweigen einer Steineiche verbirgt er sich vor den in der Ferne dröhnenden Bomben.

Der Mann ist schlimmer verwundet, als ein aus nächster Nähe abgefeuerter Schuss, ein Schrapnellgeschoss oder die stärkste Druckwelle es jemals vermögen würden; seine Wunde ist so groß, dass der Feind seine Faust hineinstecken und ihm das Herz herausreißen könnte.

Dieser Verräter hat den Krieg nicht ertragen, weil er nicht zum Kämpfen geschaffen ist, weil ihm der Mut fehlt. Und so hat er der Front von Guadalajara – dem Vorhof der Hölle – den Rücken gekehrt, wohl wissend, dass er nie mehr derselbe sein wird wie zuvor.

»Álvaro, Liebster, wir dürfen dieser Schande nicht tatenlos zusehen. Du musst dein Vaterland vor Gott und den Menschen verteidigen. Tu es für mich, da ich nun einmal nicht kämpfen kann!«, hatte seine Frau kurz nach Francos Erhebung zu ihm gesagt. Tagelang hatte sie an einem Skapulier gestickt, das sie ihm dann zum Schutz vor feindlichen Kugeln an die Uniform heftete, und für Spanien zum Herz Jesu gebetet, als sie wie so viele andere Frauen im Salon ihrer gutbürgerlichen Wohnung von ihrem Mann Abschied nahm.

Er verbiss sich die Tränen, streichelte ihren Bauch und küsste in Gedanken sein ungeborenes Kind. »Die ganze Familie wird stolz auf dich sein«, verkündete seine Schwiegermutter, während der Rosenkranz unermüdlich durch ihre Finger glitt, denn sie war es gewohnt, selbst beim Sprechen zu beten.

»… Brüder, schließt euch nun zu heil'gem Bunde,
schart euch um das Banner alter Tradition,
denn es naht nach schwerem Kampf die Stunde,
da zuteil uns wird der Mühen Lohn,
und die roten Mützen siegreich gen Madrid marschieren.«

Der Deserteur hebt den Kopf von den angewinkelten Knien und sieht sich um, um sich zu vergewissern, dass er immer noch allein ist, dass niemand außer ihm in Richtung Osten geflohen ist. Fahnenflucht ist eine unwürdige Angelegenheit, da will man keinen anderen Feigling als Reisegefährten.

Er kann sich nicht erinnern, dass je zuvor ein März so kalt und rau gewesen wäre, aber der Krieg hat selbst die Jahreszeiten durcheinandergebracht, und so zieht er sich die Felljacke fester um die Schultern. Erst heute Morgen hat er sie bei einem Schäfer eingetauscht. Plötzlich standen sie voreinander, der Alte mit seinen dürren Schafen und der halb verhungerte Soldat, hatten schweigend die Angst des anderen gemessen, und als sie merkten, dass sie einander nichts zuleide tun wollten, waren keine großen Erklärungen nötig gewesen: Jeder hatte seine Schätze gezeigt, und das Tauschgeschäft ging ohne viele Worte vonstatten.

Der Bauer bekam den Uniformmantel des faschistischen Soldaten, tonnenschwer vom am unteren Saum klebenden Lehm, und das goldene Medaillon, das der Deserteur sich wehen Herzens vom Hals riss und lange küsste, ehe er es hergab. Nachdem er ein paar Krümel trockenes Brot mit Schweinefett gegessen hatte, hatte er die alten Kleider des Schäfers angezogen und das khakifarbene Hemd im Lagerfeuer verbrannt.

Endlich scheint der Regen nachzulassen. Der Soldat schiebt die Zweige beiseite und dehnt die tauben Muskeln. Er ist groß und kräftig, wirkt eher wie ein Mann der Tat als wie ein Stubenhocker, aber sein Aussehen trügt.

Seine mit Blasen bedeckten Füße schmerzen in den durchnässten Stiefeln, aber er darf nicht länger ausruhen, weil er noch vor Anbruch der Nacht Trillo erreichen muss. Dort halten sich einige Deserteure versteckt, die niemand fragt, von welcher Seite sie kommen, und wenn er dort nicht bleiben kann, wird er morgen weiterziehen nach Sacedón, wo es ein Krankenhaus gibt, in dem angeblich auch keine Fragen gestellt werden. »La Isabela« heißt es, soviel er weiß.

Dicht neben ihm schimmert durch das Unterholz eine gelbe Borte; er streicht sacht darüber, dann beschließt er, sein Requetébarett in diesem Erdloch zu lassen. Andere Erinnerungen jedoch lassen sich nicht so leicht begraben, und während er sich auf den Weg macht, streichen seine Finger in der Tasche zärtlich über das abgegriffene Foto seiner Frau.

Sonntag, 12. Juni 1988, Madrid

Das Laken klebte an ihm, und die Berührung mit dem Stoff schmerzte, als wäre sein Körper eine einzige offene Wunde. In gewisser Weise war es auch so, denn seine Seele litt, und eine tiefe Niedergeschlagenheit raubte ihm den Schlaf.

»Álvaro« – die Stimme seiner Frau ließ ihn auffahren –, »du solltest zum Arzt gehen. Nicht jeder kann seine Trauer ohne fremde Hilfe bewältigen.«

Sie umarmte ihn, um ihn über den Verlust der Mutter hinwegzutrösten.

»Keine Sorge, das geht schon wieder vorbei.« Mit einem tiefen Seufzer setzte der Mann sich auf und schlug die Bettdecke zurück. »Sag mal, ist es nicht sehr heiß hier drinnen?«

»Warum schaltest du nicht die Klimaanlage ein?«

»Ich stehe auf.«

»Wollen wir nicht ein bisschen reden?«

»Nein. Schlaf ruhig weiter, Schatz.«

Er küsste sie flüchtig, mit geschlossenen Lippen, um nicht in Versuchung zu geraten, sein Geheimnis preiszugeben.

Denn wie sollte er ihr erklären, was er in der Wohnung seiner Mutter gefunden hatte, wenn er es selbst nicht verstand? Seit diesem Fund stand Álvaro de Llanos Leben still. Und er war immer kleiner geworden, geradezu winzig, ein ungeborenes Kind, weil sein ganzes bisheriges Leben ihm in dieser Situation nicht weiterhalf.

Er machte sich einen Whisky on the Rocks und schloss sich in seinem Büro ein. Mit zitternden Händen holte er den Umschlag aus seiner Aktentasche und zog den Zettel hervor, den er schon unzählige Male gelesen hatte. Und wie schon am Morgen fühlte er wieder den Stich in der Magengrube.

Álvaro de Llanos Mutter war zehn Tage zuvor gestorben. Zuletzt war sie so verwirrt gewesen, dass sie ihren einzigen Sohn nicht mehr erkannte. Allerdings hatte die Entfremdung zwischen ihnen schon vorher begonnen, als die alte Frau sich mehr und mehr in sich selbst zurückgezogen und der Kirche zugewandt hatte. Und er war allein zurückgeblieben, entwurzelt, so verloren, wie man es nach dem Tod beider Eltern nun einmal ist.

Das Ordnen der ausgedienten Habseligkeiten der alten Frau hatte ihm gutgetan, bis er im Stauraum über dem Schlafzimmer auf etwas Unerträgliches gestoßen war.

»Ich hab's dir ja gesagt: Ich hätte mitkommen sollen«, rief seine Frau aus, als er, verstört und erschreckend bleich, nach Hause kam. »Du musst das nicht alleine durchstehen!«

Er wusste nicht, was er darauf erwidern sollte, und ließ sich einfach auf das Sofa sinken, während ihm das Geheimnis in der Jackentasche brannte.

Als er in den Stauraum hineingekrochen war, um in der Vergangenheit zu wühlen, hatte Álvaro eigentlich nur Inventur machen wollen – der erste Schritt der Lebenden, die Toten zu vergessen. Mühsam hatte er die Kisten voller vergilbter Wäsche und einige Koffer mit alten Kleidern heruntergezerrt, als er ganz hinten ein Pappköfferchen entdeckte, das mit schwarzer Schnur mehrfach eng umwickelt war.

Diesen Koffer hatte er nie zuvor gesehen. Er legte ihn auf das Bett seiner Mutter und versuchte erfolglos, die Knoten zu lösen. Eine Vorahnung sagte ihm, dass sich darin etwas verbarg, was sein Leben verändern würde, und so überwand er seine Skrupel und durchtrennte die Schnur zuletzt mit dem Messer.

Im Inneren entdeckte er ein Durcheinander alter Blätter – einige lose, zerknittert und in üblem Zustand, andere von verblichenen Bändern zusammengehalten, Postkarten, Fotos, geblümte Messingdöschen, Heiligenbilder und ein wenig wertlosen Schmuck. Es dauerte eine ganze Weile, bis Álvaro die Erinnerungsstücke sortiert hatte, und mit der Zeit langweilten ihn die Phrasen in den Schriftstücken; seine Hoffnung schwand, das zu finden, wonach er so sehnlich Ausschau hielt.

Denn mehr als nach seiner Mutter suchte er nach seinem Vater. Jedes Foto durchforstete er nach vertrauten Gesichtszügen, in jedem Buchstaben, jedem Lebewohl suchte er nach der Spur des Mannes, der vor seiner Geburt gestorben war und von dem ihm seine Mutter nur ein blasses, verschwommenes Bild übermittelt hatte.

In einem Pillendöschen fand er eine kastanienbraune Locke und stellte sich vor, sie möge von seinem Vater stammen. Darunter lag ein Bündel Briefe, geschrieben in blassblauer Tinte in der Handschrift seines Vaters, und er überflog sie hastig, in der Hoffnung, dass darin von Liebe die Rede sei. Als er sie herausnahm, verfing sich eine Haarnadel in den anderen Blättern und riss sie mit heraus, sodass sie auf der Decke landeten, die die Mutter in den langen Stunden ihres frühen Witwendaseins gehäkelt hatte.

Ein an sie adressierter Brief fiel ihm ins Auge, weil er sich von allen anderen unterschied. Der Umschlag war etwas größer als normal und in der Mitte gefaltet. Er trug keine Briefmarke, war also offenbar nicht auf dem normalen Postweg zu seiner Mutter gelangt, und als Absender war der Name eines Mannes angegeben. Allerdings war der Brief merkwürdigerweise noch verschlossen, als sei er nach seiner Aushändigung nicht gelesen worden.

Der Umschlag war so fest verklebt, dass es Álvaro einige Mühe und Geduld kostete, ihn zu öffnen. Als es ihm schließlich gelungen war, fand er darin einen weiteren Umschlag. Er trug weder Absender noch Empfänger, aber auf der Rückseite seltsame, verschnörkelte Initialen, geschmückt von einer Krone, und war leichter zu öffnen als der erste.

Als Álvaro sah, was er enthielt, begann sein Puls zu rasen. Eines war ein altes Foto, das zwei Männer Arm in Arm vor einem imposanten Gebäude zeigte. Beide waren hochgewachsen, der eine schlank, der andere etwas kräftiger und in einen dicken Pelzmantel gehüllt, und beide schauten geistesabwesend in die Kamera, ohne zu lächeln. Álvaro glaubte, in dem zweiten die Gesichtszüge seines Vaters zu erkennen. Aufgrund des Haarschnitts vermutete er, dass das Foto aus derselben Zeit stammte wie andere Bilder, auf denen sein Vater sich feierlich in Militäruniform hatte ablichten lassen, bevor er an die Front ging.

Das zweite Dokument war ein unvollendeter Brief an seine Mutter:

Meine Liebste,

bitte verzeih mir, wenn ich nicht die richtigen Worte finde, um Dir den Schmerz zu ersparen, den Dir diese Beichte bereiten wird, und alles etwas wirr klingt …
Wie Du siehst, bin ich noch am Leben, aber der Mann, an den Du denkst, ist tot, denn der Mut, den Du mir stets verliehen hast, hat mich eines unglückseligen Tages

verlassen, und seither bin ich unablässig auf der Flucht vor mir selbst. Der Krieg ist nicht so, wie wir dachten. Nichts ist, wie wir dachten, Liebste.
Es mag Dich über die Schande meiner Fahnenflucht hinwegtrösten zu wissen, dass ich an einem sicheren Ort bin, in einem ruhigen Sanatorium, wo Körper und Seele genesen können.
Ich denke immer an Dich und daran, wie schön es sein wird, Dich wieder in die Arme zu schließen. Und an unseren Sohn, der …

Hier endete der Brief; die Unterschrift fehlte. Er schien weniger eine Nachricht zu sein als vielmehr eine Bitte um Verzeihung, eine hastig hingekritzelte, unerwartet unterbrochene Beichte. Doch die großen Geheimnisse, dachte Álvaro, lassen sich sowieso nie mühelos berichten. Das Briefpapier wies die gleichen Initialen auf wie der Umschlag, dazu in altmodischen Lettern einen Namen: Real Sitio de La Isabela.

Wer hätte schon schlafen können, nachdem er erfahren hatte, dass sein Vater nicht etwa im Krieg gefallen war, sondern mit seinem Gewissen einen viel schwereren Kampf ausgefochten hatte als an der Front?

Die Tatsache, dass der Brief in einem verschlossenen Umschlag gesteckt hatte, ließ vermuten, dass seine Mutter ihn nicht hatte öffnen wollen; wenn sie ihn aber so streng geheim gehalten hatte, musste sie seinen Inhalt nur allzu gut gekannt haben. Und das bedeutete … Der bloße Gedanke, dass er mit einer Lüge aufgewachsen war, in dem Irrglauben, sein Vater wäre ein Kriegsheld gewesen, während er in Wirklichkeit ein Feigling gewesen war, nahm ihm den Schlaf. Und in dieser Nacht hasste er seine Mutter so sehr, wie man nur jemanden hasst, der einem einen Teil seines Lebens rauben will.

Um drei Uhr morgens beschloss Álvaro de Llano nach mehreren Gläsern Whisky, während er den Umschlag in den Händen hin und her drehte, der Spur des Absenders zu folgen: Manuel Cañamate Fanjul. Denn nicht umsonst war er Journalist und stellvertretender Leiter einer der führenden Tageszeitungen des Landes.

»Die französische Botschaft hat angerufen, um zu fragen, ob du am Empfang zum 14. Juli teilnimmst«, empfing ihn seine Sekretärin, kaum dass er die Redaktion betreten hatte.

»Das ist noch über einen Monat hin, die sollen mich bloß in Ruhe lassen«, brummte er übellaunig, noch halb benebelt von der schlaflosen Nacht.

»Sie müssen es fürs Protokoll wissen. Außerdem hat der Pressechef des Ministers …«

»Stell mir jetzt keine Anrufe durch, okay?« Und er schlug ihr die Tür vor der Nase zu.

Er schloss sich in dem gläsernen Büro ein, entmutigt von seinem Besuch bei der auf dem Absender angegebenen Adresse. Gleich am Morgen hatte er sich, reichlich verkatert, zur Calle del Buen Suceso 15 begeben, dem einzigen Hinweis auf Manuel Cañamate, aber als er gesehen hatte, dass das Gebäude zu modern für die Nachkriegszeit war, ahnte er bereits, dass er enttäuscht würde. Im Treppenhaus hatte er die Namen der Hausbewohner an den Briefkästen studiert.

»Wen suchen Sie denn?«, wollte ein junger Mann in Portiersuniform wissen.

Álvaro nannte ihm den Namen, aber der Portier schüttelte den Kopf und erklärte ihm, dass im Haus hauptsächlich junge Paare lebten, die sich nach der Renovierung des Gebäudes Anfang der Achtziger hier eine Wohnung gekauft hatten.

»Ich bin erst seit einem Jahr hier, und diesen Namen habe ich noch nie gehört. Im sechsten Stock wohnt eine alte Dame, aber die heißt anders, und der Name ihres Mannes ist Pedro. Ich glaube, die haben vorher schon hier gewohnt.«

Im Grunde überraschte es Álvaro nicht, dass er nicht fündig wurde. Am Abend zuvor hatte er im Telefonbuch nachgeschlagen, aber in ganz Madrid keinen Manuel Cañamate Fanjul entdeckt. Andererseits bedeutete die Tatsache, dass kein Telefonanschluss mit diesem Namen existierte, ja nicht unbedingt, dass der Mann nicht in dieser Stadt lebte.

Er machte es sich in seinem Bürosessel bequem und begann mit der Suche. Bei den Wasserwerken sagte man ihm, dass man nie einen Kunden namens Manuel Cañamate Fanjul gehabt habe. Er versuchte es bei den Gaswerken und schließlich bei den Elektrizitätswerken, mit gleichermaßen entmutigendem Ergebnis. Der Mann, den er suchte, schien nie existiert zu haben.

»Azu, ruf Pepe Ramírez von der Polizei an«, bat er seine Sekretärin, und schon wenige Minuten später vernahm er das vertraute: »Ich stelle durch.«

»Wenn du mich wieder wegen dieser Geschichte mit Emiliano Revilla löchern willst, lass dir gleich gesagt sein, dass ich nicht mehr darüber weiß als du«, warnte ihn die Stimme am anderen Ende der Leitung.

»Ja, Ramírez, ich liebe dich auch. Keine Angst, darum geht es diesmal nicht: Ich möchte dich bitten, für mich einen Typen namens Manuel Cañamate Fanjul aufzutreiben.«

»Ein Straftäter?«

»Ich glaube nicht, aber ich muss wissen, wo ich ihn finden kann.«

»Vorstrafenregister?«

»Zurzeit weiß ich nicht mehr als seinen Namen.«

»In Ordnung, ich rufe dich gleich zurück.« Sein Gesprächspartner, der in Wirklichkeit gar nicht Ramírez hieß, sondern diesen Namen aus Sicherheitsgründen trug, legte auf.

Nach ein paar Minuten, die ihm endlos erschienen, verband ihn seine Sekretärin wieder mit dem Polizeipräsidium.

»Ich stelle durch, Chef.«

»Pech gehabt, Alter! Der Knabe ist tot und hat offenbar keine näheren Angehörigen; er war Junggeselle. Manuel Cañamate Fanjul ist am 5. Juli 1981 in Madrid gestorben. Du kommst sieben Jahre zu spät.«

Es blieb still, während Álvaro vor sich sah, wie sich ihm eine Tür nach der anderen verschloss.

»Bist du noch dran?«

Álvaro riss sich zusammen. »Welche Adresse ist denn als letzter Wohnsitz angegeben?«, fragte er.

»Calle del Buen Suceso 15, zweiter Stock. Es war eine Pension, wohl eine dieser alten Wohnungen, die zimmerweise an Dauergäste vermietet wurden.«

»Wie hieß die Pension?«

»Mal sehen, ob hier was steht. Ah, da ist es ja: Gästehaus La Isabela.«

Noch am selben Nachmittag kehrte Álvaro in den Stadtteil Argüelles zurück. Denn dort, in der Wohnung im sechsten Stock der Calle del Buen Suceso 15, lebte die alte Dame, die ihm vielleicht weiterhelfen konnte. Misstrauisch öffnete sie ihm nur einen Spaltbreit, sodass das Gespräch durch die Tür stattfand.

»Eine Pension, sagen Sie? Na ja, eigentlich hat die Inhaberin einzelne Zimmer untervermietet, um die Wohnung halten zu können. Die war nämlich riesig, ging über das ganze Stockwerk, wissen Sie? Cañamate – und weiter? Der Name sagt mir nichts, aber das muss nichts heißen, die Leute lebten sehr zurückgezogen. Meine Mutter kannte sie besser, die ist hiergeblieben, als ich anderswo Arbeit gefunden habe und wegging, aber sie ist tot. Ja, die alte Dame, der die Wohnung gehörte, lebt noch, glaube ich. Warten Sie mal.« Die Tür fiel zu.

Kurz darauf war die Frau zurück und schob ihm einen hastig aus einem Block gerissenen Zettel mit einem Namen und einer Anschrift ganz in der Nähe durch die Tür.

»Ich weiß noch, dass sie keine der Wohnungen haben wollte, die die Wohnungsbaugesellschaft uns angeboten hat, weiß der Teufel, warum.«

Die Frau schien einem Plausch nicht abgeneigt, aber Álvaro wollte nun so schnell wie möglich zum Paseo de Rosales, und so streckte er der Frau zum Abschied die Hand hin, was diese sichtlich verwirrte.

»Ein hübscher Name, nicht wahr? So vornehm: Amada Montemayor. Ja, so würde ich auch gern heißen …« Und sie blieb noch eine Weile vor sich hin schwatzend in der halb offenen Tür stehen.

Die kunstvolle Hochfrisur, zu der Amada Montemayors weißes Haar aufgesteckt war, wirkte ebenso vornehm wie ihr Name. Die Frau, die ihn auf der Schwelle ihrer Wohnung empfing, war schlank, hielt sich kerzengerade und schien trotz ihres Alters noch agil. Sie strahlte die reife Schönheit eines Menschen aus, der eine große glückliche Liebe erlebt hat.

Als Álvaro seinen Namen nannte, kreuzte sie schützend, fast furchtsam die Arme vor der Brust, als wolle sie wohlgehütete, im Laufe der Jahre größer und größer gewordene Lügen wahren.

Seine Arbeit als Journalist hatte ihn gelehrt, dass Worte

bisweilen die besten Absichten zunichte machen, deshalb sagte er nichts weiter, sondern zog einfach den Umschlag aus seiner Aktentasche und hielt ihn ihr hin. Sie beäugte ihn zögernd, drehte ihn um, und als sie den Absender sah, gab sie ihn ihm so hastig zurück, als hätte sie sich daran verbrannt.

»Ich kenne den Mann nicht. Ich weiß nicht, was Sie wollen, aber ich habe jetzt keine Zeit, mit Ihnen zu reden.« Sie war eine schlechte Lügnerin.

Der durchdringende Blick, mit dem sie ihn musterte, machte Álvaro noch deutlicher, dass er unbedingt mit ihr sprechen musste. Noch bevor die Frau nach ihrer schroffen Weigerung die Tür schließen konnte, zog er die Fotografie und den Brief aus dem Umschlag. Weil er nicht wusste, welcher der beiden Funde ihm hier bessere Dienste leisten würde, gab er ihr einfach beides.

»Ich glaube, dass einer der beiden Männer mein Vater ist und der andere … vielleicht der Absender des Briefes.«

Amada Montemayor wankte und musste sich abstützen. Als sie von der Fotografie aufsah, liefen ihr zwei Tränen über die Wangen.

Álvaro erfuhr nie, wieso die alte Dame plötzlich ihren Widerstand aufgab. Sie ließ ihn ein, schwieg aber weiterhin so abweisend, dass es kaum so aussah, als könne er hier erfahren, was er wissen wollte.

Amada Montemayor führte ihn ins Wohnzimmer und schenkte ihm einen Kaffee ein; sie selbst trank keinen. Der Raum war voller Erinnerungsstücke, und die zahllosen Schwarzweißfotos, die eine Wand bedeckten, zeigten aus verschiedenen Blickwinkeln einen idyllischen Ort. Steine und Bäume, Brunnen und Gärten, Alleen und palastartige Gebäude waren mit einer fast erdrückenden Leidenschaft festgehalten. Als Álvaro aufstand und sie aus der Nähe betrachtete, stellte er fest, dass die Liebe der Frau offenbar eher den Dingen als den Menschen galt, denn die fehlten auf vielen Bildern völlig. Auf einem der Fotos las er: »La Isabela, Vorderansicht des Kurhauses«.

»La Isabela war ein Kurbad? Ich dachte, es sei ein Krankenhaus gewesen.«

»Es war beides. Und noch viel mehr. Wir Menschen sind so vieles zur gleichen Zeit – wie können wir da anderes von den Dingen erwarten, die wir erschaffen haben?« Die Stimme der Frau zitterte, obwohl sie sich bemühte, sie fest klingen zu lassen.

»Ich will Ihnen nicht wehtun, aber Sie müssen verstehen, dass ich Antworten auf eine Entdeckung suche, die mein Leben verändern wird. Ich bin Journalist und als solcher von Berufs wegen stets auf der Suche nach der Wahrheit. Aber wie kann ich das jetzt noch guten Gewissens behaupten, wenn ich weiß, dass mein Leben auf einer Lüge basiert? Wie kann ich da noch glaubwürdig sein?«

»Man ist nur für seine eigene Biografie verantwortlich«, entgegnete die alte Dame. »Das, was Sie da auf den Fotos sehen, war ein wahres Paradies; ein Garten Eden, durch den ein so wundersames Wasser floss, dass die Menschen über Generationen hinweg dorthin pilgerten. Aber die Erinnerung daran ist so schmerzlich, dass ich lieber nicht an ihr rühren möchte.«

»Kannte Manuel Cañamate Fanjul meinen Vater?«

Die alte Dame spürte, wie ihre Abwehr erlahmte, und schloss die Augen, um die Tränen zurückzuhalten. Sie hielt sie lange geschlossen, während sie darüber nachdachte, wie viele Jahre sie geschwiegen hatte und dass einem alten Menschen nicht viel bleibt, wenn ihm die Worte ausgegangen sind.

Als sie die Augen wieder öffnete und Álvaro ansah, nickte sie, bereit, ihm alles zu berichten; das war ihr Vermächtnis.

»Ich hätte nie gedacht, dass ich diese Geschichte einmal erzählen würde, aber selbst in meinem Alter nimmt das Schicksal manchmal noch eine unerwartete Wendung«, sagte sie und machte es sich auf dem Sofa bequem, bereit, ihrer Erinnerung freien Lauf zu lassen.

»Aber …« Der Journalist war verschwunden; ihr gegenüber saß nur noch ein Junge, der auf der Suche nach seinem Vater war.

»Lassen Sie mich von Anfang an erzählen, und unterbrechen Sie mich nicht«, bat Amada Montemayor. »Mein Vater kaufte La Isabela im Jahr 1917, und nie war er glücklicher als in den ersten Jahren, in denen er alle Kraft darauf verwendete, es zu einem der bedeutendsten Kurbäder Spaniens zu machen. Dann aber, 1922, geschah etwas, das seine Pläne zunichte machte und alle, die nach La Isabela kamen, mit dem Unglück infizierte.«

»1922?«

»Ja. Ich war damals dreizehn Jahre alt. Und alles begann an dem Tag, an dem Anselmo Montagut seinem Leben in La Isabela ein Ende setzte.«

ERSTER TEIL

Kurhaus von La Isabela. Inhalationssaal.
19. Juli 1922, 20.35 Uhr

Wie verschlungen doch die Maserung des Holzfußbodens ist im Vergleich zu dem schnurgeraden Weg, den zu nehmen er beschlossen hat!

Aber die Natur ist nun einmal nicht makellos.

Genau wie er, denn als er eben mit über dem Bauch offem klaffendem Bademantel durch die Halle ging, hat er im Spiegel am Eingang des Kurhauses seine unförmige Figur gemustert.

Er ist sich sicher, dass Ängste, Lügen und die Wut seinen Bauch ebenso haben anschwellen lassen wie Gallenflüssigkeit und Gase.

Und diese unglückselige Liebesgeschichte, die ihn nicht losließ und seine Eingeweide zerfraß.

Die Hitze in diesem Raum ist drückend.

Mit einem Rundblick stellt er zufrieden fest, dass er ebenso einsam ist, wie er es sein Leben lang war: Er ist zweiundvierzig, und schon plagen ihn die ersten Zipperlein. Heute wird er sich eine ordentliche Inhalation gönnen, denn das Wasser von La Isabela ist wie kein anderes geeignet, der Seele Frieden zu bringen.

In seiner Kehle beginnt es zu brennen, sein Puls verlangsamt sich.

Er nimmt an dem funkelnagelneuen Inhaliergerät Platz, stülpt sich die Maske übers Gesicht und öffnet das Ventil, das die Stickstoffzufuhr regelt. Dabei denkt er, dass der Abschied sehr viel schmerzlicher ist für den, der bleibt.

Und dann entreißt er der Luft seinen letzten Atemzug.

1

Der Morgen, an dem Anselmo Montagut tot im Inhalationssaal gefunden wurde, war so trübe, dass einige der Kurgäste es vorzogen, den Gasthof nicht zu verlassen, weil das Wetter nichts Gutes verhieß.

Ernesto Montemayor war zutiefst erschüttert.

Im Frühling dieses Jahres hatte er in Paris höchstpersönlich das modernste Inhalationsgerät abgeholt, das ein Kurort in Europa aufweisen konnte. Das zumindest hatte ihm der Hersteller versichert, und er hatte es zu Hause voller Stolz verkündet.

»Ist das Gerät besser als das in Baden-Baden?«, hatte er gefragt, als er es das erste Mal sah.

»Selbstverständlich, Monsieur Montemayor. Ihr Wasser ist eines der stickstoffreichsten in ganz Spanien … und ganz Europa. Da verdienen Sie nur das Beste.«

Doch wie das Leben so spielt: Da hatte er nun Unsummen ausgegeben, um La Isabela im Sommer 1922 möglichst luxuriös und modern zu gestalten, und nun starb ihm einer seiner Gäste.

Die Angestellten hatten den Toten entdeckt, als sie das Kurhaus aufschlossen, um es für die Badegäste herzurichten. Er sah aus wie eine Marionette, der man die Fäden abgeschnitten hatte: Seine Arme waren in einem merkwürdigen Winkel verdreht, die Finger schienen den Boden zu streicheln. Der Kopf hing immer noch am Inhalationsschlauch, denn das Gasrohr saß so fest in der Verankerung, dass nicht einmal Montaguts neunzig Kilo es hatten herausreißen können. In einem hatten die französischen Ingenieure recht gehabt: Das Gerät war großartig.

Die Atemmaske bedeckte sein Gesicht wie eine Totenmaske, ließ aber die grotesk spitz aussehende Nase frei. Eine dunkle, zähe Flüssigkeit rann unter der Maske hervor, über Brust und Bauch des Toten, der einen vielfarbigen Anblick bot: Das Gesicht war blau, Lippen und Nägel schwarz, die Haut aschgrau, und zu guter Letzt hatte sich um seine Füße eine schmutzig gelbe Pfütze gebildet, die seine Pantoffeln durchweichte.

»Wo ist die Ehefrau?«, fragte Abel, der Kurverwalter, der versuchte, Ordnung in das Chaos zu bringen.

»Wir haben sie ins Königliche Bad gebracht; Doktor Millares kümmert sich um sie«, antwortete ein Angestellter.

»Ich denke, man sollte den Friedensrichter holen«, sagte ein anderer.

»Na, hör mal, das ist doch keine Hochzeit, sondern ein Todesfall.«

»Schluss mit dem dummen Gerede, so ist das nun mal üblich«, beendete Abel die Diskussion.

»Ist das Spucke, was ihm da aus dem Mund läuft?«, fragte eine Kinderstimme.

Das Mädchen starrte fasziniert auf den zähen Schleim; es war das erste Mal, dass Amada Montemayor eine Leiche sah.

»Wer hat denn dich hier hereingelassen? Ab nach Hause, aber sofort!«, schrie ihr Vater.

So war nun also der Inhalationssaal mit seiner kuppelförmigen Decke und dem Fußboden aus Tropenholz zu einem Totenhaus geworden. Dabei war doch gerade erst in dieser Saison mit großer Erwartung neben den seltsamen

Apparaten, mit denen die Kurgäste Dampf einatmeten oder gurgelten – man nannte das Halsspülungen –, eben jenes futuristisch aussehende Gerät eingeweiht worden, mit dem die Gase von der Stelle, an der sie aus dem Boden traten, bis hin zu den Gästen geleitet wurden, um unterwegs nichts von ihrer Qualität einzubüßen. Wer aber tatsächlich ungehindert seinen Weg ging, war Anselmo Montagut, der vom Kurhaus direkt in die Hölle hinabstieg.

Ernesto Montemayors Familie hatte La Isabela zum ersten Mal 1917 besichtigt, nachdem er den Kaufvertrag unterzeichnet hatte.

»Papa, Papa, sieh nur, es löst sich auf!«, rief seine einzige Tochter.

Sie starrte auf den vor ihnen liegenden Ort, aber der Nebel hüllte das Kurhaus ein und verwischte seine Konturen, bis es zerfloss und beinahe durchsichtig wirkte. Unwirklich.

»Das ist der Wasserdampf, Amada«, erwiderte ihr Vater belustigt. »Das passiert zweimal am Tag, bei Sonnenaufgang und jetzt.«

Und in diesem Augenblick war Ernesto Montemayor überzeugt, dass er nicht nur ein Kurbad erstanden hatte, sondern ein Stückchen vom Paradies.

Fasziniert lauschten die Kinder seinen Erklärungen über das wunderbare Bild, das die sechsundzwanzig weißen Häuserblocks mit den sonnenverbrannten Dächern boten. Alle Häuser bis auf den Gasthof und den Palast waren gleich hoch. Von rechtwinkligen, breiten Straßen durchschnitten, zogen sie sich schachbrettartig über einen sanften Hügel dahin. Von ihrem südlichen Rand hatte man einen Blick auf das Kurhaus, und rechter Hand stand stolz und stark der Königspalast.

Vom Ort bis zu den Bädern führte ein Weg fünfhundert

Meter so steil bergan, dass einige Badegäste vom Personal in Rollstühlen hinaufgeschoben werden mussten. Hinter dem Gasthof erhob sich ein prächtiger Wald aus jahrhundertealten Bäumen, deren üppige Laubkronen ihren Schatten über die Promenade des Kurorts warfen.

Zu jener Zeit wurde jedem Kurbad von der Kurärztlichen Vereinigung ein leitender Arzt zugeteilt, und in diesem Jahr war Samuel Millares Herr über die dreitausend Quadratmeter neoklassischer Gebäude. Früher hatten der Besitzer des Kurbads und der Arzt das Paradies friedlich unter sich aufgeteilt: Der Arzt war für den unteren Teil mit den Krankheiten zuständig, der Besitzer für den oberen Teil mit den Festen. Die Topografie begünstigte diese Aufteilung und ermöglichte die Herrschaft beider, ohne dass ihre Wege einander allzu oft kreuzten. Aber in diesem Sommer war alles anders.

Gleich nach ihrer Ankunft zog die Familie Montemayor in ein wunderschönes Haus, in dem sie rundum glücklich war.

»Hier werden die Kinder dich nicht in Ruhe arbeiten lassen«, sagte Ernesto Montemayors Frau zu ihm. »Warum benutzt du nicht das Arbeitszimmer im Kurhaus?«

»Willst du mich etwa loswerden?«

»Du wirst schon noch merken, dass das besser für dich ist.«

Die Montemayors führten eine glückliche Ehe, aber nur, weil Paula für die Verwirklichung der Lebensträume ihres Mannes ihre eigenen Pläne zurückgestellt hatte. Als Ernesto Jahre zuvor nach Venezuela ausgewandert war, um sein Glück zu machen, hatte ihn Paula als treue Ehefrau begleitet und dafür ihrer großen Leidenschaft, der Musik, entsagt. Dann waren die Kinder geboren, vier Jungen und ein Mädchen, Amada, ein echter Wildfang, die aber gezeugt worden war, wie ihr Name besagte: in Liebe.

Um den Frieden zu wahren, zog Ernesto sich schließlich tatsächlich in einen der leer stehenden Räume des Palastes zurück, wann immer er über seinen Ideen brüten wollte, und ließ Paula mit ihrer Musik allein.

An diesem Morgen des 20. Juli gellten die Schreie von Montaguts Frau durch das Haus; den anderen Kurgästen hatte man den Zutritt verwehrt, solange der Tote noch an der Atemmaske hing.

Einige erinnerten sich daran, die Montaguts noch zwei Tage zuvor auf der Dorfpromenade, dem sogenannten »Salón del Prado«, flanieren gesehen zu haben, wie es typisch für ein zu lange verheiratetes Paar ist: Während die Frau ein wachsames Auge auf die drei spielenden Kinder hatte, war der Mann ein paar Schritte vor ihnen hergegangen, offenbar in düstere Gedanken versunken. Einem aufmerksamen Beobachter wäre nicht entgangen, wie unglücklich er war.

»Wie oft kann man bei Ihnen den Telegrafen nutzen?«, hatte der Besitzer der Textilfabrik »Paños y sedas Montagut y Roig« gleich nach der Ankunft aus seiner Heimatstadt Valencia gefragt.

»Während der Saison gibt es einmal täglich einen Telegrafendienst, aber wenn Sie es ganz besonders eilig haben, können wir Sie nach Sacedón fahren«, hatte man ihm im Gasthof erklärt, aber er hatte gar nicht richtig zugehört, und man musste ihm die Antwort noch zweimal wiederholen, bis er sie zur Kenntnis nahm. Nervös hatte er den Hut zwischen den Fingern mit den abgekauten Nägeln geknetet, und in seinen eingesunkenen Augen stand die Angst.

Das Herzstück des Königlichen Bads war eine Wanne aus rosafarbenem Marmor, die so riesig war, dass die Witwe, die über ihrem Rand hing und sich erbrach, neben ihr geradezu winzig wirkte.

»Ihr Mann hätte auf mich hören sollen«, sagte der Arzt, der neben ihr stand, die Hand auf ihre Schulter gelegt. »Ich habe ihn schon lange gewarnt, dass es gesundheitlich einmal böse enden würde. Denken Sie an Ihre Kinder – Sie dürfen jetzt nicht auch noch krank werden. Es nutzt nichts, darüber zu klagen, was Sie getan oder versäumt haben, Enriqueta.«

»Wie können Sie so etwas sagen? Ich hätte es merken müssen, aber ich bin gar nicht auf den Gedanken gekommen, in seinem Zimmer nachzusehen. Hätte ich es doch nur getan, Doktor …«

»Und wenn Sie es getan hätten, was dann? Den Herzschlag, an dem er gestorben ist, hätte niemand verhindern können.«

»Hat er gelitten?«

»Im Leben, so wie wir alle.« Doktor Millares beugte sich zu der Frau und reichte ihr ein Glas Wasser. »Trinken Sie noch einen Schluck, dann reden wir weiter.«

»Herr Doktor … bevor wir hierherkamen, hatte er tagelang kaum etwas gegessen, und eines Nachmittags fand ich ihn krank im Bett. Er hatte sich übergeben und hatte Fieber. Glauben Sie, meine Kinder und ich könnten …?«

Der Arzt spürte einen Stich in der Brust. Er mochte diese Möglichkeit nicht einmal im Entferntesten erwägen, aber über jedem Fieberanfall stand immer noch drohend der Schatten der Grippe.

»Wenn es Sie beruhigt, werde ich eine Autopsie vornehmen; allerdings sage ich Ihnen gleich, dass meine Möglichkeiten hier begrenzt sind. Ich lasse Sie jetzt ein Weilchen allein, damit Sie sich fassen können. Ich bin gleich wieder zurück.«

Mit einem ungeduldigen Blick auf seine Taschenuhr

ging der Arzt hinaus. Er war verärgert, weil er nicht damit gerechnet hatte, in La Isabela eine Autopsie durchführen zu müssen, auch wenn er eigentlich Chirurg war. Samuel Millares, ein zweiunddreißigjähriger Arzt aus Madrid, Junggeselle und Hedonist, war einer der renommiertesten Kur- und Hygieneärzte Spaniens, wo die Heilquellen mit fast religiöser Andacht verehrt wurden. Er hatte Artikel in der *Gaceta Balneária* veröffentlicht, neue Geräte und Therapiemethoden erforscht und war unter Fachkollegen hoch angesehen. Daher war Ernesto Montemayor glücklich gewesen, ihn in La Isabela willkommen zu heißen.

»Seine Anwesenheit wird das Geschäft gewaltig ankurbeln«, hatte er zu seiner Frau gesagt, als er erfuhr, wer zum Kurarzt ernannt worden war.

Aber bald hatte sich erwiesen, dass die beiden Männer nicht gut miteinander auskamen.

Der Doktor durchquerte eilig die Vorhalle und begab sich unverzüglich in seine Praxis. Dort wartete bereits eine langhaarige Frau auf ihn. Kaum hatte er den Raum betreten, hing sie an seinem Hals, und beide küssten einander begierig.

Wäre Samuel Millares nicht von seiner Leidenschaft getrieben gewesen, hätte er im Innenhof hinter einer der Säulen Amada Montemayors lange Beine hervorlugen sehen, so klein sie sich auch machte. Die Tochter des Kurdirektors war ein ungebärdiges Dind, das niemand zu bändigen wusste. Kinderspiele langweilten sie, und so erwischte man sie häufig dabei, wie sie den Gesprächen der Erwachsenen lauschte, aus denen sie vieles erfuhr, was anderen Kindern ihres Alters verborgen blieb.

An diesem Morgen aß sie Kirschen, mit denen sie sich die Taschen ihrer Kittelschürze vollgestopft hatte; sie war wütend, weil die Männer, die um die Leiche herumstanden, sie weggeschickt hatten. Jedes andere Kind wäre bei dem Anblick des Toten schockiert gewesen; nicht so Amada.

Geheimnisse, Labyrinthe, alte Schriften, Rätsel und unbewohnte Räume zogen sie magisch an, und sie liebte es, Verbote zu missachten, »Nein« zu sagen, aufzubegehren.

Amada hatte eine milchweiße Haut voller Sommersprossen, die sie immer wieder heftig abzurubbeln versuchte, weil sie sie hasste, und Augen, die so grün waren wie die Wasser des Guadiela an einem sonnigen Tag. Sie war hübsch, aber im Laufe der Jahre sollte sie zu einer wahren Schönheit heranwachsen.

Das Mädchen war erstaunt, als der Kurarzt an ihr vorbeihetzte, und noch erstaunter, als er zehn Minuten später erschöpft zurückkam. Sie stand auf, um ihm zu folgen, als sie an der Balustrade des Innenhofs eine Gestalt bemerkte. Sie stockte. Denn der Blick des Unbekannten glich dem des Toten.

2

»Geht es Ihnen besser?«, fragte der Arzt, als er wieder im Königlichen Bad angekommen war. Die Witwe seufzte tief und schluckte die Tränen hinunter.

»Ich werde die Autopsie vornehmen, aber vorher muss ich wissen, ob Ihr Gatte an irgendeiner Krankheit litt … Hat er sich in der letzten Zeit irgendwie anders verhalten?«

»Anselmo war so diskret, er hat nie über sich gesprochen und nur für uns und die Arbeit gelebt. Seine Eltern waren einfache Bauern und hatten ihm sein Jurastudium unter großen Opfern ermöglicht. Nach unserer Hochzeit übernahm er dann die Firma meines Vaters und machte daraus ein blühendes Unternehmen mit Fabriken und Geschäften … O Gott, ich kann nicht in der Vergangenheit über ihn reden! Was soll ich jetzt bloß tun?«

»Als Erstes sollten Sie alles Nötige veranlassen.« Der Arzt schob sie ohne Umschweife zur Tür. »Sie können schon mal die Überführung beauftragen. Der Kurdirektor wartet in der Halle auf Sie, um Ihnen bei allem Notwendigen behilflich zu sein. Enriqueta …«, einen Augenblick lang zögerte er, »hat Ihr Mann Beruhigungsmittel genommen?«

»Er war kein Freund von Medikamenten, aber er könnte es getan haben, weil ihm die Probleme in der Fabrik in Barcelona den letzten Nerv raubten. In diesem Land werden die Verdienste von Männern seines Schlags nicht gewürdigt. Immer wieder haben diese Verbrecher von der Gewerkschaft die Ware in Brand gesteckt und die Arbeiterinnen aufgestachelt, und mein Mann ist angesichts all der verlorenen Arbeit fast verzweifelt.« Die Empörung ließ ihre Tränen versiegen. »Ich sage Ihnen etwas, Doktor: Die Hälfte derer, die hierherkommen, um sich wegen Rheuma, Rückenschmerzen, Nervosität und was weiß ich noch behandeln zu lassen, leiden in Wirklichkeit Seelenqualen, hören Sie? Genau wie mein Anselmo.«

»Beruhigen Sie sich, zerbrechen Sie sich nicht weiter den Kopf darüber, das bringt nichts«, sagte Millares und legte ihr beschwichtigend den Arm um die Schultern.

»Beruhigen soll ich mich? Ich habe genug von diesen unfähigen, kriecherischen Regierungen, diesen Bauernlümmeln, die das Leben anständiger Bürger ruinieren! Und davon werden Sie mich nicht abbringen!« Sie schüttelte seinen Arm ab. »Ich bin eine Frau, aber dumm bin ich nicht!«

Überwältigt vom Zorn über ihr Schicksal, verließ Enriqueta, die Witwe Anselmo Montaguts, eine geduldige, treu sorgende Mutter und gehorsame Tochter, wutschnaubend den Raum.

Am späten Vormittag riss die dunkle Wolkendecke auf, und ein Platzregen ergoss sich über den Ort.

»Lauft und schließt die Fensterläden im Erdgeschoss, damit es nicht hereinregnet!«, befahl Paula den Bediensteten, die schon seit Stunden untätig herumsaßen.

»Das Wasser lässt sich nicht aufhalten, Señora.«

»Und wer hat dich nach deiner Meinung gefragt, Balbina?«

Balbina verkörperte gesunden Menschenverstand und Bauernschläue, aber es sollte Jahre dauern, bis die Frau des Kurdirektors das eingestehen konnte. Schon im ersten Sommer hatte Balbina sich erboten, der Familie zur Hand zu gehen, und seither war sie unverzichtbar. Außerhalb der Saison lebte sie mit ihrem Mann und ihren vier Kindern in einem einfachen Haus im Ort; kaum aber sah sie den Wagen der Montemayors die Landstraße von Sacedón herunterkommen, schnürte sie ihr Bündel, quartierte sich im Haus gegenüber des Mariblanca-Brunnens ein und führte sich auf, als wäre sie ein Familienmitglied.

Der quadratische Brunnen mit der Siegesgöttin war so beliebt, dass man am Dorfrand eine Tränke hatte errichten lassen müssen, damit er von den Fremden, die durch den Ort kamen und ihre Pferde tränken wollten, nicht verschmutzt wurde.

Die königliche Residenz war wegen der Quellen errichtet worden, doch die Siedler, die sich hier niederließen, waren nicht nur wegen des Kurbetriebs, sondern auch wegen der fruchtbaren Erde von La Isabela gekommen, und so beackerte Balbinas Familie seit hundert Jahren fleißig das Land.

»Dem Mann stand der Tod auf die Stirn geschrieben.«

»Dummes Zeug! Seine Familie hat auch ohne dieses Gerede schon Kummer genug. Lass dir bloß nicht einfallen, solche Geschichten im Dorf zu verbreiten, Balbina, ich kenne dich!«

»Die Leute werden glauben, dass er den Löffel abgegeben hat, weil er nun mal dran war. Sehen Sie nicht, wie es regnet?«

»Drück dich gefälligst anständig aus und putz die Bohnen, wenn wir so weitermachen, gibt es heute nichts zu essen.«

»Das stimmt, und schließlich stört uns der Tote ja nicht die Bohne.«

Balbina war der festen Überzeugung, dass Gott über unsere Taten wacht und jeden unserer Fehltritte bestraft.

Und in diesem Sommer würde der Himmel einiges zu strafen haben.

Von der Mitte des Hofes aus konnte Amada erkennen, dass die Gestalt, die sich gedankenverloren auf die Balustrade stützte und rauchte, einen blauen Bauernkittel trug, doch es war niemand aus dem Dorf. Der Fremde war so bleich, dass sich sein Gesicht kaum von den frisch gekalkten Wänden des Innenhofs abhob, und als er sie bemerkte, schrak er zurück und verschwand in einem der Flure.

Im ersten Stock des Kurhauses gab es an die dreißig Zimmer, die früher einmal Kurgäste beherbergt hatten, aber nun ungenutzt und ein wenig heruntergekommen waren. Die beiden Treppen, die von den Innenhöfen aus nach oben führten, waren mit Ketten versperrt, doch davon ließ Amada sich nicht abhalten. Sie schlüpfte darunter hindurch und stieg in den ersten Stock hinauf.

Oben lief eine auf Säulen ruhende Galerie rund um den ganzen Innenhof, in den man linker Hand durch gewaltige Bögen hinuntersehen konnte, während rechts einige ungenutzte Zimmer lagen, von denen sich die Angestellten täglich überzeugten, dass sie auch verschlossen waren.

Im ersten Stock angekommen, ließ Amada den Blick über die Messingschilder schweifen, deren Aufschrift – erste, zweite, dritte Klasse – verriet, welcher Luxus die Gäste in jedem Raum erwartet hatte. Sie suchte nach Spuren, die darauf hindeuteten, dass eine der Türen aufgebrochen worden war, aber alles schien wie immer.

Unterdessen zerrte draußen im Garten ein heftiger Wind an den Ästen der Bäume, riss die Blätter ab und wirbelte sie wild durcheinander. Einige von ihnen landeten im Innenhof, wo sie eine Zeit lang durch die Luft trudelten, bis sie schließlich kreiselnd zu Boden sanken. »Na, da werden wir wohl wieder fegen müssen«, hörte Amada irgendwo ein Dienstmädchen protestieren und drückte sich an die Wand, um nicht gesehen zu werden.

Nachdem sie einmal um die ganze Galerie herumgelaufen war, gelangte sie durch einen Gang in den anderen Innenhof, in dem früher die Küche gelegen hatte, von der aus die Zimmer versorgt worden waren. Hier drang ihr mit einem Mal Tabakgeruch in die Nase und führte sie bis zur Küchentür. Als sie sie zu öffnen versuchte, bemerkte sie, dass sie nicht verschlossen war. Sie riss sie auf und sah gerade noch eine zitternde Gestalt rittlings im Fensterrahmen sitzen, einen etwa zwanzigjährigen Mann, der drauf und dran war, in den acht Meter unter ihm liegenden Hinterhof des Kurhauses hinabzuspringen.

Doch es gab nur wenig, was die Tochter der Montemayors erschrecken konnte, und so sagte sie entschlossen: »Ich heiße Amada, und du?«

»Ich war es nicht, ehrlich, ich war es nicht … Sag es ihnen, sag es denen, die dich hergeschickt haben«, entgegnete er.

»Mich hat niemand hergeschickt. Wer bist du?«

Der junge Mann zögerte lange, dann antwortete er schluchzend: »Lucas.«

»Aha. Hast du schon etwas gegessen?«, war das Einzige, was Amada einfiel, denn in ihr hatte das Abenteuer Appetit geweckt.

3

Wenn diese Sache doch bloß schon erledigt wäre! Samuel Millares war so begierig darauf, die Autopsie hinter sich zu bringen, dass ihm die Instrumente in der Hand brannten, und als er endlich fertig war, ratterte er die Ergebnisse herunter.

»… das Knochenmark weist Entzündungen und eine deutliche Sklerose auf. Die Nebennerven …«

»Wollen Sie uns etwa in allen Einzelheiten das ganze Gemetzel schildern, das Sie mit dem Toten veranstaltet haben? Mir dreht sich jetzt schon der Magen um«, unterbrach ihn der Bürgermeister Venancio Batanero, ein rundlicher, gutmütiger Mann mit Baskenmütze, von dem es hieß, er nehme seinen Amtsstab sogar mit ins Bett.

»Der Herr Bürgermeister hat recht. Sie müssen uns nicht die gesamte Autopsie vorlesen. Woran ist er gestorben?«, fragte Ernesto Montemayor.

»An der Grippe jedenfalls nicht, was ja für uns alle eine gute Nachricht ist.«

»Sie haben den ganzen Morgen in seinen Eingeweiden herumgewühlt und kennen die Todesursache nicht?«

»Ich muss Sie kurz sprechen … allein«, erwiderte Millares.

»Darf ich Sie daran erinnern, dass wir hier einen Todesfall haben und ich an diesem Ort die Amtsperson bin? Was auch immer Sie also zu besprechen haben, muss zugunsten des Allgemeinwohls, der Wahrheit und der Gerechtigkeit zurückstehen«, salbaderte der Bürgermeister wichtigtuerisch und rührte sich nicht vom Fleck. Doch der Kurdirektor führte ihn rücksichtslos zur Tür.

»Es dauert sicher nicht lange, Herr Bürgermeister. Warten Sie draußen, ich rufe Sie gleich wieder herein.« Ernesto schloss die Tür hinter ihm. »Was zum Teufel ist los, Millares?«

»Offenbar ist die Inhalation die Todesursache …«

»Waaas?«

»… aber …«

»Aber was? Nun reden Sie schon, Mann!«

»Genauer gesagt, hat er einen Lungenkollaps erlitten.«

»Hat das Inhalationsgerät versagt?«

»Das ist das Einzige, was für Sie zählt, nicht wahr? Ob Ihr verdammtes Gerät funktioniert oder nicht …«

»Das reicht, Samuel! Ich dulde diesen Tonfall nicht!«

»Hören Sie zu: Der Tote, der da auf dem OP-Tisch liegt, hat sich die Atemmaske nicht vom Gesicht gerissen, obwohl er dabei war zu ersticken …«

»Das verstehe ich nicht.«

»Weil er völlig betäubt war. Verstehen Sie jetzt? Es war eine Überdosis Morphium.«

»Wollen Sie damit etwa andeuten, dass … dass Anselmo Montagut …«

»… abhängig war.«

»Aber er hatte keine Einstichstellen. Ich … ich habe seinen Körper gesehen.«

»Es besteht kein Zweifel: die Lungen, die Niere, die Leber … es ist Morphium, Ernesto. Wahrscheinlich hat er es inhaliert.«

»Geht das denn? Ich dachte, man könne es sich nur spritzen.«

»Wenn er es sich im Ausland besorgt hat, hatte er verschiedene Möglichkeiten, es sich zu verabreichen.« Die

Miene des Arztes verdüsterte sich: »Und noch etwas sollten Sie wissen: Die Dosis war tödlich.«

Samuel Millares war ein wortgewandter Mann und wusste, wie man Diagnosen übermittelt; er tat es mal fest und entschlossen, dann wieder – vor allem bei weiblichen Patienten – mit diplomatischem Geschick und besonders liebenswürdig. Seine jetzigen Erklärungen aber waren grob und ohne Umschweife.

»Der Unterschied liegt auf der Hand: Er hat nicht etwa einen Erstickungsanfall erlitten, den er nicht verhindern konnte, weil er unter Drogen stand. Er ist in den Inhalationssaal gegangen, um zu sterben.«

»Mein Gott, das ändert alles! Wenn es kein natürlicher Tod war, müssen wir den Bürgermeister informieren, wir müssen die Guardia Civil holen … und die Witwe benachrichtigen.«

»Hören Sie mir zu, Ernesto: Ich möchte, dass Sie rausgehen und erzählen, dass der Mann an einem Herzinfarkt gestorben ist. Dann vergessen Sie alles, was wir hier besprochen haben.«

»Was? Sind Sie wahnsinnig? Ich soll lügen? Wenn das herauskommt … Das ist ein Verbrechen, Millares! Wissen Sie, was ein solcher Skandal für La Isabela bedeuten würde, nachdem wir jahrelang darum gekämpft haben, zur europäischen Elite zu gehören?«

»Genau darum sage ich es Ihnen, Ernesto«, beschwichtigte der Arzt. »So vermeiden wir von Anfang an Verdächtigungen und übles Gerede.«

»Was für Verdächtigungen meinen Sie denn? Was wollen Sie damit andeuten?«

»Ganz ruhig, Ernesto. Ich versuche nur, mich in die Lage der Patienten zu versetzen.«

»Na, dann versetzen Sie sich mal in meine Lage! Ich habe ein wahres Vermögen hier hineingesteckt, dazu unendliche Mühe und aufopferungsvolle Jahre! Haben Sie eine Ahnung, was es bedeutet, seinen Traum zu verwirklichen? Denn das hier ist mein Traum, und ich werde nicht zulassen, dass er zerplatzt.«

»Und wenn es nur der Witwe zuliebe wäre. Die gute Frau ist felsenfest davon überzeugt, dass ihr Mann ein anständiger Mensch war, dabei war er morphiumsüchtig und wer weiß, was noch.«

»Genau darum sollte sie es auch erfahren.«

»Begraben Sie die Toten und lassen Sie die Familie in Frieden gehen! Wenn Anselmo Montagut keinen Lebenswillen mehr hatte – sollten wir das nicht respektieren?«

»Er hat eine Familie, Kinder … Ich darf ihnen diese Information nicht vorenthalten, nein, ich darf nicht schweigen, verlangen Sie das nicht von mir. Das erfordert meine Würde.«

»Seien Sie kein Dummkopf! Was denn für eine Würde? Ist es nicht würdiger, einen Ehemann zu begraben, der an einem Herzinfarkt gestorben ist, als einen Selbstmörder? Und wenn er seine Arbeit nicht mehr ertrug? Und wenn er mit ihr nicht glücklich war? Und wenn er seine Kinder hasste? Lassen Sie ihn in Würde gehen, ohne dass Fragen aufgeworfen werden.«

»Und wir sollen zu Helfershelfern einer Lüge werden …«

»Ja. Wachen Sie auf, spielen Sie nicht den glücklichen Familienvater. Wir alle, jeder Einzelne von uns, hat seine Lügen und Geheimnisse, auch Sie. Und gönnen Sie es Montagut, mit seiner Lüge begraben zu werden.«

Ernesto wurde rot vor Zorn, verkniff sich aber jede Entgegnung; ihm war bewusst, dass zwischen ihm und dem Arzt gerade etwas unwiderruflich zu Bruch ging. Und in der Tat würde sich der Bruch zwischen den beiden Männern im Laufe des Sommers verstärken.

»Wenn Sie mich jetzt entschuldigen wollen«, sagte Millares und wies auf die Tür seines Sprechzimmers. »Ich erwarte Besuch.«

Amada verließ das Kurhaus durch den Haupteingang, nachdem sie sich vergewissert hatte, dass es nicht mehr regnete. Überall auf dem Boden standen Pfützen.

Langsam erwachte der Tag und mit ihm die Routine. Fenster und Türen wurden geöffnet, und unterwegs begegnete Amada den ersten Kurgästen in Begleitung beflissener, weiß gekleideter Frauen, die Handtücher und Parfüm- und Salbenfläschchen trugen; das waren die Badefrauen, die am besten qualifizierten unter den Angestellten des Kurbetriebs.

Den Winter über kümmerten sie sich um Haushalt und Familie, doch mit den ersten Sonnenstrahlen des Frühlings holten sie ihre Uniformen aus dem Schrank, stärkten sie und wappneten sich mit Geduld und Freundlichkeit, um die Sommergäste willkommen zu heißen. »Doña Pilar, Sie ahnen ja nicht, wie sehr wir uns freuen, Sie wiederzusehen! Herzlich willkommen! Wie geht's in Barcelona? Die Zwillinge Ihrer Schwester müssen schon groß sein. Was machen sie?«

Carmen, Olvido, Gloria und die anderen standen, ausgestattet mit frischen Handtüchern, an den Türen und warteten darauf, dass sich die Kurgäste umzogen und dem Ritual unterwarfen, das Körper und Seele heilte. Während die Frauen ihre Kleider aufknöpften, erzählten sie von ihren Ehemännern, von denen sie sich vergessen und vernachlässigt fühlten, von vergangenen Liebesabenteuern oder dem, was ihre Kinder so trieben. Derweil maßen die Badefrauen die Wassertemperatur und halfen ihnen beim Einstieg in die Becken.

Nur die älteren Damen, die unsicher auf den Beinen

waren, ließen sich von Männern begleiten; im Allgemeinen war dies eine Angelegenheit unter Frauen.

Die Neuigkeit, im Kurort einen flüchtigen Verbrecher entdeckt zu haben, ließ Amada die Spiele ihrer Brüder und der anderen Kinder lächerlich erscheinen. Sie wusste, dass sie hier einem jener Geheimnisse auf der Spur war, die die Erwachsenen ihr vorenthalten wollten.

»Komm, Amada! Wir haben im Garten Kirschen stibitzt, ohne dass Vater es bemerkt hat!«, rief ihr Bruder Ernesto, der an einem der Brunnen saß, ihr entgegen.

»Die könnt ihr alleine essen«, entgegnete Amada verächtlich.

»Deine Schwester ist ganz schön eigenwillig, das gefällt mir«, sagte einer der Freunde ihres großen Bruders. »Weißt du, ob deine Mutter sie zum Ball gehen lässt?«

»Wozu willst du das wissen?«

»Um mit ihr zu tanzen natürlich.«

Amada aber hatte nur im Sinn, wie sie etwas zu essen besorgen und in das Versteck zurückschmuggeln könne, in dem sie ihren geheimnisvollen Freund Lucas zurückgelassen hatte, und so schlich sie sich in die Speisekammer des Gasthauses. Sie nahm ein Stück Ziegenkäse, frisch gebackenes Brot, Blutwurst vom letzten Schlachttag, ein wenig Quittenmarmelade und ein paar getrocknete Tomaten und stopfte sich alles in die Taschen.

»Mach auf, ich bin's«, sagte sie und drückte gegen die Tür der alten Küche. »Ich weiß, dass du da bist.«

Kurz darauf wurde der Riegel an der Innenseite der Tür leise zurückgeschoben, und dahinter erschien Lucas, bleich und mit schmerzverzerrtem Gesicht.

»Hat Olvido dich gesehen?«, fragte Amada. Das war die Badefrau, die aufpasste wie ein Schießhund und vielleicht schon ihren täglichen Rundgang gemacht hatte.

»Wer ist Olvido? Ist das für mich?«, fragte Lucas zurück und riss ihr das Brot aus den Händen. »Ich glaube, ich habe mir was gebrochen. Ich kann nicht auftreten.«

»Wenn der Knochen gebrochen wäre, könntest du dich nicht bewegen. Mein Bruder Ernesto hat sich einmal beim Ballspielen den Arm gebrochen und ununterbrochen geflucht. Das war in Madrid … Wir wohnen nämlich im Winter nicht hier.«

»Was heißt ›wir‹?«

»Meine Eltern und meine Brüder. Ich bin das einzige Mädchen, aber meine Mutter sagt, ich sei schlimmer als die Jungen.«

»Das glaube ich dir nicht. Was wird da draußen geredet?«

»Worüber? Die Kurgäste sind schon wieder in den Bädern, aber ich glaube nicht, dass du einer von ihnen bist, oder?«

»Kannst du mir Wasser bringen? Ich bin wie ausgedörrt.« Lucas ließ sich an der Wand auf den Fußboden gleiten und umfasste mit beiden Händen seinen Knöchel.

»Wenn es hier etwas im Überfluss gibt, dann Wasser. Tut es sehr weh?«

»Er war nicht der Mann, für den sie ihn alle gehalten haben, das war er nicht. Er hat etwas Furchtbares getan«, murmelte Lucas.

»Meinst du den Toten?«

»Was weißt du über ihn?«, fragte der Junge begierig.

Amada setzte eine gleichgültige Miene auf und zuckte mit den Schultern.

»Das war wirklich ein Ereignis, dass er hier in La Isabela gestorben ist. Hier passiert sonst nie etwas. Kanntest du ihn?«

»Ja und nein. Besser gesagt, ich kannte ihn, aber er kannte mich nicht.«

»Wenn du so in Rätseln sprichst, gehe ich lieber Wasser holen.« Amada ging zur Tür; bevor sie hinausging, fragte sie: »Lucas, woher kommst du?«

»Aus Valencia.«

Außerhalb der verlassenen Küche ging das Leben mit der gewohnten Geschwindigkeit weiter: 418,5 Liter pro Minute sprudelten im Herzen des Kurhauses aus der Erde und sammelten sich in einem zwei Meter tiefen Becken, das von gewaltigen schwarzen Quadersteinen eingefasst war, die es in ein gespenstisches Licht tauchten. Die Quelle war nicht mehr als eine schmale Erdspalte, aus der sich unzählige Bläschen ihren Weg nach oben bahnten, ein Gesundbrunnen, dem die Badegäste seit Jahrhunderten huldigten.

Seit jedoch viele Jahre zuvor jemand beschlossen hatte, das Wasser vor den Augen der Menschen zu verbergen, sann es auf Rache.

4

Während die Badefrauen eifrig die Porzellanwannen glänzend schrubbten, füllten sich die beiden Innenhöfe nach und nach mit Kurgästen in weißen Bademänteln und Pantoffeln, die sich nach dem immer gleichen Ritual die Wartezeit verkürzten, indem sie sich ihre Lebensgeschichten erzählten.

Wie schon in den letzten fünfzig Jahren hatte sie auch diesmal der Eigentürmer im Gasthof und in der Herberge höchstpersönlich willkommen geheißen, bevor sie sich in ihren Zimmern häuslich eingerichtet hatten.

Begierig darauf, so bald wie möglich die Wirkung des Wassers auszuprobieren, begaben sie sich dann zum Kurarzt, der ihnen die Diagnose stellte und die entsprechende Behandlung empfahl: »Zwei Bäder bei 33° C täglich, nachmittags im täglichen Wechsel Duschbäder und kalte Sprühduschen, und Ihre Neuralgie wird bald wie weggeblasen sein.« »Was, wie viele Gläser haben Sie schon getrunken? Na los, seien Sie ein braves Mädchen und leeren Sie die fünf Gläser, wie ich es Ihnen gesagt habe, dann werden schon nächste Woche Ihre Blasensteine durch den Abfluss davonschwimmen …« Und die Patienten zeigten den Badefrauen die Zettel, auf denen stand, ob sie heiß oder kalt baden sollten, befolgten brav ihre Anwendungen und waren überzeugt, dass das Wasser wahre Wunder vollbrachte.

Nur eines war anders als sonst in jenem Sommer 1922:

Der Tod hatte Einzug gehalten, unvergänglich wie alle Leidenschaften. Und doch schien der Mann, der in den ersten Morgenstunden verstorben war, am Nachmittag schon Geschichte zu sein.

»Amada, hast du Millares gesehen?« Vidal, einer der Bademeister, überraschte das Mädchen dabei, wie es an der Quelle gerade eine Wasserflasche für Lucas füllte. »Ich muss ihn unbedingt sprechen. Wenn du ihn siehst, sag ihm, dass ich ihn suche.«

»Was ist los, ist noch jemand gestorben?«

»Nein, aber es könnte noch jemand sterben, wenn wir uns nicht beeilen.«

In einem der Einzelbecken bemühte sich Julia Escribano, die Witwe Aranda, verzweifelt, die Gesetze der Physik zu besiegen.

Sie war mit ihren Eltern 1879 zum ersten Mal nach La Isabela gekommen, weil ihre Mutter so schrecklich unter Veitstanz gelitten hatte, dass sie nachts nicht schlafen konnte. In Logroño, der Heimatstadt der Familie, hatte ihnen der Arzt von der wundersamen Wirkung des Heilwassers von La Isabela bei Nervenkrankheiten erzählt, und so waren sie mit Sack und Pack und ihren Bediensteten angereist, als wollten sie den Rest des Jahres hier verbringen.

Sie hatten das halbe obere Stockwerk belegt, und die Mutter hatte die Anwendungen so gewissenhaft befolgt, dass die nervösen Zuckungen, die einen jeden in den Wahnsinn getrieben hätten, schon nach zehn Tagen völlig verschwunden waren. Bald schwor die ganze Familie auf das Wasser.

So waren sie Jahr um Jahr zurückgekommen, und nach ihrer Heirat hatte Julia auch ihren Mann auf den Geschmack gebracht, bis er zuletzt süchtig nach den Bädern war.

Nun war Julia Escribano der Verzweiflung nahe, weil sie

in der Wanne feststeckte. Seit sie verwitwet war, tröstete sie sich mit Marmeladen und Kompott aus dem Familienbetrieb über ihren Kummer hinweg und hatte so innerhalb von fünf Jahren ihr Gewicht verdoppelt. Sie war achtundvierzig Jahre alt, und ihre einhundertundvier Kilo waren in die Wanne gequetscht wie ihr Kompott in die Weckgläser.

»Du ziehst an einem Arm und ich am anderen, Olvido.«

Olvido und Carmen, die beiden Badefrauen, zogen an der Frau.

»Au, au! Ihr reißt mir ja die Glieder aus! Bitte rufen Sie den Arzt, vielleicht hat der ein Heilmittel!«

»Also wirklich, Doña Julia, jetzt sind Sie schon seit zehn Tagen hier und haben nicht ein Gramm abgenommen – was wollen Sie da erwarten? Dass jetzt mit einem Mal zwanzig Kilo durch den Abfluss verschwinden?«

»Entschuldigen Sie, darf ich hereinkommen? Vielleicht kann ich ja helfen.«

»Nein, nicht, wenn es ein Mann ist – die Dame ist nackt.«

»Nun ja … Ich bin Arzt, und wir Ärzte sind geschlechtslose Wesen.«

»Also, von einigen kann man das nicht gerade behaupten«, sagte Olvido in Anspielung auf Doktor Millares, den sie nie hatte leiden können.

Der Mann hinter der Tür allerdings war Doktor Daniel Corbeletti, ein gebürtiger Argentinier, der in der Schweiz studiert und dann im San-José-Krankenhaus von Madrid als staatlich angestellter homöopathischer Arzt gearbeitet hatte. Vor fünf Tagen war er in La Isabela eingetroffen, um die Zusammensetzung des Wassers und seine Auswirkungen auf die homöopathischen Mittel zu untersuchen.

Er trug stets einen Strohhut und hatte immer sein ledernes Medizintäschchen dabei, kaum größer als ein Portfolio und voll unzähliger Röhrchen, Fläschchen und Glasampullen, auf denen, fein säuberlich alphabetisch geordnet, Namen wie *Berberis vulgaris*, *Argentum nitricum*, *Pulsatilla*, *Arnica montana* oder *Juniperus communis* standen. Er ließ sich von den Patienten ihre Leiden schildern, dann öffnete er die Tasche und dosierte sorgfältig die Lösung der Probleme.

»Lassen Sie ihn um Himmels willen herein, vielleicht kann er meine Qualen beenden!«

Corbeletti trat ein, groß, sommersprossig und weizenblond, und rieb sich seinen Knebelbart. Seine langen, knochigen, flinken Finger fuhren durch die Luft, als er sein Täschchen öffnete und mit der Befragung begann, denn schließlich forscht ein Homöopath nicht nur nach den Symptomen wie ein gewöhnlicher Arzt, sondern versucht, mit jeder Frage das Wesen des Menschen zu erfassen.

»Was weiß denn ich, warum ich hier feststecke! Außerdem habe ich keine Ahnung, wie Sie den Stöpsel herausziehen wollen, wo ich doch drauf sitze und keine Handbreit Platz ist. O Gott, ich bekomme keine Luft mehr. Hiiilfe!«

»Öffnen Sie den Mund und heben Sie die Zunge.«

»Was ist das denn für ein Teufelszeug?«

»*Passiflora* und *Coffea tosta*, das dient zu Ihrer Entspannung.« Der Arzt wandte sich an die Badefrauen. »Soso, die Dame will also nicht abnehmen? Das wird daran liegen, dass sich in ihr Flüssigkeiten stauen.« Er hielt ihnen ein Fläschchen hin, auf dem *Melilotus officinalis* stand. »Hier: Lösen Sie zwanzig Tropfen davon in Wasser auf und lassen Sie sie es in kleinen Schlucken trinken. Ich bin gleich zurück.«

Julias Fleischmassen hatten sich im Wasser ungehindert ausbreiten können und ein Vakuum gebildet, das bewirkte, dass niemand sie von der Stelle brachte.

»Seien Sie so freundlich und decken Sie sie zu, Olvido! Heute ist hier schon genug los.« Auf das Geschrei hin war der Kurdirektor herbeigeeilt. Nun warf er Olvido von der Tür aus ein Badelaken zu.

Julia Escribano schlug in ihrer Verzweiflung mit dem Kopf immer wieder auf den Badewannenrand.

»Da sage noch einer, dass die Homöopathie nichts taugt!«, sagte Daniel Corbeletti, als er wiederkam, und hielt den Badefrauen ein Tonfläschchen hin. »Reiben Sie sie damit am ganzen Körper ein. Und schauen Sie mich nicht so an, das ist Olivenöl!«

Während die Frauen die Witwe einölten und die Männer an ihr zerrten, hatte sich Amada in den Raum gestohlen und erforschte neugierig die Tasche des Homöopathen, bis sie gefunden hatte, was sie suchte: *Arnica* gegen Muskelschmerzen. Sie steckte die Tube ein und schlich sich hinaus, während die Erwachsenen drauf und dran waren, die Wanne zu zerschlagen.

Ganz in der Nähe des Ortes, an dem Julia Escribano die Hölle durchlebte, schwebte der Kurarzt im siebten Himmel. In letzter Zeit hatte er mehrere dieser heimlichen Begegnungen genießen dürfen, deren geheimen Code nur zwei Menschen kannten: Zunächst zwinkerten sie einander verstohlen zu, später gaben sie sich im Verborgenen leidenschaftlichen Küssen hin.

Als er die Frau in seinen Armen hielt, dachte Samuel, wie schon oft zuvor, dass die Unendlichkeit nach Gardenien duftete und nach Mandeln schmeckte.

»Eines Tages werden sie uns erwischen. Du bist wahnsinnig ...« Ein Kuss unterbrach ihn mitten im Satz.

»Ich dachte, ich tue dir gut. ›Die Liebe beschwört das Leben und nicht den Tod‹«, deklamierte sie theatralisch, und ihr Lachen hüllte sie ein wie eine Wolke.

»Was reden die Badegäste? Sind sie sehr beunruhigt?«

»Ach, woher denn. Sie werden sich bis zum Ball heute Abend Sorgen machen und sie dann mit dem Toten zusammen begraben. Wann wird er abgeholt?«

»Vermutlich morgen. Seiner Frau geht es sehr schlecht, je eher sie ihn zu Hause aufbahren kann, desto besser. Hör mal, lass dich nicht ablenken!«

Die Frau lehnte sich an Samuel Millares' Oberkörper und begann, sein Hemd aufzuknöpfen.

»Haben wir Zeit?«, fragte sie.

»Wir nehmen sie uns«, gab er zurück.

Die beiden kannten die Haut des anderen in- und auswendig und genossen ihre Liebe hemmungslos. Eine Liebe, die gegen alle Regeln verstieß. Und heimlich geschah wie ein Verbrechen.

Als Kommissar Ginés Fuentes auf den Bahnsteig von Huerta hinaustrat, troff sein Hemd vor Schweiß. Hätte er gewusst, dass der Juli im Zentrum der Halbinsel so teuflisch heiß war, hätte er auf den Anzug verzichtet, aber er hatte das Gefühl gehabt, sich für seine Verabredung mit dem Fabrikanten fein machen zu müssen.

Er nahm den Hut ab und wischte sich den Schweiß von der Stirn, dann putzte er seine Brille und hielt Ausschau nach jemandem, der aussah, als sei er gekommen, um ihn abzuholen und in den Kurort zu bringen.

»Bei Ihrer Ankunft wird Sie ein Fahrer namens Mateo mit einem Ford erwarten. Er ist sehr schlank und rothaarig, Sie können ihn gar nicht übersehen«, hatte ihm die Sekretärin gesagt, die seine Reise geplant hatte, weil er mit logistischen Aufgaben heillos überfordert war.

Beim Betreten der Bahnhofshalle sah er sein Spiegelbild in der Glastür und versuchte vergeblich, sich ein wenig zurechtzumachen. Er war nicht besonders groß und hatte ein paar Kilo zu viel auf den Hüften, die er einfach nicht loswurde, obwohl er sich beim Essen sehr zurückhielt. Das schüttere Haar auf seinem runden Schädel war durch einen peinlich genau gezogenen Mittelscheitel geteilt, und unter seinen vorstehenden Augen bildeten sich Tränensäcke. Heute Morgen hatte er sich gründlich rasiert, aber er spürte, dass sich über den Lippen schon wieder der erste Flaum bildete, und das ließ ihn sich unbehaglich fühlen, weil es seinem Bedürfnis nach Ordnung widersprach.

Das Schlimmste aber war die Unruhe, die ihn befiel, wann immer sich Unerklärliches ereignete, Geschehnisse, die seiner festen Überzeugung widersprachen, dass jeder, der mit dem Verbrechen liebäugelte, früher oder später dafür bezahlen müsse, und dass derjenige, der auf eigene Faust Gerechtigkeit übte, irgendwann einmal die Bitterkeit der eigenen Medizin zu schmecken bekomme. Dafür zu sorgen, dass dies geschah, betrachtete er als seine eigentliche Aufgabe.

Doch die Angelegenheit, die ihn hierher verschlagen hatte, war so kompliziert, dass sie jede Vernunft überstieg.

Vielleicht würde ja das Telegramm, das er am Morgen zuvor aufgegeben hatte, die Ermittlungen vorantreiben.

»Sind Sie der Polizist, den ich nach La Isabela bringen soll?« Ein etwa fünfzigjähriger Mann, dessen Aussehen der Beschreibung der Sekretärin entsprach, überraschte ihn dabei, wie er sich im Fensterglas betrachtete.

»Kommissar Fuentes«, stellte er sich vor und streckte dem Mann höflich eine kleine runde Hand hin.

»Haben Sie kein Gepäck dabei?«, fragte Mateo, der Fahrer, erstaunt.

»Nein. Wenn's geht, fahre ich noch heute Abend zurück.«

Der Fahrer starrte ihn ungläubig an; er hatte noch nie erlebt, dass jemand, der einmal nach La Isabela gekommen war, nicht für den Rest seines Lebens hier bleiben wollte.

5

In den verlassenen Räumen des Kurhauses gab es alte Thermometer, die noch Reaumur und deshalb immer fünf Grad weniger als die Temperatur in Celsius anzeigten; die Temperatur, mit der das Wasser aus der Quelle sprudelte, wurde jedoch in Celsius gemessen: Es waren kontant 28,3 Grad, und in dieser feuchtwarmen Luft nahm der verstorbene Montagut Abschied von La Isabela.

»Abel, wissen Sie, ob Schnee im Kühlhaus ist?«

»Nein, Señor. Es ist seit Jahren nicht mehr in Gebrauch.«

Abel Sierra, der Verwalter, lebte in Guadalajara, zog aber jedes Mal zur Badesaison mit seiner Familie nach La Isabela in ein Haus, in dem schon seine Vorgänger gewohnt hatten, seit es den Kurort gab. Er trug Anzüge, die eher in eine Parlamentssitzung gepasst hätten als in die Kontorräume eines Kurorts, und dazu grellbunte Fliegen, aber der Kurdirektor duldete sein extravagantes Auftreten, weil es dem Kurort Glanz verlieh.

Als Ernesto Montemayor für 50 000 Peseten das Kurbad und für 45 000 Peseten den Palast erwarb, hatte er festgestellt, dass zu Letzterem ein anderthalb Kilometer vom Palast gelegenes Kühlhaus gehörte, das die Dorfbewohner im Winter mit Schnee füllten, um darin ihre verderblichen Lebensmittel zu lagern. Wenn man sich an den Eingang stellte und zwischen den grob aufgehäuften Steinen in die schwarz gähnende Leere blickte, die sich vor dem Blau des

Himmels und dem Grün der Hügel öffnete, packte einen der Schwindel.

»Wo, zum Teufel, bekommen wir dann Eis her? Bei dieser Hitze wird der Leichnam bald anfangen zu verwesen.«

»Sollten wir ihn nicht besser in den Palast bringen? Immerhin ist er das kühlste Gebäude, und es würde den Badegästen den Anblick ersparen. Das Unglück hat sie sehr mitgenommen und ihre Stimmung getrübt!«

»Eine gute Idee, Abel.«

Sie verstauten den Toten mehr schlecht als recht auf dem Rücksitz eines Wagens. Allerdings gelang es ihnen nicht, seine Beine anzuwinkeln, da die Leichenstarre schon eingesetzt hatte, und so lugten während der Fahrt Hosenbeine und Füße unter dem Laken hervor, das sie über ihn geworfen hatten. Ein grotesker Leichenzug für einen Mann, dessen Leben ein düsteres Geheimnis barg.

Bald jedoch sollte dieses Geheimnis gelüftet werden.

»Geht's besser?«, fragte Amada Lucas, nachdem sie die Salbe des Homöopathen aufgetragen hatte.

»Es ist nicht mehr der schlimmste Schmerz, den ich empfinde. Du hast nicht zufällig eine Zigarette für mich, oder? Nein, natürlich nicht, was für eine dumme Frage. Was machst du überhaupt in diesem Kurort?«

»Er gehört meinem Vater«, sagte Amada voller Stolz.

»Aha. Das heißt also, dein Vater ist reich. Da könnte ich dich ja entführen und Lösegeld verlangen«, scherzte er.

»Bist du Anarchist?«

»Was weißt du schon!« Der junge Mann wurde ernst und traurig. »Ihr Töchter aus gutem Hause müsst euch um euer Leben keine Sorgen machen, aber andere haben weniger Glück. Die bekommen einen Haufen Kinder und müssen die Schläge eines jungen oder das Gesabber eines alten Ehemanns ertragen.«

Amada betrachtete ihren neuen Freund: Manchmal sah er aus wie ein Junge, dann wieder, wenn sich seine Augenbrauen schmerzlich zusammenzogen, wie ein Mann. Sie wusste nicht, wie alt er war, aber er gefiel ihr besser, wenn er lächelte, wobei man seine unregelmäßigen Zähne sah, zwischen denen der Käse und die Wurst in null Komma nichts verschwunden waren.

Lucas hatte haselnussbraunes, strubbliges, schmutzverkrustetes Haar und einen leichten Bartflaum am Kinn.

»Die Anarchisten bringen Leute um und stecken Fabriken in Brand«, sagte Amada, um zu beweisen, dass sie nicht dumm war.

»Nein, die Anarchisten wollen, dass solche edlen Stoffe wie diese hier allen gehören oder niemandem.« Lucas hatte Amada heftig am Ärmel gepackt, schämte sich aber sogleich seines Zorns.

Amada riss sich los.

»Es tut mir leid, ich wollte nicht ...«

»Gutes Benehmen ist keine Frage der Herkunft«, erklärte sie spitz. »Das sagt mein Vater immer.«

»Da hast du völlig recht. Wollen wir Frieden schließen? Wenn du mir eine Zigarette bringst, sehe ich über deine Fehler hinweg.« Lucas lächelte schelmisch.

So verbrachten die beiden jungen Leute den Nachmittag redend und scherzend; Lucas vergaß ein wenig den Kummer und die bösen Erinnerungen, die er mit nach La Isabela gebracht hatte, und Amada verging die Zeit wie im Fluge, sodass sie gar nicht mitbekam, dass ein neuer Besucher in La Isabela eingetroffen war.

Durch das offene Fenster drang das Plätschern der Quelle und des Baches.

»Amada«, sagte Lucas, nachdem er eine Zeit lang geschwiegen hatte, »ich bin kein Anarchist.«

»Lass gut sein! Das hatte ich längst vergessen!«

»Nein, ich will es dir erzählen. Ich bin zwanzig Jahre alt und Pharmaziestudent.« Lucas senkte den Kopf; es schien ihm unangenehm zu sein, über sich zu sprechen. »Meine Eltern besitzen eine Apotheke in Suada und hätten gern, dass ich das Geschäft fortführe, deshalb studiere ich. Ich wohne in der Wohnung meiner Großeltern in der Calle del Mar. Ich bin ein mittelmäßiger Student, habe gute Freunde und eine wundervolle Familie. Ich … Ich habe die Bitterkeit der Liebe erfahren, und das hat mich fast wahnsinnig gemacht. Ich bin kein Ungeheuer, aber ich stand kurz davor, eines zu werden …« Er schloss die Augen und fuhr fort: »Jetzt bin ich sehr müde, ich habe die ganzen letzten Nächte nicht geschlafen. Wenn du willst, erzähle ich dir morgen, was mich hierhergeführt hat. Aber nicht heute … morgen.«

Amada schwieg verwirrt. Erst später verstand sie, dass man gewisse Dinge nur jemandem erzählen kann, der sie nicht versteht oder den man nicht kennt.

Die Frau von Vidal, dem dienstältesten Bademeister von La Isabela, hieß Librada, und da sie kinderlos war, verbrachte sie die Zeit damit, Glücksbringer für die Kurgäste anzufertigen. Dazu nähte sie ein Stück Stoff, das sie irgendwo aufgetrieben hatte, mit groben Stichen zusammen und füllte Reis, Heil- und Zauberkräuter hinein, die den Badegästen Gesundheit, Glück und eine baldige Rückkehr nach La Isabela bringen sollten.

Die Beutel waren grün und etwa nussgroß, und Librada verschenkte sie am Eingang der Pension gegen ein meist üppig ausfallendes Almosen. »Librada, ich brauche einen Beutel für meine Nichte Virtudes: Ihr Verlobter macht demnächst die Prüfung zum Notar«, und Librada schrieb den Namen auf den Beutel.

Als Kommissar Fuentes in La Isabela eintraf, saß Librada

an der Plaza de la Constitución und nähte neue grüne Säckchen, neben sich eine Katze, die die Reste eines im Fluss gefangenen Karpfens verschlang.

Rund um den Platz standen Steinbänke, die aus den Überresten eines kleinen, zu Beginn des neunzehnten Jahrhunderts am Flussufer entdeckten römischen Tempels errichtet worden waren, aber Librada waren sie zu hart, und so hatte sie sich ihr eigenes Bänkchen mitgebracht. Von dort aus sah sie, wie der Ford Mateos, des Fahrers aus Sacedón, eine höllische Staubwolke aufwirbelnd die Landstraße entlangraste, die La Isabela mit dem Rest der Welt verband. Er brauste durch den Ort, ohne an den Kreuzungen nach rechts oder links zu sehen, bis er vor Block 21 mit einer scharfen Bremsung zum Stehen kam. Interessiert beobachteten Librada und die Katze, wie ein leicht erschöpft aussehender Mann ausstieg, sich den Schweiß abwischte, mit beiden Händen seinen beigefarbenen Leinenanzug glatt strich und den Gürtel seiner Hose zurechtrückte, bevor er an die Tür des Rathauses klopfte.

»Lauf und hol den Bürgermeister; der Mann, der da eben angekommen ist, ist kein gewöhnlicher Badegast«, sagte sie zu einem der Kinder, die in der Nähe spielten.

Das Dröhnen des Wagens hatte Sotero Rojo und seine Frau an die Tür ihres Lebensmittelladens gelockt.

»Was ist los, Librada?«, fragte Sotero.

Das Geschäft des Ehepaares war das gesellschaftliche Zentrum des Ortes, das sich jedes Jahr beim ersten Sonnenstrahl mit den merkwürdigsten Waren füllte, die mit der ersten Herbstkühle wieder verschwanden. Was das Ehepaar dann mit den Unmengen an Briefumschlägen, Karten, Porzellantellern, Weihwasser, Fächern, Haarkämmen, Lesezeichen und bestickten Taschentüchern anfing, war ein Geheimnis, aber Tatsache war, dass sie im Oktober aus dem Schaufenster verschwanden, das so leer blieb wie der »Salón del Prado«, sobald die Kurgäste nach Hause fuhren. Und wie die Gäste kehrten pünktlich zum ersten Juli des nächsten Jahres die Schätze der Rojos an ihren Platz zurück.

»Na, da will offenbar jemand unseren Sommerfrieden stören!« Der Bürgermeister eilte herbei; er war wütend, weil man ihn aus einer Partie Domino herausgerissen hatte. »Was, zum Teufel, willst du, Librada? Mal sehen, was für eine Geschichte du mir jetzt wieder auftischst …«

»Ich will gar nichts. Aber der junge Mann da, der will was.« Die alte Frau wies in Richtung Rathaus, wo Ginés Fuentes allmählich verzweifelte, weil ihm niemand öffnete.

»Und wer ist das? Nun gut, nehmen wir ihn in Empfang, schließlich habe ich nicht den ganzen Nachmittag Zeit.«

Das Rathaus hieß Rathaus, weil die Dinge nun mal einen Namen haben müssen, machte aber seiner Bezeichnung keine Ehre. Ein Metalltisch, zwei Stühle, eine verblichene Fahne und das Porträt Alfonsos XIII. erwarteten den Neuankömmling.

»Venancio Batanero, zu Ihren Diensten.«

»Sparen Sie sich die Formalitäten, Herr Bürgermeister, ich habe nicht viel Zeit. Ich möchte Sie bitten, Anselmo Montagut über meine Ankunft zu unterrichten. Kommissar Fuentes aus Valencia.«

»Das verstehe ich nicht.«

»Und ich bitte um Diskretion, denn ich möchte seine Familie nicht beunruhigen. Señor Montagut erwartet mich.«

Fuentes sah die Ratlosigkeit des Bürgermeisters und schloss daraus, dass der Mann ein Idiot war, also sagte er laut und deutlich: »Ein Te-le-gramm. Ich habe ihm ein

Telegramm geschickt. Können Sie mir folgen, Herr Bürgermeister?«

»Er kann gar nicht auf Sie warten. Señor Montagut ist gestern verstorben.«

Ginés Fuentes tastete nach der Lehne eines hinter ihm stehenden Stuhls und ließ sich darauf sinken, während ihm die Worte in den Sinn kamen, die er selbst an den nun Toten geschrieben hatte. »Neuigkeiten im Fall. Muss Sie unbedingt sprechen. Leiche gefunden.« Der Kontrast zwischen dem Dröhnen in seinem Schädel und der Stille um ihn herum war eindrucksvoll, bis diese Stille plötzlich von einer weiblichen Stimme durchbrochen wurde, die eine Arie schmetterte.

»Was ist denn das?«, fragte der Kommissar erschrocken.

»Doña Paula, die Gattin des Kurdirektors. Sie war früher Sängerin und zieht sich manchmal in den Ballsaal zurück, um zu singen, damit ihre Stimmbänder nicht verkümmern.«

»Aha. Und … Und …« stammelte Fuentes, »kommt das öfter vor?«

Es kostete ihn, den Vernunftmenschen, gewaltige Mühe zu verstehen, an welch seltsamem Ort der Mann gestorben war, der anscheinend nie von seinem Telegramm erfahren hatte.

»Wenn die Inspiration sie überkommt. Ich denke mal, sie singt dem Toten zu Ehren, denn wir haben ihn in den Palast gebracht …«

»In den Palast? Sagen Sie mal: Woran ist Señor Montagut denn gestorben?«

6

Paula Montemayor sang ihre Arie nicht nur Montagut zu Ehren, sie probte auch für das bevorstehende Sommerfest.

Zwar hatten sich jeden Abend die vornehmsten Kurgäste in dem mit einem roten Teppich ausgelegten Spiegelsaal des Kurbads eingefunden, um ein wenig Glanz in dieses abgelegene Provinznest zu bringen, doch für diesen Abend war ein Vergnügen für das ganze Dorf geplant: ein Sommerfest, wie es zwei bis drei Mal in jeder Saison veranstaltet wurde. Dann duftete der Salón del Prado, die Flaniermeile des Kurorts, nach dem Grün des frisch gesprengten Obstgartens, in den Bäumen hingen bunte Lampions, und über die Promenade spannten sich Girlanden von Gas- und Öllampen.

Das war Balbinas großer Augenblick: Als selbst ernannte Generalmajorin wies sie die Frauen des Dorfes an, die sich lachend und scherzend die Einrichtung des Palastes vornahmen und schließlich die Möbelstücke, die einst Zeugen königlicher Besuche gewesen waren, aber längst nur noch von Termiten und Wanzen heimgesucht wurden, auf die Straße hinausschleppten.

»Die sind aber in einem üblen Zustand, Señora Paula«, bemerkte Balbina zerknirscht.

»Noch schlimmer wäre es, sie weiterhin in irgendeinem Winkel verrotten und von Ratten zerfressen zu lassen.

Schließlich sind sie eine Art Kulturerbe, oder? Und das sollte allen Spaniern zugutekommen.«

Im Jahr zuvor hatten sie in einem der Räume des Palastes eine ganze Reihe rot samtener, mit Blattgold verzierter Theatersessel entdeckt. Tatsächlich hatte es im ersten Drittel des neunzehnten Jahrhunderts in La Isabela ein Theater und sogar Unterkünfte für die Schauspieler gegeben, doch waren sie in den Carlistenkriegen zerstört und nie wieder aufgebaut worden, und diese Stühle waren das Einzige, was davon noch übrig war.

»Für die finden wir eine neue Verwendung«, hatte Paula gesagt und die Stühle in den Innenhof geschleppt.

Nachdem die Stühle wiederhergerichtet waren, stellte sie sie in mehreren Reihen entlang des Gartenzauns auf und schuf so eine Freilichtbühne. Auf dieser hatte sie dann unter dem tosenden Applaus des Publikums mit einer Darbietung wie zu ihren besten Zeiten als Choristin des königlichen Theaters das Sommerprogramm eröffnet.

An diesem Abend jedoch verzichtete sie angesichts von Montaguts Tod dann schließlich doch auf ihren Auftritt, überließ die Bühne einer Kindertheatergruppe aus dem Dorf und beschränkte sich darauf zu kontrollieren, dass die Limonadenkrüge, die Schinkensandwiches, die Schüsseln voller Oliven und Wurst sowie Tortillas, Salat und Chilihuhn nicht ausgingen.

Wohlgeruch und Musik wehten durch die Luft, als die zwei Welten, die der Kurgäste und die der Dorfbewohner, auf der Promenade aufeinandertrafen. Es wurde getafelt und getanzt, man plauderte und tauschte Vertrauliches aus, und zwischen den Erwachsenen spielten die Kinder. Ginés Fuentes, der soeben eintraf, war verblüfft über das bunte Treiben.

Eigentlich wollte er so schnell wie möglich nach Valencia zurück. Als er am Nachmittag von Anselmo Montaguts Tod erfahren hatte, hatte er sich schuldig gefühlt, denn er fürchtete, sein Telegramm – von dem Montaguts Familie offenbar nichts wusste – könne den Zusammenbruch des Textilfabrikanten verursacht haben. Und nun, am Abend, war er mutlos, weil er spürte, dass die Wahrheit komplexer war als gedacht.

»Ihr Mann hat Ihnen also nicht gesagt, dass er heute mit mir verabredet war?«, hatte er die Witwe gefragt, als der Kurdirektor und der Kurarzt sie miteinander bekannt gemacht hatten.

Sie schüttelte den Kopf und musterte die drei Männer, die sie offenbar für das Unglück ihres Mannes verantwortlich machte, feindselig.

»Es ist wegen der Fabrik in Barcelona, nicht wahr?«, rief sie. »Ich habe ihn gewarnt, Doktor! Diese Dreckskerle von der Gewerkschaft haben Anselmo getötet.« Dann murmelte sie wie zu sich selbst: »Dieses verfluchte Land.«

»Herr Kommissar, die Dame ist schwer erschüttert, ich glaube nicht, dass das nötig ist«, schaltete sich der Arzt ein.

»Sie haben recht. Ich helfe Ihnen mit den Papieren für die Überführung«, sagte Fuentes und dachte bei sich, dass es besser war, mit allen Beteiligten an einem Strang zu ziehen.

»Wir sind Ihnen sehr dankbar, dass Sie geblieben sind. Irgendjemand muss der Witwe in ihrer schwierigen Lage beistehen, und die Rückreise wird sicher hart für sie«, sagte der Kurdirektor zum Polizisten. Er war unruhig, die bloße Anwesenheit des Kommissars war ihm unangenehm.

»Ich tue nur meine Pflicht. Morgen Mittag brechen wir nach Valencia auf. Ich nehme an, der Leichenwagen wird um diese Zeit hier sein.«

Durch das unerwartete Auftauchen des Kommissars sah

sich Ernesto Montemayor gezwungen, rasch zu entscheiden, wie er mit dem Autopsieergebnis umgehen sollte, und er beschloss angesichts der Lage, Stillschweigen zu bewahren. Doch er war unsicher, ob er richtig gehandelt hatte, und sein Gewissen drückte ihn schwer.

»Darf ich fragen, aus welchem Grund Sie Señor Montagut hier treffen wollten? Es ist … reine Neugier.«

»Das ist jetzt nicht mehr wichtig.« Der Kommissar wollte nicht darüber reden. Er stellte sein Limonadenglas ab und wischte sich mit dem Taschentuch den Schweiß von der Stirn. »Wenn Sie gestatten, ziehe ich mich jetzt zurück, es war ein anstrengender Tag. Danke für Ihre Gastfreundschaft.«

Der knappe Abschied des Kommissars, der sich nur mühsam ein Lächeln abrang, ließ Ernesto, soweit das überhaupt möglich war, noch mutloser zurück.

Ginés Fuentes war im Haus des Kurdirektors untergebracht, und dahin ging er nun, weil er sich fehl am Platze fühlte und sowieso nicht gern abends ausging. Außerdem war er wütend, weil Montaguts unerwarteter Tod einen Fall offenließ, den er gern ordnungsgemäß abgeschlossen hätte.

Er drängte sich durch den Kreis von Erwachsenen und Kindern, die auf der Tanzfläche am Ende des Salón del Prado einen Pasodoble tanzten, die einzige Melodie, die der alte Pedro am mechanischen Klavier von Anfang bis Ende spielen konnte, ohne hängen zu bleiben.

Unterwegs bewunderte Fuentes das Gelände, das sich, von sorgfältig angelegten Pfaden durchzogen, längs der Landstraße hangaufwärts erstreckte. Er wusste nicht, dass dies der sogenannte »Garten der Königin« war, benannt nach der Regentin Maria Cristina, der Mutter Isabells II. Die Königsfamilie selbst hatte Obstbäume vom Mittelmeer, Gemüse aus Navarra, Erdbeeren aus Aranjuez,

Kirschbäume aus Jerte und Olivenbäume aus Jaén hierhergebracht, um die beste Versorgung für die königliche Residenz zu gewährleisten. Schmuckstücke des Gartens waren ein gewaltiger Mandelbaum mit süßen Früchten und unzählige Weinstöcke, aus deren schwarzen, honigsüßen und zugleich herben Trauben seit Generationen Wein gekeltert wurde, um dann in dem Gewirr unterirdischer Gewölbe zu reifen, das La Isabela in alle Richtungen durchzog.

Hätte Ginés Fuentes den Eingang zu diesem Garten gefunden, so hätte er in der Halbmondnacht ein wahres Paradies voller Rosen, Gardenien, Hyazinthen, Azaleen, Hauswurz und Kamelien entdeckt; er hätte auf einer der Bänke den prachtvollen Garten bewundern oder im Labyrinth aus Buchsbaumhecken in der Mitte des Gartens seinen Orientierungssinn auf die Probe stellen können. Stattdessen versuchte er vergeblich, in einem fremden Bett Schlaf zu finden.

Und so hörte er auch nicht das merkwürdige Stöhnen im Zentrum des Gartens. Jeder Erwachsene hätte es gleich erkannt, doch Amada blieb ratlos stehen beim Anblick der beiden Männer, die einander in einer Stellung umschlangen, die sie sonst nur von Hunden kannte.

Das Mädchen war den Großteil des Abends damit beschäftigt gewesen, die Annäherungsversuche der Freunde ihrer Brüder und der halbwüchsigen Söhne einiger Badegäste abzuwehren, und hatte schließlich beschlossen, sich vor ihnen an einen ihrer Lieblingsorte zurückzuziehen: ins Labyrinth.

Nun kauerte sie zwischen den verschlungenen Buchsbaumhecken und entschied schließlich, dass das, was sie da vor sich sah, an diesem wie für die Liebe geschaffenen Abend eine Art Liebesspiel sein musste. Sie hatte im Schutze des Gartens schon öfter heimliche Paare ertappt und vermutete, dass das Grund war, warum ihre Mutter jeden Ausflug dorthin nach Einbruch der Dunkelheit strikt verbot.

Die aufregendste Entdeckung jedoch machte sie, als sie gerade durch das schmiedeeiserne Tor nach draußen schlüpfen wollte. Hinter einem Blumenbeet berauschte sich der Kurarzt an der leidenschaftlichen Umarmung einer Frau.

Eine Wolke hüllte den Baum, unter dem sie sich verbargen, in Dunkelheit, doch als der Mond wieder zum Vorschein kam, ließ er Anas prächtiges Haar aufleuchten. Und so fand Amada heraus, dass Samuel Millares' Leben nicht einfacher geworden war, seit er der Ehefrau von Felipe Retuerto begegnet war, eines Freundes von Amadas Vater.

7

»Ich sage Ihnen, da stimmt was nicht. Mein Sohn würde mich nie allein lassen, noch dazu im Wissen, wie hoch heute Morgen mein Blutdruck war!«

»Und was erwarten Sie von mir? Er wird im Gasthof sein, in der Bibliothek, im Casino, was weiß ich, vielleicht beim Billardspielen. Hier geht niemand verloren, Sonsoles.«

Ernesto Montemayor stand an einem Tisch mit Erfrischungsgetränken und versuchte, die Dame zu beruhigen, die drauf und dran war, ihm das Fest zu verderben.

»Beim Billardspielen? Es ist doch Nacht und stockduster, wer weiß, wann Sie sich endlich einmal entschließen, hier für Strom zu sorgen.«

»Ist etwas, Don Ernesto?« Doktor Daniel Corbeletti trat zu ihnen, ein Glas Sangria in der einen und sein Täschchen in der anderen Hand.

Der Kurdirektor fasste den Homöopathen am Arm und wisperte ihm zu: »Diese Dame versteht nicht, dass ihr Sohn ein eigenes Leben führt; sie will, dass er ihr weiterhin am Rockzipfel hängt. Sie ist ein wenig durcheinander. Vielleicht hilft ihr ja eines Ihrer Heilmittel?«

»Nun, in Gottes Namen, mal sehen, ob wir ihr helfen können. Wie alt ist denn der Sohn?«

»Zweiunddreißig.«

Sonsoles de la Cruz war eine überzeugte Monarchistin,

die in Madrid einen Palast an der Castellana bewohnte und sich mit den Mitgliedern der feinen Gesellschaft regelmäßig im Ritz zum Tee traf. Sie war eine Freundin der Königinnenwitwe Maria Cristina und Gattin eines Großindustriellen, der mit dem Bau der Eisenbahn auf Kuba ein Vermögen gemacht hatte. Doch ihr Sohn, Robert Montoso de la Cruz, war ein echter Taugenichts.

Sonsoles' Ehemann verbrachte drei Viertel des Jahres irgendwo in der Karibik damit, seinen Gewinn zu mehren. Nur ein einziges Mal war sie ihm ins Abenteuer gefolgt, und da hatte ihr das Klima dermaßen zugesetzt, dass sie drei Monate lang die Hacienda nicht verlassen hatte. Seitdem blieb sie lieber in ihrem Heimatland.

Im Laufe der Jahre fand sie heraus, dass ihr Mann eine ganze Schar von Mulattenkindern gezeugt hatte, die barfuß durch die Zuckerrohrfelder streiften, aber da niemand Anspruch auf den Familiennamen anmeldete, hob sie das Glas und leerte auf ihre Gesundheit eine ganze Flasche Rum.

Wenn er sich nicht gerade in nach Sex und Alkohol stinkenden Betten wälzte, leistete ihr Sohn ihr Gesellschaft und folgte ihr sogar widerwillig nach La Isabela. Dort begab er sich dann allerdings des Öfteren auf die Suche nach Abenteuern und blieb tagelang verschwunden. Sonsoles übersah diese kleinen Fluchten. Sie bemerkte nur sein blendendes Aussehen, das sie mit mütterlichem Stolz erfüllte; in Wirklichkeit aber war ihr Sohn ein Wüstling und Schwerenöter, der gern an den feinsten Tafeln speiste, aber auch die Eier mit Blutwurst in billigen Pensionen nicht verschmähte.

Mutter wie Sohn liebten Wagneropern. Sie, weil die Helden dort Leidenschaften erlebten, die in ihrem Leben völlig fehlten, und er in Vorfreude auf die Leidenschaften, die ihn erwarteten, sobald der Vorhang gefallen war.

Am Morgen nach der Tanzveranstaltung wirkte ganz La Isabela ein wenig verkatert, und nur vereinzelte Badegäste gingen der täglichen Routine nach.

Amada nutzte die Ruhe, um sich einer ihrer Lieblingsbeschäftigungen zu widmen. Sie stieg auf einen Stuhl und durchstöberte die Regale in der Bibliothek nach echten Schätzen unter den abgewetzten Büchern. Es fiel ihr schwer, die Bilder vom Vorabend aus ihrem Kopf zu verbannen; erstaunlicherweise hatte sie die heimliche Liebschaft des Kurarztes am meisten verstört, weil sie ihn stets für einen vernünftigen, maßvollen Menschen gehalten hatte.

»Treibst du dich schon wieder hier herum? Ich muss mal ein ernstes Wort mit deinem Vater reden. Diese Bücher sind nichts für ein Mädchen in deinem Alter!«, schimpfte Olvido, als sie Amada in einem Band von 1785 blättern sah, in dem die Qualitäten des Wassers von La Isabela in einem so altertümlichen Spanisch gelobt wurden, das sie es nur mit Mühe verstand.

»Das ist die Geschichte dieses Kurorts; ich werde nämlich eines Tages auch ein Buch darüber schreiben«, erklärte Amada und las laut vor, um die Badefrau zu provozieren: »Das Wasser ist von größter Reinheit, klar wie Kristall, leicht wie Luft, weich wie Sand, geruchlos, farblos und geschmacklos; flüchtig wie Gedanken, so fein und durchdringend, dass es auch durch die undurchlässigsten Poren dringt …«

Plötzlich stürzte Carmen, eine andere Badefrau, herein und schrie: »Ein Finger! Wir haben einen Finger!«

»Nicht einen, meine Liebe, sondern zehn, alles andere wäre schlecht«, sagte Olvido.

»Einen wie diesen hier«, erklärte Carmen, hielt ihre rechte Hand hoch und wies abwechselnd auf die Finger. »Oder diesen. Also, so ein Finger ist aus dem Wasserhahn gekommen.«

»Meine Güte!«

»Ich wollte gerade ein Bad einlassen, da sprudelte das Wasser plötzlich ganz unregelmäßig hervor« – genau wie ihre Worte – »und da habe ich mit einem Stück Draht in der Leitung herumgestochert, um zu sehen, ob sie verstopft war, und plötzlich kam er in einem Wasserstrahl herausgeschossen: ein Finger und stocksteif noch dazu.«

»Aber wie soll denn ein Finger in die Wasserleitung gekommen sein?«

»Wenn ich's dir doch sage. Komm mit und sieh's dir selber an.«

Als die beiden das Bad betraten, trieb der Zeigefinger in der Badewanne wie ein Boot auf einem Teich.

»Wem könnte der gehören, Herr Doktor?«, fragte Carmen Millares, der kurz darauf eintraf.

»Das Ganze gefällt mir ganz und gar nicht. Schließlich verliert niemand so mir nichts, dir nichts einen Finger. Olvido, hol mir eine Pinzette und ein Tablett aus meinem Behandlungszimmer.«

»Und wenn wir unter den Badegästen herumfragen?«, beharrte Carmen.

»Wer von ihnen einen Finger verloren hat? Red keinen Blödsinn, geh lieber und hol den Kurdirektor.«

»Ach, Herr Doktor!« Olvido kam mit dem Tablett zurück, das Entsetzen stand ihr ins Gesicht geschrieben. »Sie ahnen ja nicht, was passiert ist!«

»Ist noch ein Finger aufgetaucht?«

»Nein, viel schlimmer!«

Der Badegast betrat das Kurhaus und begab sich unverzüglich zu den Duschen. Seit seiner Ankunft in La Isabela waren seine Rückenschmerzen nicht nur nicht besser geworden, sie strahlten jetzt auch in seine Beine aus.

»Sie haben nun mal Rheuma, da müssen Sie schon ein

wenig Geduld haben, bis das Wasser seine Wirkung tut«, hatte der Kurarzt ihn zu beruhigen versucht.

Und weil ein Mann wie er sich nicht kampflos ergab, hatte er beschlossen, sich der radikalsten Form einer Druckwasserbehandlung zu unterziehen: Heiß, kalt, heiß, kalt, wiederholte er, während er sich an einer Stange festhielt, um nicht davongespült zu werden, und schloss die Augen.

Das Wasser brannte auf seiner Haut. Er versuchte, einen Arm zu heben, um sich eine Haarsträhne aus dem Gesicht zu streichen, aber der Wasserstrahl war so stark, dass es ihm nicht gelang, und so wandte er ihm den Rücken zu.

Unbewusst fuhr er sich mit der Hand zwischen die Beine, und er spielte mit seinem Glied.

Dann verleitete ihn das Nichtvorhandensein anderer Badegäste dazu weiterzugehen. Erst war es nur eine sachte Bewegung rund um das Glied, doch als es härter wurde, stellte er sich die üppigen Brüste einer Unbekannten vor, und bei dem Gedanken daran, sich zwischen ihnen zu reiben, brach ihm vor Erregung der Schweiß aus.

Erst als er die Augen wieder öffnete, sah er, was geschehen war, und sein Schrei erstickte in der Flüssigkeit, die aus dem Wasserhahn strömte.

Sein Körper war in einen roten Mantel gehüllt. Der Boden, die Wände, der Wasserstrahl, alles um ihn herum schäumte von Blut.

In einem Einzelraum bereitete sich eine Frau auf ihre erste Vaginaldusche vor. Sie war vor einigen Tagen nach La Isabela gekommen, weil sich die ersehnte Schwangerschaft einfach nicht einstellen wollte, und Samuel Millares hatte bei ihr eine Amenorrhöe diagnostiziert, die alle achtundzwanzig Tage ihren Unterleib zerriss und sie unfruchtbar machte.

»Wir werden die Sitzbäder fortführen und es auch mit

einer Vaginalspülung bei siebenunddreißig Grad versuchen, die Ihnen sicher helfen wird«, hatte ihr der Arzt Hoffnung gemacht.

Die Frau drehte das Wasser auf, ohne hinzusehen, und nahm das Bleirohr zur Hand, das in eine extra für sie ausgekochte Pipette auslief, um eine mögliche Infektion mit Syphilis auszuschließen. Nach mehreren Waschungen tastete sie nach dem Stöpsel für den Abfluss, zog kräftig daran und stand auf. Erst in diesem Augenblick bemerkte sie, gewissermaßen nebenbei, die Wirkung der Vaginalspülung und war angenehm überrascht, weil sie nicht geglaubt hatte, dass diese so schnell eintreten werde.

Das abfließende Wasser im Bidet war rot.

Wenn man in der Halle gleich hinter dem Haupteingang rechts abbog, gelangte man zu dem Brunnen, in dem die Kurgäste ihre Wasserflaschen füllten. Und genau dies hatte der Mann vor, der gerade dort eintraf.

Am Morgen hatte er wieder Blut im Urin gehabt. Jetzt jagte ihm das nicht mehr so viel Angst ein wie die ersten Male, weil er wusste, dass es nicht an seiner Prostata lag; schließlich war er schon einunddreißig und trieb es nicht mehr ganz so wild wie früher. Aber nun hatte sich noch dieses unablässige Stechen auf der Höhe der Hüfte dazugesellt, als jagte ihm jemand einen Dolch in den Rücken. Das Stechen ließ nach, sobald er die Faust auf die Stelle presste, und kehrte zurück, wenn er die Hand wieder fortnahm. Als er dem Arzt davon berichtet hatte, hatte dieser gesagt: »Da haben Sie einen wahren Wackerstein, gegen den hilft nur Wasser trinken, mein Lieber.«

Er nahm die Glasflasche, die er in Sotero Rojos Laden erstanden hatte, öffnete den Wasserhahn, und plötzlich sprudelte es rot heraus.

8

Der Deckel des Sarges, in dem Anselmo Montagut seine Reise nach Valencia zurücklegen sollte, musste bearbeitet werden, denn der Bauch des Mannes wölbte sich so gewaltig, dass der Sarg andernfalls nicht zu schließen gewesen wäre. Blas, der Schreiner von La Isabela, der mit dieser Aufgabe betraut war, fluchte während der Arbeit unablässig, weil er wusste, dass er den ewigen Schlaf des Verstorbenen störte.

»Alle himmlischen Plagen werden uns treffen, eine nach der anderen! Verdammtes Pech!«

»Was fluchen Sie denn so vor sich hin?«, fragte der Verwalter.

»So was gehört sich nicht, Don Abel. Sehen Sie doch nur, wie das aussieht.« Er wies auf das runde Loch in der Größe einer Bratpfanne. »Wenn es nicht so tragisch wäre, könnte man darüber lachen.«

»Noch schlimmer wäre es, den Verstorbenen bei all den Schlaglöchern im offenen Sarg zu transportieren. Hier, decken Sie ihn zu.« Der Verwalter reichte ihm ein säuberlich gefaltetes Stofftuch.

Am 21. Juli 1922 schien die Sonne heiß in den Innenhof des Palastes, in dem die Witwe Montaguts, die Montemayors, Bürgermeister Venancio und Kommissar Fuentes dem Toten das Geleit gaben. Während zwei Arbeiter den Sarg unbeholfen in den Wagen hievten, hatte Paula am

Brunnen in der Mitte des Hofes ihren Arm tröstend um die Witwe gelegt. Wenn sie gekonnt hätte, hätte sie auch noch ihren Mann getröstet, der sorgenvoll die Stirn runzelte. Wie immer wusste seine Frau auch ohne Worte, was in ihm vorging.

Paula verfügte über die Klarsicht der Liebe.

Als sie vor vielen Jahren beschlossen hatte, dass dieser Mann der Richtige sei, hatte sie begonnen, die Wissenschaft der Liebe zu perfektionieren, und nicht nur gelernt, Kinder zu gebären, sondern auch, unausgesprochenen Schmerz zu erkennen. Allerdings lag das so lange zurück, dass sie es manchmal vergaß.

Die Sorge um die Kinder, die sie völlig in Anspruch nahm, hatte sie einander entfremdet; außerdem stand das Wasser immer zwischen ihnen.

Doch Paulas Gefühl irrte nicht: Ernesto betrachtete mit wachsender Unruhe Anselmo Montaguts Witwe, die ihren Mann in Unkenntnis seines Lebenswandels betrauerte, als wäre er ein Heiliger gewesen und nicht der Tunichtgut, der er in Wirklichkeit wahrscheinlich war. Im täglichen Trott, dachte er, gelingt es einem dann doch am besten, etwas vorzugeben, was man nicht ist.

Ihn plagten Reue und Zweifel, ob er recht daran getan hatte, auf Millares' Druck hin zu schweigen. Doch wie so oft in seinem Leben hatte er sich dem Willen eines anderen gebeugt, um Streit und Probleme zu vermeiden. So war er nun mal: ebenso hartnäckig in der Verfolgung seiner Träume wie nachgiebig im Konflikt mit anderen.

Ernesto Montemayors Gewissensbisse waren sofort verflogen, als die Badefrau Carmen völlig aufgelöst hereinstürzte und wirre Sätze hervorstieß, denen anfangs keiner einen Sinn entnehmen konnte, aus denen aber nach und nach ersichtlich wurde, was sich fünfhundert Meter weiter unten zugetragen hatte.

»Ich bleibe hier«, sagte Kommissar Fuentes entschlossen. »Ich werde sehen, ob die Witwe die Reise ohne mich antreten kann.«

»Es muss sich um ein Missverständnis handeln, Carmen macht aus jeder Mücke einen Elefanten.«

»Ihr Kurort badet im Blut, Ernesto, auch wenn Ihre Angestellte noch so sehr übertreiben mag. Ich fürchte, Sie werden mich mehr benötigen, als Sie glauben.«

Als der zweirädrige Karren über die Brücke holperte, kam ihm von La Isabela her Mateos Ford entgegen. Einen Augenblick lang wehte der Hauch des Todes von einem Wagen zum anderen hinüber und besiegelte das Schicksal des Mannes, der soeben in La Isabela einfuhr: Miguel Suárez Toro, Militärhauptmann. Begleitet wurde er von seinem Freund und Kampfgefährten Santiago Merchán aus Granada, der gerade vom Krieg in Marokko zurückgekehrt war.

»Du wirst sehen, hier vergisst du sogar deine Mutter.«

»Deine wird dich sicher erwarten, aber meine liegt schon unter der Erde«, klagte Merchán, der wie durch ein Wunder die Belagerung am Arriutberg überlebt hatte, das Massaker jedoch nicht vergessen konnte, das die Rifkabylen in Abd el-Krim unter den spanischen Soldaten angerichtet hatten. »Und ich konnte sie nicht einmal zu Grabe tragen, weil ich in dieser Steinwüste festsaß.«

Miguel war noch ein halbes Kind gewesen, als er voller Begeisterung seinen Militärdienst antrat, und hatte seitdem unaufhaltsam Karriere gemacht, aber als er nun nach La Isabela zurückkam, war er froh, wieder zu Hause zu sein. Hier lebte seine Familie in bescheidenem Wohlstand, betrieb Landwirtschaft und Weinbau und wartete sehnsüchtig auf den ältesten Sohn, für den die Mutter im Winter Pullover strickte. Er hingegen träumte davon, sich eines Tages um seine Eltern kümmern zu können.

Mit Santiago Merchán war er seit der Grundausbildung eng befreundet, auch wenn sie danach an verschiedenen Fronten kämpften, weil es den Granadiner immer nach Marokko gezogen hatte. Seit seinen traumatischen Erlebnissen aber hegte Santiago einen tiefen Groll gegen Alfons XIII., seine Generäle Silvestre und Berenguer und die unfähige Regierung, und um seinen Freund aufzuheitern, hatte Miguel beschlossen, ihn zu ein paar Tagen Urlaub in seinem Heimatort einzuladen.

In La Isabela waren stets zahlreiche hochrangige Militärs zu Gast, die Abend für Abend im Ballsaal ihre Galauniformen und Medaillen zur Schau stellten.

Miguel Suárez aber hielt sich von diesem Treiben fern. Er vergnügte sich lieber mit Gloria, einer der jüngsten und hübschesten Badefrauen des Kurorts. Als eines von sechs Kindern einer armen Familie hatte sie schon früh erkannt, dass dieses Leben ihr nicht allzu viele Möglichkeiten bot, und das hatte sie stark und furchtlos gemacht.

Böse Zungen im Dorf behaupteten, dass sie Miguel gern geheiratet hätte, diesem aber nicht der Sinn nach der Ehe stand. Sicher war, dass das vergebliche Warten darauf, dass Miguel sein Leben als Soldat und Frauenheld aufgab, Gloria verbittert hatte. Und ihr Hass auf und ihre Verachtung für ihren Broterwerb machten die Sache nicht besser.

»Gloria, putz das Bad, der nächste Kurgast wartet schon. Und nimm saubere Handtücher mit, die vergisst du immer!«, ermahnte Olvido sie, die sich gern als die Gouvernante des Kurbads aufspielte.

»Ich hab's satt, ihre Scheiße aufzuwischen.«

»Was sagst du?«

»Ihren Dreck, Olvido! Da tun sie so vornehm, diese Damen und Herren, und doch pinkeln und kacken manche von ihnen in die Wanne. Und eines lass dir gesagt sein: Sie sind kein bisschen besser als wir.«

»Aber du musst ihnen Respekt entgegenbringen.«

»Respekt? Wofür denn? Die Hälfte von ihnen bedankt sich nicht einmal und sieht auf uns herab, als wären wir der letzte Dreck. Ich denke nicht daran, vor Leuten zu kuschen, die jeden Sommer hierherkommen und es nicht für nötig halten, Trinkgeld zu geben.«

»Es ist deine Arbeit, und du wirst dafür bezahlt.«

»Bezahlt? Ja, drei Peseten krieg ich dafür. Und die, die ihnen die Betten machen und jeden Tag den Hintern abwischen, zweieinhalb. Kannst du mir mal verraten, wo ich damit hinkommen soll?«

»Gloria, Kind, ich weiß nicht, woher du die Rosinen im Kopf hast, aber gut ist das nicht.«

Kaum war Mateos Ford in der Hauptstraße des Ortes angelangt, musste er auch schon bremsen, weil ein ganzer Trupp Frauen ihm den Weg versperrte.

»Sieh mal einer an: Miguel ist wieder da! Wie geht's, Junge? Wie läuft's beim Militär?«

»Und was ist mit euch los, dass ihr hier so aufgescheucht herumflattert?«, rief der Hauptmann durchs Wagenfenster.

»Stell dir vor, das ganze Bad ist von Blut überschwemmt! Überall ist Blut, weil einer der Wasserhähne einen Finger ausgespuckt hat.«

Miguel stieg aus dem Wagen und umarmte und küsste seine Mutter. Dann machte er sich auf die Suche nach Gloria.

»Wo will er denn hin? Er kann mich doch nicht einfach hier stehen lassen!«, beschwerte sich sein Gast, der nicht verstand, warum Miguel es so eilig hatte.

»Männergeschichten, das müssten Sie doch eigentlich wissen.« Miguels Mutter zog den Oberstleutnant ins Haus. »Ihre Mutter ist verstorben, nicht wahr? Nun, dann werde ich Sie behandeln wie einen Sohn. Kommen Sie, ich gebe Ihnen ein schönes kühles Zimmer.«

Miguel lief geradewegs zum Hintereingang des Kurhauses, denn der Gedanke an Gloria beflügelte ihn und ließ seinen Puls schneller schlagen. Das war schon immer so gewesen, seit er sie das erste Mal nackt gesehen hatte. Es war ein Silvesterabend gewesen, und Gloria, damals kaum mehr als ein trotziges junges Mädchen, hatte beschlossen, das neue Jahr rein von Sünden zu beginnen, und darum ein Bad im Waschhaus genommen, während er sie hinter den Ulmen hervor heimlich beobachtet hatte. Als sie ihn dort kauern sah, hatte sie nur gelächelt und sich weiter gewaschen. Diese Mischung aus Sünde und Tugend, Hingabe und Verweigerung, die diese Frau umgab, hatte ihn schon damals wahnsinnig gemacht.

Miguel und Gloria hatten einander seit dem letzten Sommer nicht gesehen. Bei ihrem Abschied hatte sie ihn gewarnt, wenn sie sich nicht sofort verlobten, werde sie sich einen Mann suchen, der ihrer würdig sei. Er hatte ihr nicht geglaubt, weil er diese Drohung schon kannte. Den ganzen Winter über hatte er immer wieder von ihren ausladenden Hüften und ihrem Mund geträumt, der nach Heimat schmeckte. »Sie schmeckt nach wilden Brombeeren und reifen Kirschen«, schwärmte er, und dann gingen seine Gedanken von den roten Früchten zu ihren rosigen Brustwarzen, bis sich seine Erregung entlud und er friedlich einschlief.

»Olvido!«, rief Miguel die Badefrau an, die soeben mit einem Korb voller leerer Glasflaschen aus dem Haus kam.

»Sieh mal an, unser Don Juan ist auch schon da! Wo hast du denn deine Uniform gelassen? So, wie du herumläufst, siehst du aus wie einer der Galane aus dem Dorf.«

»Lass die Geschichten. Wo ist Gloria?«

»Die arbeitet, aber für dich wird sie sicher eine Pause

einlegen. Hör mal«, Olvido hielt ihm den Korb mit den Flaschen hin, »warum trägst du mir nicht den Korb? Mir bricht bald das Rückgrat.«

Plötzlich erschien Gloria in der Tür, die Hände in die Hüften gestemmt.

»Wenn du willst, nehme ich dir die Flaschen ab, Olvido. Ich habe ein Wörtchen mit diesem Herrn zu reden.«

9

Auf dem kurzen Weg hin zu dem Gebäude, in dem die Flaschen gereinigt wurden, wechselten die beiden kein Wort. Gloria weigerte sich hartnäckig, ihm den Korb zu überlassen, während Miguel sich in Schmeicheleien erging. Sie trug den schweren Korb, ohne den Mund aufzutun, ohne zu keuchen, ohne zu klagen, aber kaum hatte sie die Flaschen abgesetzt, sah sie ihn wütend an.

»Was willst du, Miguel Suárez?«

»Dich.«

»Das kannst du ebenso vergessen, wie du den ganzen Winter über vergessen hast zu schreiben.«

»Psst. Still, schrei doch nicht so.«

»Ich soll nicht schreien? Du bist ein Dreckskerl, ein Lump, ein Hurensohn …«

»Ich hab's verstanden.« Miguel packte sie am Arm, um sie in den Lindenhain zu ziehen, wo sie vor indiskreten Blicken geschützt waren.

»Fass mich nicht an! Ich bin kein Hund, dem du den Rücken tätscheln kannst, wenn du nichts Besseres zu tun hast!«

»Ich habe dir mehrmals geschrieben.«

»Zwei Mal, Miguel! Genauer gesagt, zwei Briefe und ein Postkarte, auf der stand: Frohe Weihnachten und ein glückliches neues Jahr, unterzeichnet: Militärhauptmann Suárez Toro. Lass mich in Ruhe! Du und deine Rangabzeichen und die Armee und der gottverdammte König.«

»Nun gut, ich gebe zu, ich bin kein großer Schreiber, aber ich habe jeden Tag an dich gedacht und jede Nacht auch.« Er versuchte, sie um die Hüfte zu fassen.

»Ich hab gesagt, du sollst mich nicht anfassen«, zischte Gloria warnend. »Hast du auch nur einmal darüber nachgedacht, wie mir zumute war, während ich hier alleine saß und auf dich gewartet habe? Und worauf habe ich gewartet, Miguel, worauf? Ich bin nicht die Verlobte, die sie auf der Straße fragen: ›Na, wie geht's dem Soldaten? Wann hat er wieder Urlaub?‹, und nicht die, die deine Mutter grüßen kann wie eine Schwiegermutter. Nein, ich bin ein Soldatenliebchen.« Sie war so wütend, dass ihr winzige Speicheltropfen vom Mund flogen. »Vergiss Gloria Ortega, Miguel Suárez, und zwar für immer.«

»Das kann ich nicht.«

»Oh doch, das kannst du. Ich habe dich auch schon vergessen.«

»Du kannst es auch nicht!«

»Und ob.« Gloria stürzte davon in Richtung Kurhaus, so schnell, dass Miguel die Verfolgung bald aufgeben musste.

Amada beschloss, erst am späten Vormittag in die alte Küche hinaufzugehen, damit ihr Freund ausschlafen konnte, aber sobald sie der Meinung war, nun habe sie lange genug gewartet, schlich sie die Treppe hinauf, um ihm zu bringen, was sie aufgetrieben hatte.

»Wird bei euch immer gefeiert?«, fragte Lucas, während er Hefeschnecken in Milch tauchte, ein köstliches Frühstück, mit dem Amada ihn geweckt hatte. »Gestern Abend war vielleicht was los da unten!«

Lucas hatte auf dem Boden aus gestampftem rotem Lehm, wie es ihn im ganzen Haus gab, unter ein paar Decken geschlafen, die er in der Ecke eines Zimmers entdeckt hatte; trotzdem fühlte er sich einigermaßen erholt, zumal seine Freundin ihr Bestes tat, ihn aufzupäppeln. Er musste zugeben, dass ihre Begeisterung ansteckend war und dass in ihrer Gegenwart das Leben leichter schien.

»Im Sommer ja. Der Herbst dagegen ist sehr traurig, da fahren alle nach Hause und das Kurhaus wird geschlossen.«

Etwas an Amada zog ihn an, aber … sie war ja noch ein Kind, dachte er. Er sah ihr tief in die Augen und stellte fest, dass sie grün waren, nicht von diesem durchsichtigen Grün, an das er sein Herz verloren hatte, sondern undurchsichtig, Augen, die unzählige Geheimnisse bargen und die er gern geküsst hätte; da unterbrach sie plötzlich seine Träumereien und zerstörte den Zauber.

»Lucas?«

»Was ist?«

»Wenn sich zwei Männer küssen und berühren, ist das Sünde?«

Vielleicht war sie doch kein kleines Mädchen mehr, dachte er überrascht und lehnte sich an die Wand. Er hätte sonst was für eine Zigarette gegeben.

»Ich weiß es nicht. Es ist wohl eine andere Art von Liebe, aber … ich weiß nicht, was ich davon halten soll.« Seine Erinnerungen drohten ihn zu überwältigen. »Es ist so schwierig zu lieben … Richtig zu lieben.«

»Ist es dir denn gelungen?«

»Nein, ich habe den Verstand verloren.«

»Oh, beinahe hätte ich es vergessen: Ich habe dir ein Geschenk mitgebracht!« Amada zog eine Handvoll Zigaretten aus der Tasche, die sie am Morgen ihrem Vater stibitzt hatte. »Ach ja, und Streichhölzer.«

»Wie klug von dir!« Lucas umarmte das Mädchen und küsste sie auf die Stirn, begierig darauf, den Rauch durch seine Lungen strömen zu fühlen.

Die zweite Zigarette teilten sie, was für Amada der Beginn einer Gewohnheit war, an der sie nie so recht Geschmack finden würde.

»Wenn du rauchst, bist du dann weniger traurig?«

»In gewisser Weise ja, aber meine Traurigkeit sitzt so tief, dass ich nicht weiß, wie ich sie herausreißen soll.«

Das plötzliche Erscheinen der Badefrau, gerade als er den Toten zurück nach Valencia begleiten wollte, hatte die Pläne von Kommissar Fuentes komplett über den Haufen geworfen. Seine Berufsehre gebot ihm, vorläufig in La Isabela zu bleiben, auch wenn das hieß, dass er die Witwe sich selbst überlassen, ein wenig improvisieren und die Ermittlungen beschleunigen musste, was gegen sein gemessenes, bedachtes Wesen ging.

Er beschloss, als Erstes den Arzt bei der Untersuchung des Fingers, der Stunden zuvor in der Wasserleitung aufgetaucht war, zu Rate zu ziehen. Fuentes trug immer noch das Hemd und den Anzug, worin er am Vortag angereist war, doch waren die Kleidungsstücke nun zerknittert und verschwitzt.

»Was halten Sie davon, Doktor Millares?«

»Er scheint nicht besonders lange im Wasser gelegen zu haben, wahrscheinlich keine vierundzwanzig Stunden. Noch hat er sich nicht grünlich verfärbt, obwohl er völlig ausgeblutet ist, was bedeutet, dass er dem Opfer bei lebendigem Leib abgeschnitten wurde.«

»Interessant. Wo kommt das Wasser her?«

»Was?«, fragte der Kurarzt verständnislos.

»Nun, sehen Sie: Wenn ich«, der Kommissar ging zum Waschbecken hinüber, »diesen Wasserhahn aufdrehe, kommt das Wasser heraus … Oh nein, wie dumm! Nun habe ich alles nass gemacht!«

Beim Aufdrehen des Wasserhahns war immer noch blutig verfärbtes Wasser herausgespritzt.

»Aus der Quelle. Alle Leitungen im Kurhaus speisen sich aus der Quelle.«

»Erklären Sie mir, wie dieser Mechanismus funktioniert.«

»Der Kurdirektor kann es Ihnen genauer erklären. Wahrscheinlich hat er sogar die Pläne der Leitungen.«

Die beiden Männer begaben sich auf die Suche nach Ernesto Montemayor und fanden ihn schließen bei dem Versuch, die durch das Blutbad verstörten Badegäste zu beruhigen.

»Lassen Sie mich nachdenken. Es könnte sein, dass sich in der Bibliothek ein altes Buch mit einer Beschreibung der Kanalisation findet, aber bedenken Sie, dass die Gebäude umgebaut wurden.«

»Haben Sie selbst Veränderungen an den Wasserleitungen vorgenommen?«

»Nein. Mein Vorgänger hat viel in das Bad investiert, und so habe ich nur Schönheitsmaßnahmen durchgeführt.« Während ihrer Unterhaltung waren sie zur Bibliothek gegangen und studierten nun die Pläne, die Ernesto aus den Regalen zusammensuchte. »Sehen Sie, hier sind einige Unterlagen der königlichen Architekten.«

Der Kurdirektor breitete auf dem Schreibtisch unter dem Fenster ein paar Pläne aus dem neunzehnten Jahrhundert aus.

»Es gab drei Eingänge an der Vorderfront?«

»Anscheinend ja. Einer führte direkt zu den königlichen Gemächern. Allerdings waren die Bourbonen nur sehr selten hier. Aber was hat das alles mit dem Finger zu tun?«

»Sehr viel sogar. So pflege ich vorzugehen. Solange die Polizei in Guadalajara noch nicht über die Vorgänge unterrichtet ist, betrachte ich mich als verantwortlichen Ermittler.«

»Das heißt also, es gibt eine Ermittlung?«

»Aus der Hälfte Ihrer Wasserhähne strömt Blut, und Sie wundern sich, dass ermittelt wird? Seltsam. Und was ist das hier?«

Vielleicht dienten einige von Fuentes' Fragen tatsächlich nur der Befriedigung seiner Neugier, aber das hätte er natürlich niemals zugegeben; seine Gesprächspartner sollten das Gefühl haben, dass alles ein Teil der polizeilichen Untersuchung sei.

»Das sind die alten Abwasserleitungen«, erklärte Ernesto, ein wenig eingeschüchtert, nachdem er die beiden Pläne verglichen hatte.

»Und wohin führen sie?«

»Sie münden in einen zentralen Abfluss in jedem Innenhof. Sie kennen das Kurbad noch nicht, nicht wahr, Kommissar? Kommen Sie mit, ich werde Sie herumführen.«

»Einen Augenblick«, wandte der Kommissar ein. »Zuerst möchte ich die Quelle sehen.«

10

»Gestern hast du gesagt, du willst mir etwas erzählen.«

Amada hatte beobachtet, wie die Stimmung ihres Freundes im Laufe des Tages wechselte – er war begeistert von den Zigaretten, blätterte mit ihr konzentriert in einem ihrer geliebten alten Bücher, war mal apathisch, schweigsam und traurig und flirtete dann wieder in aller Unschuld mit ihr –, doch nun saß er schon seit geraumer Zeit mit verlorenem Blick und zitternden Händen da, und sie dachte, dass es ihm vielleicht guttäte, ihr wie versprochen sein Herz auszuschütten.

Sie, die sonst kaum stillsitzen konnte, fand allmählich Gefallen daran, stundenlang tatenlos in diesem Versteck auszuharren, denn obwohl sie Lucas gerade erst kennengelernt hatte, fühlte sie sich in seiner Gesellschaft wohl.

Als sie ihn bat zu erzählen, was ihn bedrückte, zögerte er zunächst, doch schien ihm der Satz, den er dann sprach, schon lange auf der Zunge gelegen zu haben.

»Unter einer Bedingung, Amada.«

»Ich verspreche, dass ich es niemandem weitererzählen werde«, versicherte sie eifrig.

»Das ist mir egal. Nein, ich wollte dich bitten, mir zu helfen, von hier wegzukommen.« Nun wirkte er nicht nur traurig, sondern verzweifelt. Er nahm den Korb, in dem er seine Habseligkeiten verwahrte, und holte ein Päckchen heraus. »Wirst du das tun? Schwör es mir.« Das kleine

Päckchen in seiner Hand war ein Etui aus schwarzem Leder, das ein paar Fläschchen enthielt, jedes etwa so groß wie ein kleiner Finger, dazu ein Gummiband und eine Spritze. Dann begann er zu erzählen.

Das ist die Geschichte, die Lucas Amada erzählte und die sie viele Jahre lang für sich behielt, obwohl sie das niemals versprochen hatte, weil sie trotz ihrer Jugend nur allzu gut verstand, dass die Toten sich vor einem anderen Gericht verantworten müssen als vor einem menschlichen.

Anselmo Montagut war ein Frauenkenner; schließlich half er ihnen, sich zu kleiden. Er besaß Geschäfte in Valencia, Barcelona, Madrid und San Sebastián, beschäftigte die besten Schneider des Landes und verkaufte sogar ins Ausland, kurz gesagt: Er war ein erfolgreicher Geschäftsmann.

Aber Anselmo Montagut y Benadie konnte sich keine heimliche Liebschaft erlauben. Keine Verrücktheiten zwischendurch. Kein Nirvana verstohlener Küsse. Jemand, der es so weit gebracht hatte wie er, wusste, dass eine solche Leidenschaft sein Verderben wäre. Deshalb tötete er seine Geliebte.

Mit seiner Frau Enriqueta führte er eine ganz gewöhnliche und mit drei Kindern und eisernen Gewohnheiten gesegnete Ehe. Zwischen der Erfüllung seiner ehelichen Pflichten war Anselmo vollauf damit beschäftigt zu arbeiten, das Vertrauen seines Schwiegervaters zu verdienen und das Geschäft so erfolgreich zu führen, dass der Alte, halb gelähmt von der Gicht, ihm schließlich die Firma überschrieb. Aus »Tejidos Roig« wurde »Paños y Sedas Montagut y Roig«.

Er war Herr über zweihundert Angestellte und eine Heerschar ausgezeichneter Verkäuferinnen. Eine von ihnen war María Salud Sanchidrián, eine Brünette mit Augen von der Farbe des Mittelmeeres, die sich frisierte und schminkte wie die Stummfilmdiva Louise Brooks.

Trotz ihres Aussehens wollte María Salud weder Schauspielerin noch Varietékünstlerin werden, sondern stand mit beiden Beinen fest auf dem Boden. Sie hatte Führungsqualitäten und zeigte diese auch, und so war es nicht weiter verwunderlich, dass sie innerhalb von nur fünf Jahren im Geschäft in der Calle Preciados in Madrid vom einfachen Lehrmädchen bis zur Filialleiterin aufstieg.

Zwei Jahre später berief Anselmo Montagut sie nach Valencia, um das Flaggschiff des Unternehmens, das Geschäft in der Calle San Vicente, zu führen. Mit zweiundzwanzig Jahren war María Salud eine Meisterin ihres Fachs: Sie hatte einen gesunden Geschäftssinn und ein Händchen für den Umgang mit Kunden.

Und dort, in dem alten, vom Firmengründer noch selbst eröffneten Geschäft, erblühte zwischen Stoffen und Registrierkassen die Liebe zwischen Anselmo und María Salud – eine Affäre, die geprägt war von der Hingabe und dem Wagemut der Frau und der Zurückhaltung und Feigheit des Mannes.

Drei Jahre lang waren die Liebenden bei der Arbeit und auf Geschäftsreisen unzertrennlich. »Señorita María Salud ist meine rechte Hand, Sie können alle Bestellungen an sie richten.« Der Rest der Geschichte war ebenso banal wie altbekannt: Eine Frau, die nichts verlangt, aber mit ansehen muss, wie gefährlich schnell die Zeit vergeht, ein Mann, der anfangs alles verspricht, aber dann anfängt, um alles zu feilschen. So lief die Affäre über einige Zeit weiter, bis etwas Unerwartetes geschah und die Ereignisse sich überstürzten.

Niemals hatte María Salud sich Anselmo Montaguts Willen so wenig gefügt wie zu der Zeit, als sie schwanger wurde. Es waren harte Wochen einsamer Kämpfe und gemeinsam ausgefochtener Kriege, geprägt von Streitigkeiten, Trennungen und Versöhnungen, und schließlich stellte María Salud ihren Geliebten vor die Wahl: Entweder er verließ seine Familie, um mit ihr eine neue zu gründen, oder sie würde sich, weit weg von Valencia, den Stoffen und ihrem Luxusleben, einen Mann suchen, der sich um sie und ihr Kind kümmerte.

Natürlich liebte sie ihn, doch sie war nicht bereit, sich lebendig begraben zu lassen und auf eine Liebe zu warten, die keine Zukunft hatte, denn eine goldene Regel hatte sie von Anselmo selbst gelernt: pragmatisch zu sein.

Mit fortschreitender Schwangerschaft schwoll Montaguts Bauch ebenso sehr wie der ihre, ein Wanst voller Galle, Angst, Wut und Gasen, den er unter tadellos geschnittenen Anzügen zu verbergen suchte.

In dieser angespannten Situation erbat er sich von ihr eine Bedenkzeit, die sie ihm gewährte. Aber nach Ablauf der Frist hatte Anselmo keine andere Antwort parat, als sie um eine weitere Frist zu bitten, und dieses Mal war María Salud nicht bereit, sie ihm zuzugestehen.

Sie war entschlossen, ihn zu verlassen, und an einem strahlenden Frühsommertag teilte sie ihm ihren Entschluss mit.

Die Trennung wurde tatsächlich vollzogen, allerdings auf grässliche Art und Weise: In einem Anfall blinder Raserei versuchte Anselmo Montagut, seiner Geliebten das Kind, das, wie er glaubte, zwischen ihnen und ihrem Glück stand, aus dem Leib zu schneiden. María Salud verblutete jämmerlich.

Der Tag, an dem Anselmo Montagut sein eigenes Fleisch und Blut mit einem Küchenmesser durchbohrte, war danach für immer aus seinem Kalender getilgt. Eine dunkle, undurchdringliche Wolke lag über seiner Erinnerung an diese Stunden.

Im Nachhinein war ihm, als hätte er das Bewusstsein verloren, aber seine Augen waren offen, als ihr Blut heiß über seine und ihre Wangen strömte und auf dem Fußboden eine Lache bildete und der letzte Blick aus ihren blauen Augen sich in die seinen bohrte.

Es war seltsam, dass sie, die sonst immer so entschlossen war, sich an diesem Nachmittag nicht zur Wehr setzte, als sie von den Händen des Menschen starb, den sie am meisten liebte.

Nachdem Anselmo Montagut, wie von einer fremden Macht getrieben, das zerstört hatte, was ihm am teuersten war, war er ein paar Minuten lang wie gelähmt. Dann jedoch ging er mit geradezu teuflischer Durchtriebenheit daran, sein Verbrechen zu vertuschen: Bei der Polizei, wo er einflussreiche Freunde hatte, meldete er seine Angestellte als vermisst; er gab an, die Frau sei in politische Aktivitäten verstrickt gewesen, die sein Unternehmen in Verruf brächten. María Salud hatte nie einen Hehl aus ihrer Sympathie für die Suffragetten gemacht, und von da bis zum Radikalismus der Anarchisten war es nur ein kleiner Schritt übler Nachrede, die er höchstpersönlich verbreitete: Er erfand eine Vergangenheit mit zweifelhaften Nächten, rachsüchtigen Liebhabern und Querelen innerhalb der Gewerkschaft, und nachdem die Lebensgeschichte der Frau auf diese Weise neu geschrieben war, wunderte es niemanden mehr, als ihre von brutalen Messerstichen verstümmelte Leiche gefunden wurde.

Anselmo Montagut legte sich ein passendes Alibi zurecht, entfernte alle persönlichen Gegenstände aus María Saluds Wohnung und ging nach Hause, wo seine Kinder gerade Klavierunterricht hatten. Seine Frau war überrascht, ihn so früh zu sehen, und bekam Angst, als sie hörte, wie er sich im Bad stundenlang wieder und wieder übergab.

Wäre Anselmo Montagut sich seiner nicht so sicher gewesen, so hätte er vielleicht den Schatten bemerkt, der am oberen Treppenabsatz kauerte, als er María Saluds Wohnung verließ, aber in seinem Mordrausch kam er gar nicht auf den Gedanken, dass jemand ihn beobachtet haben könnte.

María Salud hatte in einer sonnigen Dreizimmerwohnung mit hohen Decken gelebt, deren Miete sie mit dem Inhalt eines Umschlags beglich, den ihr Liebhaber in der letzten Woche jedes Monats auf der Kommode im Flur hinterließ, ein diskretes Ritual, über das keiner von beiden je ein Wort verlor. Anfangs war es ihr schwergefallen, sich damit abzufinden, dass sie sich aushalten ließ, aber die Pension, in der sie sich bei ihrer Ankunft in Valencia eingemietet hatte, war nicht der geeignete Ort für Schäferstündchen, und so hatte sie sich mit dem von ihrem Geliebten vorgeschlagenen Wechsel einverstanden erklärt.

Ihre neuen Nachbarn hatte Anselmo nie zu Gesicht bekommen. Lucas, ein junger Pharmaziestudent, der über María Salud wohnte, wurde zu ihrem Vertrauten und treuen Freund, und wenn ihr Liebhaber gegangen war, ging er zu ihr, um sie zu trösten. Und auch wenn sie Lucas nur brauchte, um sich an seiner Schulter auszuweinen, gefiel er sich doch in der Rolle ihres Beschützers und bot ihr sogar an, sie zu heiraten und sich um ihr Kind zu kümmern.

Lucas wusste, dass das Treffen an diesem Nachmittag Ende Juni die Entscheidung bringen würde; danach würde sie frei sein, um ihr Leben zu leben. Und so lauerte er auf der Treppe, hinter den Geländerstangen verborgen, auf seine Gelegenheit. Doch die einzige Gelegenheit, die ihm blieb, war die, Rache zu nehmen.

Als er die Tür mit einem Zweitschlüssel geöffnet hatte, gefror ihm das Blut in den Adern: Die verstümmelte María Salud lag auf ihrem Bett, das Laken troff von Blut.

Mit einem Aufschrei schloss Lucas die Tote in die Arme. Stundenlang saß er auf dem Bett, weinte und hielt Totenwache für die Frau, die er liebte.

Am nächsten Morgen begab sich Montagut nach einer schlaflosen Nacht zur Polizei. Dort sprach er mit Kommissar Ginés Fuentes, einem bescheidenen, aber eifrigen Diener des Gesetzes, der von seinen Vorgesetzten angewiesen worden war, die Angelegenheit mit höchster Diskretion zu behandeln. Bis zu diesem Augenblick war der Mörder äußerst raffiniert vorgegangen. Er schilderte María Salud als durchtriebenes, schamloses Weibsstück, von dem nur das Schlimmste zu erwarten war, und bat zuletzt, ihn zu benachrichtigen, sobald die Leiche gefunden war, die Presse aber aus der Angelegenheit herauszuhalten, da die ganze Geschichte zum Wohle eines bedeutenden Wirtschaftsunternehmens wie des seinen so bald wie möglich in Vergessenheit geraten sollte.

Erst als er sich mit einem Händedruck von Ginés Fuentes verabschiedet hatte und die Polizeiwache verließ, fiel ihm der Monatslohn ein, den er aus alter Gewohnheit in einem Geschäftsumschlag auf der Kommode hinterlassen hatte, dazu eine handschriftliche Notiz: »In der Hoffnung auf viele gemeinsame Jahre. A.« In der letzten Woche des Monats, wie immer.

Kein politisches Motiv würde ihm zur Rechtfertigung dienen, ebenso wenig wie seine Eifersucht, wenn die Polizei den Umschlag mit dem Aufdruck »Paños y Sedas Montagut y Roig« entdeckte; er musste also zurück und ihn holen, bevor Fuentes' Männer die Leiche fanden, nachdem sie die Adresse ermittelt hatten.

Aber hinter der Tür, hinter der ihn früher höchste Freuden erwartet hatten, lauerte der Wahnsinn auf Montagut. Der Umschlag war nicht da. Und als er das Zimmer betrat, in dem die Bluttat geschehen war, fand er nur die blutbefleckte Matratze vor; María Salud Sanchidrián war verschwunden. Das war Lucas' Rache.

Von nun an führte Anselmo Montagut ein Leben am Rande des Zusammenbruchs, bis er am 19. Juli seiner Geliebten ins Jenseits folgte, um seine Schuld zu büßen und sie um Verzeihung zu bitten.

Wer weiß: Hätte Anselmo Montagut an jenem Abend Lucas gesehen, wie er die Tote in ein Dutzend Laken wickelte und sie in einer alten Truhe, die einst seinen Großeltern gehört hatte, davonschleppte, wäre er vielleicht beruhigt gewesen. Hätte er gewusst, dass sein Geld María Saluds armer Mutter zugutekam, hätte er nicht die Wohnung auf den Kopf gestellt, um es zu finden. Hätte er Lucas' Schmerz gesehen, als er das ungeborene Kind an einer abgelegenen Stelle am Strand von Malvarrosa begrub, an dem er manchmal sonntags vormittags mit seiner Nachbarin Schokolade getrunken hatte, und dort Blumen niederlegte, hätte er vielleicht seinen Schmerz mit ihm geteilt, anstatt den Verstand zu verlieren. So aber überwältigte ihn angesichts all der Fragen, auf die er keine Antwort fand, die Angst.

Lucas kannte die Pläne der Familie Montagut und zögerte nicht, denselben Zug zu besteigen wie der Mörder. Er hatte eine Schuld einzutreiben.

»Du bist hierhergekommen, um ihn zu töten?«

»Ja, aber ich habe es nicht getan.« Tränen benetzten den blauen Arbeiterkittel, den er angezogen hatte, um nicht aufzufallen. »Du glaubst mir doch, oder? Ich hätte es getan, denn jemand, der mit einem Messerstich gleich zwei Leben nimmt, verdient es nicht weiterzuleben, aber jetzt ist alles sinnlos.«

»Warum gehst du nicht zur Polizei?«

Amada fragte aus Pflichtgefühl und Höflichkeit, um Lucas zu trösten, aber sie war zu jung, um gewisse Dinge zu verstehen.

»Er kann jetzt nicht mehr dafür bezahlen. Außerdem werden sie inzwischen María Saluds Leiche gefunden haben und denken, dass ich sie getötet hätte. Ich habe nichts getan, um meine Spuren zu verwischen, um nicht gefunden zu werden.« Er nahm das lederne Bündel vom Boden und zog langsam die Spritze auf. »Sie war die Einzige, die mir etwas bedeutet hat. Sie war so schön, selbst ohne Blut in den Adern war sie noch die Schönste von allen …« In seine Erinnerungen versunken, schüttelte Lucas eines der Fläschchen. »Jetzt musst du deinen Teil der Abmachung einhalten. Bind mir das hier um den Unterarm.« Er hielt ihr das Gummiband hin.

»Wozu? Was hast du vor?«

»Ich werde mir ein Mittel verabreichen, das du genau kontrollieren musst. Wenn ich einschlafe, musst du den Kolben herausziehen, so.« Er machte es ihr mit der leeren Spritze vor. »Siehst du?«

»Nein, ich sehe es nicht. Du lügst.«

»Amada, wir haben ein Abkommen. Du hast es versprochen.«

»Nein, es gibt kein Abkommen. Ich weiß, was du vorhast, Lucas.« Sie schlug ihm das Fläschchen aus der Hand. Dann sprang sie auf und zertrat es. »Aber das werde ich nicht zulassen. Du hast recht: Du bist wahnsinnig!« Sie starrte ihn wütend an und schrie: »Wie der Tote.«

Dann stürmte sie aus der Küche und schlug die Tür hinter sich zu. Sie ließ einen Mann zurück, ein halbes Kind noch, der vom Schicksal früh gebrochen worden war, ohne zu ahnen, dass sie ihn nie wiedersehen würde. Oder nur noch ein einziges Mal, aber das zählte nicht.

11

Während Amada der dramatischen Geschichte lauschte, die sie für den Rest ihres Lebens verfolgen sollte, lag über La Isabela Totenstille.

Alle hatten gehört, was geschehen war, aber die Kurgäste waren weniger entsetzt, als dass sie sich vielmehr den wildesten Spekulationen hingaben, wie wohl ein Finger in die Wasserleitung geraten sein mochte. Darüber wurde im vornehmen Gasthof ebenso heftig diskutiert wie in der Pension, in der die Gäste mit dem kleineren Geldbeutel logierten, streng von den Reichen getrennt, weil die einen wie die anderen wussten, wo ihr Platz war.

Ein Mann jedoch verließ sein bescheidenes Zimmer und begab sich auf die Suche nach jemandem, mit dem er seine Einsamkeit teilen konnte und dem es gleich war, wo er untergebracht war, denn dazu war er nach La Isabela gekommen.

Während er sich wie alle einen Reim auf die jüngsten Ereignisse zu machen versuchte, trat er hinaus in die Sommerhitze, die in den Kronen der Nussbäume zu hängen schien. Im Sommer ist die Hochebene im Zentrum der Iberischen Halbinsel eine wahre Hölle, aber die Gegend rund um La Isabela war mit einem angenehmen Mikroklima gesegnet, das durch Olivenhaine, Pinienwälder, Wacholderbüsche und alle nur erdenklichen Kräuter, deren Duft in der Luft hing, noch begünstigt wurde.

Als er das Kurbad betrat, hörte er eine Frau sagen: »Meine Schwester hatte mal eine sooo große Eidechse in der Wasserleitung«, und sah, wie sie mit beiden Händen einen Abstand von gut zwanzig Zentimetern anzeigte. »Stell dir vor, du drehst den Hahn auf, und dann kommt so etwas heraus!«

»Eine Eidechse ist kein Finger, Ungeziefer gibt es überall«, wandte eine andere Frau ein. »Ich habe am Eingang des Lhardy schon Ratten gesehen, dabei ist das ein piekfeiner Laden!«

Es war ein ungeschriebenes Gesetz, dass sich die Badegäste je nach Geldbeutel auf die zwei Innenhöfe verteilten, doch er kümmerte sich nicht darum, dass sein Platz eigentlich bei den sogenannten »Armenbädern« war, sondern ließ sich in einem Liegestuhl im Innenhof der Wohlhabenden nieder, von wo aus er in Ruhe die Frauen beobachten konnte, die wie er Gesellschaft suchten. Er war sich sicher, dass es außer ihm noch andere Männer gab, die nach dem Gleichen Ausschau hielten wie er.

Neben ihm ließ eine Frau nervös ihren Sonnenschirm kreisen, während sie offenbar vergeblich versuchte, sich auf ihr Buch zu konzentrieren. Sie war attraktiv, und er zog sie schon in Erwägung, als ein blonder, fast albinohaft weißer Mann auf sie zutrat, sie auf die Wange küsste und ihr etwas gab. Die beiden waren so vertraut, dass er diese Möglichkeit wieder verwarf. Ein paar Meter weiter waren einige Frauen in ein Kartenspiel vertieft, aber die erschienen ihm zu alt.

Plötzlich ertönte von irgendwoher lautes, fast unbändiges Lachen, und er sah sich um, woher es kam. Als er sich umwandte, sah er eine mollige Frau, die der Badefrau, die sie vergeblich am Arm zu führen versuchte, freundschaftliche Klapse versetzte. Ja, sie war dick, aber nicht ohne Reiz. Ob sie die Richtige war?

Die Frau mit dem Sonnenschirm leerte gehorsam das Wasserglas, wie es ihr der Arzt verschrieben hatte, und stand auf. Nun konnte sie endlich das Kurbad verlassen. Sie nahm ihr Buch, die goldene Armbanduhr, die ihr Mann ihr anvertraut hatte, bevor er sich einer seiner Duschen unterzog, Fächer, Schal und Sonnenschirm und ließ die Langeweile zurück, denn das Einzige, was sie interessierte, war Lesen, sich in die Seiten eines Romans zu vertiefen und sich als weiblicher Haudegen, als Piratin oder Forscherin zu fühlen. Alles war besser als die Eintönigkeit eines Kaffs, in dem es nichts zu sehen gab als den Turm der Zementfabrik. Sie hatte einen Engländer geheiratet, um Grenzen zu sprengen, und das verdammte Schicksal hatte sich noch enger um sie zusammengezogen.

Nur hundert Meter vom Kurhaus entfernt floss ein Bach mit klarem, wenn auch kaltem Wasser, in dem die Sommergäste häufig badeten. Sie aber ging dorthin, um zu lesen.

Am Bach entlang zog sich ein Hain aus Büschen und Bäumen, der »El Bosque« genannt wurde – der Wald. Hier gab es Lauben, Teiche, Bänke und Brunnen, ein Ort, an dem das Leben langsamer zu verstreichen schien und man vor der Sonne geschützt war. Trotzdem lag in diesem Sommer eine merkwürdige Hitze über La Isabela, die das Denken mühsam machte.

Die Frau ging zu einem hölzernen Steg an der Badestelle, wo man von bequemen Liegestühlen aus einen wunderbaren Blick auf den Bach hatte. Der Vorbesitzer der Kurbads hatte die Idee gehabt, ein Rohr bis ans Bachufer zu verlegen, damit die Badegäste auch hier über heißes Wasser verfügten, und Ernesto Montemayor hatte an diesem bukolischen Ort Umkleidekabinen und eine überdachte Terrasse errichten lassen.

Dort angekommen, klemmte sie den Sonnenschirm an

der Rückenlehne fest, breitete ihren Schal über den Liegestuhl und vertiefte sich in ihr Buch, bis ihr die Augen zufielen.

Edward Payne, der Engländer, war ursprünglich ins spanische Matillas gekommen, um die Arbeiter der dortigen Zementfabrik in der Bedienung der Maschinen zu unterweisen. Seine Hoffnung, durch die Heirat mit einer Spanierin heimisch zu werden, hatte sich als trügerisch erwiesen, weil seine Frau mit ihren Gedanken immer ganz woanders zu sein schien. Vielleicht bekam das Paar deshalb keine Kinder.

Das Wasser von La Isabela stand in dem Ruf, die Fruchtbarkeit zu fördern, aber bei diesen beiden zeigte es keine Wirkung. Immerhin hatte es die Nerven der Frau ein wenig beruhigt. Nun wurde sie vom Lärm plantschender Kinder aus dem Schlaf gerissen. Sie wusste nicht, wie lange sie gedöst hatte, und so suchte sie zwischen ihren Kleidern nach der Uhr ihres Mannes, um nachzusehen; als sie sie nicht fand, stand sie nervös auf und suchte den Boden ab – vergebens. Sie schüttelte den Schal aus, blätterte das Buch Seite für Seite durch und klopfte ihr Kleid ab, doch die Uhr, die für ihren Mann – wie er nicht müde wurde zu betonen – einen unschätzbaren Erinnerungswert hatte, blieb spurlos verschwunden.

Mit rasendem Puls und schweißnassen Handflächen sank Edward Paynes Frau in den Liegestuhl zurück, erfüllt von einer tief sitzenden Angst. Sie konnte an nichts anderes denken als an die Hand ihres Mannes, die durch die Luft pfiff, bevor sie sie traf. Wie schon so oft zuvor.

»Ich habe schon den ganzen Morgen nach dir gesucht.« Ana schloss die Tür des rudimentären OP-Saals, der ursprünglich Teil des Sprechzimmers gewesen war, bis Millares dem Kurdirektor erklärt hatte: »Wenn jemand eine akute Blinddarmentzündung hat, muss ich eine Notoperation durchführen können. Wir können nicht warten, bis er in ein Krankenhaus gebracht wird.«

Samuel Millares war ein besonnener, verantwortungsbewusster Mann mit einem gewissen beruflichen Ehrgeiz, was häufig zu Spannungen mit Ernesto Montemayor führte, der sich leicht von seiner Begeisterung hinreißen ließ und La Isabela weniger aus Vernunft als aus Leidenschaft erworben hatte. Wenn es um Frauen ging, versagte allerdings auch bei Millares alle Vernunft. Mit Ana, der Frau von Felipe Retuerto und Mutter zweier mustergültiger Kinder, verband ihn seit dem letzten Sommer, als sie sich kennengelernt hatten, eine leidenschaftliche Affäre.

»Ist das der berühmte Finger, den du da gerade betrachtest? Ich wüsste ja etwas Besseres mit meinem Finger anzufangen«, sagte Ana, die hinter ihn getreten war und an seinem Ohrläppchen knabberte.

»Du solltest nicht hier sein«, entgegnete er nervös. »Weiß etwa schon der ganze Ort Bescheid?«

»Was willst du, Liebster, die Zeit vergeht hier nun mal so langsam, dass jede Neuigkeit eine willkommene Abwechslung ist. Samuel: Gehst du mir aus dem Weg?«

»Glaubst du, das könnte ich, selbst wenn ich wollte?«

»Das nehme ich als Kompliment. Mein Mann musste wegen einer geschäftlichen Angelegenheit nach Madrid, und ich will heute Nacht nicht allein sein, Samuel. Komm in mein Zimmer. Die Kinder schlafen beim Kindermädchen, niemand wird etwas bemerken.«

»Das, was wir gestern während des Fests getan haben, war zu riskant. Ich habe kaum geschlafen bei dem Gedanken, dass jemand uns gesehen haben könnte.«

»Niemand hat etwas bemerkt. Komm heute Nacht zu mir – bitte.«

»Und wie erkläre ich, dass ich im Gasthof geschlafen

habe, wenn ich doch ein Haus für mich habe?« Der jeweilige Kurarzt wohnte in einem eigenen Haus, das ihm der Kurdirektor zur Verfügung stellte.

»Dann komme ich zu dir.« Ana biss ihren Geliebten zärtlich in die Lippen.

»Du bist wahnsinnig und wirst mich noch ins Verderben stürzen. Jetzt geh, ich habe diesen Kommissar an den Hacken, er kann jeden Augenblick reinkommen. Wir reden später.«

»Es gibt nichts zu reden«, entgegnete Ana, zog ihr Kleid glatt, drehte sich auf dem Absatz um und ging hinaus.

Sie war schon im angrenzenden Behandlungszimmer, da hörte sie, wie Millares klein beigab: »Bring eine Flasche Cognac mit, du weißt schon, welchen!«

Nicht weit von der Arztpraxis entfernt bewunderte Ginés Fuentes gerade die Flügeltüren, die in den Inhalationssaal führten. Er war in Begleitung des Kurdirektors und des Verwalters und fühlte sich mehr wie ein ganz normaler Kurgast als wie ein Polizist, der versuchte, Licht in eine zusehends kompliziertere Angelegenheit zu bringen.

»Die Quelle liegt direkt unter unseren Füßen«, erklärte Ernesto Montemayor und stieß die Tür auf. »Aber jetzt sind gerade Gäste dabei zu inhalieren, wie ich sehe. Vielleicht …«

»Ich werde mich ganz unauffällig verhalten, schließlich will ich Ihre Kundschaft nicht verschrecken. Bitte fahren Sie fort. Was für ein Wahnsinn – so viele Geräte!« Der Kommissar war sichtlich beeindruckt.

»Dieses Inhaliergerät ist mein ganzer Stolz. Es wurde in Paris von der Firma Piet Bellan hergestellt und ist das am besten funktionierende von allen europäischen Kurbädern. Es ist einfach prächtig, ganz aus Mahagoni, der beste Marmor, Porzellan …«

»Und hier ist Montagut gestorben?«

»Ja. Was für ein tragischer Verlust.« Der verstörte Kurdirektor versuchte, das Thema zu wechseln: »Sehen Sie mal, das ist bemerkenswert: Hier werden die Halsspülungen durchgeführt.«

»Es gibt also tatsächlich Leute, die quer durch ganz Spanien reisen, um sich den Hals auszuspülen?« Der Kommissar machte sich nicht die Mühe, seine Ungläubigkeit zu verbergen.

»Sie haben ja keine Ahnung, wie gut unser Wasser gegen Atemwegserkrankungen hilft!«

»Wollen Sie mir eine Kur aufschwatzen? Mir, der ich an der Küste lebe?«

»Ah, ein Seeteufel! Da haben Sie das Ungeheuer beim Namen genannt, das uns vernichten wird. Diese neue Mode, im Salzwasser zu baden, wird uns ruinieren. Hören die Leute denn nicht auf die Ärzte, die zur Vorsicht mahnen? Das hat alles mit Isabel II. und ihrer Begeisterung für Kantabrien angefangen!«

»Fahren Sie fort«, bat der Kommissar und wischte ein paar Schweißtropfen von seiner Wange. »Hier ist es aber heiß, nicht wahr?«

»Und dabei haben Sie noch keine Dampfdusche genommen! Sehen Sie das Gerät da hinten, unter das die Frau ihren Kopf hält? Es versorgt die Haut mit Sauerstoff und reinigt sie.«

»Und wie funktioniert das Gerät?«, unterbrach ihn der Kommissar schroff. »Das Inhaliergerät. Haben Sie nicht gesagt, Sie hätten es persönlich aus Paris herbeigeschafft?«

»Nun ja, ich bin kein Ingenieur …«

»Sicher können Sie es besser erklären als einer von denen.«

»Ich werde es versuchen. Das Gerät verteilt das Gas aus dem Gasometer, der sich hier unten in der Quelle befindet, ein großes Gerät aus Zink, das von Schwimmern gehalten wird und in dessen oberem Teil sich der reine Stickstoff sammelt. Dieser wird dann durch ein Rohr in das Inhaliergerät geleitet. Das ist die ganze Wissenschaft.«

»Könnte Wasser hineingelangen?«

»Nein! Das verhindern die Schwimmer. Außerdem …«, Ernesto verstand nicht, worauf das Gespräch hinauslief, »würden die Kurgäste das sofort merken.«

»Liegt die Quelle sehr tief unter uns?«, fragte der Kommissar weiter und stampfte auf den Holzfußboden.

»Etwa zwei Meter. Dürfte ich erfahren, wohin das Ganze führen soll, Herr Kommissar?«

»Zur Quelle. Erklären Sie mir, wie man da hingelangt, Ernesto.«

12

Die beiden römischen Bäder von La Isabela, in denen früher die Armen gebadet hatten, waren so groß, dass darin mühelos zehn Leute gleichzeitig Platz fanden und es lange dauerte, bis das Quellwasser sie gefüllt hatte.

Als Ernesto Montemayor den Kurort erworben hatte, waren die Bäder völlig verdreckt. Das Mauerwerk starrte vor Schmutz, und Luft und Licht drangen nur durch eine Luke in der Tür herein, sodass es beinahe stockdunkel war. Aus dieser Kloake hatte Ernesto Montemayor ein helles, luftiges Schwimmbad gemacht, in dem gerade mehrere Gäste ein Bad genossen, ohne zu ahnen, was im angrenzenden Inhalationssaal vor sich ging.

»Wenn, wie Sie sagen, jede Tür zur Quelle führt, muss doch eine von ihnen direkt über ihr liegen, oder nicht?«, fragte Kommissar Fuentes.

»Egal, welche der Falltüren wir anheben, wird darunter Wasser zu sehen sein, aber …«

»Sind sie alle benutzbar?«

»Wenn ich mich recht erinnere, befinden sich unter einer von ihnen Stufen, die bis auf den Grund führen. Welche sollen wir denn für Sie öffnen?«, fragte Ernesto leicht ungehalten.

»Alle.«

Mit diplomatischem Geschick lotsten sie die Kurgäste aus dem Bad, dann machten Ernesto, drei Bademeister, der Verwalter Abel und Kommissar Fuentes die großen schwarz gestrichenen Luken auf, unter denen die Quelle lag. Ein warmer Luftzug schlug ihnen entgegen, und der Kurdirektor fürchtete heimlich das Schlimmste, als lauerte in dem Becken der Höllenfürst höchstpersönlich.

Durch die großen rechteckigen Öffnungen konnte man die siebzig Zentimeter unter dem Boden verlaufenden Rohrleitungen erahnen, die das kostbare Nass zu den Bädern und Brunnen führten. Allerdings war das Gestein so dunkel, dass man dieses Meisterwerk der Ingenieurskunst nicht ohne Weiteres bewundern konnte. Die Treppe, die hinunterführte, verschwand nach der dritten Stufe im schwarzen Wasser. Nachdem sie alle Luken geöffnet hatten, starrten die Männer wie gebannt auf die große, fünfeinhalb Meter lange und dreieinhalb Meter breite Zisterne, die ihnen entgegengähnte und auf deren Oberfläche sich immer neue Bläschen bildeten; das Wasser von La Isabela war seit jeher für seinen besonders hohen Gasanteil bekannt.

»Wer erklärt sich freiwillig bereit hineinzusteigen?«, fragte Ernesto aufmunternd, um das drückende Schweigen zu beenden.

»Das ist vielleicht gar nicht nötig. Ich brauche starke Lampen, eine stabile Kette und eine lange, dicke Stange«, sagte Fuentes. »Ist was mit dir, Junge?« Dem Kommissar war aufgefallen, dass einer der jungen Bademeister wankte.

»Mir ist ein wenig schwindelig geworden, Señor. Das muss an der Hitze liegen«, rechtfertigte sich dieser.

»Hol das, worum der Kommissar gebeten hat, dann geht's dir gleich wieder besser.«

Sobald sie hatten, was sie brauchten, erteilte Fuentes Anweisungen für die Suchaktion mit Hilfe dieser behelfsmäßigen Gerätschaften.

»Wenn Sie so mit der Lampe hin und her wackeln, wird

das nichts. Halten Sie sie ruhig! Und jetzt müssen Sie die Kette kreisend durchs Wasser ziehen. Und wenn Sie auf etwas stoßen, und sei es auch noch so klein, halten Sie sofort inne, verstanden?« Der Bademeister nickte, ohne zu begreifen, was dieser ganze Umstand sollte.

Auch die übrigen Anwesenden lauschten den Anweisungen des Kommissars mit Unverständnis. Unterdessen hatte Fuentes Schuhe und Strümpfe ausgezogen und war mit bis über die Knöchel aufgekrempelten Hosen zur zweiten Stufe hinuntergestiegen.

»Sie haben recht, Ernesto, das Wasser ist angenehm warm. Und das, was ich hier sehe, ist wohl die Maschine, von der Sie mir erzählt haben.« Er beugte sich nach rechts, um in das Wasser hinabzustarren.

»Vorsicht, Ihre Jacke wird nass!«, warnte Abel und eilte herbei, um das Kleidungsstück des Kommissars in Empfang zu nehmen. »Sehen Sie etwas Ungewöhnliches?«

»Hier, ich glaube, hier ist was«, rief plötzlich der Bademeister, der die Kette durchs Wasser zog. »Und was muss ich jetzt tun?«

»Markieren Sie die Stelle mit dem Stab, und versuchen Sie, den Gegenstand vorsichtig an den Fuß der Treppe heranzuziehen. Langsam, nur keine Hast.« Der Kommissar stieg noch eine Stufe weiter hinunter, sodass er von der Mitte des Saals aus nicht mehr zu sehen war. »Seit wann, sagten Sie, existiert das Kurbad, Ernesto?«

»Ich habe gar nichts gesagt. In manchen Schriften wird das erste Jahrhundert nach Christus genannt. Offensichtlich gab es hier eine römische Therme.«

»Was Sie nicht sagen. Wussten Sie, dass die alten Römer Verbrecher mit Steinen an den Füßen in den Tiber geworfen haben?« Die Stimme des Kommissars hallte unheimlich wider. »Sie waren längst nicht so zivilisiert, wie wir denken.«

»Das ist lange her«, wandte Ernesto ein.

»Der Mensch ist von Natur aus erbarmungslos und böse. Im sechzehnten Jahrhundert – Verzeihung, könnten Sie den Haken etwas weiter zu mir hinschieben? – bestrafte man Verbrecher, indem man sie mit dem Kopf in die Latrine tunkte. Das war sicher schlimmer als in dieses Wasser. Könnten Sie mir bitte die Kette reichen?«, bat er den Bademeister. »Aber nicht loslassen, hören Sie? So, und nun ein bisschen ziehen. Stärker … Unter Kaiser Karl V. – unserem Karl I. – wurden in Deutschland Kindsmörder in Scheiße ertränkt. Da kann dieser hier …«, je weiter Fuentes aus dem Wasser stieg, desto besser war er zu verstehen, »… eigentlich noch von Glück sagen … obwohl es am Ende keinen Unterschied macht.« Und mit diesen Worten zog Kommissar Fuentes einen menschlichen Kopf aus dem Wasser.

Beim Anblick dieses grausigen Funds packte alle Anwesenden das nackte Entsetzen, bis auf den Kommissar, der völlig ungerührt berichtete, wie unangenehm die Bergung der Leichen von Prostituierten und anderen zwielichtigen Gestalten war, die als Opfer ihrer Trunksucht oder eines Mordes in den Bewässerungsgräben der Gärten von Valencia endeten.

»Das Wasser macht alle Toten gleich. Es ist der demokratischste Tod von allen, denn er unterscheidet nicht zwischen Schönen und Hässlichen. Sehen Sie nur: Ganz egal, ob die Haut bleich oder sonnengebräunt war …«, fuhr er fort, während er den Kopf an den Haaren anhob, »… am Ende sind sie alle grün. Und in ein paar Tagen wird der arme Kerl hier – denn dass es sich um einen Mann handelt, steht außer Zweifel – pechschwarz sein.«

Und er fuhr mit seinem schaurigen Bericht fort, der Amada begeistert hätte, die Männer jedoch mit Abscheu erfüllte.

»Einmal habe ich ein Revuegirl gefunden, das in einer schäbigen Spelunke Gassenhauer sang – und schäbig war auch ihr Ende. Wir mussten sie aus einer Zisterne fischen, in die ihr Liebhaber sie geworfen hatte, der Bürgermeister des Nachbarortes, nachdem sie ihre Liebschaft in alle Welt hinausgeträllert hatte. Wissen Sie, was der Schaumpilz ist? Das Gesicht der Armen war ganz und gar von diesen weißen Bläschen übersät, die auf Tod durch Ertrinken hinweisen, und dabei war sie so hübsch gewesen! Dieser hier hingegen«, fuhr er fort, »weist keinerlei Anzeichen von Schaumpilz auf, was beweist, dass er schon mausetot war, als er ins Wasser geworfen wurde. Ernesto, holen Sie doch bitte den Doktor, er soll ihn untersuchen.« Der Kommissar legte den Kopf in eines der Waschbecken.

Bisher war Ginés Fuentes nicht gerade durch seine Eloquenz aufgefallen, doch nun sprudelte es nur so aus ihm heraus, was beweist, dass auch die schweigsamsten Männer gesprächig werden, wenn sie über berufliche Erfolge berichten können.

»Wie können wir das nur geheim halten?«, stammelte der Kurdirektor.

»Indem Sie mit Bedacht vorgehen, denn in diesem Leben ist durch Lüge oder Diskretion alles zu erreichen«, philosophierte der Kommissar. »Wollten Sie mir nicht den Kurort zeigen? Nun, ich nehme Ihr Angebot an.«

Sie brachten dem Kurarzt den Kopf in ein Badetuch gewickelt, so wie eines der Wäschepakete, die täglich zur Wäscherei getragen wurden, und nun lag er auf dem OP-Tisch, und Millares untersuchte ihn genau. Der Arzt verlor nur selten die Fassung, doch das Übermaß an durch den Tod verursachten Tätigkeiten, die er mit einem Male zu verrichten hatte, ließ ihn schwindeln: eine Autopsie, ein abgeschnittener Finger und jetzt noch ein vom Körper abgetrennter Kopf.

»Was ist das denn?«, fragte der Kommissar und deutete auf ein koffergroßes Gerät in einer verschlossenen Vitrine.

»Ein tragbares Röntgengerät. Ich habe es diesen Winter entdeckt und Montemayor gebeten, es mir sicherheitshalber zur Verfügung zu stellen. Es kann immer passieren, dass jemand unglücklich stürzt, und auch wenn ich kein Traumatologe bin, kann ich doch eine verlässliche Diagnose stellen. Aber bislang ist es noch nicht zum Einsatz gekommen.«

»Dann ist jetzt der richtige Zeitpunkt dafür. Sehen Sie nach, ob der Kopf eine Schlagwunde aufweist, während ich einen touristischen Rundgang mache.«

Der Arzt sah dem davongehenden Kommissar nach und dachte beim Anblick seiner hängenden Schultern, dass ihn sicher schwere Sorgen drückten. Und diese Diagnose war nicht falsch, denn der Kommissar gehörte zu den Menschen, die die Last der Welt auf ihren Schultern tragen.

Millares rieb sich die vom angestrengten Starren schmerzenden Augen und schenkte sich ein Glas kristallklares Wasser ein, während er sich im mannshohen Spiegel seiner Praxis betrachtete. Auch bei ihm war die Diagnose eindeutig: Unter seinen Augen lagen bläuliche, fast schwarze Schatten.

Bei Amadas Vorliebe für alles Morbide war es ein Jammer, dass sie den abgetrennten Kopf des Toten nicht zu sehen bekam – und sie würde es auf ewig bedauern. Die Ereignisse waren ihr entgangen, da sie den Tag bei Lucas in der alten Küche verbracht hatte.

Auf dem Nachhauseweg beschloss sie, kurz im Palast vorbeizuschauen, wo die letzten Vorbereitungen für den Abendball im Spiegelsaal im Gange waren.

Zacarías Ortega, ein pensionierter Grundschullehrer aus dem Ort, der an den Ballabenden für die musikalische Untermalung sorgte, saß am Klavier und versuchte sich gerade wenig erfolgreich an einer Melodie, die Amada vage vertraut klang.

»Das Lied ist nicht gerade deine Spezialität.«

»Das stimmt. Ich hätte es gar nicht erst versuchen sollen«, entgegnete er traurig.

»Und warum spielst du es dann, wenn du es gar nicht möchtest?«

»Es ist meine Art, Adieu zu sagen.«

»Mir ist noch nie in den Sinn gekommen, dass man auch mit Musik Abschied nehmen kann. Von wem verabschiedest du dich denn?«

»Was machst du eigentlich hier, Amada?« Zacarías nahm die Finger von den Tasten und drehte sich zu ihr um. »Geh nach Hause, da wartet man bestimmt schon mit dem Abendessen auf dich.«

Verwirrt von all dieser Geheimniskrämerei, verließ das Mädchen den Ballsaal und überlegte, was es wohl mit dem Lied auf sich hatte. Zu Hause angekommen, sah sie überrascht ihre Mutter am Esstisch sitzen und weinen, während Balbina das Geschirr aus dem Schrank nahm.

»Auch wenn der Schmerz noch so groß ist, sollte man das Essen nicht vergessen, also Schluss mit dem Kummer und den Tisch gedeckt«, sagte sie. »Ah, das ist ja auch schon Amada!«

»Was ist passiert?«

»Das, was unausweichlich war, das habe ich deiner Mutter auch schon gesagt.«

»Aber Mama, was ist denn?« Amada umarmte ihre Mutter.

»Pedro, der Alte aus Sacedón, der früher auf den Bällen das Pianola gespielt hat: Man hat ihn tot neben seinem Esel gefunden. Der stand schon länger mit einem Bein im Grab, da hätte man blind sein müssen, um das nicht zu sehen. Und Sie«, wandte Balbina sich an Amadas Mutter, »kriegen sich mal wieder ein, schließlich gehörte er nicht zu Ihrer Familie.«

La Cirila. Plötzlich fiel Amada der Name des Pasodoble wieder ein, den der alte Mann immer wieder gespielt hatte und über dessen Titel sie eben noch nachgedacht hatte. Das Lied, das an diesem Abend zum Abschied für ihn erklingen würde.

13

Es war eine ereignisreiche Nacht.

Im Gasthaus wälzte sich eine Frau schlaflos im Bett, das sie den ganzen Tag nicht verlassen hatte, und fragte sich, warum ihr Sohn sich seit nunmehr zwei Tagen nicht hatte blicken lassen. Es war zwar längst nicht das erste Mal, aber das Mutterherz ist ja geneigt, die Verfehlungen der Kinder zu vergessen.

Sonsoles de la Cruz griff nach dem Beruhigungsmittel, das ihr Doktor Corbeletti verschrieben hatte. Obwohl der Homöopath der Meinung war, dass ihr seelisches Leiden durch ein Gespräch besser zu kurieren wäre als mit den üblichen Arzneien, gab sie die zwanzig Tropfen in das Wasserglas, und tatsächlich schenkte ihr das Belladonna nach einer durchwachten Nacht endlich ein paar Stunden Schlaf.

Im zweiten Stock, nur vier Zimmer weiter, durchwühlte Ana nervös ihren Kleiderschrank, entschied sich zuletzt für ein schwarzes Kleid mit silberner Bordüre, zog es an, aber gleich darauf wieder aus. Der zunehmende Mond war so hell, dass sie unterwegs gesehen werden könnte, also brauchte sie etwas Diskreteres. Sie zog ein schwarzes Unterkleid an. Weiter nichts. Dann hüllte sie sich in ein schwarzes Umschlagtuch, nahm die Cognacflasche und ging hinaus. Ihr Mann Felipe – ein Bauunternehmer aus Madrid – war am Vortag überraschend zu einem

Termin in die Hauptstadt gerufen worden, und ihre drei Kinder schliefen schon. Sie hatte sie zu Bett gebracht und noch mit ihnen gebetet, dass Gott sie vor allen Sünden bewahren möge. Welch ein Widerspruch zu dem, was sie im Begriff war zu tun!

Ana verließ das Gasthaus durch die Hintertür, überquerte die Straße und war kurz darauf bei dem Haus angelangt, das ihr Geliebter während der Kursaison bewohnte und in dem sie sich ungestört treffen konnten.

»Bist du etwa so dünn bekleidet durch die Straßen gelaufen?«

»Wenn ich bei dir bin, brauche ich keine Kleider.«

»Kannst du mir verraten, wo du deinen Kopf hast, Ana?«

»Hier.« Sie vergrub ihr Gesicht an seiner Brust und sog seinen Geruch ein. »Küss mich, ich bin so hungrig nach dir.«

Samuel Millares biss seiner Geliebten in die Lippen, dann löste er mit geschickten Fingern einen der Träger des Unterkleids, sodass ihre Schulter bloßlag. Er liebkoste erst diese, dann die andere Schulter mit der Zunge, dann kniete er nieder und küsste ihre harten Brustwarzen, umfasste ihre Brüste mit beiden Händen und streifte ihr das Kleid von den Hüften. Sein Mund folgte dem gleichen Weg, glitt über Anas Oberkörper, den Bauch, den Nabel, den Ansatz des Schamhaars, streifte eine Leiste, dann die andere und fand schließlich die Stelle, die sie irrsinnig machte. Es war immer gleich. Und immer anders.

Niemand hatte ihre Lust je so gestillt wie Samuel Millares.

»Nein, nicht hier«, seufzte sie. »Lass uns zum Bett gehen, Liebster.«

»Zuerst will ich dich nackt sehen.« Er führte sie zum Fenster, durch das ein bleicher Lichtstrahl hereinfiel. »Du bist vollkommen, Ana. Dein Körper ist wie der einer Jungfrau, niemand würde vermuten, dass du bereits Kinder ausgetragen hast.«

»Wäre es dir lieber gewesen, wenn ich Jungfrau gewesen wäre?«

»Nein, was für ein dummer Gedanke! Ich mag erfahrene Frauen wie dich.« Er umarmte sie und umfasste dabei mit beiden Händen ihre Pobacken. »Das ist auch nicht übel, hm?« Lachend ließen sie sich auf das Bett fallen und wälzten sich darauf herum.

Zacarías' Klaviermusik schwebte wie eine Wolke über den Dächern von La Isabela und hüllte das Paar für die nächsten Stunden ein. Beim allabendlichen Tanz im Spiegelsaal ahnte niemand etwas von ihrer heimlichen Liebe, aber wenn sie sich – was selten geschah – einer Melodie hingaben, dann tanzten sie nicht einfach miteinander, sondern liebten sich zum Takt der Musik.

Die ganze Nacht lang genossen die beiden Liebenden den Körper des anderen. Sie erstickten ihre Seufzer in gierigen Küssen, die sie anschließend mit Cognac begossen.

»Wann sehen wir uns?«, fragte sie, den Kopf auf eine Hand gestützt, während die andere zerstreut mit seinem Brusthaar spielte.

»Wir sehen uns doch gerade.«

»Ich meine, wann wir uns wiedersehen.« Sie zog neckend an seinem Haar.

»Au! Lass das! Machst du mit deinem Mann so etwas auch?«

»Du bist abscheulich, Samuel!« Ana richtete sich auf und wandte ihm den Rücken zu. »Ich weiß nicht, warum es dir Spaß macht, mich zu demütigen.«

Sie saß auf dem Bettrand, zutiefst enttäuscht, und wünschte sich, sie könnte mit einem Fingerschnipsen aus diesem Raum verschwinden und irgendwo anders erwachen, zum Beispiel im Bett ihrer Kinder, die nach Milch und Mandarinen dufteten.

Wenn Samuel sich doch nur in ihre Lage versetzen könnte, wenn er verstünde, wie groß das Opfer war, das sie brachte, wenn er sie im Rausch ihrer verbotenen Liebe bei der Hand nähme, anstatt sie zu kritisieren, so dachte sie, dann hätte sich alles gelohnt. Wenn er in die Welt hinausschreien würde, dass er sie liebte.

So aber hatte er mit seiner ungeschickten Bemerkung ihre Sicherheit ins Wanken gebracht und den Zauber des Augenblicks zerstört.

»Es ist mein erster Fehltritt in zehn Jahren Ehe, denn genau das ist es: ein Fehltritt und nicht einfach nur Liebe, auch wenn ich diesen Wahnsinn noch so sehr vor mir selbst zu rechtfertigen versuche. Und das Schlimmste dabei ist«, sie senkte den Kopf, um ihre Tränen zu verbergen, »wenn zwei Menschen so unterschiedlich fühlen, wenn …«

Samuel ertrug es nicht mit anzusehen, wie diese Frau litt, die er gegen alle Vernunft bis zum Wahnsinn liebte, auch wenn er es noch so sehr zu unterdrücken versuchte.

»Schschsch«, machte er, packte sie bei den Schultern und drehte sie zu sich herum. »Glaubst du wirklich, dass ich dich nicht liebe? Ich liebe dich mit Leib und Seele, Ana Retuerto.« Es tat ihm weh, den Namen ihres Mannes auszusprechen. »Ich liebe dich, Dummerchen. Ich liebe deinen Mund, deine Haut, die Art, wie du mich ansiehst, als wolltest du mich mit deinem Blick ausziehen, ich liebe dein Geschlecht und deinen Nabel. Aber manchmal wächst mir das Ganze einfach über den Kopf. Was soll ich tun? Der Kurdirektor ist ein guter Freund deines Mannes, und ich stehe in seinen Diensten …«

»Und was soll ich deiner Meinung nach tun?«, erwiderte Ana mit Tränen im Gesicht.

»Mich küssen sollst du, denn das können wir am besten.« Und der Arzt begann, seiner Geliebten die Tränen von den Wangen zu küssen.

Es war in der Tat eine ereignisreiche Nacht.

An seinem Piano weinte Zacarías Ortega still vor sich hin, um den Kurgästen das Fest nicht zu verderben. Er musste unablässig an den alten Pedro denken, der nicht nur ein einfacher Wasserträger, sondern ein Musiker gewesen war.

Im Spiegelsaal gab es in Wirklichkeit nur vier oder fünf große Spiegel, aber den Dorfbewohnern gefiel der Name, weil er so vornehm klang und an die Hofbälle und die Besuche der Königsfamilie erinnerte. Die Spiegel nahmen eine Wand des Saales ein; an der gegenüberliegenden Wand gingen große Fenster auf den Palasthof hinaus, der jeden Abend mit Kerzen erleuchtet wurde. Unter den Kronleuchtern, deren Funkeln die festliche Kleidung der Gäste ins rechte Licht tauchte, standen Tische mit Erfrischungsgetränken, Bier, Likör und kleinen kulinarischen Leckereien bereit.

An den Bällen in La Isabela ließ sich der Wandel der Zeiten erkennen: Seit nur einer Generation war das Korsett verschwunden, die Rocksäume waren nach oben gerutscht, und das Haar wurde nur noch bis kurz über die Ohren getragen.

Zeitgleich mit den Bällen im Palast veranstalteten die Dorfbewohner ihre eigenen Feste. Dabei hatten sie den Kurgästen im Laufe der Jahre so viel abgeschaut, dass sie sich selbst in ihren Bastschuhen noch für die vornehmsten Leute der ganzen Umgebung hielten.

»Worauf bildet ihr euch eigentlich so viel ein?«, schimpften die Bewohner der umliegenden Dörfer. »Ihr seid ebensolche Hungerleider wie wir.« Aber trotz des Neides, der aus ihren Worten sprach, kamen auch sie gern in die königliche Residenz, wie sie den Ort nannten.

Alle tanzten in dieser Nacht und ließen sich vom betäubenden Dampf der Quellen einlullen, um wie in jedem Sommer die Welt außerhalb von La Isabela zu vergessen. Denn dort draußen wurden Arbeiter erschossen und Generalstreiks veranstaltet; in Marokko gab es einen Krieg mit mehr als zwanzigtausend Toten, und die Politiker verzettelten sich in kleinlichen Streitereien, während Teuerung und Inflation dem Tagelöhner nicht genug zum Essen ließen. In der Welt draußen ließ die Nervosität der Militärs die Gefahr einer Diktatur erahnen.

La Isabela aber war ein vom Wasser umschlossenes Paradies.

Paco Marugán, ein treuer Freund und der Rechtsanwalt Ernesto Montemayors, war außerdem der Schwager des Zivilgouverneurs von Guadalajara. Wenn er in La Isabela war, liebte er es, im Morgengrauen aufzustehen und mit dem Fahrrad durch die Gegend zu fahren, aber an diesem Morgen erwachte er mit hämmernden Kopfschmerzen in den Schläfen, und so zog er es vor, im Speisesaal des Gasthofs zu sitzen und Zeitung zu lesen.

Die Pergola des Speisesaals war das Schmuckstück des noblen Gasthofs von La Isabela, eine Konstruktion aus Eisen, Holz und Glas, gekrönt von einer in Blau- und Grautönen gehaltenen Galerie, von der aus die Badegäste einen wunderbaren Blick ins Grüne hatten. Am späten Vormittag wurde dort ein Sonnensegel ausgefahren, unter dem Paco Marugán, wie viele andere Gäste, die Mittagsstunden verdöste.

Ernesto Montemayor hatte zu Hause ein karges Frühstück zu sich genommen. Angesichts der letzten Ereignisse war er froh um die Nähe seiner Frau, aber nachdem er gesehen hatte, welchen Kummer ihr der Tod des alten Pedro bereitete, wagte er nicht, ihr von dem Kopf in der

Zisterne zu erzählen. Er hoffte, den Vorfall diskret auflösen zu können, ohne dass die Frauen davon erfuhren und sich ängstigten.

»Du siehst schlecht aus«, sagte Paula. »Außerdem hast du dich die ganze Nacht im Bett herumgewälzt. Glaubst du, dass die Geschichte mit dem Finger dem Geschäft schaden wird?«

Der Finger war derzeit längst nicht das, was ihn am meisten beunruhigte, aber das konnte er ihr nicht sagen. Also küsste er sie nur zärtlich auf den Mund, und sie dankte es ihm mit einer Umarmung.

»Vergiss nicht, dass heute Adela kommt!«, hörte er sie noch sagen, aber die Ankunft der Freundin seiner Frau war im Augenblick wirklich das Letzte, was ihn interessierte.

Vor dem Gasthof lag der Botanische Garten, und dort traf Ernesto Montemayor auf seine Tochter beim Blumenschneiden.

»Amada! Wissen die Gärtner, was du da treibst?«, fragte er tadelnd. »Du hinterlässt ja ein wahres Schlachtfeld.«

»Die sind für Mama!«, erwiderte sie empört, weil sie fand, dass eigentlich ihr Vater Paula die Blumen hätte bringen müssen.

Amada erfasste die Momente, in denen sich der Blick ihrer Mutter in Erinnerung an ihre längst vergangenen Träume von musikalischem Ruhm verdüsterte, jedes Mal sofort. Dann überhäufte sie Paula mit Blumen, um sie für das Opfer zu entschädigen, das sie für die Familie gebracht hatte. Je älter Amada wurde, desto schuldiger fühlte sie sich, und so waren die Blumensträuße, die sie ihrer Mutter band, auch eine Bitte um Vergebung.

Ernesto Montemayor traf seinen Rechtsanwalt in Gesellschaft von Edward Payne, dem Direktor der Zementfabrik

El León, mit dem er die letzten Geschehnisse im Marokkokrieg diskutierte.

»Alfons XIII. ist in letzter Instanz verantwortlich für das Massaker, wenn er sich vor seinen Protegé General Silvestre stellt. Was für ein Tollhaus!«

Marugán war eigentlich ein besonnener Mann, nur beim Thema Monarchie ging sein Temperament mit ihm durch, was er meistens nachher bereute. Daher freute er sich nun, den Kurdirektor zu sehen, weil das Ablenkung versprach. »Willkommen, Ernesto! Trink einen Kaffee mit uns!«

»Mir ist nicht nach Kaffee zumute, Paco. Es gibt da etwas, was du wissen musst.«

14

Am Tag zuvor hatte sich Kommissar Fuentes bereits ein wenig in La Isabela umgesehen. Die Nachricht vom Tod des Mannes, um dessentwillen er gekommen war, hatte ihn schwer getroffen. Er wusste, dass er einem Mörder auf der Spur gewesen war, und es ließ sich schlecht mit seinem Weltbild, nach dem die Guten belohnt und die Bösen bestraft wurden, vereinbaren, dass ein Verbrecher sich einfach so aus dem Staub machte.

Fuentes würde noch eine ganze Weile brauchen, um Montaguts Tod zu verdauen.

Bei der Besichtigung des Gebäudes hatte ihn dessen Symmetrie überrascht, die nur von den später vorgenommenen Veränderungen gestört wurde. Der ursprüngliche Verlauf der Wasserleitungen war jedoch unverändert. Diese wollte Fuentes an diesem Morgen genauer unter die Lupe nehmen, doch zunächst hatte er sich noch einen Besuch vorgenommen.

»Darf ich hereinkommen? Ich habe gar nicht damit gerechnet, Sie hier anzutreffen, Doktor.« Der Kommissar trug eine alte Hose und ein geborgtes Hemd, das ihm zu groß war, weil Balbina ihm seine Kleidung weggenommen hatte, um sie zu waschen, sodass er nach dem Aufwachen zunächst nicht gewusst hatte, was er anziehen sollte. »Man hat mir gesagt, dass Sie vorhaben, die Sprechstunde in Ihr Haus zu verlegen.«

»Ja, ich dachte, es sei das Beste, bis alles geklärt ist.« Doktor Millares hatte dies dem Verwalter gleich am frühen Morgen vorgeschlagen, um die Ermittlungen im Kurbad nicht zu stören.

»Irgendwas Interessantes?« Der Kommissar deutete auf den Kopf, der auf dem OP-Tisch lag.

»Das Röntgenbild lässt keine schweren Verletzungen erkennen, nur einen Bluterguss an der rechten Wange, der wohl eher auf einen zufälligen Sturz als auf einen Schlag zurückzuführen ist. Sehen Sie die Abschürfungen? Wahrscheinlich wurde der Kopf über den Boden geschleift.«

»Und wo ist der Finger?«

»Den habe ich in Formaldehyd eingelegt.« Millares wandte sich zu einem Glasschrank mit Metallrahmen um.

»Gehören die beiden Ihrer Meinung nach zusammen?«

»Sagen wir mal, sie lagen gleich lange im Wasser, was den Schluss nahelegt, dass sie zum selben Körper gehören.«

Kommissar Fuentes ging in die Hocke, bis er mit dem Kopf auf gleicher Höhe war. Tod und Leben starrten einander an.

»Kennen Sie ihn?«, fragte er Millares.

»Ich hoffe nicht. Ich erkenne seine Gesichtszüge nicht wieder, wenn es das ist, was Sie wissen wollen.«

»Gut. Hören Sie, Doktor, ich habe noch einiges zu tun, würde nachher aber gern noch einmal mit Ihnen reden. Was meinen Sie?«

»Wenn das meine Sprechstunde nicht stört, gern«, stimmte der Arzt widerwillig zu und sammelte seine Gerätschaften ein. »Die Kurgäste kommen nicht nur wegen der Anwendungen zu mir, sie brauchen jemanden, der ihnen zuhört. Sie zahlen nicht nur für die Dienstleistungen, die ihnen in den Werbebroschüren versprochen werden, sondern auch für etwas, was sich nur schwer in Worte fassen lässt, aber so viel wertvoller ist.«

»Wenn Sie weiter so die Werbetrommel rühren, werde ich mich vielleicht doch noch so einer Spülung unterziehen«, sagte der Kommissar spöttisch, »einer dieser ... wie nennen Sie das? ... ach ja: Halsspülungen.«

»Nein, Ihnen würde ich eher zu einer Inhalation raten, denn die würde Ihrer übermäßigen Schweißproduktion ein Ende setzen. Soll ich Ihnen eine verschreiben, Herr Kommissar?« Doch Millares verließ den Raum, ohne eine Antwort abzuwarten.

Beiden Männern war der andere eher unympathisch, ohne dass sie hätten sagen können, warum. Möglicherweise konnten sie einander im wahrsten Sinne des Wortes nicht riechen. Überdies war Ginés Fuentes ein Eigenbrötler oder, wie er selbst oft von sich sagte, auf Festen immer der Gast, der mürrisch am Rande stand und sich weigerte, sich zu amüsieren.

Ursprünglich hatte er nur kurz in La Isabela vorbeischauen wollen, um einen Mann zur Rechenschaft zu ziehen. Und nun war er wegen eines ganz anderen Mannes geblieben. Gemeinsam hatten die beiden lediglich, dass sie tot waren.

Als Amada erwachte, war ihr Kummer vergessen, und sie beschloss, den unangenehmen Zwischenfall vom Vortag zu vergessen. Eilig lief sie zum Kurhaus hinunter, um mit ihrem heimlichen Freund Frieden zu schließen. Als sie in das Gebäude stürmte, musste sie allerdings feststellen, dass es um diese Zeit voller Menschen war, sodass sie eine Weile warten musste, bis sie sich unbemerkt in den ersten Stock stehlen konnte.

Auf dem ersten Treppenabsatz sitzend, beobachtete sie, wie der Kurarzt an einem der Tische heftig mit einer Patientin diskutierte, die sich mit seinen Erklärungen offenbar nicht zufriedengab. Wenige Meter hinter ihm sah sie

Ana Retuerto, die gerade die Wassergläser für ihre Kinder füllte. Wie schafften es die Erwachsenen nur, ihre Gedanken und Gefühle so gut zu verbergen?, fragte sie sich. Wie gelang es ihnen, mit der Lüge zu leben und stets die passende Ausflucht zu finden?

Sobald sich die Gelegenheit ergab, huschte sie die Treppe hinauf, und bereits an der Tür zu der verlassenen Küche rief sie Lucas' Namen. Als keine Antwort kam, stieß sie die Tür auf. Diese öffnete sich mit einem schrillen Kreischen – doch die Küche war leer, und nichts deutete darauf hin, dass Lucas einmal hier gewesen war.

Nicht einmal der kleinste Glassplitter erinnerte an die Stunden, die Amada hier mit dem Flüchtigen verbracht hatte. Er hatte sämtliche Spuren beseitigt.

Nachdem Amada die Küche gründlich inspiziert hatte, durchsuchte sie das ganze obere Stockwerk, doch sie fand nur eine geschlossene Tür nach der anderen vor und dahinter tiefe Stille. Kein Geräusch war zu vernehmen, kein Atemzug, kein Seufzer. In diesem Teil des Kurhauses herrschte eine gespenstische Leere.

Wie besessen lief Amada die Galerien auf und ab, wollte immer wieder nach Lucas rufen, aber aus Angst, entdeckt zu werden, kam kaum mehr als ein Flüstern über ihre Lippen, und schließlich verstummte sie ganz. Erschöpft ließ sie sich in einem Fenstererker nieder. Als sie ihren Blick über die Dächer schweifen ließ, dachte sie, dass ein geschickter Kletterer leicht durch die hohen Fenster auf das Dach steigen und von dort an den Spalieren an der Rückseite des Gebäudes hinabklettern und fliehen konnte. Sicher hatte Lucas das getan und seine Vergangenheit hinter sich gelassen.

Und sie verstand, dass er sich ihr mit seiner Beichte nur anvertraut hatte, weil er von Anfang an gewusst hatte, dass sie einander nie wiedersehen würden.

Was sie damals allerdings noch nicht wusste, war, dass

die Vergangenheit einem in der Erinnerung stets folgte. Wie das Wasser, das zwischen den Steinen dahinfloss.

Als Doktor Millares den Hof überquerte, fand er dort die beleibte Julia Escribano vor. Sie saß neben einem Kerzenleuchter und war in die Lektüre einer Romanze vertieft.

Wie sehr sehnte sie sich danach, einmal im Leben so in die Arme eines Liebhabers zu sinken wie die Heldinnen ihrer Romane.

»Sie sehen blendend aus, Julia, mir scheint, Sie haben abgenommen. Das heißt, das Wasser verfehlt seine Wirkung nicht.«

»Oder die Medizin von Doktor Corbeletti, wer weiß.«

»Wollen Sie etwa sagen, dass dieser Quacksalber uns in unserem eigenen Hause Konkurrenz macht?«, rief Millares wütend aus.

»Setzen Sie sich zu mir, ich erkläre es Ihnen.« Julia zog ein paar Fläschchen aus ihrer Tasche. »Sehen Sie das hier? Es ist ein wahres Wundermittel, denn ich esse nicht weniger als zuvor und habe trotzdem schon vier Kilo abgenommen. Mehr als ein Kilo täglich, ist das nichts?«

»Was Sie tun, ist Wahnsinn. Wissen Sie überhaupt, was Sie da einnehmen?«

»Das ist Homöopathie, eine Wissenschaft, die ebenso gut ist wie die Ihre. Das ist kein dummes Gerede.« Sie nahm vier Pillen aus einem der Fläschchen und schluckte sie.

Daniel Corbeletti war mit dem Empfehlungsschreiben eines berühmten Arztes in La Isabela aufgetaucht, das ihm sämtliche Türen öffnete.

Außer Millares praktizierte am Ort noch Anastasio Collado, der Arzt, der die Dorfbewohner behandelte und keine Probleme machte. Aber seinen Ruf als Arzt gegen jemanden verteidigen zu müssen, der sich dermaßen unorthodoxer Methoden bediente – denn als solche betrachtete

Millares die Homöopathie –, ging dem Kurarzt gewaltig gegen den Strich, noch dazu, wenn der andere seine Patienten zeitgleich behandelte.

Samuel Millares hatte keine Lust, sich auf eine Diskussion mit Julia Escribano einzulassen, und so ließ er sie bei ihren Romanhelden zurück. Verärgert ging er die Promenade entlang, und bei der Kapelle angelangt, fiel ihm etwas ins Auge, was seine Laune nicht verbesserte: Ana und ihre Familie im Gespräch mit Cayetana, der blinden Sagen- und Geschichtenerzählerin, die über alles, was im Sommer in La Isabela geschah, bestens informiert war. Das ganze Jahr über bekam niemand ein Wort aus dieser Frau heraus, doch kaum trafen die Kurgäste ein, fand sie wie durch ein Wunder ihre Sprache wieder.

Millares schritt schneller aus, um nicht grüßen zu müssen, doch vergeblich.

»Doktor Millares! So eilig unterwegs?« Ana lief ihm hinterher. »Gerade wollte ich zu Ihnen, ich habe hier so ein seltsames Kratzen …« Sie zeigte auf ihren Hals. Dann flüsterte sie ihm zu: »Wohin gehst du?«

»Ana, ich bitte dich, nicht vor den Augen deines Mannes! Ich habe meine Patienten zu mir nach Hause bestellt, damit ich die Ermittlungen im Kurhaus nicht störe … und meine Ruhe habe.«

»Er ist eben zurückgekommen«, sagte Ana mit einem Blick auf ihren Ehemann. »Nun gut, Herr Doktor, dann komme ich nachher in Ihre Sprechstunde!«

Als sie auseinandergingen, hörten beide die blinde Bettlerin rezitieren:

Und wer sein Herz nicht fühlt,
Der komme nach La Isabela, da wird er Wärme finden.
Denn hier entbrennt auch das kälteste Herz
In heißer Liebe.

»Ihre Familie wundert sich doch sicher, wo Sie bleiben«, sagte Ernesto Montemayor taktierend zum Kommissar, während sie gemeinsam den Kurort erkundeten, begleitet vom Rechtsanwalt und vom Bürgermeister, der sich diese Gelegenheit, Präsenz zu zeigen, nicht entgehen lassen wollte. »Haben Sie Kinder?«

»Ich bin nicht allein auf dieser Welt, wenn es das ist, was Ihnen Sorgen macht. Meine Vorgesetzten wissen Bescheid, dass ich beruflich in La Isabela zu tun habe, und meine Frau ebenfalls. Aber keine Sorge, Ernesto, ich werde nicht allzu lange hier bleiben.«

»Darum geht es nicht, im Gegenteil: Ich würde Sie gern einladen, ein paar geruhsame Tage hier zu verbringen. Wir könnten Ihrer Frau telegrafieren, herzukommen und Ihnen Gesellschaft zu leisten. Sie wissen doch, Frauen lieben solch überraschende Gelegenheiten zur romantischen Zweisamkeit …«

Fuentes warf dem Kurdirektor einen eisigen Blick zu und folgte dem Wegweiser mit der Aufschrift »Duschraum«. »Wie viele verschiedene Arten von Duschen gibt es hier, sagten Sie?«

Sie durchquerten den rechten Innenhof, gingen an vier oder fünf Einzelbaderäumen vorbei und betraten einen Raum, in dem das Wasser in den unterschiedlichsten Geschwindigkeiten, Formen und Temperaturen aus der Wand strömte. Dort gab es Duschen mit einstellbarer Wasserstärke, zylinder- und fächerförmige Duschen, feste und bewegliche, Strahl- und Düsenduschen, Duschen mit fadenförmigen Strahlen und andere, die das Wasser zerstäubten.

»Das ist das Gerät für die Nackenduschen, die man im Sitzen einnimmt.« Der Kurdirektor erinnerte an einen Jahrmarktverkäufer, der seine Waren anpreist. »Und sehen Sie da drüben die Rückendusche? Sie wirkt wahre Wunder bei Muskelkrämpfen.«

Der Kommissar jedoch schien ihm gar nicht zuzuhören. Er hatte sich Schuhe und Strümpfe ausgezogen und schritt den makellos weiß gekachelten Raum ab. Dann strich er mit den Fingerspitzen über die Ecken und überprüfte die Wasserhähne und die Fugen zwischen den Fliesen.

»Darf man erfahren, was Sie hier suchen?«, rief der Kurdirektor.

15

Die Gründlichkeit, mit der Ginés Fuentes den möglichen Tatort nach winzigen Spuren, vielleicht sogar nach einer verborgenen Tür absuchte, machte den Kurdirektor nervös, und die Geheimniskrämerei des Kommissars ging ihm allmählich auf die Nerven. Doch Fuentes ließ sich nicht beirren, denn er war der Überzeugung, dass die Wahrheit in den unbedeutendsten, gewöhnlichsten Dingen liegt. Und so erkundigte er sich, ohne auf Montemayors Frage einzugehen: »Wie wird das Wasser erwärmt?«

»In einem Heizkessel. Hier nebenan befindet sich der Maschinenraum. Möchten Sie ihn sehen?«

Resigniert sah Ernesto Montemayor ein, dass er mitspielen musste. Also schloss er die grüne Eisentür auf, hinter der ein weitläufiger, stickiger, von Rauch erfüllter Raum lag. In einer Ecke standen die Überreste des alten Holzkessels, während ihnen in der Mitte des Raumes gleich beim Eintreten der neue Kessel ins Auge fiel.

»Er wird elektrisch betrieben und bei Stromausfall von einer Handpumpe in Gang gehalten. So muss niemand auf seine Anwendungen verzichten«, erklärte der Kurdirektor. Er klang jetzt ruhiger; wenn er seine Errungenschaften preisen durfte, vergaß er all seine Sorgen.

»Wohin führen die?« Fuentes zeigte auf zwei nebeneinanderliegende Türen.

»Zu den Werkzeugräumen. Ehrlich gesagt, habe ich sie noch nie betreten.«

»Könnten Sie sie öffnen?« Fuentes hatte es schon versucht, aber sie waren verschlossen.

»Uff. Dazu müsste man jemanden vom Wartungsdienst holen. Paco, kannst du dem Verwalter Bescheid sagen, dass wir die Schlüssel brauchen?«

Das Wartungspersonal des Kurbads bestand aus Saisonarbeitern, die jedes Jahr einige Wochen vor Saisonbeginn mit dem Verwalter anreisten, um die Funktionstüchtigkeit der Gerätschaften zu gewährleisten. Die Hälfte von ihnen blieb den Sommer über zur Betreuung der Maschinen. Wer es sich leisten konnte, brachte die Familie mit und mietete irgendwo in der Umgebung ein Zimmer, die anderen schliefen im alten Backhaus auf einfachen Pritschen.

Schon nach kurzer Zeit kam ein junger Arbeiter mit einem gewaltigen Schlüsselbund und probierte einen Schlüssel nach dem anderen aus, bis er den richtigen gefunden hatte. Der junge Mann hatte dunkles Haar, sonnengegerbte Haut und einen wachen Blick. Unter all den vornehmen Herren schien ihm nicht recht wohl zu sein.

»Danke, Sie können uns die Schlüssel hierlassen ... Wie ist Ihr Name?«

»Jesús«, erwiderte der junge Mann mürrisch und verschwand, ohne eine weitere Bemerkung abzuwarten.

»Sie müssen entschuldigen, Herr Kommissar, diese Leute haben keine Manieren. Sie kommen hierher, um sich ein paar Peseten zu verdienen, und alles andere ist ihnen völlig gleichgültig.«

Durch die geöffneten Türen schlug ihnen ein Schwall abgestandener Luft entgegen. In den Räumen türmte sich in wildem Durcheinander allerlei Ausrangiertes und Unbrauchbares: verbogene Eisenteile, verrostete Werkzeuge, Holzstücke, Ziegel und Schutt.

»Lassen Sie uns gehen«, sagte Fuentes angewidert. »Sie sollten wissen, was sich in Ihrem Haus so alles findet, denn das hier ist in höchstem Maße unhygienisch. Ich wette, hier gibt es riesige Ratten.«

Die Männer verließen den Maschinenraum, und der Kommissar steuerte mit finsterer Miene die danebenliegende Wäscherei an. Dort allerdings war die Luft so unerträglich heiß und feucht, dass sie den Raum gleich darauf fluchtartig wieder verließen.

Den Kurdirektor kränkte die offenkundige Geringschätzung des Kommissars für seine Einrichtung. Bildete der Kerl sich etwa ein, besser als er zu wissen, wie man erfolgreich ein Kurbad leitete? Er hatte ja wohl kaum wie Montemayor die halbe Welt bereist, um die besten Beispiele kennenzulernen.

Jeden Winter pflegte Ernesto Montemayor, sehr zum Missfallen seiner Frau, andere Kurorte zu besuchen, um sie mit La Isabela zu vergleichen. Hatte sich anfangs sein Ehrgeiz auf die Iberische Halbinsel beschränkt, so hatten ihn seine Reisen inzwischen bereits bis ins deutsche Bad Wiessee und ins französische Vichy geführt.

Er nahm jedes Mal nur einen Koffer, mehrere Reisenotizbücher und seinen Fotoapparat mit, um unerkannt bei der Konkurrenz spionieren zu können, und versuchte, seine Abreise möglichst geheim zu halten. Seine Kinder, die seine Absicht dennoch stets im Voraus erahnten, standen regelmäßig an der Tür, um sich von ihm zu verabschieden, während Paula sich in ihrem Zimmer einschloss und tagelang übler Laune war.

»Schämst du dich nicht, dich dort einzuschleichen? Du bist doch bekannt in der Branche.«

»So kann ich mich freier bewegen, Liebes. Als Kurgast erfahre ich vieles, was man mir nie erzählen würde, wenn ich mich als Direktor von La Isabela vorstellte.«

»Als ob sie nicht genau wüssten, wer du bist! Meine Güte, was für eine Torheit.«

Manchmal, wenn das Personal gerade nicht hinsah, machte er Schnappschüsse von besonders dichten Flaschenverschlüssen, dem Mundstück eines Inhaliergeräts, der Uniform eines Pförtners oder ähnlichen Dingen.

Wenn er dann nach Hause zurückkam, hatte er schmutzige Wäsche und unzählige neue Ideen im Gepäck, die für die nächste Saison eine Menge Veränderungen bedeuteten. Und Paula, die Stimme der Vernunft, wurde zornig, weil ihnen das Geld durch die Finger floss.

»Ernesto, du willst La Isabela zu etwas machen, was es nicht ist. Wenn wir nicht so hoch hinauswollten, ginge es uns besser.«

»Ich werde aus diesem Ort eines der besten Kurbäder Europas machen«, erwiderte er unbeirrt. »Sagen die Chemiker nicht, dass unser Wasser eines der besten sei? Na also.«

Nachdem sie der Höllenhitze der Wäscherei entronnen waren, inspizierte Fuentes die Zylinderdusche, eine Vorrichtung, in die sich der Kurgast hineinbegab, um sich von unzähligen Düsen in der Wand von allen Seiten mit Wasser bespritzen zu lassen.

»Jetzt bleiben uns nur noch die Sitzbäder mit der Rektal- und Vaginaldusche und das Schwitzbett«, erklärte Montemayor.

»Ist das Blut dort aus der Leitung gekommen?«

»Ja, die Patientin ist nach La Isabela gekommen, weil sie keine Menstruation bekam, und nun hört sie vor lauter Schreck nicht auf zu bluten. Frauen!«

Die Sitzbäder lagen an der Rückwand des Gebäudes, von wo aus der Hang bis zum Guadiela-Fluss hinabführte. Ein diskreter Raum für Anwendungen, über die man nicht gern sprach.

»Woher kommt das Wasser für dieses Sitzbad?«, fragte der Kommissar.

»Es fließt hier herein.« Ernesto zeigte auf das Wasserrohr.

»Und wo hinaus?«

»Ich nehme an, über die Rückseite des Hofes.«

»Und das gesamte Wasser des Bades wird in den Fluss geleitet«, vermutete der Kommissar.

»Nein!«, warf der Bürgermeister ein, froh darüber, auch einmal etwas sagen zu können. »Sie erinnern sich, Ernesto: Das Wasser fließt vom Kurhaus aus zum Waschplatz des Dorfes. Der wird im Sommer nicht genutzt, weil die Frauen ansonsten ihre Wäsche im Abwasser des Kurbads waschen müssten. Also bleibt der Abfluss offen, und das Wasser fließt einfach durch das Waschbassin hindurch. Erst im Winter wird der Abfluss verschlossen, und dann ist es ein ungeheurer Luxus, bei der Kälte die Wäsche im von Natur aus achtundzwanzig Grad warmen Wasser zu waschen.«

»Und wo befindet sich dieser Waschplatz?«

»Sehen Sie die Treppe dort hinten?« Der Bürgermeister zeigte durch das Fenster. »Dort, ziemlich weit unten. Kommen Sie mit, ich zeige es Ihnen.«

An die Balustrade des Innenhofs gelehnt, grübelte Amada über das Verschwinden ihres Freundes nach, als sie sah, wie ihr Vater in Begleitung dreier Männer den Hof durchquerte. Zwei von ihnen kannte sie, den dritten hatte sie noch nie gesehen, denn vieles von dem, was sich in den letzten Stunden ereignet hatte, hatte sie nicht mitbekommen. Beim Abfluss in der Mitte des Hofs blieb der Mann, es war Kommissar Fuentes, stehen.

»Señorita, würden Sie mir wohl eines dieser Handtücher überlassen?«, bat er eine gerade vorübergehende Badefrau.

»Bitte, Olvido!«

»Und bringen Sie mir etwas, womit man das Gitter dieses Abflusses öffnen kann«, befahl der Polizist.

Von der Galerie aus beobachtete Amada den Kommissar, und ihr fiel auf, dass sein Schädel allmählich kahl wurde.

Inzwischen war es Fuentes gelungen, den Deckel aufzuhebeln. Er nahm das Handtuch, rollte es zusammen und ließ es in den Abfluss hinab.

»Dachte ich es mir doch.« Nachdem er das Handtuch wieder herausgezogen hatte, war es rot verfärbt.

»Bitte etwas mehr Diskretion. Nein, nein …« Eilig schleppte der Kurdirektor einen Mülleimer herbei, um das Handtuch vor neugierigen Blicken zu verbergen.

Auf Amada, die sich jetzt, da Lucas nicht mehr da war, nach einer neuen Abwechslung umsehen musste, übte dieser makabre Anblick einen unwiderstehlichen Reiz aus. Eilig sprang sie die Treppe hinunter, um aus sicherer Entfernung zu verfolgen, was der Polizist noch alles zutage fördern würde.

»Amada«, rief ihr Vater mit besorgter Miene und hielt ihr den geschlossenen Mülleimer hin. »Bring das hier zu Olvido und sag ihr, dass sie mit niemandem darüber reden soll. Nicht ein Wort! Und sie soll dem Gärtner Bescheid sagen, dass die Hortensien gegossen werden müssen. Verflucht noch mal. Sieht er denn nicht, wie trocken die Beete sind?«

»Was ist das?«, fragte Amada.

Aber ihr Vater folgte bereits den anderen Männern durch die Hintertür hinaus, allen voran der Bürgermeister, der sich ungeheuer wichtig fühlte.

»Ich möchte wetten, dass die Abwässer aus den Bädern auf dieser Seite des Hauses nicht in den Hof zurückfließen, sondern direkt in die Hauptleitung münden«, murmelte der Kommissar.

Die Männer stiegen den Hang hinab auf das hinter den Weiden verborgene Flussufer zu. Unterwegs mussten sie immer wieder Pfützen ausweichen; der Boden schien feuchter zu sein als gewöhnlich.

Im Hintergrund huschte Amada von Baum zu Baum, von Busch zu Busch und fragte sich, wer wohl dieser Mann war, der sich so sehr für das Abwassersystem von La Isabela interessierte, und ob er etwas mit dem Finger zu tun haben könnte.

»Ich vermute, das Wasser fließt hier unter der Erde«, murmelte der Kommissar vor sich hin, »deshalb steigt es an dieser Stelle nach oben.«

»Wieso sollte das Wasser nach oben steigen«, fragte der Bürgermeister, »wenn dort unten der Waschplatz ist?«

»Das Wasser steigt auf, wenn etwas den Abfluss verstopft, das ist reine Physik. Und ich versichere Ihnen, genau das ist hier geschehen.«

Ginés Fuentes war vor den anderen am Waschplatz. Mit einer theatralischen Geste sprang er auf die Brüstung.

»Meine Herren, hier haben Sie den Besitzer des Kopfes!«

16

Zur selben Zeit herrschte an einem anderen Ort in La Isabela hektische Betriebsamkeit. Die Küche des Gasthofs, wo man sich auf die Ankunft eines neuen Gastes vorbereitete, glich einem Schlachtfeld: Adelita Moliner, *La Parisina*, sollte mit Brombeerkuchen, Apfelkompott, Sahnepudding und einer Sachertorte willkommen geheißen werden.

Adelita hatte gemeinsam mit Paula das Königliche Konservatorium in Madrid besucht; beide hatten sie von einer Karriere als Sopranistin geträumt, und beider Träume waren geplatzt, wenn auch auf unterschiedliche Weise: Die eine hatte geheiratet und die andere hatte die Opernbühne gegen die Varietébühne getauscht.

Und sie war, wie Paula wusste, verrückt nach Süßem.

Die Frau des Kurdirektors war gerade dabei, den Blumenschmuck auf den Tischen zu verteilen, als eine Frau schwankend die Treppe herunterkam. Belladonna nahm zwar die Angst, hatte aber katerähnliche Nachwirkungen.

»Sonsoles, schön zu sehen, dass Sie aufgestanden sind! Wie geht es Ihnen heute? Sie sehen gut aus. Soll ich Ihnen einen Kamillentee kochen, oder möchten Sie lieber eine heiße Schokolade?«

»Wenn Sie mir noch mehr Fragen auf einmal stellen, werde ich gleich wieder krank, Paula! Es geht mir besser, danke. Heute Morgen habe ich ein Telegramm von Roberto erhalten, seitdem bin ich etwas ruhiger, obwohl dieser Nichtsnutz mir schrecklichen Kummer bereitet hat. Stellen Sie sich vor: Er ist mit einer Witwe durchgebrannt!«

»Ich finde, ein Fehler aus Liebe ist immer verzeihlich.«

»Er wickelt sie alle um den Finger. Wer weiß das besser als ich.« Sonsoles seufzte resigniert. »Unglücklicherweise kommt er ganz nach seinem Vater. Nun, er wird schon wieder zu mir zurückkommen. Genau wie sein Vater. Sagen Sie mal, was ist denn das für ein Lärm?«

Die beiden Frauen liefen zur Tür. Über die Landstraße von Sacedón raste in aberwitziger Geschwindigkeit ein Ungetüm heran, wie man es in La Isabela noch nie gesehen hatte: ein roter Rolls-Royce Silver Ghost, Baujahr 1921. Als er am Obstgarten mit quietschenden Reifen zum Stehen kam, riss er einen Teil der Hecke mit, aber das schien die Frau hinter dem Lenkrad nicht im Geringsten zu stören. Ein Auftritt, der eines Varietéstars würdig war.

»Hier, park ihn, wo du willst. Aber dass er mir nicht einen Kratzer abbekommt!« Mit diesen Worten warf sie einem nicht zu erkennenden Beifahrer die Schlüssel zu. »Ist jemand da?«

Anders als die schnurgerade Landstraße, die sie gerade entlanggebraust war, bestand Adelita Moliners Gestalt aus atemberaubenden Kurven. Sie war hochgewachsen, wunderschön und hatte eine makellose Haut. Ihre Augen wechselten je nach Licht die Farbe. An diesem Tag trug sie ein weißes Kostüm und einen dazu passenden Hut, unter dem sie nun ihr kurz geschnittenes blondes Haar ungeduldig schüttelte.

Paula, die großen Wert auf Gastfreundlichkeit legte, hatte für ihre Freundin das beste Zimmer im Gasthof herrichten lassen und die ganze Ladung an Süßigkeiten aufgefahren, mit deren Zubereitung die Köchinnen den ganzen Vormittag über beschäftigt gewesen waren.

»Nein danke, ich bin auf Diät. In meinem Alter darf man sich nicht mal mehr ein Häppchen Süßes gönnen.«

»Aber früher hast du sie doch so gern gegessen ...«

Paula war enttäuscht, wurde aber wieder fröhlich, als sie sah, wen ihre Freundin mitgebracht hatte.

»Darf ich dir meinen Sekretär vorstellen? Norberto, das ist meine Freundin Paula, von der ich dir schon so viel erzählt habe.« In der Tür erschien ein höchstens einen Meter dreißig großes Wesen, das wie ein englischer Lord gekleidet war.

»Du hast mir nicht gesagt, dass du noch jemanden mitbringst, Adela. Wie ärgerlich, der Gasthof ist voll belegt.«

»Ach, mach dir keine Sorgen! Norberto ist so klein, der kann zu meinen Füßen schlafen. Das ist er gewohnt, nicht wahr, Norberto?« Der Kleinwüchsige nickte und lachte von einem Ohr zum anderen, während er einen Reisekoffer hinter sich herzog, der größer war als er. »Außerdem würde ich sowieso lieber bei dir schlafen, Paula, also mach dir keine Sorgen.«

Adelita Moliner war nach La Isabela gekommen, um sich von einer anstrengenden Saison im »El Madrid Cinema« zu erholen. Die Frau, der das halbe Land zu Füßen lag, war für ihre legendären Auftritte bekannt. Ihre Bewunderer zahlten bis zu fünfhundert Peseten für eine Eintrittskarte, ein Vermögen, wenn man bedachte, dass die einfacheren Zimmer die Badegäste lediglich fünf Peseten täglich kosteten.

»Sag mal, Paula, was treibt man denn so an diesem Ort?«

»Vor allem nimmt man Bäder und Duschen.«

»Dann werde ich mir gleich mal meinen Badeanzug anziehen. Norberto, los, trag den Koffer rein!«

Hinter einem Baumstamm verborgen, reckte sich Amada auf einem wackeligen Steinhaufen auf die Zehenspitzen, um besser auf den Grund des Waschbeckens spähen zu können. Das war nun schon ihr zweiter Toter innerhalb einer knappen Woche. Mit ihren dreizehn Jahren hatte sie damit mehr gesehen als viele, die doppelt so alt waren wie sie.

Der Boden des Beckens war mit einem Gemisch aus verfaulten Blättern, Schlamm und Blut bedeckt, und inmitten des Schmutzes konnte sie einen aufgedunsenen menschlichen Körper erkennen, die Beine gespreizt und den einzigen sichtbaren Arm von sich gestreckt, als ergäbe er sich in sein tödliches Schicksal.

Der Kommissar sprang ins Becken, ein Taschentuch in der Hand, mit dem er sich abwechselnd den Schweiß von der Stirn wischte und seine Nase vor dem unerträglichen Gestank schützte. Der Tote lag auf einem Laubhaufen, nur mit einer fadenscheinigen Unterhose bekleidet, die früher einmal weiß gewesen sein mochte, sich nun aber kaum von dem schmutzigen Boden abhob. Fuentes fiel auf, dass er keine Schuhe trug.

»Diesem armen Kerl hat man alles genommen.« Fuentes sah sich um, während die anderen am Beckenrand stehen blieben und keinerlei Anstalten machten, ebenfalls hineinzusteigen. »Zunächst einmal seine Kleidung, denn niemand läuft nackt in der Gegend herum. Dann den Kopf und schließlich … einen Arm. Sehen Sie den hier irgendwo?«

»Schauen Sie, er steckt im Rohr!«, rief der Bürgermeister. »Das Wasser läuft nämlich nicht von oben in das Becken hinein, müssen Sie wissen, sondern quillt durch ein Rohr im Beckenboden, das man nicht sehen kann, wenn das Becken voll ist. Auf den ersten Blick sieht es aus wie ein Abfluss. Ziehen Sie mal an dem Toten, der Arm steckt da drin!«

Wie es schien, hatte Venancio heute seinen großen Tag, denn solche Geistesblitze waren bei ihm eher selten.

Der Kommissar vergewisserte sich, dass der Arm tatsächlich in dem Rohr feststeckte, das dicker war als gedacht; er versuchte, ihn herauszuziehen, zerrte mit aller Kraft daran, doch vergebens; der Arm schien mit dem Rohr verwachsen.

»Der Arm ist aufgedunsen und wirkt jetzt wie ein Stopfen in der Badewanne; deshalb hat sich das Wasser zurückgestaut«, erklärte Fuentes seinen ungläubigen Zuhörern. »Uff! So helfen Sie mir doch!«

»Hätte es in diesem Fall nicht eine Überschwemmung im Gebäude geben müssen?«, fragte Paco Marugán.

»Dem sind Sie nur knapp entgangen, das können Sie mir glauben. Nur die Tatsache, dass ein großer Teil des Wassers im Boden versickert ist, hat Sie vorläufig davor bewahrt. So stehen Sie doch nicht herum und gaffen, um Gottes willen!«

Wenig später zogen sie zu viert an den Beinen und dem freien Arm des Toten – ein groteskes Bild.

»Vorsicht, nicht zu stark, sonst vierteilen wir ihn noch!«, warnte der Bürgermeister den Kurdirektor.

»Er würde es nicht merken.«

»So kommen wir nicht weiter, der Arm ist zu stark geschwollen«, befand der Kommissar, »und am Ende reißen wir ihn noch ab. Es gibt nur zwei Möglichkeiten: Entweder wir schlagen ein paar Steine heraus und vergrößern so die Öffnung, oder wir stechen den Arm an, um das Ödem zu verkleinern. Herr Bürgermeister, Sie sind hier die Amtsperson. Entscheiden Sie.«

»Der Waschplatz ist Gemeindeeigentum, und ich bin nicht befugt, ihn ohne vorherige Abstimmung zu beschädigen. Zudem haben die Frauen kein Stimmrecht, dabei sind sie es, die den Platz benutzen, und darum …«

»Dann ist ja alles klar.« Der Kommissar sprang aus dem Becken heraus. »Hat jemand ein Messer?«

Als der Polizist die Klinge wenig später in das tote

Fleisch bohrte, quoll eine gelbliche Flüssigkeit heraus, die erst nach ein paar Minuten versiegte, dann glitt der Arm aus der Leitung, gefolgt von einem Schwall stinkenden Wassers, das sie alle bespritzte.

Zu viert drehten sie die Leiche um, sodass sie der sengenden Sonne preisgegeben war, die durch das Strohdach drang.

»Ich werd verrückt!«, rief der Bürgermeister aus. »Den kenne ich!«

»Erzählen Sie, Bürgermeister.«

»Die Tätowierung! Er hat mir erzählt, dass er sie sich 98 in Kuba hat stechen lassen, als er als Soldat dort war. Kennen Sie ihn nicht, Señor? Es ist Fermín aus Tresjuncos, der Hilfsarbeiter! Ja doch, Mann, der Gärtner!«

»Aber … Was … Das war doch ein herzensguter Mann«, stammelte Ernesto Montemayor zutiefst bestürzt. »Ich … Ich habe nur ein paar Mal mit ihm gesprochen, aber er schien mir ein braver, guter Arbeiter zu sein.«

»Es erwischt meist die Guten«, versuchte ihn der Kommissar zu trösten. »Die Schurken verrecken nicht so elendiglich, glauben Sie mir. Ernesto, wir müssen die Leiche irgendwie in den OP bringen, den Sie hier haben.«

»Jetzt gleich?«

»Wollen Sie sie etwa noch einen weiteren Tag in diesem Dreck liegen lassen?«

»Das Kurhaus ist voller Gäste! Wie wollen Sie da mit einem in eine Decke gewickelten kopflosen Kerl durchs Gebäude laufen? Lassen Sie mich nachdenken.«

»Wie Sie meinen. Herr Bürgermeister, hatte der Mann Familie? Wir müssten sie benachrichtigen.«

»Woher denn! Er war mutterseelenallein, ein armer Teufel bis in den Tod. Angeblich hatte er sich auf Kuba mit einer Mulattin eingelassen und sie geschwängert, und die beiden waren eine Zeit lang zusammen, aber im Krieg ging ihre Liebe auseinander, die Mulattin verschwand mit dem Kind auf Nimmerwiedersehen, und er kehrte nach Spanien zurück.«

»Keine Geschwister? Sonstige Angehörige? Vielleicht einen Neffen, der Priester ist, oder etwas in der Art? Irgendjemand muss ihn ja schließlich begraben.«

»Auf dem Friedhof von La Isabela ist Platz«, versicherte Ernesto Montemayor eilig, »und ich komme für alle Unkosten auf.«

Zwei Arbeiter, denen Ernesto Montemayor gutes Geld versprach, wenn sie den Mund hielten, packten den Toten in einen Wäschesack – der junge Jesús, der die Türen im Maschinenraum geöffnet hatte, und Braulio, ein verschwiegener, zuverlässiger Mann – und schleppten ihn zur Praxis von Doktor Millares im Kurhaus. Da der Arzt dem Polizisten das Feld geräumt und die Patienten in seine Wohnung beordert hatte, war er nicht da, um den Toten in Empfang zu nehmen, also begaben sich die beiden Männer auf die Suche nach ihm.

Und als sie ihn fanden, war er nicht allein.

17

»Ich weiß, du glaubst mir nicht, aber ich habe wirklich Halsschmerzen!«

»Na, dann mach mal den Mund auf und streck die Zunge heraus.« Millares kniete sich zwischen Anas gespreizte Beine und spähte in ihren Rachen. »Ja, du hast recht, er ist tatsächlich leicht gerötet. Bestimmt hast du dich gestern Abend erkältet«, bemerkte er spöttisch.

»Gestern Abend war mir alles andere als kalt.«

Der Arzt warf seine Instrumente auf die Pritsche, und sie knöpfte ihm lachend die Hose auf.

»Vorsicht, hier kann jeder hereinsehen«, sagte sie warnend.

Samuel ließ nacheinander die Jalousien an den Fenstern des Zimmers herunter, das er manchmal als häusliche Praxis benutzte, während Ana die Schnüre ihres Kleides löste. Samuel nahm sie in die Arme und dachte, dass sie die vollkommenste Frau war, die er jemals besessen hatte, und dass ihn die Tatsache, dass sie den Namen eines anderen trug, in diesem Augenblick der Lust kaum störte.

Und gerade, als er ihren Namen am liebsten laut in die Welt hinausgeschrien hätte, rief jemand von der Straße her den seinen. Wenig später riss Millares die Tür auf. Das Schuldbewusstsein des auf frischer Tat Ertappten stand ihm ins Gesicht geschrieben und wandelte sich zu Unwillen, als er die ungeduldig mit dem Fuß auf den Boden tappende

Olvido erkannte, die im Bruchteil einer Sekunde die Situation erfasst hatte.

»Don Ernesto möchte, dass Sie ins Kurhaus kommen. Jetzt gleich.«

»Er weiß doch, dass ich heute meine Sprechstunde hier abhalte, deshalb verstehe ich nicht ganz …«

»Es handelt sich um eine dringende Angelegenheit, aber wie ich sehe, sind Sie beschäftigt. Ich werde es dem Kurdirektor sagen.«

»Sparen Sie sich die Mühe. Señora Retuerto hat die Medizin, die sie wollte, schon bekommen. Und Sie müssen nicht auf mich warten, Olvido, ich komme gleich.«

Er schlug die Tür zu, dass die Fensterscheiben klirrten.

»Glaubst du, sie hat etwas bemerkt?«, fragte Ana, während sie sich ankleidete.

»Ich weiß es nicht, aber sie kann mich nicht leiden«, erwiderte er. »Beunruhigt es dich? Gestern Abend hatte ich den Eindruck, dass es dir ziemlich gleichgültig ist, ob man uns ertappt.«

»Die Dinge sind niemals einfach, Samuel. Außerdem ist es nur ein winziger Schritt vom richtigen Handeln zu einer Tat, die das Leben eines anderen zerstört.«

»Wieso auf einmal so philosophisch, Ana?«

»Du wirst erwartet. Und ich auch.« Sie verabschiedete sich mit einem flüchtigen Kuss.

Die perfekte Frau, dachte Millares, nur dass sie damit droht, einem das Leben zu ruinieren.

Um ihren größten Schatz zu hüten, brauchte Olvido keinen Schlüssel.

Die Badefrau kannte unzählige Geschichten und bewahrte jede von ihnen, jede Beichte und jedes Geheimnis, das ihr anvertraut wurde, mit der gleichen Sorgfalt, mit der sie auch ihre Arbeit verrichtete. Deshalb war Paula verblüfft, als Olvido zu ihr in den Gasthof kam, um ihr brühwarm zu berichten, was sie im Hause des Arztes gesehen und daraus geschlossen hatte.

Olvidos Ehemann José war Winzer gewesen und hatte seinen Wein in den umliegenden Dörfern verkauft. Allerdings war es in La Isabela ein offenes Geheimnis gewesen, dass er selbst sein bester Kunde war, sosehr Olvido sich auch bemüht hatte, seine Trinkgelage zu vertuschen.

Außerdem war José ein Weiberheld gewesen und hatte, wenn er für ein paar Tage mit seinem Karren voller Flaschen losgezogen war, jede Gelegenheit genutzt, sich zu amüsieren. Als er einmal länger fortgeblieben war als gewöhnlich, hatte ihn seine Frau mit in die Hüften gestemmten Armen empfangen, nachdem sie die Kinder ins Bett gebracht und die Fenster geschlossen hatte, damit niemand ihr Geschrei hören konnte, das aber dann doch in ganz La Isabela das Geschirr erzittern ließ. Aber nicht einmal das hatte den Mann zur Vernunft gebracht. Im Gegenteil: Er hatte sich in den Weinkeller verzogen, um seinen Rausch auszuschlafen, war am nächsten Morgen auf seinen Karren gestiegen und wieder davongefahren.

Er war nie zurückgekehrt.

Olvido, die lieber als Witwe denn als betrogene Ehefrau gelten wollte, hatte daraufhin eine reichlich unglaubwürdige Geschichte erfunden, der jedoch niemand im Dorf widersprach. Sie erzählte, ihrem Mann sei das Herz stehen geblieben, als er gerade Wein in einem Bottich umgerührt hatte. Er sei hineingefallen und nicht mehr zu retten gewesen. Die Nachbarn versiegelten den Bottich, trugen ihn zum Friedhof und begruben den Geist des Winzers darin wie in einem Sarg.

Einige Zeit später wurde bekannt, dass José einige Dörfer weiter mit einer Frau von zweifelhaftem Ruf zusammenlebte.

Während der ersten Monate ohne ihren Mann hatte Olvido weiterhin nur auf ihrer Seite des Bettes geschlafen, doch eines Tages hatte sie die Matratze aus dem Haus geschleppt, die alte, abgenutzte Wolle herausgezogen, sie gründlich durchgelüftet und damit ein für alle Mal ihren Schmerz um den Entflohenen begraben.

Von da an hatte Olvido über ihr eigenes Leben absolutes Stillschweigen bewahrt, und deshalb wunderte sich Paula, dass sie sich jetzt über die Angelegenheiten anderer Leute ausließ.

»Ich dachte, ich sollte es Ihnen sagen«, befand die Badefrau. »Doña Ana ist eine Dame, und ihr Besuch in der Praxis könnte missverstanden werden.«

»Ich bin mir sicher, dass daran nichts Verdächtiges ist. Trotzdem danke ich Ihnen.«

»Männer wie Millares interessieren sich nicht für Frauen, die leicht zu haben sind.«

»Das reicht, Olvido! Selbst wenn es so wäre, ginge es Sie nichts an.«

Olvidos respektlose Äußerung bewirkte bei Paula, einer aufgeschlossenen Frau, die sich nicht um die Liebesangelegenheiten anderer Leute scherte, das genaue Gegenteil dessen, was die Badefrau hatte erreichen wollen. Sie weckte in ihr Mitleid und Wohlwollen für Millares. Wenn die Geschichte stimmte, konnte er einem nur leid tun, denn Ana war nicht der Typ Frau, der um der Liebe willen alles aufgab.

Ginés Fuentes ließ sich auf einem Rohrstuhl mit Rädern nieder, den er auf dem hinteren Hof gefunden hatte. Die Luft war drückend schwül, und es ging nicht die leiseste Brise, die ein wenig Linderung hätte bringen können.

Er lehnte sich zurück und tastete nach den Ohren des Sessels zu beiden Seiten seines Kopfes. Eine merkwürdige

Erfindung, in der er da Platz genommen hatte, um noch ein paar Minuten auszuruhen, bevor er den Kurarzt nach dessen Begutachtung der Leiche um seine Meinung bat. Er wusste nicht, dass es einer der Stühle war, in denen die Kurgäste, die nicht allein laufen konnten, vom Kurhaus in den Ort geschoben wurden.

Fuentes wischte sich den Schweiß von den Wangen, faltete das Taschentuch ordentlich zusammen und dachte an seine Frau, an die Leere, die sie ohne ihn zweifellos empfand. Seit zwei Jahren waren sie nicht einen einzigen Tag voneinander getrennt gewesen.

Dem Kommissar widerstrebte es, über sein Privatleben nachzudenken, wenn er in einer Sache ermittelte, die seine volle Aufmerksamkeit erforderte; trotzdem wurde er den Gedanken nicht los, dass er kein guter Ehemann war und sich mehr um seine Frau kümmern müsste, die nie wieder so lächeln würde wie vor ihrer Hochzeit.

Hinter sich hörte er ein Geräusch, und als er sich umwandte, sah er einen der Männer, die den Leichnam des Gärtners in aller Heimlichkeit ins Kurhaus gebracht hatten, mit hängendem Kopf davontrotten. Es war an der Zeit, sich zu erkundigen, was der Arzt von der Angelegenheit hielt, beschloss er und machte sich auf den Weg zur Praxis.

Millares hatte Kopf und Körper aneinandergelegt. Das Ergebnis sah aus wie eine kaputte Puppe, die allerdings über alle Finger verfügte: fünf an jeder Hand.

»Auf der Höhe des Brustbeins befindet sich eine zwölf Zentimeter lange Stichwunde, die aber kein lebenswichtiges Organ geschädigt hat. Das linke Schlüsselbein ist drei Zentimeter neben der Schulter gebrochen, und der Oberarm wurde *post mortem* ausgerenkt – das waren sicher Sie mit Ihrem Gezerre«, erklärte der Arzt dem Polizisten vorwurfsvoll. »Die Haut ist durch die Verwesung grünlich verfärbt und beginnt, sich zwischen Rippen und Unterleib abzulösen. Das Gewebe weist zahlreiche Prellungen auf, einige vermutlich durch Faustschläge verursacht, andere durch Fußtritte. Offene Wunden am Oberkörper … Soll ich fortfahren?«

»Dem haben sie es aber böse gegeben! Glauben Sie, dass er vom Tatort fortgeschleppt wurde?«

»Wenn dem so war, hat er dabei Schuhe getragen, denn an den Sohlen sind keine Abschürfungen zu erkennen. Wollen Sie meine Meinung hören? Der Gärtner hat in Unterwäsche das alte Hospital verlassen, in dem er die Nächte verbrachte, um sich im Fluss zu waschen. Dort muss er eine Weile gesessen und etwas gegessen haben, denn in seinem Magen finden sich Reste einer Mahlzeit, und dort wurde er überraschend von vorn angegriffen. Allerdings war die Stichwunde im Brustkorb nicht tödlich, was darauf hindeutet, dass …«

»… dass er noch am Leben war, als ihm der Kopf abgeschnitten wurde.« Der Kommissar griff in die Tasche und zog ein Klappmesser hervor, wie es Hirten benutzten. »Das lag im Wasserrohr.«

»Ist es die Mordwaffe?«, fragte Millares verwundert.

»Nein, die Klinge ist zu schmal.« Der Kommissar sah ihn scharf an. »Man hat ihm den Kopf mit einer großen Klinge abgeschnitten.«

»Und dieses Messer hier?«

»Gehörte dem Gärtner. Er hat es wohl gezogen, um sich zur Wehr zu setzen. Während des Kampfes ist es dann in das Rohr gefallen, und als er am Boden lag, hat er verzweifelt danach gesucht. Er starb, während sein Arm im Rohr steckte.«

»Mein Gott!«

»Durch seine Verletzung war er offenbar zu geschwächt,

um den Arm wieder herauszuziehen«, erklärte der Polizist weiter. »Nach seinem Tod ließ das Wasser seinen Arm so weit anschwellen, dass er die Öffnung verstopfte.«

»So sehr, dass kein Wasser mehr durchkam.«

»Das Wasser der ersten Anwendungen floss noch ab, bis es, nachdem es an der Waschstelle auf diesen ›Pfropfen‹ gestoßen war, mangels eines Abflusses dahin zurückströmte, woher es gekommen war.«

Der Arzt dachte bei sich, dass das Wasser, ebenso wie die Leidenschaft, stets eine Möglichkeit fand, alle Hindernisse zu umfließen und sich einen neuen Weg zu bahnen.

»Bevor das Wasser den Weg zurücknahm, den es gekommen war, mischte es sich mit dem Blut des Toten«, fuhr der Kommissar fort.

»Das würde erklären, woher das Blut kam, das das Bidet füllte. Aber alles andere?«

»Die Duschen an der Rückseite des Gebäudes fließen durch die Hauptleitung über den Hof ab. Dort muss irgendetwas schiefgegangen sein, sodass das Abwasser stattdessen durch die Frischwasserleitungen floss.«

»Und die Wasserflasche voller Blut am Brunnen im Kurhaus?«

»Sie vergessen den Kopf in der Quelle, Doktor.«

Während Fuentes seine Vermutungen kundtat, schob er einen Stuhl beiseite und breitete auf dem so entstandenen Platz eine Decke aus, an der trockene Blätter und Blumen hingen.

»In einem Punkt muss ich Sie korrigieren, Doktor: Der Mann ging nicht hinaus, um sich zu waschen, er schlief im Freien. Diese Decke lag nur ein paar Meter weiter in einer Hecke, sie diente ihm als Unterlage. Ich möchte Sie bitten, die Flecken auf der Decke unter dem Mikroskop zu untersuchen und mir noch vor Ablauf des Tages Bescheid zu geben, welcher Art sie sind.«

»Wie bitte?«

»Können Sie das oder können Sie es nicht?«

»Suchen Sie nach Blut? Das kann man nämlich mit bloßem Auge erkennen.«

»Ich möchte, dass Sie mir mitteilen, ob Sie Blutspuren, Essen, Haar oder Sperma gefunden haben. Alles, was das Mikroskop hergibt, bitte.«

»Ist Ihnen klar, was Sie da von mir verlangen?«

»Ja, aber Sie sind ein ausgezeichneter Arzt.« Fuentes' schmeichelnde Worte klangen falsch.

Millares hatte vorgehabt, sich am späten Nachmittag mit seiner Liebsten zu treffen, und dieser unerwartete Auftrag machte seine Pläne zunichte. Um sich zu beruhigen, schenkte er sich ein Glas Wasser ein, während Fuentes grußlos zur Tür ging. Auf der Schwelle sagte er: »Dieses Wasser mag ja ungeheuer gesund sein, aber in die Quelle hinabzusteigen, war alles andere als angenehm, Doktor.«

»Ich habe schon gehört, dass Sie da unten waren. Übrigens … Wenn der Finger nicht von dem Gärtner stammt, wem gehört er dann?«

Kommissar Fuentes holte tief Luft und warf dem Arzt einen beunruhigenden Blick zu.

»Vielleicht dem Mörder?«

18

Der Kommissar ließ den verärgerten Millares in seiner Praxis allein und machte sich auf den Weg zum Palast, wo Ernesto Montemayor schon auf ihn wartete, um gemeinsam mit dem Bürgermeister und Rechtsanwalt Marugán zu entscheiden, wie es nun nach dem Fund der Leiche weitergehen solle. Zu diesem Thema hatte Ginés Fuentes allerdings eine ganz eigene Meinung.

Auf der Promende schien die Sonne noch durch die Ulmenzweige, dennoch brannten im Arbeitszimmer des Kurdirektors sämtliche Leuchter, als gelte es, Licht in die Angelegenheit zu bringen, die hier besprochen werden sollte.

»Das war alles? Ein Rückstau?«

»Die Wahrheit ist immer ganz simpel«, versuchte der Kommissar, die Zweifel der Anwesenden zu zerstreuen. »Sehen Sie es doch positiv. Schließlich hätten die betroffenen Leitungen auch platzen können. Ihr Kurort scheint aber, trotz aller Lecks, über ein intaktes Abwassersystem zu verfügen.«

»Mal sehen, ob ich Sie richtig verstanden habe.« Der Bürgermeister machte sich eifrig Notizen. »Der Finger aus der Wasserleitung gehört nicht zu dem Toten. Also ist der Mörder derjenige, dem ein Finger fehlt. Stimmt das so? Welcher Finger ist es denn überhaupt?«

»Höchstwahrscheinlich ein Zeigefinger«, entgegnete Fuentes.

»Gut. Wir suchen also jemanden ohne Zeigefinger …«

»… der linken Hand«, fügte der Kommissar hinzu. »Der Mörder ist Rechtshänder.«

»… Zeigefinger der linken Hand kürzlich abgeschnitten. Und wieso denken Sie, dass er sich noch hier aufhält? Vielleicht ist er längst dorthin zurückgekehrt, woher er gekommen ist.«

»Verletzungen an den Händen sind sehr auffällig, und man verliert viel Blut, wenn die Wunde nicht rechtzeitig versorgt wird. Der Betreffende muss zumindest hier vor Ort versorgt worden sein, andernfalls wäre er verblutet. Vielleicht hat er einen Komplizen … oder mehrere.«

»Vielleicht fressen ihn auch schon längst die Raben in den Weinbergen!«

»Wollen Sie die Ermittlungen behindern oder helfen, den Fall zu lösen, Herr Bürgermeister?« Verärgert stand der Polizist auf und wandte den Männern den Rücken zu. Das Bücherregal vor ihm stand voller Familienfotos, wie der Hausherr sie gern mit seiner Kodak schoss und in einer eigens dafür eingerichteten Dunkelkammer selbst entwickelte. Auf beinahe allen Bildern waren Montemayors Kinder zu sehen, und den Kommissar überkam tiefe Wehmut.

»Das Ganze kommt mir vor wie eine Schmierenkomödie. Soll ich mir etwa die Hände der Leute zeigen lassen wie eine Wahrsagerin? Holen wir doch einfach die Militärpolizei, die wird schon wissen, was zu tun ist!«

»Ich bitte Sie, möglichst jeden Skandal zu vermeiden, Herr Bürgermeister«, sagte Ernesto. »Meiner Ansicht nach sollten wir den Fall diskret aufklären und es damit gut sein lassen. Ich erinnere Sie nur ungern daran, dass alles, was ich in La Isabela investiert habe, auch dem Ort zugutekommt. Der Ruin des Kurbads wäre auch der Ihre.«

Ernesto fiel gar nicht auf, dass er gerade ebenso fragwürdig argumentiert hatte wie der Arzt nach Montaguts Tod, dass er Lug und Trug in Kauf nahm, um den schönen Schein von La Isabela zu wahren.

»Wollen Sie mir etwa drohen, Ernesto? Das passt gar nicht zu Ihnen!«

»Genug! Wir sind alle viel zu erregt«, mischte sich Rechtsanwalt Marugán ins Gespräch. »Fakt ist, dass diese Provinz nicht in Ihrem Zuständigkeitsbereich liegt, Fuentes, und Sie damit gar nicht offiziell befugt sind, in dem Fall zu ermitteln. Natürlich unterstützen wir Sie, um sicherzustellen, dass der gute Ruf von La Isabela gewahrt bleibt, aber Sie werden verstehen, dass wir Ihre Kollegen in Guadalajara von der Angelegenheit in Kenntnis setzen müssen. Mein Schwager ist dort Zivilgouverneur, und sollte herauskommen, dass wir der Staatsgewalt Informationen vorenthalten haben, dann wäre das das Ende der beruflichen Laufbahn eines jeden von uns – ich wiederhole: eines jeden. Habe ich mich deutlich ausgedrückt?«

»Was das betrifft, sind wir uns sicher alle einig«, sagte der Polizist. »Wir müssen nur entscheiden, wann wir handeln: Sie können jetzt gleich ein Telegramm abschicken oder noch ein wenig warten, vorausgesetzt, dass nichts von dem, was hier geschehen ist, nach außen dringt.«

»Da hat der Kommissar in der Tat recht, meine Herren«, befand der Kurdirektor. »Auf einen Tag mehr oder weniger kommt es nicht an.«

»Heute ist es schon zu spät für weitere Ermittlungen, deshalb bitte ich Sie, mir noch den ganzen morgigen Tag zu gewähren. Am Freitagmorgen sollten Sie dann Guadalajara über die Ereignisse informieren, ganz gleich, ob ich den Fall bis dahin gelöst habe oder nicht.«

»Das erscheint mir eine angemessene Bitte«, meinte der Rechtsanwalt, und die anderen nickten.

Sie besiegelten ihren Schweigepakt mit einem Handschlag, doch wie immer bei derart fragwürdigen Entscheidungen, blieb ein gewisses Misstrauen untereinander.

»Halten Sie es wirklich für richtig, ihn zu beerdigen?«, fragte der Bürgermeister beim Abschied. »Vielleicht will die Polizei ihn sehen.«

»Unfassbar, dass Sie jetzt noch mit diesen Einwänden kommen, Venancio«, protestierte der Kurdirektor. »Dann sollen sie ihn in Gottes Namen eben wieder ausbuddeln!«

»Und wenn man uns der Selbstjustiz beschuldigt?«

Ginés Fuentes hatte genug von dem dummen Geschwätz und ging hinaus. Er war todmüde und hatte Schweißflecken unter den Achseln des geliehenen Hemdes.

Nachdem Adelita, *La Parisina,* sich in ihrem Zimmer eingerichtet und ihre Koffer ausgepackt hatte, hatte sie sich so gekleidet, wie es sich ihrer Meinung nach in einem Kurort gehörte. In einen engen, aus sehr wenig Stoff bestehenden Badeanzug gezwängt, war sie am Nachmittag an der Haustür auf Amada getroffen.

»Wie hübsch du bist, Amada, du bist ja eine richtige Frau geworden! Komm her, lass dich umarmen!« Sie drückte das Mädchen an ihren üppigen Busen. »Zeig uns den Weg zum Kurhaus, sonst verlaufen wir uns am Ende noch!«

»Aber die Kurgäste kommen alle schon von ihren Anwendungen zurück!«, protestierte Amada, die keine Lust hatte, den Weg noch einmal zu gehen.

»Was soll's! Dann sind wir wenigstens ungestört.«

La Parisina stolzierte die Promenade entlang, als handelte es sich um eine Debütvorstellung im Varieté. Amada hatte sich bei ihr eingehängt, und das Schlusslicht bildete Norberto, der Sekretär, dem das vor seinen Augen hin und her wackelnde Hinterteil der Sängerin die Sinne benebelte. Die Leute, denen sie unterwegs begegneten, blieben stehen und applaudierten.

»Was starrst du denn so? Hast du nicht gesagt, du wärst müde und müsstest dich hinsetzen? Hat das deinen Blutdruck in Wallung gebracht?«

»Sei still, Frau, so was kriegt man nicht alle Tage zu sehen.«

»Welch eine Freude, in La Isabela einer so berühmten Künstlerin zu begegnen! Sie wissen doch, wer das ist, nicht wahr? Adelita *La Parisina*! Sagen Sie bloß, Sie haben sie nicht erkannt.«

»Es ist mir egal, wie sie heißt, auf jeden Fall ist es schamlos, so halb nackt durch die Gegend zu laufen. Ich werde mich auf der Stelle beim Kurdirektor beschweren. Sehen Sie nur, was mit meinem Mann los ist, gleich wird er wieder einen Schwächeanfall erleiden!«

»Was redest du denn da! Diese Frau hat mich zu neuem Leben erweckt!«

Auch wenn der eine oder andere empört war, die meisten Kurgäste freuten sich, die Sängerin zu sehen, und diese nahm die Kusshände, Begrüßungen und Beifallsbekundungen stolz wie eine Königin entgegen.

»Amada, sieh doch nur, wie niedlich!«, rief sie entzückt beim Anblick einer Familie mit acht Kindern, die alle gleich angezogen waren und im Gänsemarsch hintereinander spazierten. »Das sieht ja aus wie ein Schulausflug. Sind das alles Ihre, Señora?«

Die Eltern nickten stumm, beeindruckt von so viel Herzlichkeit. Falls jemand von einer kopflosen Leiche hatten reden hören, so war diese beim Anblick der Sängerin vergessen. An diesem Nachmittag unterzog sich Adelita keiner Anwendung mehr, sondern begnügte sich damit, sich feiern zu lassen.

»Du musst ein ernstes Wort mit ihr reden, Paula«, sagte Ernesto am Abend zu seiner Frau. »Ihr Auftritt heute war skandalös. Man kann in einem anständigen Ort nicht einfach so nackt herumlaufen.«

»Sie war nicht nackt, Ernesto, sondern im Badeanzug wie viele andere Leute auch. Nur dass sie keinen Bademantel darüber getragen hat.«

»Eben. Nicht einmal einen Bademantel. Dafür war sie frisiert und geschminkt wie für einen Bühnenauftritt.«

»Einen Auftritt, den du zu gern gesehen hättest und fünfzig andere auch.«

»Sag ihr, dass das hier ein Urlaubsort für Familien ist und kein Varieté.«

»Du bist ein alter Spießer«, entgegnete Paula und ließ ihren Mann stehen.

Sie war ihrer Zeit immer voraus gewesen, war freigeistig und tolerant. Als ihr einige Jahre zuvor eine Hausangestellte empört berichtet hatte, dass sie von ein paar Tagelöhnern beim Baden im Waschhaus heimlich beobachtet worden sei, hatte sie nur gefragt: »Und was haben sie gesehen, Mädchen?«

»Alles. Ich war nackt. Meine Brust und das andere.«

»Und hast du alles am rechten Fleck?«

»Ja.«

»Und es ist alles normal?«

»Ich denke schon.«

»Wie viele Brüste hast du?«

»Zwei.«

»Dann ist doch alles halb so schlimm. Stell dir vor, du hättest drei – dann wüsste jetzt das ganze Dorf Bescheid!«

La Parisina passte sich so problemlos in das Leben in La Isabela ein wie in eines ihrer hautengen Kleider.

»Paula, wozu sind denn all diese vielen Fahrräder gut, die überall herumstehen?«, fragte sie, als sie von ihrem ersten Bummel durch den Kurort zurückkam.

»Nun, die sind für die Kurgäste, aber sie werden kaum genutzt. Daher sind meistens die Reifen platt.«

»So wird das nichts mit euren Geschäften, daraus muss man doch etwas machen. Norbeeerto!« Und sie machte sich auf die Suche nach ihrem Sekretär.

Kurz darauf kehrte sie mit einer revolutionären Idee und einem dicken Notizblock zurück, auf dessen rosafarbenen Blättern jeweils ein Foto von ihr prangte.

»Norberto, nummeriere die Blätter von eins bis einhundertfünfzig, und dann kritzelst du überall meine Unterschrift darunter.« Und an ihre Freundin gewandt, erklärte sie verschmitzt: »Es ist besser, die Anzahl gering zu halten, dann werden sie sich um sie reißen.«

»Was, um Himmel willen, hast du vor?«

»Das wird der größte Spaß der Saison, meine Liebe.« Sie schwenkte den Block durch die Luft. »Das sind Lotterielose, die wir für fünfzig Céntimos pro Stück verkaufen werden!«

»Bist du übergeschnappt?!«

Es war tatsächlich eine verrückte Idee, aber Adelitas Bild war begehrter, als man hätte ahnen können, denn im Nu waren die Lose ausverkauft. Und mit ihnen begründete die Sängerin in La Isabela eine neue Tradition: die Fahrradrennen.

19

Die Hitze hing zäh zwischen den Mauern des Gasthofs und wollte in einigen Zimmern nicht einmal in den Nächten weichen.

Auch in seinem Zimmer war es drückend schwül. Trotzdem nahm er einen der beiden Anzüge aus festem Tuch, die er besaß, aus dem Schrank, zog ihn an und besprengte sich dann mit reichlich Kölnisch Wasser. Es war immer noch sehr warm, als er sich auf den Weg zum Spiegelsaal machte, in der Hoffnung, dort der Frau mit dem ansteckenden Lachen wiederzubegegnen, die er im Kurhaus gesehen hatte. Er wagte nicht, sie auf offener Straße anzusprechen, aber an diesem Abend wollte er den Ball als Gelegenheit nutzen, es zu tun.

Seit Gloria ihn abgewiesen hatte, hatte es Miguel Suárez den Appetit verschlagen, und er fand nachts keinen Schlaf.

»Mit Frauen hat man nichts als Scherereien«, sagte sein Freund Santiago, während sie sich eine Zigarette teilten.

»Aber wenn sie dir zugetan sind, bereiten sie dir den Himmel auf Erden.«

»Weißt du, was sie in Marokko mit ihnen machen? Sie verhüllen sie von Kopf bis Fuß, sperren sie zu Hause ein, und dort sollen sie dann Kinder kriegen. Und wenn du es wagst, einer in die Augen zu sehen, schneiden sie dir die Kehle durch, denn selbst der Anblick gehört dem Ehemann. Wie findest du das?«

»Nun, und hier kämpfen sie darum, wählen zu dürfen, und wollen auch sonst überall mitmischen. Die Welt verändert sich. Das hier ist Europa, Santiago!«

»Das hier ist ein Scheißland, das seine Söhne einfach so in den Tod schickt.« Die furchtbare Schlacht von Annual würde Santiago für den Rest seines Lebens nicht mehr loslassen. »Wenn die Marokkaner Barbaren sind, was zum Henker sind dann wir, Miguel?«

»Zwei verbitterte Junggesellen. Also lass uns zum Ball gehen und sehen, ob uns eine den Spaß am Leben wiederentdecken lässt.«

Als die beiden Männer in ihren frisch gebügelten Uniformen den Hof überquerten, zogen sie viele Blicke auf sich. Sie waren schmucke Burschen, aber ganz allgemein waren Soldaten in La Isabela gern gesehen, denn immerhin setzten sie ihr Leben für das Vaterland aufs Spiel. Da war es nur recht und billig, ihre strapazierten Körper zuvorkommend zu behandeln.

Der Spiegelsaal war voller Menschen, und Santiago und Miguel mischten sich unter die Menge.

»Ist die Wüste wirklich so groß, wie es auf den Fotografien aussieht?«, fragte ein junges Mädchen, das mit seinen Eltern hier zur Kur war, Miguels Freund.

»Sie verliert sich am Horizont, Lucila.«

»Das ist bestimmt wunderschön, aber meine Eltern haben die Provinz noch nie verlassen, und wer sonst könnte mich dorthin begleiten?«

»Ich würde Sie mit Freuden mitnehmen, wenn Ihre Eltern es erlaubten.«

»Ich nehme Sie beim Wort und komme mit nach Marokko. Aber nur, wenn es dort keine Mauren gibt, denn vor denen habe ich Angst …«

»Dort wimmelt es nur so von Mauren. Schlimmer noch: von Rif-Kabylen, das sind die, die einem Kopf, Arme und Beine abschneiden.«

»Wie grässlich! Haben Sie denn solche Gräueltaten mitansehen müssen?«

»Mit meinen eigenen Augen, Lucila. Sehen Sie, mit diesem und diesem.« Er nutzte die Gelegenheit, um nach ihrer Hand zu greifen und sie an sein Gesicht zu führen.

»Ach, Sie Armer! Kommen Sie, tanzen Sie mit mir diesen Pasodoble, um Ihren Kummer zu vergessen.«

Unterdessen plauderte Miguel ein Weilchen mit den Montemayors, die sich an diesem Abend früher zurückzogen als gewöhnlich, grüßte den Bürgermeister und einen Parlamentsabgeordneten, den er aus Madrid kannte, und als er Durst bekam, nahm er sich ein Bier und ging an die frische Luft. Draußen tanzten die Dorfbewohner zur Musik von ein paar Straßenmusikanten. Er erspähte Gloria, die an einem Fenstergitter lehnte, und beschloss, sich ihr unbemerkt zu nähern.

»Nicht schreien«, sagte er und legte ihr den Arm um die Hüfte.

»Und wenn doch?«

»Diese Jungen singen ja ganz schön, aber es klingt ein bisschen traurig, findest du nicht?«

»Der alte Pedro aus Sacedón, der sonst für uns gespielt hat, ist gestorben, und in der kurzen Zeit haben wir niemand anderen gefunden. Außerdem weiß ich gar nicht, warum ich überhaupt mit dir rede.«

»Vielleicht, weil du mich magst.«

»Verschwinde, Miguel!« Gloria versuchte, sich aus seiner Umarmung zu befreien.

»Pssst. Bitte fang nicht wieder so an«, flüsterte er ihr

zärtlich ins Ohr. »Verzeih mir, Gloria, verzeih mir. Du hast recht, völlig recht, ich bin undankbar und dumm. Wir Männer … wir wissen einfach nicht, wie man Frauen anständig behandelt.«

»Frauen?« Sie wandte sich um, so wütend, dass sie beim Sprechen spuckte. »Darf man erfahren, wie viele Frauen du hast?«

»Siehst du? Ich mache schon wieder alles falsch. Lass uns gehen, die Leute sehen schon zu uns herüber.«

Miguels Hand zitterte leicht. Kaum hatte er Glorias Finger berührt, raste sein Herz, und die Sehnsucht nach ihrem Körper erwachte in ihm.

Er leerte das Bierglas in einem Zug und zog Gloria, die sich noch halb gegen ihre Liebe und eine Versöhnung sträubte, mit sich fort in den Wald, dorthin, wo die gewaltigen Trompetenbäume wuchsen, die der erste Besitzer des Kurbads Ende des neunzehnten Jahrhunderts aus Amerika mitgebracht hatte und unter deren dichtem Blätterdach die Dorfkinder bei Gewitter Schutz suchten.

Von einem Baum, der voller gelber Schoten hing, pflückte er eine der Früchte, dann sank er vor Gloria auf die Knie.

»Was machst du denn da? Die kann man nicht essen, sie schmecken scheußlich.«

»Das hatte ich auch nicht vor.« Miguel warf die Schote weg, behielt aber eines der großen, herzförmigen Blätter in der Hand.

»Da, nimm das hier, als wäre es mein Herz.«

»Du bist ein Dummkopf!« Nun musste sie doch lachen. »Lass mich, ich will mich nicht setzen. Das Kleid ist neu.«

Auf der Suche nach nackter Haut glitten Miguels Hände nach oben, über Glorias stramme Waden bis zu ihren Oberschenkeln, die so heiß waren, wie er sie in Erinnerung hatte. Bei den Pobacken angelangt, hielt ein Stück grober Stoff ihn auf.

»Schluss jetzt, Miguel Sánchez«, protestierte Gloria, doch es klang wenig überzeugend. Miguel zog ihren Slip herunter und vergrub sein Gesicht in ihrem Unterleib auf der Suche nach der Stelle ihrer größten Lust. Unwillkürlich öffnete sie ihre Schenkel, damit seine Finger einfacher den feuchten Weg fanden, der vor ihnen lag.

Ihren ersten Orgasmus hatte Gloria noch im Stehen, gegen den Trompetenbaum gelehnt. Dann liebten sie sich am Boden zwischen Sand und Unkraut. Das Kleid war vergessen, und nach Stunden der Lust wusch sich die junge Badefrau flüchtig im Fluss und ging zur Arbeit, ohne geschlafen zu haben.

Von nun an trafen sie sich bis zu Miguels Abreise, wann und wo immer sie Gelegenheit dazu fanden: im Wald, im alten Hospital, im Kurhaus, am Waschplatz, beim Backofen ... Und bei jeder Begegnung machte er ihr unzählige Versprechen, die er immer wieder aufs Neue brechen würde, um bei seiner Rückkehr in der nächsten Saison wieder aufs Neue geschickt um sie zu werben.

Aber die Liebe des Soldaten und die von Doktor Millares waren in diesem Sommer nicht die einzigen verhängnisvollen Leidenschaften.

Julia Escribano, die Frau, die in der Badewanne stecken geblieben und von Doktor Corbeletti mit Hilfe der Homöopathie gerettet worden war, hatte vier Kilo abgenommen und war darüber so glücklich, dass sie beschloss, diesen Erfolg im Ballsaal zu feiern.

Nach dem Abendessen ging sie auf ihr Zimmer und stöberte in ihrer Garderobe, bis sie das Richtige gefunden hatte: ein blaues, mit Gagatsteinen besetztes Gazekleid, dazu ein Stirnband mit Federn und ein wenig Schmuck. In dieser Aufmachung wirkte sie eher wie eine Varietékünstlerin als eine gediegene Witwe, aber das war ihr gleichgültig. Als sie zufällig zur gleichen Zeit wie Adelita den Ballsaal betrat, hielten einige der Kurgäste sie für die Agentin der Sängerin.

»Seht mal, *La Parisina* – sie sieht wunderbar aus!«

»Ihr Kleid ist aber sehr körperbetont!«

»Vor allem, weil sie nichts darunter trägt!«

Adelita betrat den Saal sexy wie Jean Harlow in einem langen grauen Kleid mit Handschuhen und einer ellenlangen Zigarettenspitze. Ihre schimmernde Haut duftete nach Puder, und sie spielte mit den Trägern ihres Kleids, die ihr im Laufe des Abends mehrfach von den Schultern zu rutschen drohten.

Julia Escribano wippte mit den Füßen im Rhythmus der Musik, und während alle Anwesenden nur Augen für die aufreizende Sängerin zu haben schienen, bot ihr ein Mann ein Glas Limonade an. Sie dankte ihm lächelnd, nahm es entgegen und betrachtete den Unbekannten. Er war etwas größer als sie, hatte ein schmales Gesicht, graues Haar und trug einen Anzug, der für die Jahreszeit zu warm war. Trotzdem schien er ein echter Kavalier zu sein, und so nahm sie seine Aufforderung zum Tanz gern an, wobei er sich allerdings nicht sehr geschickt anstellte.

»Verzeihen Sie«, bat er beschämt, »Bälle sind nicht meine Sache.«

»Was machen Sie dann hier?«

»Ich wollte Sie kennenlernen, nachdem ich Sie im Kurhaus gesehen habe; Sie sind eine außergewöhnliche Frau.«

Er errötete, und diese sympathische Reaktion weckte in Julia den Wunsch, nach all den vielen Jahren der Selbstgespräche einmal wieder mit einem Mann zu plaudern. Er hieß José Martorell, hatte ein seltsam gespaltenes Kinn, und eine fast krankhafte Schüchternheit hinderte ihn daran, sie mit seinen dunklen, glänzenden Augen direkt anzusehen. Immerhin erzählte er ihr, dass er Witwer sei, weil seine Frau bei der Geburt ihres ersten Kindes gestorben war, und dass er aus einem kleinen Ort namens Solanell in den katalanischen Pyrenäen stammte und nun in Barcelona lebte, wo er ein Miederwarengeschäft besitze.

Er gestand ihr sogar, dass er ursprünglich habe Priester werden wollen und aus Liebe darauf verzichtet habe, obwohl der Glaube in seinem Leben immer noch eine große Rolle spiele. Am Ende des Gesprächs hatte Julia in ihm so viele Vorzüge entdeckt, dass sie davon überzeugt war, nichts passe besser zu dem Kompott und der Marmelade ihres Familienbetriebes wie Büstenhalter und Unterröcke.

Der Morgen dämmerte schon, als das Paar den Palast verließ und Julia sich bei ihm einhängte, bis sie am Eingang des Gasthofs Abschied voneinander nahmen.

»Wenn es Ihnen nicht ungelegen ist, könnten wir morgen im Kurhaus ein Glas Wasser zusammen trinken«, schlug er vor.

»Solange es Ihnen nicht zu Kopfe steigt«, entgegnete sie neckend.

So verblieben sie.

Und damit begann eine Geschichte, die beide ganz unterschiedlich in Erinnerung behalten würden – denn es gibt mehrere Arten, eine Liebe zu leben.

20

Während die Musik des Sommerfests durch die Jalousien in sein Zimmer drang, wälzte sich Samuel Millares unruhig auf seinem Bett, das noch immer den Duft seiner Geliebten verströmte, und dachte nach.

Es war ein aufreibender Tag gewesen. Am Morgen hatte er noch ganz entspannt in den Armen seiner Liebsten gelegen, doch dann hatten sich die Ereignisse überschlagen; und am Abend, während die Kurgäste die Badekleidung abgelegt und sich für den Ball fein gemacht hatten, hatte er mit dem Kommissar noch ein Gespräch geführt.

Als Ginés Fuentes erneut in seine Praxis im Kurhaus gekommen war, hatte Millares bereits festgestellt, dass es sich bei dem schmutzigen Fetzen unter seinem Mikroskop um ein ganz gewöhnliches Stück Stoff handelte, wie es in La Isabela vom Dienstpersonal als Laken oder zum Abdecken der Möbel benutzt wurde.

»Sagen Sie mir kurz, was Sie entdeckt haben«, bat der Polizist ohne Umschweife.

»Ich habe Spuren von ranzigem Fett gefunden, einige Haare, die wahrscheinlich vom Gärtner stammen, Sporen und eine rote Flüssigkeit, die wohl Kirschsaft ist, denn das würde mit den Essensresten in seinem Magen übereinstimmen.«

»Was noch?«

»Andere Haare, die nicht von dem Toten stammen, und tatsächlich Sperma.«

»Was für Haare?«

Der Arzt seufzte tief – er war tatsächlich sehr erschöpft –, dann erklärte er: »Die Haare sind rötlich und mit einem Produkt behandelt, das ich nicht identifizieren kann.«

»Könnten sie gefärbt sein?«, fragte der Kommissar.

»Vielleicht. Aber es handelt sich weder um Ammoniak noch um Peroxid, wie sie in einigen Färbemitteln verwendet werden. Auf jeden Fall ist das Haar nicht weiß, was mich zu der Vermutung führt, dass es sich um ein natürliches Färbemittel namens Henna handeln könnte, einen pflanzlichen Farbstoff, der in Marokko und einigen arabischen Ländern verwendet wird.«

»Davon habe ich noch nie gehört. Wollen Sie damit sagen, dass es sich um Frauenhaar handelt?«

»Das halte ich für ziemlich wahrscheinlich. Was das Sperma betrifft, wird es Sie sicher interessieren, dass es noch nicht alt ist, höchstwahrscheinlich aus der Mordnacht stammt. Demnach hatte der Gärtner wohl seinen Spaß, bevor er starb.«

»Er war Alkoholiker. Ist Ihnen das bei der Untersuchung seiner Leber nicht aufgefallen?« Der Kommissar schnalzte missbilligend mit der Zunge und trat zu der auf dem OP-Tisch liegenden Leiche. »Was für eine unverzeihliche Unachtsamkeit!«

»Gehen Sie raus und machen Sie die Tür hinter sich zu! Ich weiß nicht, was Sie suchen und worauf Sie hinauswollen, aber es ist spät, und ich möchte mich ausruhen.«

Doch der Kommissar fuhr mit seinem unangenehmen Spiel fort.

»Der Mann hätte selbst mit einem Flaschenzug keinen mehr hochgekriegt. Das Sperma stammt von jemand anderem.«

»Na und?«

»Sehen Sie, Doktor, wer auch immer an jenem Abend dort zum Fluss hinuntergegangen ist, wollte dem Trubel des Sommerfests entgehen und … Übrigens, jetzt, da ich darüber nachdenke: Ich habe Sie gar nicht auf dem Fest gesehen.«

»Ich bin kein guter Tänzer. Ein Glas Wasser gefällig?« Der Kommissar lehnte das Angebot ab, woraufhin Millares sich selbst ein großes Glas einschenkte, um seine trockene Kehle zu spülen.

»Aha. Jedenfalls bin ich auf dem Weg zurück zum Haus meines Gastgebers an mehreren eng umschlungenen Pärchen vorbeigekommen, die sich in die Schatten der Häuser zurückgezogen hatten, und daraus schließe ich, dass solche verborgenen Schäferstündchen im Ort nichts Ungewöhnliches sind. Warum also hat diese Person sich einen anderen Ort gesucht?«

»Vielleicht wollte er ein wenig Abwechslung haben, was weiß ich?«

»Aber gleich so weit weg? Die Felder liegen viel näher, und dort ist es sogar noch dunkler.«

»Also glauben Sie, dass der Mörder nicht aus La Isabela stammt.«

»Das habe ich nicht gesagt.«

»Aber er verhält sich anders als alle anderen …«

»Ich denke, er ist kein Dorfbewohner, hält sich aber trotzdem in La Isabela auf.«

»Ich verstehe nicht, was das für einen Unterschied macht.«

»Natürlich tun Sie das, Sie sind doch ein kluger Kopf: Der Mörder ist ein Fremder … aber nicht so fremd, dass er unerkannt geblieben wäre. Außerdem würde niemand in der Nacht zum Fluss hinuntergehen, der den Weg nicht kennt, und den kennt man nur gut genug, wenn man schon eine Weile hier verbracht hat.«

»Die beiden wollten also nicht gesehen werden.«

»Genau! Aber warum sprechen Sie von zwei Personen?«

»Eben war von Pärchen die Rede.«

»Ah! Sehen Sie, wie klug Sie sind und wie gut Sie mir folgen können? Offenbar erschien den beiden kein Schlupfwinkel sicher genug – bis auf das weit abgelegene Flussufer. Und warum all diese Vorsicht?«

»Sagen Sie es mir.«

»Es handelt sich um ein Liebespaar, das seine Liebe nicht offen zeigen darf, weil es zu einem Skandal käme, wenn sie entdeckt würden.«

Der Kurarzt wandte dem Kommissar den Rücken zu und tat so, als wäre er mit seinen Instrumenten beschäftigt, um sich seine Nervosität nicht anmerken zu lassen.

»Wie traurig sind doch heimlich ausgetauschte Zärtlichkeiten, finden Sie nicht? Ständig auf der Hut, immer wachsam … Wie viel Kraft und Energie das kostet! Was sagen Sie dazu, Millares?«

»Dass jeder mit seinem Hosenlatz anstellen kann, was er will«, erklärte der Arzt schroff.

»Was glauben Sie übrigens: Kannte der Gärtner alle Kurgäste?«

»Was weiß denn ich!«

»Sicher nicht. Außerdem ist bei einem eng umschlungenen Pärchen unmöglich zu erkennen, um wen es sich handelt, es sei denn …«

In diesem Augenblick wurde die Tür des Arztzimmers so stürmisch aufgerissen, dass eine Flasche auf dem Tisch umfiel und auslief. Doch darauf achteten die Männer nicht, sondern sie starrten Ana Retuerto an, die nicht damit gerechnet hatte, den Arzt in Gesellschaft anzutreffen.

»Bitte entschuldigen Sie, Doktor Millares! Die Tür …«, stammelte sie in dem Versuch, ihr plötzliches Erscheinen zu rechtfertigen, »ich dachte nicht, dass Sie beschäftigt sind …«

»Die Arznei für Ihre Kinder ist noch nicht fertig. Ich bringe sie später Ihrem Mann, Señora Retuerto.« Mit diesen Worten schlug Millares ihr die Tür vor der Nase zu.

»Was für wunderbares Haar diese Frau hat, finden Sie nicht auch?«

»Es sei denn … da waren Sie stehen geblieben«, sagte Millares mit erzwungener Ruhe, obwohl die Bemerkung des Kommissars ihn getroffen hatte wie ein Schlag.

»Es sei denn, es handelte sich um ein Paar, das der Gärtner gut kannte. Dann wäre er ein lästiger Zeuge ihres Treibens gewesen.«

Sobald Samuel Millares sich vergewissert hatte, dass der Kommissar sich über die Promenade entfernte, füllte er zwei Fläschchen mit Wasser und verließ eilig seine Praxis.

Er sah, dass die Innenhöfe des Kurhauses von einem tief goldenen Schein erfüllt waren, sodass das Gebäude einem lichtdurchfluteten Tempel glich. Auch die Fassade erstrahlte im Glanz der im Fluss Guadiela versinkenden Abendsonne.

Die Miene des Arztes hingegen war finster. Er fühlte sich äußerst unbehaglich. Schon vor langer Zeit hatte er sich angewöhnt, sich auf sein Bauchgefühl zu verlassen, und nun verriet ihm sein Magengrummeln, dass etwas gehörig schieflief.

Er betrachtete seine Handflächen – »Deine Finger sind beseelt, Liebster. Sie wissen immer genau, wonach ich mich sehne«, sagte seine Geliebte immer – und dachte, dass diese Finger, was immer auch geschehen mochte, bis ans Ende seines Lebens die Erinnerung an Anas Haut bewahren würden. Ana Retuerto, Ana Retuerto, murmelte er vor sich hin wie eine traurige Litanei, die ihn auf den richtigen Weg zurückbringen sollte, von dem er schon viel zu weit abgewichen war. Und trotz seiner Erschöpfung schritt er schneller aus.

Samuel und Ana hatten sich ein Jahr zuvor, im Sommer 1922, durch einen dummen Zufall kennengelernt: Während ihres Kuraufenthaltes war Ana in der Badewanne ausgerutscht und hatte sich das Handgelenk verstaucht. Die Familie war in La Isabela, weil ihr Mann hier von hartnäckigen Nierensteinen kuriert worden war und sie beschlossen hatten, zur Vorbeuge regelmäßig wiederzukommen. Ana hatte den Arzt aufgesucht, um sich zu vergewissern, dass die Schmerzen im Handgelenk nichts Schlimmes bedeuteten.

»Es ist sicher keine große Sache, aber mein Mann hat darauf bestanden, dass ich zu Ihnen gehe«, hatte sie gesagt. »Außerdem zerren meine Kinder, diese kleinen Monster, immer an meinen Händen, als wäre ich aus Gummi.«

»Ich glaube nicht, dass … Ich meine, ich halte Sie nicht für eine wehleidige Frau.« Der Arzt errötete, was bei ihm selten war. »Entschuldigen Sie, tut es hier weh?«

»Autsch! Ja. Und Sie sind auch nicht … Nun ja, Sie scheinen mir kein gewöhnlicher Arzt zu sein.«

»Dies ist kein Ort für gewöhnliche Menschen. Es sind die Sehnen; sie sind gezerrt und werden Ihnen noch ein paar Tage lang Unannehmlichkeiten bereiten. Ich lege Ihnen einen Verband an, dann geht es Ihnen gleich besser.«

»Es geht mir jetzt schon besser, glauben Sie mir, Samuel«, erwiderte sie kokett. »Ich darf Sie doch so nennen, oder?«

Samuel Millares hatte die seltene Gabe, stets zu spüren, was Frauen fehlte, und er verstand diese Gabe geschickt zu nutzen. Nicht selten zeigten sich seine Patientinnen mit ihrem Körper für das erkenntlich, was er ihrer Seele gab.

Was dieser Frau, die alles zu besitzen schien, fehlen könnte, konnte er sich allerdings nicht vorstellen, deshalb war ihre Liebe wohl einer Laune des Schicksals entwachsen.

Anfangs war es nur ein Spiel zwischen zwei Menschen gewesen, deren Leben nach außen hin keine Geheimnisse zu bergen schien, doch unter der Oberfläche von dunkler Unruhe erfüllt war. Ana entsprach keineswegs dem Klischee der gelangweilten Hausfrau, denn sie liebte ihre Rolle als Mutter und Ehefrau an der Seite eines Bauherrn, den seine Freundschaft mit Alfons XIII. reich gemacht hatte; Samuel seinerseits hatte so viele Frauen, wie er wollte, wozu also sollte er sich mit einer verheirateten Frau einlassen? Und doch fühlten sie sich unwiderstehlich zueinander hingezogen.

Im vergangenen Herbst sollten sie Abschied voneinander nehmen, aber unbemerkt war im Laufe des Sommers das Band zwischen ihnen so eng geworden, dass es ihnen nicht mehr gelang, es zu lösen.

»Ich liebe dich«, hatte er eines Nachmittags im Januar zu ihr gesagt, als es in Madrid so kalt war, dass selbst das Verlangen erfror.

Es war das erste Mal, dass sie diesen Satz hörte, und sie musste sich auf die Zunge beißen, um nicht die gleichen Worte zu erwidern. Sie befanden sich in der Wohnung, die Samuel Millares in Madrid angemietet hatte, nachdem sie sich eine Zeit lang in billigen Hotels getroffen hatten, einer hellen, leeren Vierzimmerwohnung im fünften Stock, in der es nichts gab als das Bett, in dem sie sich stundenlang liebten.

»Ist das wahr?«, hatte Ana wie nebenbei gefragt, während sie in den zerwühlten Laken nach ihren Strümpfen gesucht hatte.

»Was habe ich denn gesagt?«

»Das weißt du sehr wohl, stell dich nicht dumm! Ist es

wahr, oder hast du es nur so gesagt?«, hatte sie beharrlich nachgefragt.

»Es ist wahr, aber dich zu lieben ist eine Qual.«

Genau dreiundzwanzig Tage später – Samuel hatte die Tage genau gezählt – hatte sie gestanden, dass auch sie ihn liebte. Und seit diesem Augenblick waren sie einander vorbehaltlos zugetan, achteten und bewunderten sie sich.

Wie bei wirklich Liebenden üblich, äußerten sich ihre Gefühle füreinander mit unterschiedlicher Intensität. Mal wurde der Arzt völlig von seiner Arbeit, seinen Patienten und Kollegen in Anspruch genommen, während sie ihn so sehr vermisste, dass es schmerzte, mal ging Ana auf Distanz und trieb ihn damit beinahe in den Wahnsinn.

»Glaubst du, wir werden die Geduld aufbringen, einander zu lieben, bis wir alt und faltig sind?«, fragte sie ihn von Zeit zu Zeit, um ihn zu necken.

»Ja, natürlich. Und du wirst mich zu einem dieser Dinner bei dir und deinem Mann zu Hause einladen, und ich werde mit meiner zukünftigen Frau zu euch kommen. Und dich dann heimlich küssen.«

»Keine andere wird mit dir je eine derartige Erfüllung finden wie ich.«

»Wenn das so ist, dann heirate mich.«

»Ich bin verheiratet, Samuel.«

»Dann verlass ihn! Ich schwöre, dir immer treu zu sein. Überlege es dir; eine solche Gelegenheit wird sich dir nie wieder bieten.«

Als die Hitze wiederkehrte, waren sie seit fast einem Jahr ein Paar.

»Bald sind wir ein Jahr zusammen. Ist dir aufgefallen, wie schnell die Zeit vergeht, Liebster?«, fragte Ana Samuel.

Wieder einmal waren sie für ein paar Minuten dem Alltag entflohen und hatten sich im Café Comercial getroffen. Dort hatten sie vereinbart, dass Ana ihren Mann überreden sollte, in diesem Jahr länger als sonst in La Isabela zu bleiben.

»Bereust du das mit uns beiden?«

»Es ist das Beste, was mir im Leben widerfahren ist. Außer meinen Kindern natürlich.«

Da gestand ihr Samuel seinen schon lange heimlich gehegten Wunsch, den er sich selbst bis dahin kaum eingestanden hatte: »Ich hätte gern ein Kind mit dir.« Er rührte in seinem Kaffee. »Mein Gott, das habe ich noch nie zu einer Frau gesagt! Siehst du, wie sehr du mich um den Verstand bringst?«

»Dummkopf! Du bist verliebt.«

»Und das macht mich sehr verletzlich, Ana. Ich sage Dinge, die ich nicht sagen will, und …«

»Ich liebe dich, Samuel, und nichts würde mich glücklicher machen, als dir ein Kind zu schenken.«

Doch solche Momente innigsten Zusammenseins wechselten mit immer wiederkehrendem Abstand, und so war ihre Beziehung einem ständigen Auf und Ab unterworfen, das mal den einen, mal den anderen zur Verzweiflung trieb.

Am Ortsrand angekommen, bog der Arzt links ab zum Gasthaus, wo er seine Geliebte vermutete. Wahrscheinlich war sie nach dem Schreck in der Praxis ein wenig verärgert. Er musste mit ihr reden, um sie zu beruhigen, aber er musste ihr auch mitteilen, worüber er sich klar geworden war.

Er ahnt etwas, da bin ich sicher. Dieser verschwitzte Kerl, der hier überall herumschnüffelt, weiß alles, musste sich der Kurarzt von La Isabela eingestehen.

21

Wenig später saß Ana Retuerto an einem kleinen Tisch im Salon des Gasthofs, hielt zwei Wasserflaschen in den Händen und dachte über das kurze Gespräch nach, das sie soeben mit Samuel Millares geführt hatte.

»Du hast mir gar nicht gesagt, dass die Kinder krank sind.« Felipe Retuerto setzte beim Billardspiel eine Runde aus und ging zu seiner Frau hinüber. »Du siehst besorgt aus, ist es etwas Ernstes?«

»Nein, nein. Die Kinder sind einfach nur sehr anstrengend; sie geben keinen Augenblick Ruhe.« Ana streichelte ihrem Mann übers Gesicht und wickelte dann die Spitze seines Schnurrbarts um ihren Finger. »Darum bin ich schon den ganzen Tag ein bisschen müde, weiter nichts.«

»Ich habe dir ja gesagt, dass es Wahnsinn ist, einen ganzen Monat hierzubleiben, und das nur mit einem Kindermädchen. Außerdem muss ich dauernd fort, und dann bist du hier allein. Vielleicht sollten wir zurückfahren, was meinst du?«

»Ja, vielleicht sollten wir zurückfahren.«

Samuel war ohne Abendessen zu Bett gegangen; nun hörte er seinen Magen beharrlich knurren und wusste nicht, ob er aus Sorge oder vor Hunger nicht schlafen konnte. Also stand er auf und wollte sich gerade einen Apfel holen, als er es leise an seiner Haustür klopfen hörte. In der Hoffnung, seine Geliebte doch noch in die Arme schließen zu können, eilte er hin, denn ihr Gespräch im Foyer des Gasthofs war sehr distanziert gewesen.

»Ich sehe schon, heute gehen Sie auch nicht zum Tanz«, sagte der Kommissar, der auf der Schwelle stand.

»Was wollen Sie?«

»Einen Augenblick mit Ihnen sprechen, Millares.«

»Ich bin todmüde. Das hat sicher Zeit bis morgen.« Er versuchte, die Tür zu schließen, doch der Polizist hinderte ihn daran.

»Ich urteile nicht über Sie, Doktor. Vielleicht tun das andere, aber ich werde Ihnen ganz gewiss nicht sagen, mit welcher Dame Sie Ihr Glück finden sollen oder nicht. Es interessiert mich nicht, was Sie treiben, und es stört mich auch nicht.« Seine Stimme klang fest, obwohl seine Worte von einem gewissen Verständnis sprachen. »Ich bin hier, weil ich Ihre Hilfe brauche.«

Einen Augenblick lang zögerte Samuel Millares, dann fühlte er, dass ihm die Kraft fehlte, dem Kommissar seine Bitte abzuschlagen.

»Bitte, treten Sie ein.«

Ginés Fuentes wusste, dass die Wahrheit oft erstaunlich einfach war. So wie er erkannt hatte, dass das blutige Wasser, das aus den Hähnen geströmt war, auf eine verstopfte Leitung zurückzuführen war, ahnte er, dass der Mord an dem Gärtner in blinder Wut geschehen war, denn niemand ging kaltblütig dermaßen brutal zu Werke. Hier hatte offenbar jemand versucht, ein Geheimnis zu bewahren, an dem ihm viel gelegen war.

Doch um sich in den wahnsinnigen Geist desjenigen zu versetzen, der eine solche Gräueltat begangen hatte, brauchte der Kommissar den Arzt.

Er folgte Millares durch den Gang ins Wohnzimmer, wo

er sich auf einem Polstersofa niederließ und gleich zur Sache kam.

»Helfen Sie mir, den Mörder zu verstehen, Doktor.«

»Offen gestanden, weiß ich nicht, was Sie von mir wollen, und wenn …«

»Nun kommen Sie doch mal aus der Defensive! Ich sagte Ihnen doch schon, dass es mir egal ist, ob Sie mit der Frau dieses Lackaffen schlafen. Wenn es ein Spiel ist, viel Spaß, wenn nicht, mein Freund, dann möchte ich nicht in Ihrer Haut stecken, aber in jedem Fall geht es mich nichts an. Ich bitte Sie nur, mir zu helfen, jemanden zu verstehen, der sich in einer ähnlichen Situation befindet.«

Der Kommissar sah den Arzt bittend an; dieser blieb äußerlich gelassen, spürte aber, wie Zorn in ihm aufstieg.

»Wollen Sie etwa andeuten, dass jemand fähig wäre zu morden, nur weil er eine … sagen wir, eine heimliche Liebschaft pflegt?«

»Würden Sie es tun?«

»Was?«

»Wären Sie fähig zu morden, wenn bekannt würde, dass Sie mit …« Der Kommissar schnalzte ärgerlich mit der Zunge, weil er nicht auf Anas Namen kam.

»Raus hier, aber sofort!«

»Beruhigen Sie sich, ich will Ihnen doch nichts Böses.«

»Was bilden Sie sich eigentlich ein, wer Sie sind? Halten Sie mich für einen potenziellen Mörder?«

»Was ich glaube, ist unerheblich, es geht einzig und allein darum, was jemand in Ihrer Lage getan haben könnte. Das ist ein Unterschied.« Der Kommissar stand auf und ging nervös im Zimmer auf und ab. »Hören Sie, ich schwöre Ihnen, das ist kein Verhör, aber ich brauche eine offene Antwort von Ihnen. Kann jemand morden, nur um sich zu schützen? Würden Sie es für Ihre Geliebte tun, wenn nötig?«

Der Arzt wollte erneut aufbegehren, aber er war einfach zu müde für einen Streit.

»Nein, niemals. Wovon reden Sie überhaupt?«

»Lieben Sie sie?«

»Lassen Sie mich doch um Himmels willen in Ruhe. Worauf zum Teufel wollen Sie hinaus?«

»Sind Sie in sie verliebt, Doktor? Antworten Sie mir.«

»Ja, und das ist mein Fluch. Sind Sie nun zufrieden? Dann verschwinden Sie!«

Es war ein demütigendes Eingeständnis, und um den Kommissar nicht ansehen zu müssen, betrachtete Samuel sein eigenes Spiegelbild in einer Vitrine: Das verschwitzte Hemd klebte ihm am Körper, und sein Haar war zerzaust, nachdem er sich eine Stunde lang schlaflos im Bett gewälzt hatte. Er hatte einen schalen Geschmack im Mund und heftige Nackenschmerzen. Und er wusste, dass er sich innerlich noch weiter entblößt hatte als äußerlich.

»Das dachte ich mir«, sagte der Kommissar hinter ihm und setzte sich wieder hin, als gingen ihn die Seelenqualen des Arztes weiter nichts an. »Das heißt also, kein vernünftiger Mensch würde einen armen Teufel ermorden, nur weil die Gefahr besteht, dass sein Mann, seine Frau oder das gesamte medizinische Personal hinter seinen Ehebruch käme, nicht wahr?«

Der Arzt schwieg.

»Mehr noch: Er würde dem Gärtner ein ordentliches Sümmchen zahlen und damit Schwamm drüber. Was meinen Sie, Millares?«

Samuel sah nur zwei Möglichkeiten: entweder den Raum zu verlassen und sich in seinem Schlafzimmer zu verbarrikadieren oder die Augen zu schließen und sich einen Drink zu genehmigen. Er entschied sich für Letzteres.

»Ich weiß ja nicht, wie es Ihnen geht, aber ich brauche jetzt einen Schluck«, sagte er und schenkte sich ein ordentliches Glas von dem Cognac ein, den Ana letzte Nacht dagelassen hatte.

»Ich leiste Ihnen Gesellschaft, Samuel.« Zum ersten Mal nannte Fuentes ihn beim Vornamen.

Während Samuel ihm das Glas reichte, forschte er in den Augen des Kommissars nach einer Spur von Bösartigkeit, nach einer Erklärung für so viel Bitterkeit, sah aber nur die gleiche tiefe Erschöpfung, die auch er empfand.

»Was bringt Sie dazu anzunehmen, dass es sich um ein Verbrechen aus Leidenschaft handelt?«, fragte der Arzt, um die Spannung zu lockern. »Warum ziehen Sie nicht die Möglichkeit in Betracht, dass der Gärtner den Mörder bei ... was weiß ich... zum Beispiel bei einem Diebstahl überrascht hat?«

»Weil man nicht aus materiellen, sondern nur aus emotionalen Gründen dermaßen den Verstand verliert. Nichts bringt den Menschen mehr aus der Fassung als seine Gefühle«, erklärte der Kommissar.

Millares setzte sich neben ihn und leerte sein Glas; er sah, wie der Kommissar in seine Tasche griff und ein abgewetztes Büchlein hervorzog.

»Ich muss Sie noch um etwas Weiteres bitten. Ich will nicht, dass Sie gegen Ihre ärztliche Schweigepflicht verstoßen, aber glauben Sie, dass einer Ihrer Patienten in einem Anfall von Unzurechnungsfähigkeit diese Tat begangen haben könnte?«

»Ich weigere mich, jedwede Information über die Badegäste preiszugeben.«

»Ich stelle diese Frage nicht zum Spaß, sondern um gewisse Eventualitäten auszuschließen.«

»Ich habe das Recht, die Antwort zu verweigern.«

»Ich verstehe. Ich fürchte, ich gehe Ihnen auf die Nerven, aber es gibt Fragen, die nur Sie beantworten können, und darum möchte ich Sie noch einmal bitten, sich zu überlegen, wer …«

»Es reicht! Sind Sie Ernesto Montemayor gegenüber auch so unverschämt? Oder irgendjemand anderem gegenüber, mit dem Sie seit Ihrer Ankunft gesprochen haben? Na also. Was passt Ihnen an mir nicht, Kommissar?«

Ginés Fuentes senkte den Blick und starrte auf die braune Flüssigkeit in seinem Glas. Dann goss er sie in einem Zug hinunter und schenkte sich nach.

»Wir beide haben mehr gemeinsam, als Sie denken«, antwortete er. »Uns beiden fällt es relativ leicht, anhand von Symptomen eine Diagnose zu stellen, aber sehr schwer, dem eigentlichen Übel zu Leibe zu rücken, sei es bei einem Verbrechen oder einer Krankheit.«

»Wollen Sie mir etwa eine Lektion in Medizin erteilen?«

»Allerdings geben sich die Menschen in Ihrem Fall, wenn Sie keine Lösung finden, mit dem Wasser als Placebo zufrieden, nicht wahr?« Der Kommissar bemühte sich, liebenswürdig zu sein, doch seine Stimme klang gezwungen freundlich. »So bilden sich die Leute ein, es ginge ihnen besser, selbst wenn in Wirklichkeit nur ihre Ängste beschwichtigt werden. Bei meinen Fällen dagegen gibt es keinen Trost.«

»Sie sind wirklich ein halsstarriger Kerl!« Samuel nahm einen tiefen Schluck, und die beruhigende Wirkung des Alkohols löste seine Zunge. »Warum schätzen Sie die Heilkraft des Wassers so wenig?«

»Fragen Sie mich das im Ernst? Sie sind ein intelligenter Mann, Doktor, Sie können doch nicht wirklich daran glauben, dass ein Glas Wasser Leiden kuriert.«

»Sehen Sie diesen Schaukasten? Er ist voller Studien der besten Hygieneärzte der Welt, deren Berichte Sie von Ihrem Unglauben heilen würden.«

»Jedem steht es frei, der Religion anzuhängen, die ihm

beliebt«, meinte der Kommissar und fragte dann in verändertem Tonfall: »Sagen Sie, wäre Ihrer Meinung nach eine Frau eines derart blutigen Verbrechens fähig?«

Fuentes versuchte, das Gespräch wieder auf das ursprüngliche Thema zurückzuführen, auf die Gefahr hin, dass Millares abweisend reagieren könnte. Doch der Alkohol hatte den Arzt zugänglicher gemacht.

»Frauen sind komplexere Wesen als wir Männer. Rachsüchtiger und unberechenbarer, wenn es darauf ankommt, aber ich glaube, eine Frau hätte in diesem Fall eher zu Gift gegriffen und es ihrem Opfer täglich in kleinen Dosen verabreicht, anstatt ihm nachts um drei den Kopf abzuschneiden.«

»Warum nachts um drei und nicht um vier oder um fünf?«

»Ich weiß nicht, das habe ich nur so dahingesagt.«

»Aha.«

»Außerdem fehlt dem Mörder ja nun ein Finger, und das zu verbergen, dürfte einer Frau eher schwerfallen.«

»Dem muss nicht so sein. Das Verbrechen wurde offensichtlich im Einvernehmen, wenn nicht sogar unter Mithilfe einer anderen Person begangen, was bedeutet, dass der Finger von dem Komplizen stammen könnte. In diesem Fall könnten wir dem Mörder täglich begegnen, ohne es zu wissen.«

»Stimmt. Daran habe ich nicht gedacht.«

»Man könnte noch weitergehen und sich vorstellen, dass der Finger keinem von beiden gehört, sondern nur benutzt wurde, um eine falsche Fährte zu legen. Wenn man erst mal jemanden geköpft hat, kann es ja nicht so schwierig sein, einem Toten einen Finger zu amputieren, finden Sie nicht?«

»Und welchem Toten sollte der Mörder einen Finger abgeschnitten haben, Kommissar?«

»Dem, der am ehesten zur Hand war, natürlich.«

»Aber in jener Nacht gab es außer dem Gärtner keinen weiteren Toten, oder irre ich mich da auch?«

»Bedauerlicherweise ja. Der Alte, der in La Isabela das Pianola spielte und am Morgen des 21. Juni tot aufgefunden wurde, ist zwar schon beerdigt, aber wenn wir ihn exhumieren würden, hätten wir die Gewissheit, ob er dabei vollständig war. Würden Sie sich das zutrauen?«

»Der Alkohol bekommt mir nicht. Bitte entschuldigen Sie mich, ich muss zur Toilette.«

»Oh! Verzeihen Sie mir, Doktor, ich habe gar nicht gemerkt, wie spät es schon ist«, sagte der Kommissar in gespieltem Entsetzen und fügte hinzu: »Lassen Sie sich versichert sein, dass Sie mir eine große Hilfe waren, Samuel. Eine sehr große Hilfe.«

Und er ging und ließ Millares allein, der nur mit Mühe seinen Brechreiz unterdrückte.

22

Wenn es etwas Entwürdigenderes gibt, als wie ein Hund zu leben, dann ist es, wie ein Hund zu sterben; daher wurde der Gärtner auf dem Friedhof von La Isabela zu der Stunde bestattet, zu der man in den Dörfern die anstößigen Dinge erledigte: im Morgengrauen.

So hatte die Badefrau Carmen im Morgengrauen geheiratet, als die Wölbung ihres Bauches nicht mehr zu übersehen war, in einem schwarzen Kleid, das ihre Mutter ihr geliehen hatte. Es hatte kein Fest gegeben, und dem dürren Bräutigam hatte der Schreck im Gesicht gestanden. Und es war im Morgengrauen, als Ana Retuerto Samuels Haus verließ.

»Wie hieß der arme Teufel eigentlich mit Nachnamen?«, fragte Ernesto, wie immer darauf bedacht, dass alles seine Ordnung hatte.

»Keine Ahnung. Für mich war er einfach Fermín, der Kubaner.«

»Das werden wir ihm ja wohl kaum auf den Grabstein schreiben können, Herr Bürgermeister. Sind Sie sicher, dass er keine Familie hat?«

Der Bürgermeister zuckte mit den Schultern.

Nach Fermíns beschämender Rückkehr aus Kuba hatte er in seinem Heimatort nicht mehr Fuß fassen können und zu trinken begonnen. Sollte er dort noch Angehörige haben, wollten die offensichtlich nichts mehr von ihm wissen.

Am Ende gab es gar keinen Grabstein, sondern nur ein Kreuz, das der Kurdirektor aus zwei zusammengebundenen Stöcken fertigen ließ. Ernesto Montemayor war es auch, der den Trauerzug anführte, gefolgt vom Bürgermeister, von Don Gaspar – einem Priester, der jeden Juli seinen Sommerurlaub in La Isabela verbrachte – und den beiden Arbeitern, die den Leichnam nach seiner Entdeckung in einem Wäschesack weggebracht hatten: dem jungen Jesús, der vor Kummer kreidebleich war, und Braulio, dem Stärksten unter den Angestellten, weil es kräftige Arme brauchte, um den Toten zu tragen. Der Verwalter hatte ihnen zehn Peseten dafür gezahlt, dass sie das Grab aushoben, den Wagen zum Friedhof fuhren, den Sarg mit Erde bedeckten und den Mund hielten; und sie befolgten diese Anweisung so gründlich, dass sie während der gesamten Beerdigung nicht ein Wort sprachen.

Bei der Beratung am Nachmittag zuvor waren alle, die über den Tod des Gärtners Bescheid wussten, übereingekommen, das Ganze so diskret wie möglich zu vollziehen und weder den Totengräber noch den Pfarrer des Dorfes über das zu informieren, was hier im Morgengrauen geschah.

»Fermín war gläubig, also hat er auch ein Totengebet verdient.«

»Wie Sie meinen, Ernesto, aber Don Pedro wird den Mund nicht halten können«, wandte der Bürgermeister ein, der offenbar keine allzu hohe Meinung von der Verschwiegenheit des Dorfpfarrers hatte.

»Dann müssen wir mit Don Gaspar reden.«

Don Gaspar mietete in La Isabela für den Sommer immer ein Landarbeiterhaus, auf dessen Türschwelle er jeden Nachmittag den Rosenkranz betete. Dazu hatte er ein Glöckchen in die Tür gehängt, das er pünktlich läutete, worauf prompt etwa zwei Dutzend Frauen mit Klappstühlen und Rosenkränzen aus Halbedelsteinen erschienen. Den Dorfpfarrer störten die Gebete seines Kollegen nicht; so hatte er ein wenig Ruhe, ohne dass der Glaubenseifer seiner Schäfchen nachließ.

»Sollten wir nicht eine Messe für ihn lesen, Don Ernesto?«, fragte Don Gaspar, als der letzte Spatenstich getan war.

»Ich glaube, es genügt, wenn Sie den heutigen Rosenkranz zu seinem Gedenken beten, Pater.«

»Was für ein Pech aber auch, beim Bäumeschneiden so unglücklich zu stürzen, dass man sich nicht das Bein bricht, sondern gleich das Genick.« Auch Don Gaspar hatten sie über die wahre Todesursache im Unklaren gelassen.

»Ja, ein tragischer Tod«, sagte der Bürgermeister. »Was will man machen, es war wohl Gottes Wille!«

Der Friedhof lag sechshundert Meter nördlich des Dorfes auf einem Hügel, von dem aus man die ganze Gemeinde überblicken konnte. Kurz vor dem Unglück, das Jahre später über La Isabela hereinbrechen würde, bevor das Wasser zum Wasser zurückkehrte, gingen die Dorfbewohner dorthin, um ihre Toten zu holen. Wie am Totensonntag zogen sie in einer Prozession zum Friedhof hinaus und öffneten gramgebeugt Grab um Grab, bis die Erde Dutzende von Knochen und Schädeln freigab, die aus ihrer Ruhe gerissen und von denen getrennt wurden, neben denen sie jahrelang gelegen hatten.

Nicht so die Montemayors. Die Familie beschloss, die Ihren unter der Erde zu lassen, wo sie hatten ruhen wollen, und da blieben sie auch, neben Fermín, dem Gärtner ohne Nachnamen, den es den Kopf gekostet hatte, zur falschen Zeit am falschen Ort gewesen zu sein.

Als Paula beim Aufwachen ihren Mann nicht neben sich fand, war sie beunruhigt. Er war ohne Frühstück aus dem

Haus gegangen, und so beschloss sie, an der Tür auf ihn zu warten. Dort fand Ernesto sie vor, als er vom Friedhof zurückkam, und auf ihr Drängen hin beichtete er ihr schließlich den tragischen Tod des Gärtners.

»Keine Sorge, wir werden die Angelegenheit ganz diskret regeln, sodass keiner der Kurgäste etwas davon mitbekommt«, versuchte er, sie zu beruhigen. »Tu einfach so, als wäre nichts geschehen.«

»Nichts geschehen? Der arme Fermín wird geköpft, und da willst du, dass ich ruhig bleibe!«

»Was sagst du da? Wer hat den Kopf verloren?«, rief Adelita, die in diesem Augenblick überraschend den Salon betrat.

Ernesto verstummte. Wenn jemand die Wahrheit über den Tod des Gärtners nicht erfahren sollte, dann die Freundin seiner Frau, die er für frivol und schwatzhaft hielt. Daher erzählte er auch ihr die Version vom Genickbruch beim Bäumeschneiden, mit der er bereits den Priester getäuscht hatte. Sicherheitshalber ließ er sich zusätzlich von Adelita felsenfest versprechen, zu niemandem ein Wort darüber zu verlieren.

»Soll er in Frieden ruhen!«, sagte sie und war dann gleich wieder bei ihren Plänen: »Komm mit, Paula, ich will dir das Plakat zeigen, das Norberto entworfen hat.«

»Bist du wahnsinnig? Du hast doch gerade gehört, was geschehen ist!«

»Ja, der Gärtner ist gestorben. Na und? Das Leben geht weiter, Paula. Nüchtern betrachtet ändert sich gar nichts. Morgen wird das Radrennen wie geplant stattfinden, und *La Parisina* wird die Kurgäste mit einem ihrer besten Auftritte erfreuen.«

Ernesto stimmte ihr schließlich zu. Er versicherte seiner Frau, ihre Freundin habe recht und sie solle auf sie hören. Er wusste, dass das auch im Sinne des Kommissars war.

Vielleicht, dachte er, war es gar nicht das Schlechteste, dass die Sängerin nun von dem Todesfall wusste, denn wer auf der Bühne so gelungen schauspielern konnte, der konnte das auch im Leben. Adelita würde jegliche trübe Stimmung zu vertreiben wissen.

»Hast du die Regeln des Geschäfts vergessen? Lächeln, immer lächeln«, sagte Adelita. »Immer ist alles in bester Ordnung, und sollte einmal etwas nicht in Ordnung sein, dann werden wir das ganz gewiss nicht herumerzählen. Norbertooo? Wo, zum Teufel, steckst du, du verdammter Zwerg?«

Für Amada gab es nichts Aufregenderes, als dafür zu sorgen, dass Adelitas Radrennen ein voller Erfolg würde. Die exzentrische Art der Sängerin entzückte sie, und da sie immer auf der Suche nach Abwechslung war, folgte sie ihr auf Schritt und Tritt, selbst zu den Gymnastikübungen, die Adelita dreimal täglich im Garten des Gasthofs vollführte.

»Man darf seinen Körper nicht vernachlässigen, sonst wird das hier bald schlaff«, sagte sie und zwickte sich in die Schenkel, um zu zeigen, wie straff sie waren.

»In meinem Alter auch nicht, Adelita?«

»Man kann nicht früh genug anfangen, Kleine!«

Und so absolvierten die beiden ihre Knie- und Rumpfbeugen, angespornt von dem Kleinwüchsigen, der laut mitzählte. Später schlug die Sängerin Ernesto vor, einen der Außenhöfe des Kurhauses in einen Tennisplatz umzugestalten, doch der Kurdirektor, wenig begeistert von allem, was nicht Billard oder Domino war, lehnte ab, wenn er auch ins Zweifeln geriet, als Adelita ihm erzählte, der Bühnenautor Carlos Arniches habe sie im Vorjahr in Mondariz zu einer nächtlichen Partie Rasentennis eingeladen. Sofort entbrannte in Ernesto der Neid auf das mondäne Kurbad in Galicien, eines der berühmtesten Europas.

»Männer und Frauen spielen niemals zusammen Tennis,

so sind die Regeln«, sagte er beleidigt, weil ihm der Gedanke nicht gefiel, dass ein anderer Kurort Aktivitäten anbot, die es in La Isabela nicht gab.

»Du hast recht, Ernesto, es gibt schönere Dinge, die ein Mann und eine Frau zusammen tun können.«

An diesem Tag widmeten sich die Sängerin, Amada und der Sekretär hauptsächlich den Vorbereitungen für das Radrennen. Am Ende hatten sie siebenundfünfzig Teilnehmer beisammen, so viele, wie es brauchbare Fahrräder gab. Sie notierten sorgfältig die Rückennummern, schmückten die Promenade wie zur Kirchweih und gewannen viele begeisterte Mitstreiter, die bereitwillig ihren Geldbeutel für die Veranstaltung öffneten.

»Gibt es eine Altersgrenze, Fräulein? Mein Vater ist nämlich dreiundsiebzig und hat sich in den Kopf gesetzt mitzufahren, und ich bin der Meinung, dass er zu alt für solche Abenteuer ist.«

»Wer ist denn Ihr Vater?«, fragte Adelita die Frau, die überzeugt war, dass die Teilnahme am Rennen ihren Vater ins Grab bringen würde.

»Der Herr dort am Brunnen mit dem weißen Schnurrbart und der Brille.«

Adelita ging zu dem alten Herrn hinüber, plauderte ein wenig mit ihm und küsste ihn dreimal auf die Wange. Für den Verkauf der Lose hatte sie sich in ein weiteres hautenges Kleid gezwängt, und als der alte Herr ihre Kurven aus nächster Nähe sah, erlahmte jeglicher Widerspruch.

»Alles in Ordnung!«, verkündete sie wenig später der Tochter. »Machen Sie sich keine Sorgen, das einzige Gefährt, das er besteigt, wird sein Rollstuhl sein, wie es sich gehört. Übrigens: Wollen Sie mir nicht ein Los abkaufen? Oder gleich drei, wenn wir schon dabei sind?«

»Ernesto, was diese Frau da treibt, ist illegal.« Aufgebracht platzte der Bürgermeister ins Büro des Kurdirektors. »Glücksspiele und Wetten sind verboten.«

»Aber sie verkauft doch nur ein paar Papierchen«, sagte Ernesto Montemayor beschwichtigend.

»Ein paar? Es sind schon über hundert! Außerdem: Können Sie mir mal verraten, was man bei dieser angeblichen Lotterie gewinnen kann? Machen Sie sich nichts vor, sie zieht den Leuten das Geld aus der Tasche.«

Obwohl Paula protestierte, beschlossen die beiden Männer, die Sängerin zur Ordnung zu rufen; aber als der Bürgermeister sie auf die bei der Lotterie zu gewinnenden Preise ansprach, reagierte sie blitzschnell.

»Was? Haben wir etwa den Preis vergessen? So was Dummes! Das müssen wir gleich ändern!« Sie schlüpfte aus ihren Schuhen, stellte einen Fuß auf einen Stuhl, schob den Rock beängstigend weit nach oben und streifte einen Strumpf samt Strumpfband ab. Dann küsste sie den Spitzenbesatz, sodass ein blutroter Abdruck darauf zu sehen war, und warf das Ganze in die Luft, damit die beiden Männer es auffingen. »Reicht das, oder wollen Sie den anderen auch noch?«

Und sie ging hinaus, ohne ihre Antwort abzuwarten, ein Bein in einem weißen Seidenstrumpf, das andere nackt und unendlich verführerischer. Im Hinausgehen fiel ihr Blick auf die imposante Fassade des Palastes.

»Wozu wird der eigentlich genutzt?«

Ernesto hatte sich in dem alten Gebäude sein Arbeitszimmer eingerichtet, ansonsten diente es eigentlich nur den Bauern als Obstlager. Irgendwann wollte der Kurdirektor es zu einem Luxushotel umbauen lassen – doch das waren Pläne, die sich nie verwirklichen sollten.

Nun überquerte Adelita entschlossen den Hof, bis sie vor den drei prachtvollen Treppen stand, die zum Eingang des Palastes hinaufführten.

»Beeindruckend, was?«, sagte Adelita zu Amada, die ihr wie ein Schoßhündchen gefolgt war und nun vor Ernestos Büro auf sie wartete.

»Mama mag es nicht, dass wir hier hineingehen.«

»Deine Mutter verliert allmählich ihren Sinn für Humor. Wir sollten uns das mal ansehen, Amada, wer weiß, vielleicht erleben wir ja eine Überraschung?« Sie nahm das Mädchen bei der Hand, und so spazierten sie über die Flure und inspizierten die Zimmer. Schließlich fanden sie das »Zimmer der Königin«, ein Schlafzimmer mit einem Himmelbett aus Mahagoni, einer dazu passenden Kommode mit Intarsienarbeiten, einem Waschschränkchen mit zwei Becken und einem großen Spiegel, der eine ganze Wand einnahm.

»Sag mal ehrlich, Amada: Gefällt es dir hier?«

»Nicht besonders, es macht mich traurig. Warum bloß?«

Adelita zuckte mit den Schultern und erforschte den Rest des Zimmers, das immerhin weiträumig und hell war. Schließlich ließ sie sich mit dem Mädchen auf der harten, muffig riechenden Matratze des königlichen Bettes nieder, die von einer ausgeblichenen Brokatdecke bedeckt war.

Aus dem, was die Sängerin bisher gesehen hatte, hatte sie bereits geschlossen, dass der Palast wesentlich mehr Probleme als Vorteile mit sich brachte.

»Amada, ich liebe deine Mutter wie eine Schwester, deshalb sage ich dir: Ihr solltet von hier fortgehen.«

»Aber wir lieben La Isabela!«

»Ich weiß, wie sehr ihr an diesem Fleckchen Erde hängt! Aber es wird deine Familie in den Ruin treiben, denn es ist ein Fass ohne Boden. Und das Schlimmste daran ist, dass deine Mutter das weiß.« Sie sprach so offen mit der Tochter ihrer Freundin, weil sie wusste, dass Kinder oft mehr Einfluss auf ihre Eltern haben als viele Erwachsene. »Ich ahne, dass das Ganze hier ein böses Ende nehmen und dieser Ort euch großes Leid bringen wird.«

»Sagen Sie so etwas nicht!«, bat Amada, den Tränen nahe und enttäuscht, weil sie Adelita für so etwas wie ein überirdisches Wesen gehalten hatte und nun feststellte, dass sie genauso fehlbar war wie alle anderen.

»He, schon gut, ich habe nichts gesagt, in Ordnung? Los, lass uns gehen!«, sagte Adelita und half dem Mädchen vom Bett herunter.

Sie schlossen die Zimmertüren und verließen dann Hand in Hand den Palast, um sich wieder der Vorbereitung der Lotterie zu widmen. Noch einmal wandte Adelita sich um und betrachtete einen Augenblick lang das Gebäude hinter ihr. Dieser Ort ist verflucht, dachte sie, sagte aber nichts, sondern küsste stattdessen das Mädchen auf den Scheitel.

23

Samuel Millares war mit einem heftigen Kater erwacht, den er mit einem starken Kaffee einigermaßen in den Griff bekam, obwohl er für den Rest des Morgens unter heftigen Kopfschmerzen litt. Doch er wusste, dass einige Angelegenheiten keinen Aufschub duldeten, mochten sie auch noch so unangenehm sein. Und so ging er zum Büro des Kurdirektors, den er seit der Ankunft von Ginés Fuentes noch nicht unter vier Augen gesprochen hatte.

Ernesto saß in seinem Büro, den Kopf in die Hände gestützt, und versuchte, all die Ereignisse zu verstehen, die er sich nicht erklären konnte. Wieso hatte sich all das nur ausgerechnet in dem friedlichen, verspielten Garten Eden von La Isabela zugetragen?

»Samuel, mein Freund! Ich freue mich, Sie zu sehen. Was führt Sie zu mir?«

»Ich bin gekommen, um Ihnen zu sagen, dass ich mich gestern den ganzen Tag mit dem Kommissar beschäftigen musste, anstatt mich um meine Patienten kümmern zu können.«

»Nun, das war eine Ausnahme. Der Kommissar tut nur seine Arbeit, glauben Sie mir. Sobald die Frist abgelaufen ist, wird er verschwinden, und alles wird wieder wie früher.«

Samuel Millares und Ernesto Montemayor waren einander sehr unähnlich, ergänzten sich jedoch wunderbar, weil jeder das Gebiet des anderen respektierte. Nun aber hatten sie zwei Todesfälle vertuscht, und das machte sie zu Verschwörern. Der eine war auf die Diskretion des anderen angewiesen, was beide mit Misstrauen erfüllte.

»Ich bin sicher, dass Sie das verstehen, Samuel. Morgen um diese Zeit wird der Zivilgouverneur ein Telegramm erhalten, das ihn über die Ereignisse in La Isabela unterrichtet. Es wäre wünschenswert, dass der Kommissar bis dahin den Fall gelöst hat und uns so eine offizielle Ermittlung erspart bleibt, die verheerend für das Geschäft wäre. Sie wissen doch, wie wichtig der gute Ruf für einen Ort wie diesen ist.«

Genau so hatte Samuel selbst nach Montaguts Autopsie argumentiert, und so konnte er sich nun ein Lächeln nicht verkneifen. Natürlich war auch er um den Ruf von La Isabela besorgt und wusste nur zu gut, dass ein Skandal die Zukunft des Kurorts und damit auch seine eigene zerstören konnte, deshalb vergaß er seine gekränkte Eitelkeit, nickte ohne weitere Einwände und sagte nur warnend: »Sorgen Sie dafür, dass ich in Ruhe arbeiten kann.«

Als er nach draußen trat, zwang ihn ein Lichtstrahl, der sich wie ein Dolchstoß in seinen Schädel bohrte, die Augen zu schließen, und als er sie wieder öffnete, sah er den Kommissar über den Hof auf sich zukommen.

»Wie soll man da an Zufall glauben«, sagte er. »Ich werde noch denken, dass Sie mich verfolgen.«

»Keine Sorge, heute will ich nicht mit Ihnen reden. Geht es Ihnen besser? Als ich gestern gegangen bin, sahen Sie nicht besonders gut aus.«

»Zu viel Cognac.«

»Passen Sie auf sich auf, Doktor.«

»Herr Kommissar.« Einen Augenblick lang zögerte Millares, dann stellte er die Frage doch: »Würden Sie mir sagen, was Sie wissen? Ich dachte immer, wir verhielten uns sehr diskret.«

»Liebende sind nie diskret genug.« Mit diesen Worten ließ der Kommissar den Arzt stehen und betrat das Büro des Kurdirektors.

»Darf ich?«, fragte Ginés Fuentes, als er den Kopf durch die Tür steckte. »Wie war die Beerdigung, Ernesto?«

»Sehr traurig, wie alle Beerdigungen. Diese war allerdings besonders traurig, weil niemand den Toten beweint hat.«

»Ich finde, es reicht völlig, dass man im Leben die Krokodilstränen der anderen ertragen muss.« Der Polizist ließ sich in einem Ledersessel nieder. »Hören Sie, ich bräuchte einige Informationen über Ihre Sommergäste sowie über Ihre Arbeiter.«

Schon seit dem frühen Morgen hatte sich der Kommissar in seinem Büchlein Notizen zu einem Gutteil der Kurgäste gemacht, die er beim Frühstück im Speisesaal des Gasthofs beobachtet hatte, obwohl er sich beinahe sicher war, dass sich der Mörder nicht unter ihnen befand. Im Laufe der Nacht war er zu dem Schluss gekommen, dass sich der Besitzer des Zeigefingers irgendwo in La Isabela versteckt hielt und auf die Hilfe eines Komplizen zählen konnte. Dabei schien es ihm wenig wahrscheinlich, dass er sich in einem Zimmer des Gasthofs verbarg, denn davon hätte Paula mit Sicherheit erfahren. Nun suchte er nach Bestätigung für seine Vermutungen.

»Das wird aber sehr lange dauern«, protestierte Ernesto.

»Dann sollten wir keine Zeit verlieren.«

Ernesto Montemayor setzte sich neben den Kommissar und ging mit ihm gemeinsam die Namen im Gästebuch durch. Nach einer Weile hatte der Kommissar erkannt, dass im Gasthof einige Senatoren und Abgeordnete logierten, dazu der Vorsitzende des Verbands der Harz verarbeitenden Industrie, der Generaldirektor der Automobilwerke von Hispano in Guadalajara – ein guter Freund des Kurdirektors und selbst des Königs –, der Engländer Edward Payne, Generaldirektor der Zementwerke *El León*, der Bildhauer Mariano Benlliure, ein berühmter Homöopath, der Direktor einer großen Versicherung und einige Ingenieure und Bauherren mit ihren jeweiligen Familien. Nichts ließ auf den ersten Blick darauf schließen, dass irgendeiner von ihnen fürchten musste, wegen eines Gärtners in Schwierigkeiten zu geraten.

Was die Gäste der Herberge betraf, in der etwa zwanzig einfache Bürger untergebracht waren, die das ganze Jahr sparten, um sich einen luxuriösen Sommerurlaub leisten zu können, sah es genauso aus.

»Das sind die Unterkünfte, die ich verwalte, denn wie Sie sicher wissen, mieten sich manche Gäste in Privatunterkünften ein, die mir nicht gehören. Was die angeht, kann ich Ihnen nicht weiterhelfen!«

»Aber Sie können mir mitteilen, wie viele Leute Sie im Kurbetrieb beschäftigen, und mir persönliche Angaben über sie liefern: woher sie kommen, wie lange sie schon für Sie arbeiten, wo sie wohnen, ob sie Familie haben …«

»Sie glauben also, dass der Mörder einer meiner Angestellten ist, der sich an dem armen Fermín dafür gerächt hat, dass er die Hecken nicht genügend gestutzt hat?« Der Kurdirektor lehnte sich im Sessel zurück und schnaubte. »Bah, ich weiß gar nicht, wieso mir zum Scherzen zumute ist!«

Er stand auf, ging zu einem Bücherschrank hinüber, den seine Frau aus den Palastmöbeln gerettet hatte, öffnete die untere Tür und holte ein dickes Inventarbuch hervor.

Auch Ginés Fuentes hatte sich erhoben, um sich die Beine zu vertreten. Er ging zum Fenster und blickte hinaus.

»Sehen Sie, das ist die Liste der Festangestellten«, riss ihn

Ernesto aus seinen Gedanken. »Die meisten sind von hier, die anderen kommen im Frühjahr und gehen am Ende der Saison wieder. Wenn Sie mehr über die Gelegenheitsarbeiter wissen wollen, die Tagelöhner aus Huerta, das Wartungspersonal oder die Arbeiter in der Abfüllerei, rate ich Ihnen, sich an den Verwalter zu wenden, denn der stellt sie ein.«

»Würde es Ihnen etwas ausmachen, auch diese Liste gemeinsam mit mir durchzugehen? Uns bleibt nicht mehr viel Zeit.« In diesem Moment klang der Kommissar nicht sehr hoffnungsvoll.

Als der Kurarzt leichten Schrittes die Promenade hinunterging, stellte er erfreut fest, dass ihm die Bewegung guttat, auch wenn es nicht ganz einfach war, den Dutzenden von Radfahrern auszuweichen, die für das Wettrennen trainierten. Von allen Seiten hörte man Applaus und »Olé«-Rufe für Adelita *La Parisina*, die die Bäume mit Girlanden und Luftschlangen schmückte.

»Wird das nicht wunderschön, Doktor?«, rief ihm Amada entgegen, die der Sängerin auf Schritt und Tritt folgte. »Werden Sie auch mitfahren?«

»Nein, ich werde zur Verfügung stehen, falls medizinische Hilfe gebraucht wird«, antwortete er und dachte bei sich, dass dieses verrückte Unternehmen typisch war für diesen Ort, wo die Sorgen schnell begraben wurden.

Als er die Tür zu seiner Praxis öffnete, stürzte ihm Ana in die Arme.

»Wo bist du gewesen? Ich warte schon seit einer halben Stunde auf dich!«, rief sie.

»Na, na, woher diese plötzliche Sehnsucht nach Liebe?«, antwortete er, während er sich die Jacke auszog und sie an den Haken hängte.

»Lass den Unsinn, Samuel. Wir müssen miteinander reden.«

24

»Ich höre«, forderte der Arzt sie mit vor der Brust gekreuzten Armen auf.

»Ich glaube, es ist besser … wenn ich abreise … wenn ich Abstand von dir gewinne …«, stammelte Ana, verunsichert von der ungewohnten Kälte ihres Geliebten.

»Abreisen? Wohin denn? Zurück nach Madrid?«

»Ja … Ich weiß nicht … Vielleicht könnte ich die Kinder zu meiner Mutter nach Cambrils bringen und mich zu Hause erholen.«

Er betrachtete sie düster, zornig und versuchte zu verstehen, was Ana wohl zu diesen Gedanken bewogen hatte.

»Ach, Samuel, du machst es mir wirklich nicht leicht!«

»Ich verstehe dich nicht. Wir haben diesen Sommerurlaub monatelang geplant, du hast deinen Mann überredet, für einen Monat hierherzukommen, und jetzt sagst du mir nach gerade mal einer Woche, dass du weg willst.«

Ana nestelte nervös am Ausschnitt ihres Kleids.

»Die Umstände haben sich geändert.«

Plötzlich glaubte Samuel zu verstehen, was das Problem war. »Es ist wegen meiner Bemerkung von gestern«, meinte er. »Ich habe überreagiert, es tut mir leid. Ich war völlig außer mir wegen des Kommissars. Er hat etwas an sich, was mich nervös macht, aber ich glaube, er ist ein diskreter Mann, Ana, er wird nichts sagen.«

»Ach, sei doch still! Was interessiert mich dieser verfluchte Polizist! Der ist morgen verschwunden, und wir werden nie wieder von ihm hören. Er hat nichts damit zu tun, es ist … wegen uns und dieser … dieser Lüge, an der ich ersticke.« Sie verbarg ihr Gesicht in den Händen, damit er nicht sah, wie sie weinte. »Ich kann nicht mehr.«

»Liebste, niemand hat gesagt, dass es einfach würde.«

»Was weißt du schon! Ich bin so erschöpft, ich habe nicht einmal mehr die Kraft, die Kinder zu ertragen.«

»Da werde ich dir wohl ein Stärkungsmittel verschreiben müssen! Wir beginnen mit einer Schocktherapie, und dann folgt die Aufbaubehandlung«, sagte er neckend und suchte ihre Lippen, bis sie nachgab.

»Du bist ein Dummkopf«, murmelte sie und trommelte spielerisch an seine Brust.

Doch trotz aller Zärtlichkeiten fühlte Ana sich kraftlos. Wie schon in den letzten Tagen hatte sie beim Aufstehen eine extreme Schwäche erfasst, die nicht mehr vergehen wollte. Sie vermutete, dass ihr Zustand keine körperliche Ursache hatte, sondern vielmehr von der permanenten Unruhe, der Sehnsucht und der Anspannung, unter der sie stand, verursacht wurde.

»Ich habe kaum geschlafen, mir war so heiß heute Nacht.«

»Ich rede jetzt als Arzt zu dir«, sagte er und nahm ein Fläschchen aus seinem Glaskasten. »Davon nimmst du dreimal täglich vor den Mahlzeiten einen Löffel voll, auch wenn du Medizin nicht magst, einverstanden?«

Resigniert nahm Ana das Fläschchen entgegen. In diesem Augenblick klopfte es an der Tür, und sie hielt es für klüger, sich zu verstecken.

»Doktor Millares? Sind Sie da?«

»Ich war gerade bei der Durchsicht meiner Röntgenaufnahmen«, rief Millares, während er dic Tür öffnete, weil ihm auf die Schnelle keine bessere Ausrede einfiel. »Was gibt es, Carmen?«

»Kommen Sie schnell, Señora Escribano ist im Dampfbad der Länge nach hingefallen. Ich fürchte, sie ist tot!«

»Ganz so schlimm wird es schon nicht sein. Das kommt daher, dass es dort viel zu heiß ist, ich habe schon so oft darauf hingewiesen, aber auf mich hört ja keiner.«

Rasch lief der Arzt mit der Badefrau zur Dampfsauna hinüber. Im Vorraum stieß er auf den Homöopathen.

»Was machen Sie denn hier?«, fragte er schroff.

»Die Dame ist meine Patientin«, rechtfertigte sich Corbeletti, »machen Sie sich keine Sorgen, es geht ihr blendend. Es war nur ein kleiner Schwindelanfall.«

»Ein Schwindelanfall ist niemals eine Kleinigkeit. Ich will sie sehen!« Der Arzt drängte sich an dem Homöopathen vorbei.

In der Sauna empfing ihn Julia Escribano mit einem verklärten Lächeln, das wirkte, als stünde sie unter Drogen.

»Mir ist einfach bloß schummerig geworden«, sagte sie entschuldigend, aber damit gab Millares sich nicht zufrieden. Er bestellte sie für den Nachmittag in seine Praxis.

»Was für ein verdammtes Zeug haben Sie der Dame verabreicht?«

»›Beschämt sei, wer schlecht darüber denkt‹, mein Freund.«

»Ich dulde nicht, dass …«

»Pssst. Niemand hat sie gezwungen, es zu nehmen, sie tut das aus freien Stücken. Oder schlagen Sie etwa vor, dass wir in einem Wettstreit klären, welche Medizin besser wirkt, Ihre oder meine?«

Wütend marschierte Millares davon; Daniel Corbeletti war ihm herzlich unsympathisch, und es war offensichtlich, dass diese Antipathie auf Gegenseitigkeit beruhte.

Julia Escribano hatte sich für zwölf Uhr mittags verabredet, und während sie sich zurechtmachte, fühlte sie trotz ihres

Alters das gleiche Kribbeln im Bauch wie damals, als ihr späterer Ehemann sie zum ersten Mal in die Arme geschlossen hatte. Sie war glänzender Laune, denn soeben hatte sie erfahren, dass sie acht Kilo abgenommen hatte. Als sie sich mit Kölnisch Wasser besprühte, weckte der Duft in ihr die Erinnerung an ihren verstorbenen Gatten, und einen Augenblick lang fühlte sie sich schlecht, fast so, als wäre sie im Begriff, ihn zu betrügen. Wenn man sein halbes Leben mit jemandem verbringt, dann hat das eben seinen Preis, dachte sie und verscheuchte die Erinnerung mit einem Handwedeln.

»Ich habe schon gefürchtet, Sie hätten unsere Verabredung vergessen. Kommen Sie, setzen Sie sich hierher«, sagte sie zu José Martorell, als sie ihn erspäht hatte.

»Haben Sie gut geschlafen?«, fragte er höflich.

»Wie ein Baby. Aber Sie wirken so niedergeschlagen. Geht es Ihnen gut?«

»Bestens, danke. Allerdings bin ich das erste Mal hier und fühle mich ein wenig fehl am Platz.«

»Sie vermissen sicher auch Ihre Gattin, nicht wahr?«

»Wenn ich all diese glücklichen Familien hier sehe, merke ich, wie einsam und traurig ich bin.«

»Sehen Sie mich an, José: Das ist kein Ort für Kummer. Kommen Sie, erzählen Sie mir von Ihrem Dorf!«

»Ich bin kein guter Erzähler, ich gerate oft ins Stocken.«

»Versuchen Sie es. Und danach lade ich Sie zum Mittagessen ein, das haben Sie sich verdient«, ermunterte Julia ihn.

Normalerweise fiel José Martorell das Reden schwer, doch nun erzählte er, erst langsam und dann immer flüssiger, von der grausamen Kälte in den Pyrenäen und davon, wie die Menschen ihre Steinhäuser über den Ställen errichteten, um die Wärme des Viehs zu nutzen; von seinem Vater, der sich abgerackert hatte, um die Familie über die

Runden zu bringen, und davon, wie enttäuscht er gewesen war, als José aus Liebe zu einer Frau das Priesterseminar verlassen hatte. Und als José am Ende seiner Erzählung ankam, hatte er ein halbes Dutzend Wassergläser geleert, damit ihm beim Reden die Kehle nicht zu trocken wurde.

Ana Retuerto wartete vorsichtshalber ein paar Minuten, bevor sie die Praxis verließ. Das gab ihr Zeit, darüber nachzudenken, wieso sie zuletzt doch immer wieder Zuflucht bei ihrem Geliebten suchte und hoffte, dass er sie aus allen Gefahren errettete. Als sie Samuel aufgesucht hatte, war sie fest entschlossen gewesen, nach Madrid zurückzukehren, war aber dann doch wieder in seinen Armen gelandet. Seit einem Jahr ging das nun so, dass sie zwischen Hingabe und Beherrschung schwankte.

Sie steckte das Arzneifläschchen in ihre Tasche und ging rasch davon; sie wollte noch ein wenig Zeit mit ihren Kindern verbringen. Hinter der letzten Rosenhecke im Garten traf sie überraschend auf ihren Mann, der neben Mateos Ford vor dem Gasthof stand.

»Du fährst weg?«, fragte sie erstaunt. »Davon hast du mir heute Morgen gar nichts gesagt!«

»Ich habe dich nach dem Frühstück nirgendwo finden können.« Felipe Retuerto trat einen Schritt zurück, um seine Frau zu küssen. »Ich habe ein Eiltelegramm erhalten, in dem von Schwierigkeiten bei den Verhandlungen die Rede ist, also muss ich hin und zusehen, dass ich das in Ordnung bringe. Ich glaube nicht, dass ich vor morgen zurück bin. Pass auf dich auf, Liebste!«

»Du eilst überallhin, wo es Probleme gibt …«, schimpfte Ana Retuerto, »nur deine Familie scheint dir nicht wichtig zu sein.« Dabei wusste sie, dass sie kein Recht hatte, sich zu beklagen. Den ganzen Winter über hatte sie sich so distanziert verhalten, dass er sich mehr und mehr in seine Arbeit und seine Verpflichtungen als Unternehmer gestürzt hatte, und nun waren sie Lichtjahre voneinander entfernt.

»Ana? Hörst du mir zu? Ich sagte gerade, wenn du immer noch nach Madrid zurück möchtest, kann ich den Chauffeur bitten, dass er den Wagen für euch bereithält.«

Nun, da sie innerhalb kürzester Zeit eine Entscheidung treffen musste, fühlte Ana sich stärker denn je hin und her gerissen. In diesem Augenblick kamen ihre Kinder herbeigesprungen, auf der Jagd nach ein paar jungen Kätzchen.

»Nicht nötig, Felipe. Wer brächte es schon fertig, die Kinder hier herauszureißen?«

»Du hast recht, du bist eine wundervolle Mutter.« Ihr Mann küsste sie noch einmal, dann machte er sich auf den Weg.

In ihrem Zimmer angekommen, ließ Ana sich aufs Bett fallen und nahm den ersten Löffel Medizin. Wäre sie nicht mit ihren Gedanken woanders gewesen, wäre ihr vielleicht aufgefallen, dass das sorgfältig eingewickelte Päckchen verschwunden war, das sie ein paar Tage zuvor unter der Wäsche ihres Mannes gefunden hatte und von dem sie annahm, es handele sich um ein Geburtstagsgeschenk für sie. Am fünften August würde Ana ihren Geburtstag in La Isabela feiern, genau wie im letzten Jahr. Nun aber war das Päckchen verschwunden.

Mehr noch: Hätte sie nicht den ganzen Morgen bei Millares verbracht, so wüsste sie, dass es nie ein Telegramm gegeben hatte. Möglicherweise hätte sie sogar mitbekommen, wie ihr Mann ausgiebig duschte, sich gründlich rasierte und dann das Geschenk in seine Reisetasche packte. Und hätte sie während der Reise nach Madrid neben ihm gesessen, so hätte sie gemerkt, wie eilig er es hatte, dort anzukommen und eine andere Frau in die Arme zu schließen.

Hätte Ana Retuerto das schlechte Gewissen nicht so heftig geplagt, wäre sie wahrscheinlich misstrauisch geworden. So aber war sie viel zu sehr von ihren Schuldgefühlen in Anspruch genommen, um sich Gedanken über das Geschenk, die Eile und die vielen Reisen ihres Ehemannes zu machen, der sie mit einer anderen betrog.

Von alledem erfuhr Ana nichts, jedenfalls nicht in jenem Sommer und vielleicht auch später nicht. Aber ihre Unwissenheit ersparte ihr nicht die Erkenntnis, dass Liebe stets schmerzhaft ist.

25

Im Gespräch mit dem Kurdirektor war Fuentes einiges klar geworden, und so verließ er das Büro zufriedener, als er es zwei Stunden zuvor betreten hatte. Möglicherweise hätte nie jemand von den Ereignissen erfahren, wenn diejenigen, die davon wussten, sich nicht so ungeschickt angestellt hätten, wenn sie mehr Sorgfalt darauf verwendet hätten, ihre Spuren zu beseitigen.

Das, was der Kommissar über die Angestellten in Erfahrung gebracht hatte, hatte ihn beruhigt; zwar waren einige von ihnen keineswegs Unschuldslämmer, aber ihre Vergehen waren eher harmloser Natur.

Der Gasthof war offensichtlich ein Ort, der dazu einlud, etwas vorzugeben, was man nicht war. Trotzdem würde er sich erst später um die dort untergebrachten Gäste kümmern; zuerst wollte er sich im Ort bei den Familien umsehen, die Zimmer an Kurgäste vermieteten. Er wurde überall freundlich empfangen, denn der ständige Umgang mit den Besuchern hatte zur Folge, dass die Dorfbewohner Fremden gegenüber aufgeschlossener waren als anderswo. Auf die Frage, an wen die Zimmer vergeben worden seien, erhielt er Antworten wie: »An ein Ehepaar aus Cuenca mit drei Kindern und zwei Metzgereien; an eine Familie mit acht kleinen Kindern; an ein frisch vermähltes Ehepaar; an einen Pfarrer mit seiner Nichte.«

Er fragte Librada, die fleißig Glücksbeutelchen für das

bevorstehende Fahrradrennen nähte, nach den Eltern der auf dem Platz spielenden Kinder und betrat Sotero Rojos Laden, wo er Postkarten kaufte und den Krämer aushorchte, ob ihm einer seiner Kunden vielleicht verdächtig erschienen sei. Nichts. Sein Weg führte ihn bis zu den Häusern am Dorfrand, die als weniger vornehm galten und in denen die Arbeiter untergebracht waren, aber auch dort fand er nichts.

»Lebt hier ein Arbeiter, allein oder mit Familie?«, fragte er eine Alte, die mit einem Brotsack beladen an ihm vorbeikam.

»Was weiß ich? Im Dorf schert sich keiner um die anderen«, entgegnete sie unwirsch, »aber wenn hier einer wohnt, dann ist er bestimmt bei der Arbeit.«

Nein, im Dorf gab es nichts Verdächtiges; es war ein echtes Paradies für Sommerfrischler.

Nachdem Fuentes in der Taverne eine Limonade getrunken und ein paar Pasteten gegessen und sich dabei Notizen gemacht hatte, trocknete er sich mit seinem schmuddeligen Taschentuch den Schweiß ab und machte sich auf den Weg zum Kurhaus.

Der Verwalter saß an der Rezeption, von wo aus er seine Untergebenen bestens im Auge hatte, und ordnete Papiere, als der Kommissar eintrat, um ihn zu den Angestellten zu befragen. Während Abel Sierra ihm die Unterlagen heraussuchte, spähte Fuentes durch die Lamellen der Jalousie, die die Welt draußen in gleichmäßige Streifen zerschnitten, und beobachtete die Angestellten und Kurgäste, die ihm wie routinierte Schauspieler unter der Leitung eines unsichtbaren Regisseurs erschienen.

»Kommt es Ihnen nicht auch merkwürdig vor, dass alles so weitergeht wie zuvor? Da stirbt ein Mensch, ein anderer wird ermordet, und für die Kurgäste geht das Leben weiter seinen gewohnten Gang«, bemerkte er.

»Nun ja, das mag daran liegen, dass wir äußerst diskret vorgegangen sind und die Kurleitung alles getan hat, die Unannehmlichkeiten von den Gästen fernzuhalten.«

»Glauben Sie wirklich, dass die Leute nichts gemerkt haben? Oder ziehen sie es vielleicht einfach vor, alles zu ignorieren, was ihnen das Leben schwer machen könnte?«

»Von wem sollten sie etwas erfahren haben? Waren Sie vielleicht so unvorsichtig, irgendetwas auszuplaudern? Nun, ich auch nicht. Señor Montemayor und der Kurarzt schweigen allein aus eigenem Interesse und der Rechtsanwalt von Dienst wegen.«

»Es gibt zwei weitere Menschen, die von dem Verbrechen wissen: die Arbeiter, die den Sarg zum Friedhof gebracht haben.«

»In der Tat. Die wurden für ihr Stillschweigen bezahlt.«

»Und wer garantiert uns, dass sie sich daran halten?«

»Auch daran habe ich gedacht. Noch vor Monatsende werden sie hier nicht mehr beschäftigt sein. Ich habe gerade die Auflösung ihres Arbeitsvertrags sowie die Bewilligung einer Entschädigung unterzeichnet. Sie werden sich nicht beschweren, sie sind bestens versorgt.«

»Woher kommen die beiden?«

»Einer ist aus Horche, einem Dorf hier in der Nähe, und der andere … mal schauen.« Verärgert über diese Befragung, die seine Effizienz in Frage stellte, kramte der Verwalter in seinen Papieren. »Er heißt Jesús Expósito und kommt aus Madrid. Sind Sie jetzt zufrieden?«

»Lassen Sie uns doch die Gelegenheit nutzen, gleich alle Saisonarbeiter zu überprüfen.«

»Das wird einige Zeit in Anspruch nehmen, und ich weiß nicht, ob Sie die haben. Bedenken Sie, dass der Rechtsanwalt morgen seinen Schwager, den Zivilgouverneur, benachrichtigen wird.«

Fuentes wischte sich mit den Fingern den Schweiß von der Stirn.

Einige der Fragen des Kommissars konnte der Verwalter nicht beantworten, weil sie das Privatleben von Männern betrafen, die nicht gerade zu Vertraulichkeiten neigten. Nur diejenigen, die schon mehrfach in La Isabela gearbeitet hatten, hatten im Laufe der Zeit einiges von sich preisgegeben. Dennoch war das Notizbuch des Kommissars schon mehr als halb voll.

»Wo schlafen die Arbeiter?«, fragte Fuentes zuletzt.

»Einige im alten Backhaus, andere auf dem Dachboden der Abfüllerei. Die Schlafgelegenheit ist gratis, aber manche nehmen sich dennoch lieber ein Zimmer im Ort.«

»Wieso hat der Gärtner in dem verlassenen Hospital genächtigt?«

»Der Mann war ein Eigenbrötler. In das Hospital wurden früher die Kranken verbannt, die auf die Wohlfahrt angewiesen waren, damit niemand sie zu Gesicht bekam. Wissen Sie eigentlich, dass es ganz in der Nähe des Hospitals ein Gärtnerhäuschen gibt?«

»Wieso hat Fermín es nicht genutzt?«, fragte der Polizist.

»Er hat mir erzählt, dass er dort einige persönliche Dinge unseres Försters gefunden und sich darum lieber im Hospital einquartiert habe.«

»Könnte ich mir das Hospital und dieses Häuschen einmal ansehen?«

»Selbstverständlich. Ich komme mit Ihnen, aber Sie werden dort nichts finden, was Ihnen weiterhilft.«

Während der Mittagszeit wehten die köstlichsten Düfte durch den Speisesaal des Gasthofs und verbreiteten sich von dort aus in ganz La Isabela. Die Kurgäste konnten zwischen einem Menü erster, zweiter oder dritter Klasse wählen.

»Paula, dürfte ich zum Essen einen Herrn mitbringen, der eigentlich in der Pension wohnt?«, fragte Julia Escribano. »Ich komme selbstverständlich für die Differenz auf.«

»Julia, ich bitte Sie! Ich werde nicht zulassen, dass Sie irgendetwas dafür zahlen«, antwortete die Kurdirektorin.

»Danke, es bedeutet mir sehr viel.«

»Darf ich erfahren, um wen es sich handelt, oder ist das eine indiskrete Frage?«

»Um einen Herrn aus Barcelona, den ich gestern auf dem Ball kennengelernt habe. Er besitzt ein Miederwarengeschäft, und Sie können sich nicht vorstellen, wie gut wir uns verstehen. Es ist, als würden wir uns schon ein Leben lang kennen!«

»Das freut mich für Sie, Julia. Sie verdienen ein neues Glück.«

»Die Einsamkeit ist eine schlechte Begleiterin, meine Liebe, und selbst das größte Vermögen macht sie einem nicht leichter. Sehen Sie mich doch an: Warum wohl tröste ich mich mit all den Süßigkeiten?«

»Dann genießen Sie es, nicht mehr einsam zu sein. Wie heißt denn Ihr Galan?«

»José Martorell.« Wenn sie nur an ihn dachte, lief Julia Escribano das Wasser im Munde zusammen, als hätte sie ein Schälchen Kompott vor sich. »Der Arme hat viel durchgemacht, das merkt man ihm an. Er ist Witwer.«

»Umso besser. So können Sie sich gegenseitig trösten. Kommen Sie.« Paula führte Julia zu einem Tisch am Fenster. »Ich werde Ihnen diesen Tisch hier reservieren, ein diskretes Plätzchen.«

»Was gibt's denn da für Heimlichkeiten?«, fragte Sonsoles de la Cruz, die gerade mit einem strahlenden Lächeln hereinkam.

»Frauengeschichten. Speisen Sie jetzt gleich, oder möchten Sie noch warten?«

»Lieber jetzt, so gut, wie es duftet. Mein Sohn hat mir wieder eine Postkarte geschickt«, flüsterte sie Paula Montemayor zu, »anscheinend ist er ernsthaft in diese Witwe verliebt.«

»Was will man machen? Wenn sie einander wahrhaftig lieben …«

»Und was, wenn sie ein Flittchen ist und nur auf unser Geld aus?«

»Wenn sie so viel herumreist, wird sie selbst genug Geld haben. Von wo hat er Ihnen denn dieses Mal geschrieben?«

»Die Postkarte kam von der Playa de la Concha in San Sebastián.«

»Na, Ihr Sohn scheint sich ja diesen Sommer prächtig zu amüsieren!«

Nach einer Rachenspülung, die für seinen vom vielen Reden rauen Hals eine Wohltat war, kehrte José in die Pension zurück, um ein frisches Hemd anzuziehen, obwohl er nur drei Hemden dabeihatte. Bevor er hinausging, sah er durch das Fenster in den Hof hinunter, wo die anderen Gäste eng wie die Ölsardinen saßen, und war stolz darauf, dieses Mal nicht mit ihnen essen zu müssen.

Als er auf die Straße trat, atmete er tief durch. Manchmal schnürte die Nervosität ihm die Kehle zu, und dann blieb ihm die Luft weg, und er brachte kaum ein Wort heraus. Aber Julia fragte so lange nach, bis er schließlich doch redete. Sicher war das heilsam, dachte er.

Als er den Gasthof betrat, kam ihm Paula Montemayor entgegen, und ihm fiel auf, dass sie hübscher war als die Frau, mit der er zum Essen verabredet war.

»Sie müssen Señor Martorell sein, habe ich recht?« Er nickte. »Wenn Sie mir bitte folgen wollen: Doña Julia erwartet Sie schon.«

Julia Escribano stand am Fenster der Bibliothek und

hielt ein Glas Sherry in der Hand, obwohl ihr Alkohol eigentlich verboten war. Ihr Herz hämmerte so laut, dass sie fürchtete, ihr Gast könnte es hören.

»José, wie pünktlich Sie sind!«, rief sie, um ihre Verlegenheit zu überspielen. »Sie haben mich auf der Suche nach einem guten Buch für den Nachmittag ertappt! Lesen Sie gern?«

»Ehrlich gesagt, habe ich wenig Zeit dazu.«

»Dann sollten wir die Bibliothek lieber verlassen«, sagte sie, und das Paar ging zum Speisesaal hinüber. Das Mittagessen verlief sehr nett, und beim ausgedehnten Nachtisch tauten beide endgültig auf. Beim zweiten Kaffee duzten sie sich bereits.

Während Julia Escribano dem Mann gegenübersaß, den sie gewagt hatte einzuladen, dachte sie an ihre lange vergangene goldene Jugendzeit zurück. Allein der Gedanke daran ließ sie gleich um Jahre jünger erscheinen, selbst ihr Gesicht erschien straffer und rosiger. Selten war sie so attraktiv gewesen wie an diesem Nachmittag.

»Weißt du, warum du nicht über deinen Kummer sprechen willst?«, fragte sie. »Weil es dir wehtut. Es ist ein Jammer, dass ihr Männer nicht versteht, dass nichts den Kummer mehr vertreibt, als über ihn zu reden.«

»Der Tod eines Kindes ist das Schlimmste, was einem widerfahren kann. Und wenn es stirbt, bevor es einen Namen hatte, bleiben einem nicht mal die Erinnerungen.«

»Sag das nicht. Natürlich gehen wir davon aus, dass unsere Kinder einmal uns begraben werden, umgekehrt ist es schrecklich, aber einige müssen sterben, damit andere geboren werden.« Julia nahm seine Hand zwischen die ihren. »Geht es deinen Eltern gut, José?«

»Sie sind sehr alt.«

Julia Escribano bereute die vertrauliche Geste, und so

verschränkte sie ihre Arme auf dem Tisch und bestellte noch einen Kamillentee.

»Die Zeit heilt alle Wunden, José. Ich werde es dir beweisen.«

Der Kommissar und der Verwalter verließen das Kurhaus durch den Haupteingang und wandten sich nach links. Auf ihrem Weg zum Hospital wurde die Stille nur durch das Raunen des Baches durchbrochen, der neben ihnen floss.

»Das Gebäude ist wirklich in einem desolaten Zustand«, meinte Ginés, als sie das Hospital betraten.

In einem der leeren Räume fanden sie das aus einer Strohmatte und vielen Decken improvisierte Lager des Gärtners. Ein Paar alte Stiefel, einige schmutzige Hemden und eine leere Brieftasche aus Krokodilleder waren seine einzige Hinterlassenschaft. Auf einem wurmstichigen Tisch entdeckte der Polizist ein vergilbtes, bekritzeltes Blatt Papier; als er es umdrehte, sah er, dass es ein altes Foto war. Es zeigte einen Mann in Militäruniform neben einer molligen schwangeren Frau in Weiß: der Gärtner mit seiner Mulattin in einem Brautkleid, dessen Farbe eine falsche Unberührtheit verhieß.

»Kein Wunder, dass es ihn nach draußen gezogen hat, hier drin ist es furchtbar stickig.«

»Er hat immer draußen geschlafen«, erklärte Kommissar Fuentes dem Verwalter. »Er verbrachte die Nächte im Freien, weil er es aus Kuba so gewohnt war.«

»Also ist er ihm nicht zufällig über den Weg gelaufen? Dem Mörder, meine ich.«

»Ich vermute, der Gärtner hat sein Lager draußen verlassen, um etwas zu trinken, seine Notdurft zu verrichten oder sich einfach die Beine zu vertreten, weil er nicht schlafen konnte. Und als er dann zu seiner Decke zurückkam, hat er sie überrascht.«

»Sie? War es denn mehr als einer?«, fragte Don Abel, gekränkt darüber, dass man ihm solch wichtige Erkenntnisse nicht mitgeteilt hatte.

»Und wo ist nun das Gärtnerhäuschen?«

26

»Dürfte ich erfahren, warum Sie mir derart wichtige Informationen vorenthalten, Herr Kommissar?«, fragte Don Abel beleidigt.

Doch Fuentes hörte ihm gar nicht zu. Er verließ das Hospital und ging um das Gebäude herum, bis er das Gärtnerhäuschen fand. Als der Verwalter ihn einholte, sah er, dass der Kommissar ein Vorhängeschloss in der Hand hielt.

»Ist es hier üblich, den Einbrechern so die Arbeit zu erleichtern?«

»Was? Verdammt, das Schloss! Wir müssen nachsehen, ob etwas fehlt.« Don Abel zog den Polizisten hinter sich her durch die Tür.

Das Gärtnerhäuschen, eine Art Schuppen direkt neben dem Hospital, bestand aus brüchigen Steinmauern und einem Zementboden und war geräumig, aber dunkel; nur durch ein paar Öffnungen in den Wänden fiel Licht herein. Offensichtlich bewahrten der Förster und die Handwerker hier ihre Arbeitsgeräte auf.

An einer schiefen Zwischenwand aus Holz waren die Umrisse verschiedener Werkzeuge aufgemalt, und alle waren auf ihrem Platz bis auf eines.

»Hier hing die Tatwaffe.« Der Kommissar wies auf den leeren Umriss eines Beils. »Der Mörder hat die Tür aufgebrochen, um sie sich zu holen.«

»Ein Beil? Wurde Fermín nicht erstochen?«

»Die Stichwunde war nicht tödlich. Man hat Ihren Gärtner bei lebendigem Leib mit dem Beil geköpft, das hier hing.«

»Mein Gott, so etwas tut doch nur ein Monster!«

In einem hereinfallenden Lichtstrahl untersuchte Ginés Fuentes das Schloss und fragte dann den Verwalter: »Nennen Sie mir bitte alle Personen, die einen Schlüssel für diesen Schuppen haben.«

»Aber es wurde doch gar kein Schlüssel benutzt, um hereinzukommen?«

»Nein. Eben darum.«

Nachdem der Kommissar alle unmittelbar im Kurbad Beschäftigten von der Liste der Verdächtigen gestrichen hatte, machte er sich in Begleitung des Verwalters auf den Weg ins Dorf, denn er wusste, dass er nur dort die Antworten auf seine noch offenen Fragen finden würde.

Auf der Promenade herrschte ein solcher Trubel, dass sie immer wieder müßig umherschlendernden Badegästen ausweichen mussten und nicht so schnell vorankamen, wie es Ginés Fuentes in seiner Ungeduld lieb gewesen wäre.

»Ist alles in Ordnung?«, fragte Abel.

»Ich ertrage die stickige Hitze hier nicht mehr«, brummte der Polizist.

»Diese Tage sind die schlimmsten des ganzen Sommers. In der zweiten Augustwoche kühlt es merklich ab. Wie haben Sie eigentlich Ihren Vorgesetzten gegenüber Ihren verlängerten Aufenthalt hier erklärt?«

»Wollen Sie so weiterschwatzen, bis wir angekommen sind?« Der Kommissar warf dem Verwalter einen genervten Blick zu und hüllte sich in Schweigen.

Er war müde, seine Beine taten weh, und die schwüle Luft machte ihm das Atmen schwer. Sie waren noch nicht halb den Hügel hinaufgekommen, als der Verwalter ihn zu einer Steinbank zog; Fuentes sträubte sich nicht dagegen.

»Wir sind keine jungen Burschen mehr, Kommissar! Und ich habe keine Lust, meine Frau so früh zur Witwe zu machen.«

Ginés Fuentes bemerkte, dass der Verwalter ebenso erschöpft war wie er, und dachte, dass er ein guter Mann war, dem die Ereignisse über den Kopf wuchsen – wie den meisten, mit denen er bisher in La Isabela zu tun gehabt hatte und die sich vor allem bemühten, den schönen Schein des Kurorts zu wahren.

Daniel Corbeletti, der Homöopath, riss den Kommissar aus seinen Gedanken, als er sich mit seinem Täschchen neben ihnen niederließ.

»Geht es Ihnen gut? Sie sehen müde aus.«

»Wir haben wohl zu hart für das Radrennen trainiert«, entgegnete der Kommissar spöttisch. »Werden Sie daran teilnehmen?«

»Ich hatte noch nicht das Vergnügen, mich Ihnen vorzustellen … obwohl wir uns in den letzten Tagen mehrfach begegnet sind.«

»Ginés Fuentes«, sagte der Kommissar und streckte ihm die Hand hin. »Ich bin ein Kollege von Don Abel.«

Der Verwalter nickte bestätigend, und der nichts ahnende Homöopath nannte ebenfalls seinen Namen und nutzte die Gelegenheit, die Vorzüge seiner Behandlungsmethoden zu preisen.

»Erlauben Sie mir, Ihnen ein Stärkungsmittel zu verabreichen, das Ihnen den Aufstieg leichter machen wird«, schlug er vor, öffnete seine Tasche und wühlte in den Fläschchen, die klirrend aneinanderstießen.

Der Kommissar schlug das Angebot mit ablehnender Miene aus.

»Es ist ganz harmlos!«, beharrte Corbeletti.

»Wir brauchen keine Arznei.«

Ginés Fuentes war alles, was mit Medizin und Ärzten zu tun hatte, extrem zuwider. Das allein machte den Aufenthalt in La Isabela für ihn zur reinsten Qual. Der Grund für seine Abneigung lag in einem furchtbaren Erlebnis, von dem er allerdings niemandem in La Isabela erzählte. Erst Monate nach seiner Abreise berichtete er der Familie Montemayor in einem Brief, warum der Ort, den sie so sehr liebten, für ihn die Hölle gewesen war: Der Kommissar hatte zwei Jahre zuvor seinen kleinen Sohn durch Krebs verloren. Die Prognose, so schrieb er, war von Anfang an schlecht gewesen und hatte keinerlei Hoffnung gelassen. Der Junge war erst neun Jahre alt, als die Krankheit diagnostiziert wurde, doch der nahe Tod hatte ihm eine Weisheit und Abgeklärtheit verliehen, die weit über sein Alter hinausgingen.

Seitdem der Junge gestorben war, versuchte das Ehepaar, mit der kalten Leere zurechtzukommen, die der Tod ihres Kindes in ihr Leben gerissen hatte. Ginés Fuentes' Brief endete mit der Erklärung, dass er nun, nach all dem, was in La Isabela geschehen war, das Gefühl hatte, dem Kurdirektor eine Erklärung für seine Verschlossenheit und sein abweisendes Verhalten zu schulden. Er habe den Glauben an die Medizin verloren, und ihm bleibe nichts als der Hass auf die gesamte Ärzteschaft, um mit seinem Schmerz leben zu können.

Daher ließ er nun den verblüfften Corbeletti einfach auf der Bank sitzen und zog den Verwalter zurück auf die Promenade.

Wenig später erreichten die beiden Männer das Backhaus, in dem die Familien des Dorfes früher ihr Brot gebacken hatten. Es lag etwas außerhalb der Ansiedlung, damit die Mauern der Häuser weiß blieben und nicht vom Ruß geschwärzt wurden. Da jedoch inzwischen beinahe jedes Haus einen eigenen Ofen hatte, wurde das Backhaus nicht länger als solches genutzt, sondern diente als Unterkunft für die Saisonarbeiter, die der Kommissar nun nach Spuren eines verletzten Flüchtigen durchsuchen wollte.

In dem weiten Raum hatte der Kurdirektor die Betten für die Arbeiter in schnurgeraden Reihen aufstellen lassen, und es blieb kaum Platz für persönliche Habseligkeiten, sodass die Suche schon bald erfolglos beendet war.

»Hier gibt es nichts zu finden«, sagte der Verwalter, nachdem er dem Kommissar geholfen hatte, unter Matratzen und Decken zu sehen. »Draußen haben wir Toiletten installiert, möchten Sie einen Blick darauf werfen?«

Noch in der Tür fiel Ginés Fuentes ein Mann auf, der mit gesenktem Kopf die Hauptstraße überquerte und ihm bekannt vorkam; er machte Abel ein Zeichen, auf ihn zu warten, und folgte dem Mann unauffällig. In einem Hauseingang verborgen, sah er, wie der Mann am Ende der Straße in einem Haus verschwand, wenige Minuten später wieder herauskam und das Dorf verließ.

Der Kommissar klopfte an die Tür des Hauses, das der Mann betreten hatte, bekam aber wie erwartet keine Antwort. Er versuchte, durch eines der Fenster hineinzuspähen, die jedoch allesamt verhängt waren.

»Darf man erfahren, was Sie da treiben?«, fragte ihn der Verwalter, der atemlos vom schnellen Laufen herankam. »Ich bin gerade einem Arbeiter begegnet, der ganz verschreckt aussah, als er mich erkannt hat.«

»Hat er die Schlüssel?«, fragte der Polizist drängend.

»Von diesem Haus? Woher soll ich das wissen?«

»Nein, ich meine: Hat dieser Mann Schlüssel für die Gebäude des Kurbades?«

»Nein. Es ist der Bursche …«

»Gehen Sie ihm nach, schnell!«, schrie Ginés Fuentes. »Machen Sie schon! Er ist der, den wir suchen!«

Doch der Mann war schon viel zu weit weg, als dass der Verwalter ihn hätte einholen können, und verschwand gerade im blutroten Licht der Abendsonne zwischen zwei Weizenfeldern. Entmutigt kehrte Abel zurück.

»Wir brauchen einen Wagen, um die Umgebung abzusuchen«, sagte der Polizist. »Holen Sie den Kurdirektor, ich warte so lange hier.«

»Seien Sie vorsichtig, wenn er einmal gemordet hat, ist er auch ein zweites Mal dazu in der Lage.«

»Ich habe nicht gesagt, dass er der Mörder ist.«

Ginés Fuentes ließ sich auf der Steinbank an der Hauswand nieder und schloss seine vor Erschöpfung schmerzenden Augen.

Ein paar Minuten später hörte er ein Auto näher kommen.

»Was ist los? Don Abel sagt, wir müssen einen Flüchtigen suchen.« Der Kurdirektor schien besorgt.

»Als Erstes müssen wir diese Tür öffnen, Ernesto.«

»Und wozu brauchen Sie dann das Auto?«

»Haben Sie einen Schlüssel für dieses Haus?«

»Nein, woher denn?«

»Dann geben Sie mir die Wagenkurbel.«

»Hören Sie, die Besitzer dieses Hauses vermieten es im Sommer. Wenn Sie die Tür einschlagen, muss jemand für den Schaden aufkommen!«

»Also gut, dann hole ich sie mir selbst!«

Entschlossen ging der Kommissar auf den Wagen zu, schnappte sich die eiserne Kurbel vom Rücksitz und zerschlug mit ihr das Türschloss. Sekunden später stand er in einem Flur, von dem mehrere Zimmer abgingen: linker Hand ein Wohnzimmer, dessen Möbel mit Laken abgedeckt waren und an dessen hinterer Wand sich zwei weitere verschlossene Türen befanden; rechter Hand ein Esszimmer mit einer Anrichte und einem Tisch für acht Personen und den dazugehörigen Stühlen. Auch dieser Raum hatte zwei weitere Türen. Auf dem Herd in der Küche standen die Reste einer Mahlzeit, und am Ende der Flurs gelangte man in einen großen Hof mit einer Außentoilette.

Offensichtlich war dieses Haus nicht wie üblich zimmerweise, sondern im Ganzen vermietet worden.

Das Wohnzimmer machte den Eindruck, als würde es nicht genutzt, also ging der Kommissar zunächst ins Esszimmer, um nachzusehen, was sich hinter den verschlossenen Türen verbarg.

Die erste führte in ein schlicht eingerichtetes Schlafzimmer mit einem Nachttisch und zwei unberührten Betten. Auch die zweite Tür ließ sich problemlos öffnen.

Ein ekelhafter, fauliger Gestank traf ihn wie ein Schlag: Es roch scharf nach den Ausdünstungen eines lange nicht gewaschenen Körpers. Das Zweite, was er spürte, war die klebrige Hitze, die ihn sofort die Ärmel seines Hemdes aufkrempeln ließ. Das Zimmer lag in völliger Dunkelheit; offenbar war seit Tagen weder ein Lichtstrahl noch der leiseste Luftzug hereingedrungen. Der Kommissar tastete an der Wand nach dem Lichtschalter. Als er keinen fand, bat er um Licht, und kurz darauf reichte ihm jemand eine Laterne, die tanzende Schatten an die Zimmerwände warf.

27

In der Mitte des Raumes stand ein breites Bett, auf dem, halb von den schmutzigen Laken bedeckt, eine reglose Gestalt lag. Als Ginés Fuentes näher trat, sah er, dass die Gestalt auf dem Bauch lag, den Kopf mit dem braungelockten langen Haar in die Kissen gedrückt, als hätte sie es umklammert und hineingeweint, bevor sie das Bewusstsein verlor. Der Kommissar fühlte am Hals nach dem Puls.

»Sie lebt noch, aber der Puls ist sehr schwach. Holen Sie einen Arzt, schnell!«, befahl er den beiden anderen wie erstarrt dastehenden Männern.

Ernesto Montemayor reagierte als Erster und eilte davon, um Samuel Millares zu holen, während der Kommissar sich, wie er es immer tat, alle Einzelheiten des Zimmers einprägte.

Das Fenster war mit einem lieblos angebrachten Stück Stoff verhängt, aber im Schein der Lampe konnte er sehen, dass der Raum in etwa so groß war wie das Schlafzimmer nebenan, allerdings ansprechender eingerichtet mit zwei Nachttischchen aus Nussbaum und grauem Marmor mit einem dazu passenden Toilettentisch; dazu ein Schemel vor dem Bett und an der gegenüberliegenden Wand ein dreiteiliger Schrank mit großen Spiegeln. Auf dem Boden unter dem Fenster zeugte ein Bündel blutiger Laken von dem Martyrium, das sich in den letzten Tagen in diesem Raum abgespielt hatte.

Als Ginés Fuentes auf den Schrank zutrat, um ihn sich näher anzusehen, fiel sein Blick auf das Spiegelbild der Sterbenden, die mit ihrer durch den Blutverlust leichenblassen Haut in der Spiegelfläche zu versinken schien wie in einem tiefen Meer. Und plötzlich begriff er. Der Fuß, der unter dem Laken hervorsah und lächerlich verkrümmt auf dem Schemel ruhte, war viel zu groß.

»Helfen Sie mir, Abel!«, rief er dem Verwalter zu, der immer noch vor Schreck wie gelähmt war. »Wir müssen den Körper vorsichtig umdrehen, aber so, dass er nicht noch mehr Schaden nimmt.«

»Sollten wir nicht lieber auf den Arzt warten?«

Fuentes sah den Verwalter so streng an, dass dieser trotz seiner Vorbehalte näher trat und half, den Körper umzudrehen, wobei die Hände zum Vorschein kamen. An der einen Hand fehlte tatsächlich ein Finger. Der Anblick der schwarzen, stinkenden Wunde ließ Don Abel wankend die Augen schließen. Aber noch etwas anderes wurde deutlich.

»Sehen Sie genau hin, Abel, hier haben wir den Mörder des Gärtners, und es ist keine Mörderin«, stellte der Kommissar fest.

Was war in diesen wilden, lebenslustigen Jahren der Goldenen Zwanziger der Tod eines betrunkenen Gärtners für die meisten Menschen schon anderes als eine schnell vergessene Unannehmlichkeit? Doch Ginés Fuentes dachte anders. Er wollte Gerechtigkeit für diesen armen Teufel wie für alle, die durch eine Laune des Schicksals viel zu früh aus dem Leben gerissen wurden – so wie sein Sohn.

»Wir müssen etwas tun, sonst stirbt er!«, rief der Verwalter, aber Fuentes saß nur schweigend und nachdenklich auf dem Rand des Bettes, in dem sein Fund lag, zufrieden mit seinem Erfolg.

Da trat Samuel Millares ein und beugte sich über den Verletzten, ohne irgendwelche Fragen zu stellen.

»Der Mann braucht dringend eine Infusion«, stellte er fest. »Wir müssen ihn ins Kurhaus bringen, denn hier kann ich ihn nicht einmal untersuchen.«

»Wie Sie meinen, Sie sind der Arzt.«

»Heilige Mutter Gottes!« Ernesto Montemayor hatte gerade erst das Zimmer betreten, ohne zu ahnen, welche Überraschung ihn darin erwartete. »Ist Ihnen klar, wer das ist?«

»Wie bitte?«, fragte Fuentes.

»Das ist der Sohn von Doña Sonsoles de la Cruz!«, erklärte der Kurdirektor voller Entsetzen.

»Berichten Sie mir alles, was Sie über den Mann wissen, und wir sollten noch vor Anbruch der Dunkelheit die Suche nach seinem Komplizen einleiten.«

»Da gibt es nicht viel zu erzählen«, begann Ernesto. »Señora de la Cruz ist seit Jahren Stammgast bei uns und bringt fast immer ihren Sohn mit, denn ihr Mann ist geschäftlich auf Kuba.«

»Sie sind eine sehr einflussreiche Familie aus Madrid und mit der Königsfamilie befreundet«, steuerte der Verwalter die wichtigste Information zur Herkunft des Mannes bei, der da vor ihnen lag und den er in dem Zustand, in dem er war, nicht gleich erkannt hatte.

»Señora de la Cruz hat ihren Sohn am Tag des Sommerfests vermisst, doch bald darauf eine Postkarte von ihm erhalten, laut der es ihm gut ging.«

»Das Leben ist nie so, wie es scheint, Ernesto.« Entschlossen stand der Polizist auf. Der Fall war so gut wie gelöst.

An dem Tag, als Roberto Montoso de la Cruz Jesús Expósito kennenlernte, den unehelichen Sohn einer einfachen

Portiersfrau, und zum ersten Mal seine schön geschwungenen Lippen küsste, war ihm, als blieben sämtliche Uhren stehen. Sein Herz raste, und eine nie gekannte Leidenschaft ergriff ihn.

Die beiden Männer waren einander in einem Café in Madrid begegnet, in das der Reiche eingekehrt war, um sich eine heiße Schokolade zu gönnen, und der Arme, um die Brieftaschen unachtsamer Mitbürger zu leeren. Ein Blick Robertos in Jesús' grüne Augen reichte, dass er sich unsterblich verliebte.

Drei Tassen Schokolade bestellte Roberto Montoso de la Cruz, während Jesús in dem Café herumlungerte, weil er nicht einen armseligen Céntimo hatte, um sich etwas Warmes zu bestellen. Zur vierten Schokolade lud Roberto ihn ein.

Als der Taschendieb das Café schließlich verließ, hatte er niemanden bestohlen, aber einen Fünfundzwanzig-Peseten-Schein in der Tasche, um sich etwas Anständiges zum Anziehen zu kaufen, da er an diesem Abend in einem Luxusrestaurant speisen würde. Er war zwanzig Jahre alt und in den Dingen, die Roberto Montoso mit ihm anstellen wollte, noch völlig unerfahren.

Roberto Montoso war Anfang dreißig und hatte in unzähligen Betten Erfahrung gesammelt, mit Männern wie mit Frauen, obwohl er eine klare Vorliebe für junge Männer hatte.

Der Galan konnte sich zahlreicher Eroberungen rühmen, und dort, wo man seinem Charme widerstand, hatte ihm seine Brieftasche stets zum Erfolg verholfen. Jesús Expósito jedoch war nicht dumm, und so hielt er Roberto Montoso so lange wie möglich hin.

Roberto musste lernen, zu bitten und sich darauf zu beschränken, mit der Zungenspitze sacht die Konturen von Jesús' fein geschwungenen Lippen nachzufahren und mit den Fingerspitzen zärtlich über seinen Rücken zu streichen, wieder und wieder, in der Hoffnung darauf, dass sich der Junge ihm eines Tages hingeben würde. So geriet er allmählich in eine gefährliche Abhängigkeit, die er selbst viel zu spät bemerkte.

»Willst du diesen Sommer mit mir verreisen?«, fragte Roberto seinen Liebhaber eines Tages.

»Und was wirst du deiner Mutter erzählen? Vielleicht: ›Sieh mal, das ist der Kerl, den ich benutze und mitgebracht habe wie einen Koffer‹?«, entgegnete José in bitterem Hohn.

»Das lass meine Sorge sein.« Und Roberto machte sich an die Umsetzung seines Plans.

Er würde seine Mutter nach La Isabela begleiten und sie damit glücklich machen. Sein Liebhaber sollte sich unauffällig unter das Heer der Saisonarbeiter mischen.

Außerdem gab er ihm Geld, damit er eine Unterkunft mieten konnte, wo sie sich heimlich treffen würden.

Und aus dieser Unterkunft, die eigentlich ein Ort leidenschaftlicher und zärtlicher Stunden hätte sein sollen, wurde Roberto Montoso nun, nach einer Zeit endlos scheinenden Leidens, mehr tot als lebendig zur Hintertür des Kurhauses und von dort in Samuel Millares' Praxis verfrachtet, bevor die Jagd nach dem Flüchtigen begann.

28

Der Arzt reinigte die stinkende Wunde, so gut er konnte, aber in den drei Tagen, die der Kranke in dem Haus gelegen hatte, hatten die mangelnde Versorgung und die Hitze seine sowieso schon angeschlagenen Abwehrkräfte dermaßen geschwächt, dass die Infektion sich ausgebreitet hatte und die Hand vom Wundbrand bedroht war.

»Ich bin mir nicht einmal sicher, dass eine Bluttransfusion ihn retten könnte«, sagte Millares zu Anastasio Collado, dem Dorfarzt, den er hinzugebeten hatte.

»Sie sind nicht der liebe Gott. Tun Sie, was Sie können, alles Weitere liegt in der Hand des Schicksals.«

Mit seinem weißen Haar, dem Bart, der Brille auf der Nasenspitze und seinem freundlichen Lächeln wirkte der alte Arzt von La Isabela wie aus einem Bilderbuch entsprungen. Ein Mann, der mangelnde Fachkenntnis durch gesunden Menschenverstand ausglich.

»Sie müssen auf jeden Fall die Mutter benachrichtigen.«

»Ich wollte ihr diesen Kummer ersparen, bis ihr Sohn über den Berg ist!«, wandte der Kurarzt ein.

»Gehen Sie lieber gleich, sonst müssen Sie sie am Ende an seine Bahre rufen.«

Sonsoles de la Cruz wollte gerade das Kurhaus verlassen, als der Arzt ihr die schreckliche Nachricht überbrachte, dass ihr Sohn nicht etwa – wie sie glaubte – seinen Badeurlaub in San Sebastián genoss, sondern um sein Leben kämpfte. Nur mühsam gelang es Millares, die völlig hysterische Frau halbwegs zu beruhigen.

»Ach mein Gott, wer hat ihm so etwas Furchtbares angetan, Herr Doktor? Wo er doch so ein guter Junge ist! Und ich habe ihm immer gesagt: ›Mein Junge, wenn jemand dich ausrauben will, dann gib ihm alles: Uhr, Brieftasche und Ringe. Hauptsache, dir passiert nichts, mein Liebling!‹«

Sie begleitete Millares auf der Stelle zurück zur Praxis und ließ es sich nicht nehmen, selbst das Blut für ihren Sohn zu spenden, der im Raum nebenan mit dem Tod rang.

»Kann ich ihn jetzt sehen?«, fragte sie wieder und wieder, ohne das ganze Ausmaß des Dramas ihres Sohnes auch nur zu ahnen.

Zwei Stunden später war es den Ärzten gelungen, Sonsoles ruhigzustellen und den Gesundheitszustand ihres Sohnes zu stabilisieren. Allerdings war er auf eine intensive Versorgung angewiesen, für die La Isabela nicht eingerichtet war.

»Wenn Sie meinen Rat hören wollen, Samuel, schaffen Sie sich diese Last vom Hals, die bringt Ihnen nichts als Scherereien«, warnte ihn der Dorfarzt. »Die Frau ist völlig überdreht, und sobald sie wieder einigermaßen klar im Kopf ist, wird sie herumwettern, dass wir uns nicht genug um ihren Liebling gekümmert haben. Dieser Skandal ist weder für Sie noch für den Kurort gut, bedenken Sie das.«

»Das habe ich schon bedacht«, sagte Millares. Er mochte diesen Arzt, der vielleicht keine Diplome an der Wand seiner Praxis zu bieten hatte, dafür aber über umso mehr Lebensweisheit verfügte – das wichtigste aller Heilmittel.

Es wurde bereits dunkel, als der Verwalter, der Kommissar und der Kurdirektor zwischen Mandelbäumen, Weiden, Korkeichen, Olivenbäumen, Weizenfeldern, Strohballen und Steinbrocken auf die Suche nach Jesús Expósito gingen. Allmählich hüllte die Dämmerung die Felder von La Isabela in ein lavendelfarbenes Tuch, das es schwer machte, einen Mann zu erspähen, der sich verbarg, und so dauerte es eine Weile, bis sie ihn fanden.

Als Jesús Expósito Stunden zuvor dem Verwalter begegnet war, hatte dessen suchender Blick ihm verraten, dass er ertappt war. In Panik war er in Richtung Friedhof davongerannt und hatte sich dort versteckt.

Ernesto, der bereits erwog, ein paar vertrauenswürdige Männer zu einem Suchtrupp zusammenzustellen, sah schließlich an einem Brunnen kurz ein weißes Hemd aufleuchten. Als der Polizist den Jungen beim Namen rief, verkroch der sich hinter dem Brunnen und pinkelte sich voll.

Zu der Stunde, da in La Isabela die Laternen angezündet wurden, erreichten die Männer mit dem gestellten Flüchtling die Rückseite des Rathauses, wo das alte leer stehende Gefängnis schon auf den Delinquenten wartete.

»Es ist zu spät für ein Verhör«, befand Ginés Fuentes. »Er soll die Nacht hinter Gittern verbringen, und morgen werden wir mit ihm reden, bevor Ihr Rechtsanwalt den Zivilgouverneur telegrafisch benachrichtigt. Was halten Sie davon, Ernesto?«

»Wie Sie meinen.«

»Dann bringt ihn in die Zelle, während ich mich nach dem Zustand des anderen Kandidaten erkundige.« Mit diesen Worten machte sich Ginés Fuentes auf den Weg zum Kurhaus.

In der Praxis empfing ihn eine Stille, die ihm unheilverkündend erschien, bis er entdeckte, dass die beiden Ärzte beisammensaßen und Karten spielten. Offenbar hatten sie die Lage im Griff.

»Sie vernachlässigen Ihre Dienstpflichten, Millares«, sagte er spöttisch.

»Ich habe Feierabend«, entgegnete der Arzt, ohne den Blick von den Karten zu heben. »Kennen Sie meinen Kollegen, Doktor Collado?«

Nachdem sie einander begrüßt hatten, erkundigte sich der Kommissar nach dem Zustand des Patienten und erklärte sich mit dem Beschluss der Ärzte einverstanden, Roberto Montoso am nächsten Tag unverzüglich ins Provinzkrankenhaus von Guadalajara zu bringen.

»Samuel, gehen Sie schlafen, ich kümmere mich schon um Mutter und Sohn«, schlug Anastasio Collado vor. »Sie haben morgen einen anstrengenden Tag vor sich, und wenn Sie sich im Spiegel sehen könnten, würden Sie erschrecken. Na los, ab nach Hause!«

Millares nickte erleichtert, und kurz darauf machte er sich mit dem Kommissar auf den Weg ins Dorf. Das Licht des Vollmonds schimmerte durch die Ulmen und hüllte die Promenade in ein Spiel aus Licht und Schatten. Beide Männer waren völlig erschöpft.

»Sehen Sie nur, wie hübsch die Sängerin und die Tochter des Kurdirektors das alles geschmückt haben!«, sagte der Kommissar und wies auf die Girlanden für das Radrennen. »Wie für ein Fest!«

»Ich bin ein wenig nachtblind«, sagte der Arzt und rieb sich die Augen.

»Dafür sind Sie eigentlich noch zu jung.«

»Nun ja, demnächst werde ich dreiunddreißig.«

»Das richtige Alter, um zur Vernunft zu kommen und Kinder zu haben.«

»Sie lassen aber auch keine Gelegenheit aus, was?«

»Im Augenblick leben Sie wie in einer Seifenblase, die irgendwann platzen wird. Der Rausch der Liebe wird vergehen, und einer von Ihnen beiden wird mehr leiden als der andere.« Fast ohne es zu merken, ging der Polizist zum Du über. »Wenn du sie so sehr liebst, wie du behauptest, musst du um sie kämpfen!«

Verwundert über die Vertraulichkeit, sah Millares den Kommissar von der Seite an.

»So einfach ist das nicht.«

»Hör mir mal zu, du Dickschädel von einem Arzt! Darauf zu warten, dass das Leben die Arbeit für dich erledigt – das ist einfach! Du musst etwas tun für das, wonach du dich sehnst!«

Der Polizist packte Millares am Arm. »Damit du später einmal nichts bereust.«

»Warum sagen Sie das?«

Aber die beinah freundschaftliche Stimmung zwischen ihnen war verflogen, kaum dass sie das Dorf erreicht hatten, und so schwieg der Kommissar. Beim Abschied allerdings legte ihm Millares freundlich den Arm um die Schultern, und der Kommissar klopfte ihm auf den Rücken – so, wie es zwei Freunde getan hätten.

Seit der Kommissar bei Ernesto Montemayor zu Besuch war, hatte er nicht einmal mit der Familie zu Abend gegessen, aber als er nun die weitläufige Eingangshalle durchquerte, hörte er, wie sein Gastgeber ihn anrief und ihn einlud, sich zu ihnen zu setzen, und dieses Mal konnte er nicht ablehnen.

Außer Paula und den fünf Kindern erblickte er auch Adelita an dem prächtigen Mahagonitisch, auf den Balbina nun noch schnell ein weiteres Gedeck auflegte. Sie füllte den tiefen Teller mit Nudelsuppe, und als der Kommissar diese mit großem Appetit auslöffelte, wirkte er auf einmal viel zugänglicher als sonst.

»Wie sieht's aus da unten?«, fragte der Kurdirektor gespielt neutral.

»Alles unter Kontrolle. Gleich morgen früh bräuchten wir einen Wagen.«

»Wenn ihr so weitermacht mit euren Andeutungen, können wir ein Quiz draus machen«, beschwerte sich die Sängerin.

»Halt dich zurück, Adelita! Es sitzen Kinder mit am Tisch«, rügte sie der Kurdirektor.

»Sie mögen Kinder sein, aber deshalb sind sie nicht dumm, stimmt's, Amada?«

»Diese Kinder sind ein Segen, Señora«, wandte sich der Polizist an Paula. »Sie bringen Leben ins Haus.«

»Und halten uns ganz schön auf Trab, das können Sie mir glauben! Aber Sie haben recht, eine solche Familie zu haben ist wirklich ein Segen.«

Nach dem Essen gingen die beiden Männer noch auf die Veranda hinaus, machten es sich beim Mariblanca-Brunnen in Korbsesseln bequem und öffneten eine Flasche Brandy.

»Ihre Intuition ist bewundernswert!«, eröffnete Ernesto das Gespräch. »Sie haben immer gesagt, dass die Wahrheit viel einfacher ist, als wir denken.«

»Wir wissen immer noch nicht genau, was vorgefallen ist, aber ich sage Ihnen: Wenn man erst mal ein halbes Dutzend Verbrechen untersucht hat, stellt man fest, dass sie im Grunde sehr überschaubar sind.«

Der Platz vor ihnen lag in ein effektvolles Licht getaucht. Es duftete nach Geißblatt und dem Jasmin, den Paula Jahr für Jahr über den Winter rettete.

»In solchen Momenten scheint es unbegreiflich, dass sich an einem Ort wie diesem eine derartige Tragödie ereignet hat«, sagte der Kommissar leise wie zu sich selbst.

Der Kurdirektor nahm einen Schluck Brandy und schmeckte ihm eine Weile nach, dann gestand er: »Wenn Sie nicht gewesen wären, wäre ich in den letzten Tagen verzweifelt.« Dann fasste er sein Gegenüber am Unterarm und sagte beinahe flehend: »Sagen Sie mir: Hat das Ganze jetzt ein Ende?«

Als Samuel Millares sein Haus betrat, war es zehn Uhr abends, und die Musik aus dem Ballsaal drang durch alle Wände. Zu erschöpft, um sie wirklich wahrzunehmen, sank er ungewaschen und in Kleidern aufs Bett.

Das Klopfen an der Tür aber entging ihm nicht.

»Wer ist da?« Er öffnete die Tür gerade so weit, dass Ana Retuerto hindurchschlüpfen konnte. »Du bist verrückt!«

»Nach dir, Liebster.«

»Was tust du hier?«

»Ich war in der Praxis, um dir zu sagen, dass Felipe schon wieder nach Madrid musste, aber dort warst du nicht. Wer ist denn heute gestorben?«

»Niemand. Wieso?« Der Arzt schloss die Tür ab, dann zog er rasch die Vorhänge vor den Fenstern zu.

»Nein, lass einen offen. Bitte! Komm her.« Ana zog ihn an eines der Fenster. »Es ist Vollmond, und ich will dich in diesem Licht lieben.«

»Du bist mein Verderben.« Er küsste ihren Hals.

Sie lachte leise. »Was ist geschehen?«

»Das darf ich dir nicht sagen.«

»Na so was«, protestierte sie schmollend und schmiegte sich in seine Arme. »Seit wann hältst du etwas vor mir geheim?«

»Du musst es aber unbedingt für dich behalten, hörst du? Man hat den Sohn von Señora Sonsoles de la Cruz gefunden. Er ist schwer verletzt und wird morgen früh nach Guadalajara gebracht.«

»Herrje!« Ana Retuerto schlug sich die Hand vor den Mund. »Die Arme! Deshalb habe ich sie beim Abendessen nicht im Speisesaal gesehen! Und was ist passiert?«

»Das erzähle ich dir später. Im Moment weiß ich etwas Besseres, als zu reden.«

Als Samuel den Körper seiner Geliebten mit zärtlichen kleinen Küssen bedeckte, war seine Müdigkeit verflogen.

In dieser Nacht liebten sich Ana und Samuel mit grenzenloser Leidenschaft, als ahnten sie, dass ihnen nicht mehr viel Zeit vergönnt war.

29

Der 24. Juli war ein wunderschöner Tag, und die Sonne strahlte auf alle herab, die um zehn Uhr morgens durch die Straßen von La Isabela flanierten.

Auch durch die Fensterläden des Gästezimmers im Haus der Familie Montemayor drang schon seit Stunden Licht herein, aber das bemerkte der Kommissar erst, als er erschrocken auf die Uhr sah. Der Brandy hatte ihn nach der Anspannung der letzten Tage in einen wohligen Dämmerzustand versetzt, und er hatte jegliches Zeitgefühl verloren. Nun nahm er eine kalte Dusche, um den Schlaf zu vertreiben.

Als er aus dem Bad kam, bemerkte er seinen frisch gebügelten Anzug auf dem stummen Diener, ein Detail, das ihm in der Nacht entgangen war. Die von Balbina sorgfältig gereinigte Kleidung erschien ihm wie eine Aufforderung zur Abreise, doch er ließ sie hängen und schlüpfte stattdessen in ein anderes geliehenes Hemd und die Hose vom Vortag. Seinen eigenen sauberen Anzug wollte er sich für die Rückreise aufheben, so als könnte er dadurch die Tragödie abstreifen, die sich in La Isabela ereignet hatte.

Als er ins Freie trat, stellte er fest, dass die Luft von Lavendel- und Oleanderduft erfüllt war, der sich mit der sanften Brise im ganzen Ort verteilte. Er dachte bei sich, dass dieses Paradies nichts von der Hölle ahnte, die in seinem Inneren brodelte, und machte sich auf den Weg zum Gefängnis.

Dort angekommen, sah er einen Polizisten der Guardia Civil mit gewichtiger Miene Wache stehen.

»Ich bin Kommissar Fuentes«, stellte er sich vor, und der Polizist trat beiseite und ließ ihn ein.

»Wir haben schon auf Sie gewartet, Herr Kommissar. Haben Sie gut geschlafen?«, fragte Paco Marugán, der Rechtsanwalt, der sich gerade eine Zigarre ansteckte, spöttisch. »Ich werde dem Gefangenen sagen, dass wir den Zivilgouverneur schon benachrichtigt haben, das wird die Befragung erleichtern.«

Doch das war gar nicht nötig, denn Jesús Expósito versuchte gar nicht erst, sich zur Wehr zu setzen, und erzählte bereitwillig, was sich in der Nacht des Sommerfestes ereignet hatte:

»Roberto hatte keine Lust, seine Mutter zum Tanz zu begleiten, und so haben wir uns heimlich im Garten getroffen. Von dort aus sind wir dann durch den Wald zum Fluss hinuntergegangen.«

»Und?«

»Wir müssen schon nah am Fluss gewesen sein, denn man konnte das Wasser hören, als wir eine Decke auf dem Boden fanden. Wir dachten, jemand hätte sie dort vergessen, und da haben wir uns dort niedergelassen. Und als wir gerade dabei waren ... nun ja, es zu tun, war plötzlich dieser Mann da, mit einem Stock in der Hand, und hat uns angeschrien.«

»Das war der Gärtner«, sagte Ginés Fuentes. »Und dann?«

»Er hat uns beschimpft: ›Ihr widerlichen Schweine! Was tut ihr da? Ihr Dreckskerle, haut ab, haut ab!‹«

»Hat er euch erkannt?«

»Ja, er hat uns erkannt. Er fing an, sich über uns lustig zu machen, vor allem über Roberto. ›Sieh mal an, der stinkvornehme Herr, tut so, als wäre er sonst was, und dann treibt er es mit einem Arbeiter, die widerliche Schwuchtel. Abschaum!‹ Solche Dinge eben, ich weiß nicht mehr genau, was. Ich bekam Angst und griff nach dem Messer in meiner Hosentasche.«

»Hast du ihn verwundet?«

»Ich habe ihn nicht angegriffen, das schwöre ich! Ich habe mir meine Klamotten geschnappt und bin weggerannt. Dann habe ich dieses große leere Wasserbecken entdeckt und mich darin verkrochen. Ich habe versucht, mich im Sitzen anzuziehen und den Kopf unten zu halten, aber nach einer Weile hat der Gärtner über den Rand geschaut und mich gesehen. Er lachte, aß Kirschen und spuckte mir die Kerne ins Gesicht. Ich fragte ihn nach Roberto, aber er lachte nur weiter. ›Na komm, erzähl doch mal, was ihr so macht. Wie hat er dich angefasst? Sag schon.‹ Und auf einmal ist er umgekippt wie eine Puppe und ins Becken gestürzt. Und ich habe Roberto gesehen, mit dem Stock in der Hand.«

»Wo war Roberto bis dahin gewesen?«

»Er sagte mir, der Gärtner habe ihn geschlagen, und er sei eine Zeit lang bewusstlos gewesen. Und als er aufwachte, habe er ihn schreien hören und nach dem Stock gegriffen, um mich zu verteidigen.«

»Was ist dann passiert?«

»Roberto ist ins Becken gestiegen, um mir hoch zu helfen. Da hat der Gärtner versucht aufzustehen, und Roberto hat ihm einen Fußtritt versetzt. Sie haben angefangen, sich zu prügeln. ›Gib mir das Messer, gib mir das Messer!‹, hat Roberto geschrien, und ich habe es ihm gegeben, weil der Gärtner auch ein Messer in der Hand hatte. Roberto hat ihm das Messer in die Brust gestoßen, und er war tot. Das war alles.«

»Nein, mein Junge.« Fuentes schluckte, dann fragte er: »Wer hat ihm den Kopf abgeschnitten?«

»Darüber will ich nicht reden.«

»Früher oder später wirst du reden müssen.«

»Der Gärtner blieb auf dem Bauch liegen. Ich dachte, er wäre tot, und sagte Roberto, wir sollten verschwinden, aber er meinte, wenn sie ihn fänden, würden sie ganz sicher Fragen stellen, und dass uns jemand auf dem Weg zum Fluss gesehen haben könnte. Und dann erklärte er mir, dass wir ihn unkenntlich machen müssten, damit man ihn für einen Landstreicher hielt. Oder für einen Trunkenbold, der mit einem anderen aneinandergeraten war. Er sagte, dass niemand das mit uns beiden erfahren dürfe, weder hier noch in Madrid; dass es eine Sünde sei und man dafür ins Gefängnis komme und dass seine Mutter ihn enterben würde, wenn sie es erführe. Und dass das sein Ruin wäre. Und lauter solche Dinge.«

»Und dann?«

»Wir haben ihn ausgezogen, damit ihn niemand an der Kleidung erkennt. Und dann meinte Roberto, wir müssten ihm den Kopf abschneiden und ihn verschwinden lassen. Ich fing an zu schreien, dass ich das nicht machen würde. Da hat mir Roberto eine Ohrfeige verpasst und gesagt, ich solle ein Beil oder so was organisieren, mit dem Messer ginge das nicht. Mir ist gleich der Geräteschuppen eingefallen, weil ich irgendwann mal da war, um eine Schubkarre zu holen.«

»Wer hat das Schloss am Schuppen aufgebrochen?«

»Ich. Roberto ist reingegangen und mit dem Beil wieder rausgekommen. Als wir wieder bei dem Becken waren, hat Roberto mir das Beil gegeben, aber ich konnte es nicht. Da hat er mich weggestoßen und selbst das Beil genommen. Als er den ersten Schlag tat, hat der Tote sich bewegt. Es war schrecklich! Ich habe geweint, aber Roberto hat noch mal zugeschlagen, fester, und weil der Tote so komisch gezuckt hat, hat er versucht, ihn mit der anderen Hand festzuhalten. Roberto hat einen grässlichen Schrei ausgestoßen, und ich habe auch geschrien. Als der Kopf ab war, ist Roberto auf die Knie gefallen. Alles war voller Blut.«

»Was war mit dem Finger?«

»Das Blut an Robertos Hand lief immer weiter. Erst nach einer Weile habe ich kapiert, dass das nicht das Blut von dem Toten war, sondern dass Roberto sich den Finger mit dem Beil abgehackt hatte. ›Jetzt musst du den Rest erledigen‹, hat er noch gesagt, und dann ist er ohnmächtig geworden.«

Während sie dem schaurigen Bericht lauschten, füllte sich die Luft im Raum mit dichtem Zigarrenrauch, gemischt mit dem Gestank nach dem Urin des Gefangenen.

»Also bist du allein ins Kurhaus gegangen?«

»Ja. Es war meine Idee, den Kopf in die Quelle zu werfen, weil ich dachte, dass ihn da niemand finden würde. Ich habe mich durch den Hintereingang ins Kurhaus geschlichen. Den Kopf hatte ich in eine Decke gewickelt, die im Schuppen gelegen hatte, und den Finger habe ich gleich dazugelegt. Ich habe eine der Falltüren angehoben, das war schwer, weil die so furchtbar viel wiegen, und dann habe ich das Bündel hineingeworfen.« Er machte eine Pause und trank ein Glas Wasser in einem Zug leer. »Anschließend habe ich, so gut es ging, den Boden gesäubert und das Beil unter einem Gebüsch am Ende eines Waldwegs vergraben. Wahrscheinlich würde ich selbst die Stelle nicht mehr wiederfinden. Als ich zu Roberto zurückkehrte, war er immer noch ohnmächtig. Ich habe die Wunde mit einem Stück Stoff verbunden und versucht, Roberto mit dem Wasser aus dem Fluss ein wenig das Blut abzuwaschen. Dabei kam er wieder zu Bewusstsein. Das Wasser war in der Dunkelheit fast schwarz, aber das Blut färbte es noch dunkler. Im Morgengrauen habe ich

Roberto irgendwie in das Haus geschafft. Und das ist alles.«

»Und wie habt ihr euch das vorgestellt?«, fragte Ernesto Montemayor. »Eine solche Wunde heilt nicht von allein.«

»Ich verstehe nichts von diesen Dingen, Señor. Ich habe das getan, was Roberto wollte. Nichts weiter. Er ist kein schlechter Mensch, mich hat er immer gut behandelt.«

»Und das Telegramm?«

»Das hat er mit der anderen Hand geschrieben, und ich habe es von Sacedón aus abgeschickt. Genau wie die Postkarte an seine Mutter. Mehr habe ich nicht getan. Was wird jetzt mit mir geschehen?«

30

Genüsslich räkelte sich Julia Escribano in den Laken. Sie hatte die erste Anwendung des Tages verpasst, aber das war ihr egal, denn in der Nacht hatte sie eine weit bessere Behandlung genossen. Der Name des Wundermittels lautete José Martorell.

Die beiden waren vom Anfang bis zum Ende des Balls zusammen gewesen, sie hatten getanzt, gelacht und sich aufs Innigste vertraut gefühlt.

Der Mond stand hoch am Himmel, als sie an der Tür zum Gasthof voneinander Abschied nahmen.

»Julia, du bist ein guter Mensch, lass dir das gesagt sein«, meinte er und nahm ihre beiden Hände. »In deiner Gesellschaft fühle ich mich wohl.«

Sie lachte auf.

»Ein guter Mensch zu sein bringt einen nicht weiter«, erwiderte sie schließlich.

»Da wäre ich mir nicht so sicher.« Er strich ihr über die rosige Wange. »Dürfte ich dich morgen zu einer Limonade einladen, oder ist das zu bescheiden für deinen Geschmack?«

»Wenn du bei mir bist, ist mir alles gut genug, José.«

»Nun gut, dann also morgen Mittag?«

Er näherte sein Gesicht dem ihren, tat jedoch auf halbem Wege so, als bereute er seine Gewagtheit, und küsste sie nur flüchtig auf den Mundwinkel. »So wohlerzogene

Herren wie dich gibt es heute nur noch selten«, sagte Julia, die sich beherrschen musste, um ihn nicht an die Tür zu drängen und ihm zu zeigen, wonach sie sich sehnte.

»Die Limonade prickelt so schön, findest du nicht auch?«

Sie trank noch einen Schluck und dachte, dass ihre Vorfreude auf das Wiedersehen mindestens genauso prickelnd gewesen war. Eng beieinander saßen sie auf der Terrasse vor Sotero Rojos Laden. Üppige Weinreben, die sich an den weißen Mauern emporrankten und sich in den Metalltischen spiegelten, ließen die Terrasse in sattgrünem Licht erstrahlen. Eidechsen huschten hin und her. In bunten Blumentöpfen rund um das Haus und entlang der Straße leuchteten Geranien, Rosen und Rhododendren.

»Dieser Ort wird mein Leben verändern, Julia«, sagte José eindringlich.

»Du glaubst nicht, wie glücklich es mich macht, das zu hören.«

José lächelte zufrieden.

Er hatte sich bei ihr entschuldigt, dass seine begrenzten Mittel ihm nicht erlaubten, ihr das zu bieten, was sie gewohnt war, aber Julia hatte ihm energisch widersprochen und gesagt, die Zuneigung zweier Menschen zueinander überwinde alle sozialen Schranken.

Arm in Arm machte sich das Paar schließlich im Schatten der Maulbeerbäume, die die Straßen von La Isabela säumten, auf den Weg zurück zum Kurhaus. Unterwegs tätschelte Julia unablässig Josés Arm und stützte nicht nur ihr Gewicht auf ihn, sondern auch all ihre Hoffnung, und als sie vor dem Gasthof ankamen, war ihr Entschluss gefasst.

»José«, sagte sie mit zitternder Stimme, »ich würde dir gern etwas zeigen. Oben in meinem Zimmer …«

José war klug genug, keine Einwände zu erheben, die sie als Kränkung oder Missachtung empfunden hätte, und so nahm er einfach ihre Hand und ließ sich von ihr fortziehen. Rasch hatte das Paar die Eingangshalle durchquert und war die Treppe hinauf verschwunden.

Kaum hatte der Zivilgouverneur das Telegramm seines Schwagers, des Rechtsanwalts, erhalten, schickte die zuständige Polizeistelle in Guadalajara ein paar tüchtige Beamte los, um den Gefangenen so schnell wie möglich in La Isabela abzuholen. Wenig später wurde Jesús Expósito unsanft vom Klirren von Eisen und Pistolen geweckt, ein Vorgeschmack auf das, was von nun an sein Leben bestimmen sollte.

Ginés Fuentes fühlte sich leer, obwohl der Fall, der für seinen verlängerten Aufenthalt in La Isabela gesorgt hatte, erfolgreich gelöst war. Der bloße Gedanke, dass der mittellose Junge für ein Verbrechen büßen würde, an dem ein anderer maßgeblich mitgewirkt hatte, während dieser, durch sein Geld und seinen vornehmen Namen geschützt, womöglich straffrei ausgehen würde, bereitete ihm Gewissensbisse.

»Was wird nun aus dem Jungen?«, fragte Ernesto Montemayor auf dem Weg zum Haus, nachdem sie sich von der Streife aus Guadalajara verabschiedet hatten.

»Er wird wie unzählige andere im Gefängnis verrotten.«

»Es ist ungerecht, nicht wahr, dass nur die Armen die Schuld einer kranken Gesellschaft tragen müssen?«

Ginés Fuentes sah seinen Gastgeber anerkennend an.

»Wollen Sie wirklich schon abreisen?«, fuhr der Kurdirektor fort. »Ich frage nur, weil ich mich freuen würde, wenn Sie heute Nachmittag noch hier bleiben und die Zeit genießen könnten wie alle anderen. Die Kinder haben dieses berühmte Radrennen so eifrig vorbereitet! Und außerdem hat die Sängerin mit einem ihrer Auftritte gedroht.«

Der Kommissar lachte kurz auf und nahm Ernestos Angebot an, obwohl er wusste, dass diese Entscheidung nicht recht zu einem Mann passte, der schon vor langer Zeit das Vergnügen aus seinem Leben gestrichen hatte.

Er konnte ja nicht ahnen, dass er noch helfen würde, ein weiteres großes Rätsel zu lösen.

31

Der Rest des Tages verlief, zur großen Erleichterung aller, ohne außergewöhnliche Vorkommnisse: Anwendungen, Mittagsruhe, vertraute Gespräche, Kartenspiel, das Raunen des Wassers, Lügen, Blicke, Postkarten. Der Sommer.

Als die Uhr fünf schlug, berührte das blassblaue Licht des Mittsommernachmittags die Wipfel der Ulmen, und die Hitze lag wie eine dichte Wolke über dem Wald. Ganz La Isabela erwachte zum Leben, denn in einer Stunde sollte das Radrennen beginnen.

Nach und nach füllten die sportlichen Teilnehmer und ihre Familien die Promenade des Kurorts mit bunten Farben; die Leute schleppten Stühle und Hocker herbei und stellten sie entlang der Rennstrecke auf. Niemand wollte sich das Rennen entgehen lassen. Die Kinder probten Anfeuerungs- und Beifallschöre.

Librada nutzte die Gelegenheit, ihre Glücksbeutel an den Mann zu bringen. Sie saß auf ihrer Steinbank, einen Korb mit den grünen Säckchen zu Füßen, auf denen sie geduldig die Namen der Teilnehmer verewigte, und versprach jedem, der den Geldbeutel zückte, unterschiedslos Glück.

Die Familie des Kurdirektors war als eine der ersten zur Stelle. Ginés Fuentes, der ihnen Gesellschaft leistete, hielt sich dicht bei den Jungen, damit sie ihn über den Verlauf des Rennens informierten. Die Kinder schwenkten

Fähnchen und bliesen unablässig auf Spielzeugpfeifchen. Doch die allgemeine Fröhlichkeit steckte den Kommissar nicht an, sondern schürte die Sehnsucht nach seinem toten Sohn, und das Lächeln fiel ihm schwer.

Als allgemein anerkannter Zeremonienmeister überprüfte Ernesto Montemayor die Stabilität der provisorischen Bühne, die für *La Parisina* errichtet worden war. Sie befand sich links von der Kapelle und markierte zugleich die Ziellinie, über der ein großes Spruchband in roten Lettern verkündete: »Erstes Internationales Radrennen von La Isabela.«

Am Vortag hatte Adelita alle Lotterielose verkauft und die Einnahmen in einem Samtbeutel vor ihrer Freundin auf den Tisch gelegt, den Paula gerade für den Nachmittagstee deckte.

»Hier, für dich«, hatte sie gesagt.

»Kommt gar nicht in Frage, das gehört dir«, erwiderte Paula. Schließlich akzeptierte sie das Geld aber und beschloss, davon kleine Aufmerksamkeiten für ihre Badegäste zu kaufen.

Am Morgen waren Amada und die Sängerin die ganze Promenade abgegangen, um sich zu vergewissern, dass alles noch an seinem Platz war. Nun, kurz vor dem Rennen, sicherte sich das Mädchen noch rasch einen guten Platz direkt vor der Bühne. Neben ihr nahm der Sekretär der Sängerin Platz, bereit, seiner Herrin jeden Wunsch von den Augen abzulesen.

»Stört es dich nicht, dass sie dich so behandelt?«, fragte Amada ihn, als ihn die Sängerin kurz vor ihrem Auftritt fürchterlich zusammenstauchte.

»Was meinst du mit ›so‹?«, fragte er zurück.

»Als wärst du nicht nur klein, sondern auch dumm.«

»Unsinn! Wenn sie das glauben würde, hätte sie mich doch nicht mit der Verwaltung ihrer Finanzen betraut!

Hör mir gut zu, Kind: Adelita ist die großzügigste, verständnisvollste, aufmerksamste und schönste Frau, der du in deinem ganzen Leben begegnen wirst, verstanden?«

Amada verstand allerdings: Der Sängerin war es gelungen, ihren Sekretär einzuwickeln, und dieser war bis über beide Ohren in sie verliebt. Und wie das manchmal in der Liebe so ist: Je schlechter sie ihn behandelte, desto weniger kam er von ihr los.

Der Kurarzt war gerade dabei, die Startlinie auf mögliche Hindernisse zu inspizieren, die einen unglücklichen Sturz verursachen und sein Eingreifen nötig machen könnten, als eine Frau sich ihren Weg durch die Menge bahnte, bis sie zu seiner Linken stand. Es war Ana Retuerto, ein Kind an jeder Hand, während das Kindermädchen an einem schattigen Platz Klappstühle für die Familie aufstellte.

»Mein Gott, hast du mich erschreckt! Ich habe dich gar nicht kommen hören!«, flüsterte er. »Du bist ausgesprochen unvorsichtig, Señora Retuerto.« Dann lächelte er sie mit heimlichem Besitzerstolz an. Er genoss es, in aller Öffentlichkeit neben der Frau zu stehen, mit der er sich sonst nur im Verborgenen treffen konnte. »Deine Nähe macht mich wahnsinnig«, murmelte er, und ihr Geruch nach Süßmandeln verursachte ihm eine Gänsehaut.

»Störe ich?« Plötzlich schob sich der Homöopath zwischen die beiden. »Ist die Dame auch Ihre Patientin, Doktor?«

»Ja, bis Sie sie mir wegschnappen«, entgegnete der Arzt schroff. »Was wollen Sie?«

»Ich weiß wirklich nicht, warum Sie mir gegenüber so unfreundlich sind. Ich habe nicht vor, Sie von Ihrem Platz zu verdrängen, das ist Ihr Reich, Doktor Millares. Allerdings sollten Sie mir dankbar dafür sein, dass ich mich um die Angelegenheiten kümmere, denen Sie sich nicht …«, der Homöopath machte eine Pause, dann fuhr er bissig fort, »… mit der nötigen Aufmerksamkeit widmen können.«

»Was erlauben Sie sich? Ich verbitte mir solch beleidigende Aussagen über meine beruflichen Fähigkeiten!«, brauste Millares auf.

»Beruhigen Sie sich! Warum gratulieren Sie mir nicht einfach zum blendenden Aussehen von Julia Escribano, anstatt laut zu werden?«

Daniel Corbeletti hatte zuletzt in belehrendem Tonfall gesprochen, was den Kurarzt noch mehr in Rage brachte, und er musste an sich halten, um nicht auf den Homöopathen loszugehen.

»Wenn Sie mich jetzt bitte entschuldigen würden, Doktor, ich habe zu tun.« Mit einem herablassenden Lächeln wandte Corbeletti sich um und verschwand in der Menge.

»Beruhige dich, Samuel! Das ist nicht der richtige Zeitpunkt für eine Szene«, sagte Ana beschwichtigend, bevor sie mit ihren beiden Kindern davonging.

Kurz vor sechs erreichten die Radfahrer nach und nach die Ziellinie. Viele von ihnen trugen die typische Radfahrerkluft, Knickerbocker und Schirmmützen, andere ihre Alltagskleidung, aber alle fühlten sich durch den Radsport vereint.

Etwas weiter hinten im Zielbereich jubelte Julia Escribano den Fahrern zu, in der Hoffnung, dass man ihr nicht ansah, wie sehr sie noch in den Erinnerungen an diesen Nachmittag schwelgte, an die Küsse und Zärtlichkeiten des Mannes, der endlich ihre Sehnsucht nach Leidenschaft gestillt hatte. Gleichzeitig hielt sie unruhig nach allen Seiten Ausschau.

Wenige Stunden zuvor hatte José Martorell, kaum dass sie in ihrem Zimmer angekommen waren, seine Arme um sie geschlungen und wortlos ihren Mund, ihren Hals und ihren Nacken mit Küssen bedeckt, bis ihr beinah die Sinne schwanden. Sie hatte gerade noch den Riegel der Zimmertür vorschieben können, da hatte er schon die Schnüre ihrer Wäsche gelöst, ohne Zeit mit Höflichkeiten zu verschwenden, und Julia war so erregt, dass sie ihn gewähren ließ.

Sie wusste nicht, wie viel Zeit vergangen war, als sie aus dem Schlummer erwachte, in den sie nach dem Taumel der Leidenschaft versunken war, aber sie war sicher, die glücklichste Frau von ganz La Isabela zu sein. Als sie sich im Bett aufrichtete, stellte sie fest, dass José, ein diskreter Kavalier, wie man sie in diesen Tagen nur noch selten fand, bereits das Zimmer verlassen hatte. Sie nahm an, dass er sich für das Rennen zurechtmachte, und beschloss, das Gleiche zu tun. Wenig später ging sie federleichten Herzens die Promenade hinunter.

Dort war bereits alles für das Rennen bereit. Bevor es losgehen konnte, segnete der Dorfpfarrer von der Bühne aus noch die Teilnehmer und ihre Angehörigen und bat den heiligen Antonius, sie alle vor Stürzen zu bewahren.

Ernesto Montemayor wollte gerade die Startglocke läuten, da zog ihn Julia Escribano am Ärmel.

»Was ist los, Doña Julia?«

»Sie dürfen nicht anfangen, bevor er da ist«, sagte sie mit gedämpfter Stimme, um keine Aufmerksamkeit zu erregen.

»Bevor wer da ist?«

»José Martorell, ein Kurgast aus der Pension und ein … ein sehr enger Freund von mir. Er kommt bestimmt jeden Moment!«

»Stimmt etwas nicht, Ernesto?«, fragte der Kommissar von hinten. »Kann ich Ihnen behilflich sein?«

»Sehen Sie doch mal nach, ob der Herr, von dem Doña

Julia redet, auf der Liste steht und ob wir vielleicht noch einen Augenblick warten sollten.«

Ginés Fuentes nahm die Liste mit den siebenundfünfzig Teilnehmern zur Hand und stellte rasch fest, dass sich darunter keiner mit dem von Julia Escribano genannten Namen fand.

»Wir Männer sind ein eitles Völkchen, Señora. Wir versprechen dies und das, aber wenn es darauf ankommt … Machen Sie sich nichts daraus!«, versuchte Ginés Fuentes sie zu trösten, als auch schon die Startglocke erklang.

Das Rennen wurde ein voller Erfolg. Nur wenige unbeholfene Radler stürzten, und Sieger wurde ein Rinderzüchter aus Valencia. Auch *La Parisina* enttäuschte niemanden; ihre Lieder und der Applaus hallten Julia Escribano nach, die müde und enttäuscht ins Dorf zurückschlich. Was mochte José dazu bewogen haben, sie derart bloßzustellen?

Sie beschloss, gleich zur Pension zu gehen, um José zu suchen und eine Erklärung von ihm zu verlangen.

Es dauerte eine Weile, bis sie eine Hausangestellte gefunden hatte, die sie nach dem Verbleib des Mannes fragen konnte, nach dem sie sich inzwischen schon wieder verzehrte.

»Wie war der Name?«, fragte das junge Mädchen noch einmal nach.

»José Martorell. Er ist nicht wie verabredet zum Radrennen erschienen.«

32

Die Kurgäste strömten scharenweise in den Gasthof, um sich für das Abendessen umzuziehen.

Paula hing glücklich am Arm ihrer Freundin, deren Fähigkeit, die Menschen zu begeistern, sie neidlos bewunderte.

»Ich werde dir nie genug danken können für die Liebe, mit der du diesen Nachmittag gestaltet hast.«

»Ach was, Liebe! Ich habe ihnen einfach gegeben, was sie brauchen.«

In einer Ecke der Bibliothek saß Julia Escribano vor einer halb leeren Flasche Sherry und spähte nervös durch das Fenster. Paula erkannte sofort, dass mit ihr etwas nicht stimmte, und sie ging zu ihr hinüber.

»Was ist mit Ihnen, Julia? Sie sehen nicht gut aus.«

»Suchen Sie ihn, Paula!«, flehte Julia, und Tränen liefen ihr übers Gesicht und zeichneten eine Spur von Wimperntusche auf ihre Wangen.

Nachdem das Dienstmädchen der Pension mehrfach die Gästeliste durchgegangen war, hatte Julia ihr glauben müssen, dass dort nie ein José Martorell gewohnt hatte.

Paula Montemayor holte ihren Mann zu Hilfe. Sie fand ihn in Gesellschaft des Kommissars auf der Promenade und berichtete beiden von Julias Sorge um einen Mann, der es aus irgendeinem Grund nicht mehr wagte, ihr unter die Augen zu treten.

»Da scheint mir etwas faul zu sein, Ernesto«, meinte Ginés Fuentes.

»Sicher gibt es dafür eine ganz einfache Erklärung. Wahrscheinlich weiß der Kerl einfach nicht, was sich gehört, und drückt sich jetzt davor, die Frau wiederzusehen. Wie haben Sie so schön gesagt? Die Wahrheit …«

»Die Wahrheit ist immer ganz simpel«, sagte der Kommissar. »Würden Sie mich zur Pension begleiten?«

Auch die beiden Männer gingen noch einmal die Gästeliste durch, ungläubig beobachtet von der Angestellten der Pension, die nicht verstehen konnte, wieso niemand ihr glaubte. Schließlich betraute der Polizist sie mit einer neuen Aufgabe: »Gehen Sie von Tür zu Tür und sehen Sie nach, welche Zimmer leer sind.«

»Alle Zimmer sind belegt, Señor. Das stimmt doch, Don Ernesto, nicht wahr?«

»Tun Sie bitte, was der Kommissar gesagt hat.«

Wenige Minuten später kam sie zurück und erzählte, dass in der Tat ein Gast offenbar heimlich das Weite gesucht hatte, ein Mann namens Francesc Bru. Zumindest hatte er das Zimmer eine Woche zuvor unter diesem Namen und mit seiner Ausweisnummer angemietet. Als Herkunftsort hatte er Barcelona angegeben.

»Er ist doch nicht verschwunden, ohne zu zahlen?«, fragte sie erschrocken, denn sie fürchtete, man werde sie für diese Unachtsamkeit zur Rechenschaft ziehen.

»Das wird sicherlich nicht sein einziges Vergehen sein.«

Im Gasthof warteten Paula und Julia auf Neuigkeiten. Als Paula die düstere Miene ihres Mannes sah, wusste sie, dass er schlechte Nachrichten brachte.

Schweigend lauschte Julia Escribano dem Bericht des Kommissars und fühlte, wie die letzte Chance auf Liebe ihr mit dem Verschwinden des scheuen Witwers wie Quellwasser durch die Finger rann. Und sie musste erkennen, dass das wahre Leben anders war, als *La Parisina* es in ihren Couplets besang.

»Haben Sie in Ihrem Zimmer nachgesehen, ob auch nichts fehlt?«, fragte Fuentes.

»Unverschämtheit!«, herrschte sie ihn mit dem Rest an Würde an, der ihr noch geblieben war. »Was glauben Sie, wer ich bin? Dieser Herr hat mein Zimmer nie betreten!«

»Entschuldigen Sie meine Frage, aber diese Gauner leben vom Betrug ehrbarer Frauen wie Sie«, sagte Ginés Fuentes beschwichtigend. »Sie können sich glücklich schätzen, dass er sich so schnell aus dem Staub gemacht hat.«

Als Julia Escribano aus dem Sessel aufstand, spürte sie, wie eine bleischwere Last sie niederdrückte, die bis zum Ende des Sommers nicht von ihren Schultern weichen würde. Weil sie wusste, was sich gehörte, verabschiedete sie sich höflich von den Anwesenden, bevor sie auf ihr Zimmer ging. Mühsam schleppte sie sich die Treppe hinauf. Paula begleitete sie bis vor die Zimmertür.

»Soll ich Ihnen noch ein bisschen Gesellschaft leisten?«, fragte sie, aber Julia schüttelte den Kopf.

Im Zimmer angekommen, unterdrückte sie ein lautes Aufschluchzen und weinte stille, bittere Tränen. Mutlos ging sie hinüber zur Kommode und öffnete die zweite Schublade – aber wie sie befürchtet hatte, war ihr Schmuckkästchen verschwunden. Die wenigen glücklichen Stunden der Leidenschaft hatte sie teuer bezahlt.

Dadurch, dass Julia Escribano den Diebstahl schamhaft verschwieg, war das Kapitel José Martorell in La Isabela rasch abgeschlossen.

»Paula hat mir erzählt, er habe behauptet, einmal Schüler eines Priesterseminars gewesen zu sein, der schamlose Kerl«, berichtete Ernesto dem Kommissar, während die

Nacht anbrach und im Hause der Montemayors das Abendessen vorbereitet wurde.

»Vielleicht entspricht es sogar der Wahrheit.«

»Wenn dem so wäre, könnte er nicht so sündigen, wie er es tut.«

Der Kommissar lachte auf: »Im Grunde hat er nur das getan, was Gott an seiner Stelle auch getan hätte: den Reichen zu nehmen, um es den Bedürftigen zu geben.«

»So einfach ist es leider nicht.«

»Sie haben recht, mein Freund.«

Der Kommissar stand auf und streckte dem Kurdirektor von La Isabela die Hand hin.

»Ernesto«, sagte er ernst, »ich glaube, wir sollten uns verabschieden, denn ich werde morgen in aller Frühe aufbrechen.«

»Möchten Sie nicht mit uns zu Abend essen?«

»Nein. Ich danke Ihnen von Herzen für das Angebot, aber ich will mich ausruhen. Vorher werde ich allerdings noch ein bisschen spazieren gehen, um mich von diesem Ort zu verabschieden.«

»Um diese Uhrzeit werden Sie wenig sehen!«

»Manchmal ist der Mond ein besserer Begleiter als die Sonne. Ich wünsche Ihnen, dass Sie an diesem Ort sehr glücklich sein mögen und alle Träume, die Sie für ihn hegen, Wirklichkeit werden.«

Ginés Fuentes ging hinaus, schlenderte durchs Dorf und betrachtete die Fenstergitter der Häuser, die seit der Anordnung eines Hofarchitekten im letzten Jahrhundert alle im gleichen Grün gestrichen wurden. Es sind fügsame Menschen hier, niemand verstößt gegen die Regeln, dachte der Kommissar und lauschte dem häuslichen Gemurmel, das durch die offenen Türen drang.

Dann pflückte er sich ein paar Maulbeeren und ging zu dem steilen Abhang, an dessen Grund sich der Fluss erahnen ließ. Das melodische Rauschen des Guadiela war zu hören, und durch die Kronen der Ulmen, Platanen, Trompetenbäume und Linden war das Kurhaus zu sehen.

Nachdem Ginés Fuentes La Isabela mit allen Sinnen in sich aufgenommen hatte, sagte er sich, dass es an der Zeit war zu gehen. Zuvor aber wollte er noch einen Besuch machen.

»Bist du allein, oder störe ich in einem historischen Augenblick?«

»Kommen Sie herein, Kommissar. Möchten Sie einen Cognac?«

»Warum nicht?«

Samuel Millares ging ihm voran ins Wohnzimmer, holte zwei Gläser und öffnete eine Flasche, während der Polizist es sich auf dem Sofa bequem machte.

»Julia Escribano geht es nicht gut, weil sie auf einen Betrüger hereingefallen ist. Die Frau des Kurdirektors hat mich rufen lassen, aber gegen gebrochene Herzen habe ich keine Medizin.« Er reichte dem Kommissar ein Glas. »Der Kerl hat behauptet, er sei Witwer und Besitzer eines Miederwarengeschäfts, was sagen Sie dazu?«

»Dass nichts ist, wie es scheint, wie du selbst am besten wissen solltest.«

»Sind Sie gekommen, um mir eine Gardinenpredigt zu halten, Kommissar?«

»Um mich zu verabschieden, Junge. Und um dir eine Frage zu stellen.«

»Eine Frage? Welche?«

»Wie ist er gestorben?«

»Ich verstehe nicht. Wie ist wer gestorben?«

»Montagut. Woran ist Anselmo Montagut gestorben?«

»Was soll denn das jetzt?« Der Arzt fühlte sich offensichtlich unbehaglich.

»Pssst, Doktor.« Beruhigend legte Fuentes ihm eine

Hand aufs Knie. »Ich weiß, dass du deine Arbeit gut gemacht hast … Ich will nur wissen, was passiert ist, und das aus reiner Neugier, ehrlich, Samuel. Ich werde den Mann in Frieden ruhen lassen, auch wenn er jede Menge Dreck am Stecken hatte.«

Samuel Millares stellte das Glas zur Seite, lehnte sich zurück und rieb sich die Augen.

»Anfangs hatte ich Angst«, hob er mit einem Seufzer an, »ich fürchtete, das neue Inhalationsgerät hätte versagt. Es war schrecklich! Ich dachte an die Bemühungen der Montemayors, an den Skandal, den guten Ruf … an so vieles. Dann habe ich die Autopsie durchgeführt, und der Tote wurde zu einem offenen Buch … aber da war seine Frau, und ich wollte ihren Schmerz nicht noch vergrößern.« Der Bericht des Arztes war ein wenig verworren, aber das störte den Polizisten nicht, er hörte ihm aufmerksam zu. »Anselmo Montagut hat sich das Leben genommen. Eine Überdosis Morphium … Ich glaube, er war süchtig. Wir haben das vor der Witwe geheim gehalten. Tatsächlich habe ich mich damit gegen den Kurdirektor durchgesetzt, der dafür war, sie in Kenntnis zu setzen, aber …«

»Was für einen Sinn hat es, eine Erinnerung zu besudeln? Nicht wahr?«

»…«

»Ach was, schlaf ruhig und hör auf, dich schuldig zu fühlen.«

Der Kommissar stand auf und stellte das halb volle Glas weg. »Anselmo Montagut hatte viele Gründe, seinem Leben ein Ende zu setzen. Ich weiß genau, wovon ich rede.«

Die beiden Männer verabschiedeten sich an der Haustür mit einem herzlichen Händedruck, der deutlich machte, wie nahe sie sich in den wenigen Tagen durch die gemeinsam erlebten Grenzerfahrungen gekommen waren, die ihnen unauslöschlich im Gedächtnis bleiben würden. Der

Arzt blieb noch eine ganze Weile in der Tür stehen und sah der rundlichen Gestalt nach; der Abschied von Fuentes fiel ihm schwer.

»Willst du auf der Türschwelle übernachten?«, fragte der Kommissar, als er sich noch einmal umwandte und ihn da stehen sah. »Hör mal, Doktor. Ich habe es dir noch nicht gesagt, aber du hast einen verdammt guten Geschmack! Sieh zu, dass er dir erhalten bleibt, hörst du?«

Es war das letzte Mal, dass sie sich sahen, aber Samuel Millares würde den Mann, den ihm das Schicksal in jenem Sommer gesandt hatte, immer in Erinnerung behalten.

Der Kommissar schlich sich ins Haus und zu seinem Zimmer, um noch ein paar Stunden zu schlafen, bevor er in seine persönliche Hölle zurückkehren würde.

Als er die Zimmertür bereits geöffnet hatte, überraschte ihn eine Stimme: »Hat es Ihnen in La Isabela gefallen? Jeder, der herkommt, bleibt länger als geplant. War das bei Ihnen auch so?«

»In gewisser Weise, ja, ähm …« Er hatte den Namen der Tochter des Kurdirektors vergessen.

»Ich heiße Amada – ›die Geliebte‹, denn ich wurde in Liebe gezeugt.« Das Mädchen lachte fröhlich. »Das sagt meine Mutter immer. Früher wusste ich nicht, was das bedeutet, aber jetzt weiß ich es. Sagen Sie schon: Hat es Ihnen gefallen?«

»Ja, Amada. Dieser Ort ist das Paradies.«

33

Die Sonne war gerade aufgegangen, als der Kommissar La Isabela verließ. Er war früh erwacht, hatte seinen Anzug angezogen, in dem er sich merkwürdig fremd fühlte, und hatte die Pistole angelegt, die er während seines gesamten Aufenthaltes niemals bei sich getragen hatte.

Ginés reiste leise und unauffällig ab, wie es seine Art war. Aber er war nicht der Einzige, der an diesem Tag Abschied von La Isabela nahm.

Um die Mittagszeit umarmte *La Parisina* unter Tränen ihre Freundin Paula, nachdem der Rolls-Royce Silver Ghost mit ihren Koffern vollgeladen war, die Norberto mühsam herbeigeschleppt hatte.

»Hier, das ist für dich, damit der Spaß im nächsten Sommer weitergehen kann.« Mit diesen Worten überreichte sie ihr eine gestreifte, mit einem farbigen Band verschnürte Hutschachtel.

»Und was ist das?«

»Mach dir keine falschen Hoffnungen! Das ist nicht etwa ein Hut, denn hier in diesem Provinznest wäre jeder Luxus verschwendet. Na, du wirst schon sehen, was es ist, wenn ich fort bin.«

»Warum habe ich dich nur so schrecklich gern, obwohl wir uns so selten sehen?«, schluchzte Paula.

»Weil wir Schwestern sind, Paula. Auch wenn nicht das gleiche Blut durch unsere Adern fließt.«

Adelita versprach, für ihre Freundin ein Fest auszurichten, wenn sie erst wieder in Madrid sei, und wandte sich dann deren Kindern zu, die, der Größe nach aufgereiht, darauf warteten, die Freundin ihrer Mutter gebührend zu verabschieden. Adelita Moliner schenkte jedem von ihnen eine signierte Fotografie und ein paar Küsse. Zuletzt drückte sie Amada an ihren gewaltigen Busen und flüsterte ihr ins Ohr: »Pass gut auf deine Mutter auf, denn in dieser verrückten Familie bist du die Vernünftigste. Und verschwinde so rasch wie möglich von hier, hörst du?«

»Ich will das nicht hören«, sagte Amada trotzig.

Die Sängerin beendete die Szene mit einem letzten schmatzenden Kuss und drückte dem Mädchen eine tropfenförmige, mit unzähligen blauen Steinen verzierte Brosche in die Hand.

»Tränen können süß oder bitter sein, Amada. Falls du mal Geld brauchst, scheue dich nicht, diese Brosche zu verkaufen, in der Zwischenzeit aber denk daran, dass eine verrückte Künstlerin über dich wacht.« Sie schloss ihre Hand fest um die des Mädchens, damit niemand außer ihnen beiden das Schmuckstück bemerkte.

Am Nachmittag desselben Tages ließ Amada die Brosche in der Sonne blitzen und dachte bei sich, dass diese Aquamarine, so schön sie auch waren, es doch nicht mit dem Wasser von La Isabela aufnehmen konnten.

Etwa zur gleichen Zeit öffnete Paula die Hutschachtel und kippte den Inhalt auf ihr Bett: Es waren Dutzende von Strumpfbändern, Strümpfen und Büstenhaltern in allen Regenbogenfarben, dazu eine handschriftliche Notiz:

Liebe Freundin,
für all die Lotterien, die noch kommen werden. Denn das ganze Leben ist ein Glücksspiel.
Deine Seelenschwester Adela

Und Paula brach in Tränen aus.

34

Die Wochen vergingen, und es kehrten wieder Ruhe und Frieden ein. Die Kurgäste trugen ihre neuen Badekostüme zur Schau und widmeten sich ihren Anwendungen; Julia Escribano beruhigte sich und wurde von Tag zu Tag dicker, die Herren spielten Billard, Karten oder Domino. Sogar Millares und der Homöopath schlossen eine Art Waffenstillstand und gerieten nur noch selten aneinander.

Das heimliche Liebespaar traf sich weiter im Verborgenen und gab sich der Leidenschaft hin, auch wenn Samuel immer unruhiger wurde.

»Entschuldigen Sie, Señora Retuerto!«, sprach er Ana an, als er sie in einer Gruppe von Frauen beim Kartenspiel erspähte. »Die Medizin für Ihre Kinder ist fertig. Wenn Sie wollen, können Sie sie abholen.«

»Danke, Herr Doktor, ich komme nachher vorbei«, entgegnete sie nervös.

»Gehen Sie doch gleich, Ana«, rieten die anderen. »Wir werden hier sowieso noch ein Weilchen beisammensitzen und plaudern. Die Kinder gehen vor.«

Zögernd nahm Ana ihre Jacke und verließ den Speisesaal. Sie ging langsam, denn sie fühlte sich schwach auf den Beinen und fröstelte; ab Mitte August wurde es nachmittags kühl.

Unterdessen stand Samuel am Fenster, beobachtete sie,

wie sie durch den Wald näher kam, und ihre Zögerlichkeit verstärkte seine Unsicherheit, denn so kannte er sie nicht.

»Das war sehr unvorsichtig von dir, Samuel!«, beschwerte sich Ana, kaum dass sie hereinkam. »Wieso hast du das getan?«

»Weil ich dich seit zwei Tagen nicht gesehen habe!« Der Arzt nahm sie in die Arme.

»Das stimmt nicht, du hast mich ständig gesehen«, widersprach sie und machte sich los.

»Aber ich habe dich nicht berührt, Liebste. Was ist los mit dir? Bist du böse mit mir? Habe ich etwas falsch gemacht?« Spöttisch deutete er einen Kniefall an. »Du brauchst es nur zu sagen, dann bitte ich dich tausend Mal um Verzeihung!«

»Hör auf mit dem Quatsch! Ich muss mich setzen, ich bin erschöpft.«

»Hast du das Stärkungsmittel schon aufgebraucht? Ich kann dir ein anderes, besseres geben. Sieh mal, hier habe ich …«

»Ja, ich habe es genommen.«

Der Arzt war so damit beschäftigt, im Medizinschrank in seinem Arsenal an Fläschchen zu wühlen, dass er zuerst nicht hörte, was sie sagte. Sie musste es noch einmal mit lauterer Stimme wiederholen.

»Ich will nichts, Samuel! Ich bin schwanger, das ist alles.«

Es entstand ein tiefes, düsteres Schweigen, in dem beide sorgfältig ihren nächsten Satz abwägten, denn jedes falsche Wort konnte alles zerstören.

»Seit ein paar Tagen bin ich mir sicher«, gestand sie schließlich, »geahnt habe ich es schon länger.«

»Beim letzten Mal …«

»Willst du wissen, ob ich es schon wusste, als wir das letzte Mal zusammen waren?«

Der Arzt senkte den Kopf und wagte nicht, sie anzusehen, denn er schämte sich seiner Zweifel. Dabei war das, was ihn wirklich quälte, allein die Frage, was sich nun zwischen ihnen ändern würde.

»Wir dürfen uns nicht mehr sehen, Samuel.«

»Aber es ist mein Kind!« Endlich löste sich der Arzt aus seiner Erstarrung.

»Es kommt nicht darauf an, von wem es ist, sondern von wem es sein wird.«

»Wie kann er glauben, dass er der Vater ist?«

»Letzte Nacht habe ich mit ihm geschlafen, und ich habe mich schmutzig gefühlt. Aber mein Mann muss der Vater dieses Kindes sein. Es gibt keinen anderen Ausweg!«

»Tu das nicht, Ana! Das kannst du nicht tun!«

»Doch, Liebster. Wir werden es beide tun, wir werden einander Lebewohl sagen …«

»Nein! Es ist mein Kind, Ana.« Samuel packte seine Geliebte bei den Schultern und schüttelte sie. »Wir können das schaffen. Ich werde mit ihm reden, ich werde ihm erklären …«

»Du bist wahnsinnig! Für uns gibt es keine Zukunft, akzeptier es einfach.«

»Du irrst dich. Du kannst nicht klar denken, Liebste, nicht in diesem Augenblick. Lass uns morgen darüber reden, ja?«

»Nein, Samuel, es wird kein Morgen geben. Ich liebe dich, aber es ist vorbei.«

Die Aussichtslosigkeit der Lage brachte Samuel schier um den Verstand. In besinnungsloser Wut trommelte er mit den Fäusten auf den Tisch seiner Praxis, trat gegen Wände, Stühle, den Kleiderständer und zuletzt gegen einen Glaskasten, der zu Boden fiel und in tausend Scherben zersprang. Wie seine Seele.

Sein Wutausbruch machte einen solchen Lärm, dass eine

Gruppe von Kurgästen, die beim Haupteingang beisammenstand, erstaunt zur Praxis hinübersah und beschloss, den Kurdirektor zu informieren. Ernesto Montemayor beruhigte sie, dann eilte er zur Praxis, um die Ursache für den Lärm zu ergründen. Ohne zu klopfen, stürmte er in den Raum, in dem die Liebenden gerade ihr Schicksal besiegelten.

»Was ist denn hier los, Millares?« Der Kurdirektor sah die beiden verblüfft an; es war nicht zu übersehen, dass es hier nicht um ein Gespräch zwischen Arzt und Patientin ging. »Ist alles in Ordnung, Señora Retuerto?« Dann verstummte er, und auch die anderen beiden sagten nichts. Allerdings brauchte der Kurdirektor auch keine weiteren Erklärungen. Das Bild, das sich ihm bot, war deutlich genug.

Einige Tage später kehrte die Familie Retuerto früher als geplant nach Madrid zurück.

»Meiner Frau geht es diesen Sommer nicht gut, Ernesto, sie ist erschöpft«, erklärte Anas Mann seinem Freund. »In Madrid soll sie sich von einem Spezialisten untersuchen lassen. Versteh mich nicht falsch, ich will damit nicht die medizinischen Fähigkeiten eures Kurarztes in Frage stellen, aber … Du verstehst doch, oder?«

»Vollkommen.«

Ernesto Montemayor erwähnte die unglückliche Affäre des Arztes mit keinem Wort mehr, dennoch nahm Samuel Millares Ende September 1922 für immer Abschied von La Isabela.

Am letzten Tag der Kursaison ging Paula zu Millares, um sich zu verabschieden. Als sie bei seinem Haus ankam, saß er bereits in Mateos Wagen.

»Seien Sie Ernesto nicht böse, Samuel«, bat Paula. »Das Jahr war zu hart für uns alle. Was werden Sie jetzt tun?«

»Zum Glück habe ich mehr als genug Arbeit, Paula. Es

hat keinen Sinn, Ihr Mann ist ebenso ein Dickschädel wie ich, da ist nichts zu machen. Ich wünsche Ihnen beiden alles Gute; dies hier ist ein kleiner Garten Eden, und Sie sollten ihn genießen.«

Mit einem Kloß im Hals sah Paula zu, wie Mateos Ford anfuhr. Doch nach ein paar Metern hielt er abrupt noch einmal an. Samuel streckte den Kopf zum Fenster hinaus und rief ihr zu: »Paula, glauben Sie nicht …«

»Keine Sorge, Sie sind mir keine Rechenschaft schuldig.«

»Ich habe sie geliebt. Ich … Ich …«, stammelte er mit zitternder Stimme, »ich liebe sie wie mein Leben. Ich liebe diese Frau, oh ja, aber es ist wie ein Fluch …«

Eilig zog er den Kopf zurück, um nicht noch mehr zu sagen. Von niemandem bemerkt, weinte Samuel Millares auf dem Weg zum Bahnhof, fort von diesem idyllischen Ort, wo er glücklich und unglücklich zugleich gewesen war, bittere Tränen.

Am späten Abend desselben Tages verabschiedeten sich auch die Montemayors von La Isabela, von dem Paradies, das ihr Leben war.

Als Ernesto Montemayor den Schlüssel im Schloss des Kurhauses herumdrehte, flehte er den Himmel an, dass die Katastrophen dieses Sommers bald vergessen wären und der nächste Sommer ruhiger verlaufen würde. Doch dieser Wunsch sollte ihm nicht gewährt werden.

Madrid, Montag, 13. Juni 1988.
Einige Stunden später

Álvaro de Llano hatte den Kaffee, der vor ihm auf dem Tisch kalt wurde, kaum angerührt. Amada Montemayors Wohnzimmer war wie ein Koffer voller Erinnerungen und erweckte eine Zeit zum Leben, die er nur aus Büchern kannte, eine Zeit, in der die Menschen förmlicher miteinander umgegangen waren und die nichts mit dem demokratischen Spanien gemein hatte, über das er in seiner Zeitung Tag für Tag berichtete.

Die alte Dame war auf den Pfaden ihrer Erinnerung gewandelt, und er war ihr gefolgt, ohne sie zu unterbrechen. Doch nun schwieg sie schon so lange, dass Álvaro sich genötigt fühlte, etwas zu sagen.

»Haben Sie nie wieder etwas von dem Kommissar gehört?«, fragte er und spürte dabei, wie trocken seine Kehle war.

»Er hat nur noch diesen Brief geschickt, in dem er uns vom Tod seines Kindes erzählt hat. Er war ein guter Mann mit einem ausgeprägten Gerechtigkeitssinn.«

»Und der Arzt? Sie sagten, Sie hätten ihn nie wiedergesehen.«

»Das stimmt nicht ganz … Jahre später bin ich Millares noch einmal begegnet. Als meine Familie lernen musste, sich an andere Lebensumstände zu gewöhnen.«

»Wann war das?«, fragte Álvaro.

»Ich muss damals dreiundzwanzig gewesen sein, und

Spanien war schon eine Republik. Eines Nachmittags im Februar, an einem dieser trügerischen Wintertage in Madrid, an denen morgens die Sonne scheint und es nachmittags in Strömen regnen kann, lief ich ihm in der Calle Princesa in die Arme«, erzählte Amada, schon wieder ganz in ihre Erinnerung versunken. »Anfangs wusste er nicht, wer ich war, aber ich hatte ihn gleich unter den Dutzenden von Passanten erkannt, die mit hochgeschlagenem Mantelkragen und in die Stirn gedrücktem Hut in Richtung Plaza de España unterwegs waren, obwohl er inzwischen graue Haare hatte und eine Brille trug. Er war immer noch ein schöner Mann.

›Doktor Millares? Sie sind es doch, oder?‹, fragte ich und trat ihm in den Weg. ›Samuel Millares? Erinnern Sie sich nicht mehr an mich? Ich bin Amada, Amada Montemayor.‹ Kaum hörte er, wer ich war, da umarmte er mich herzlich.

›Teufel auch! Du bist eine wunderhübsche Frau geworden!‹, war das Erste, was er sagte. ›Bist du's wirklich?‹

Dann tranken wir zusammen einen Kaffee, und er erzählte mir, dass er Chef der chirurgischen Abteilung im Krankenhaus San Carlos war und an der Universität lehrte. Er gestand, dass er nie wieder in einem Kurbad hatte arbeiten wollen, obwohl es Angebote gab.

›Jetzt erzähl mir von deiner Familie, Amada. Was machen deine Eltern, deine Brüder? Ist La Isabela immer noch so schön?‹, fragte er mich.

Plötzlich hatte ich einen Kloß im Hals, und ich spürte die Tränen aufsteigen. Und so berichtete ich ihm, was ich konnte, und was ich nicht übers Herz brachte zu erzählen, das behielt ich für mich.

Als wir schließlich das Café verließen, war es schon dunkel, und so verabschiedeten wir uns rasch mit dem festen Versprechen, dass ich bald einmal mit meiner Mutter in der Klinik vorbeischauen würde – was ich allerdings nie getan habe. Wir umarmten uns, und dann ging er eilig davon, um die verlorene Zeit ein wenig aufzuholen.«

»Und das war's?«, fragte Álvaro de Llano. »Wollten Sie nicht wissen, wie es mit ihm und seiner Geliebten weitergegangen war?«

Amada Montemayor lächelte und nahm für einen Augenblick die Hände ihres unerwarteten Besuchers in die ihren.

»Ach«, meinte sie, »ich weiß sehr wohl, dass ihr Männer sensibler seid, als ihr zugeben wollt. Er war kaum ein paar Schritte weiter, da rief ich ihn nochmals an, denn wie du dir sicher denken kannst, brannte ich darauf, genau das zu erfahren.

›Doktor‹, rief ich und bahnte mir einen Weg durch Mäntel, Hüte und Schals. ›Haben Sie jemals geheiratet?‹

Der Arzt sah mich traurig an und sagte nur kopfschüttelnd: ›Manche Frauen sind ein Fluch, der dich ein Leben lang verfolgt.‹

Dann verschwand er endgültig. Und sicherlich saß in dem Augenblick, in dem ich sein graues Haar in der Ferne verschwinden sah, Ana Retuerto irgendwo in dieser winterkalten Stadt mit ihrer Tochter über den Hausaufgaben, ohne auch nur einen Gedanken an den Mann zu verschwenden, der ihrer beider Leben geprägt hatte und nun zu spät zur Arbeit kam.«

»Also haben die beiden sich nach jenem Sommer nicht wiedergesehen«, sagte Álvaro nachdenklich. »Altmodische Liebesgeschichten wie diese gibt es heutzutage nicht mehr.«

»Glaub das nicht. Ihre Liebe war weder steif noch bürgerlich, es war eine grenzenlose Leidenschaft, deren Folgen erst im Jahr darauf sichtbar wurden.«

Der Journalist widersprach nicht; er verstand, dass die

alte Dame mit dieser romantischen Verklärung von ihrer eigenen traurigen Geschichte ablenken wollte, und so fragte er sie genauer nach der Geliebten des Arztes.

»Ana Retuerto gebar ein wunderhübsches Mädchen«, sagte Amada, »das ich erst viel später kennenlernte, da die Familie 1923 nicht zur Kur kam, weil das Kind noch zu klein für die Reise war. Ich vermute aber, dass das Kind sie für den Rest ihres Lebens an ihre große Liebe erinnert hat.«

»Und der Soldat und die junge Badefrau – haben sie geheiratet?«, fragte Álvaro.

»Diese Geschichte nahm ein trauriges Ende. Ich erinnere mich, dass Gloria, um es Miguel heimzuzahlen, den Direktor eines Wasserkraftwerks aus Lérida verführte, der mit seiner Frau nach La Isabela gekommen war, die an Hysterie litt. Am Ende der Saison reiste sie dem Paar hinterher, und in der Folge gingen im Dorf alle möglichen Gerüchte um: dass er seine Frau verlassen habe und die beiden ins Ausland geflohen seien; dass er ihr eine Wohnung gemietet habe und sie dort heimlich besuche; dass sie schwanger sei. Aber als der Winter vorbei war, kehrte Gloria ins Dorf zurück, und das Gerede hatte ein Ende. Seit dieser närrischen Eskapade führte Miguel sie nicht mehr zum Tanz aus, und sie wurde immer verbitterter.«

»Und was wurde aus der anderen Frau, der Molligen?«, fragte Álvaro. »Wagte sie sich nach dieser Demütigung zurück nach La Isabela?«

»Und ob sie zurückkehrte – mit zwanzig Kilo mehr auf den Rippen.« Amada dachte voller Zärtlichkeit an die Frau, die sie immer gut hatte leiden können. »Offenbar hatte sie ihren Liebeskummer mit dem bekämpft, was sie zur Hand hatte: mit Kompott und Marmelade. Ich weiß noch, dass der neue Kurarzt sich ihren Fall besonders zu Herzen nahm, weil er überzeugt war, es mit einer urtypischen Angstneurose zu tun zu haben. Doch alle seine Diäten, das Wasser und auch die neuesten psychiatrischen Therapien halfen nichts, und als Julia im Sommer 1923 abreiste, war sie dicker als je zuvor. Aber ich denke, sie war glücklich, und das, obwohl wir alle gedacht hatten, dass sie nach dem Kummer im Vorjahr nie wieder würde lächeln können.«

»Natürlich, Sie hatten ja einen neuen Kurarzt, und ich vermute, der hat Ihrem Vater nicht so viele Scherereien gemacht wie sein Vorgänger.«

»Dafür brachte er neue Unruhe«, erklärte die alte Dame. »Er hieß José Palancar y Tejedor und war ein angesehener Arzt, aber er machte meinem Vater einen Vorschlag, der diesen für Monate ins Grübeln brachte. Bei seiner Ankunft in La Isabela hatte er gleich den Palast bemerkt, und das Gebäude schien ihm ideal für eine psychiatrische Anstalt, denn eine solche gab es bis dahin in Spanien noch nicht.

›Es wäre eine weitere Einkunftsquelle, und zwar das ganze Jahr über‹, erklärte er meinem Vater wieder und wieder. ›Überlegen Sie es sich, das ist ein guter Vorschlag. Was wollen Sie sonst mit all den leer stehenden Zimmern anfangen? Das Gebäude ist ideal für eine solche Einrichtung.‹

›Ich will daraus ein Luxus-Grandhotel wie das La Toja oder das Mondariz machen‹, entgegnete mein Vater, denn das war sein Lebenstraum.

›Wie Sie meinen. Aber das wird Sie ein Vermögen kosten, und ich weiß nicht, ob Sie das Geld haben.‹

›Ich werde es auftreiben.‹

›Mit den Mieteinnahmen könnten Sie das Kurhaus renovieren und den Gasthof ausbauen‹, fing der Arzt wieder an. ›Ich würde persönlich beim Gesundheitsministerium die besten Bedingungen für Sie aushandeln. An Ihrer Stelle würde ich keine Sekunde zögern.‹

›Und was ist mit den Dorfbewohnern? An die Sommergäste sind sie gewöhnt, aber ich weiß nicht, was sie davon halten würden, wenn wir hier eine Irrenanstalt einrichten.‹

›Wenn alle so denken würden wie Sie, würde die Medizin in Spanien niemals Fortschritte machen. Seien Sie offen für Neues! In Europa werden die geistig Kranken heute mit ganz anderen Augen gesehen. Und was den Gemeinderat betrifft: Der wird alles gutheißen, was Geld bringt. Wem gehört denn dieser Palast?‹

›Mir‹, antwortete mein Vater stolz.

›Na, dann ist doch alles geklärt!‹

Dass eine königliche Residenz, die erbaut worden war, um Adelige zu beherbergen, zur Heimstatt für geistig Verwirrte werden sollte, erschien meinem Vater völlig paradox, und darum ließ er sich nicht überzeugen. Schließlich errichtete Palancar seine ›Escuela Central de Anormales‹ in einem Gebäude in Huerta del Obispo in der Nähe von Madrid und lud zur Einweihungsfeier unsere ganze Familie ein.«

Mit ihren letzten Ausführungen deutete Amada das zukünftige Schicksal von La Isabela schon an, doch Álvaro hatte gar nicht mehr richtig zugehört. Bei der Erwähnung des Wortes »Krankenhaus« war ihm eingefallen, warum er eigentlich gekommen war, und er besann sich auf den Brief und das Foto, die die ganze Zeit über vergessen mit der Rückseite nach oben auf dem Couchtisch gelegen hatten.

»Amada, mich hat eine drängende Frage hierhergetrieben, deren Beantwortung mein ganzes Leben verändern kann. Und auch wenn ich das, was Sie mir erzählen, alles höchst interessant finde, möchte ich Sie bitten, auf Manuel Cañamate Fanjul zurückzukommen. Wer war er?«, fragte er ungeduldig. »Und vor allem: Was verband ihn mit meinem Vater?«

»Das alles geschah Jahre später«, berichtete Amada ruhig, »als meine Familie nichts mehr mit La Isabela zu tun hatte und in Spanien Krieg herrschte.«

»Sagen Sie mir, Amada: Kannten Sie meinen Vater?«, fragte Álvaro unvermittelt. »Was hatte er in diesem Krankenhaus zu suchen?«

Amada Montemayor stützte die Ellbogen auf den Tisch, nahm das Foto und drehte es in ihren Händen; dann schloss sie sie darum und sagte einen Satz, der in Álvaros Ohren wie eine Prophezeiung klang: »Ach, mein Lieber, alles begann, wie es dann auch endete. Mit dem Wasser.«

ZWEITER TEIL

35

Frühjahr 1925. Kursaison

Am 17. März verabschiedete sich in Madrid der Winter mit einem Regenguss. Von der herrschaftlichen Wohnung der Montemayors aus sahen die Kinder den dicken Tropfen zu, die von der Regenrinne platschten und einen dichten Vorhang bildeten, hinter dem die menschenleere Straße verschwand. Die Stadt glich einem See, auf dem Autos und Straßenbahnen trieben.

»Das ist ja die reinste Sintflut, Kinder«, sagte Ernesto und fügte im irrtümlichen Glauben, dass das Wasser nichts anderes als ein Segen sein könnte, hinzu: »Ihr werdet schon sehen, was für einen wunderbar grünen Frühling wir haben werden!«

Sobald die Tage länger wurden, rieb er sich in Vorfreude auf die Kursaison, die für seine Familie erst im Sommer begann, die Hände.

Er war fasziniert von den Neuheiten, die mit der Weltausstellung aus Paris gekommen waren, und hatte beschlossen, dass es an der Zeit sei, das Kurhaus völlig neu einzurichten. Eifrig studierte er die in den Zeitschriften abgebildeten neuen Modetrends und Möbel.

»Sieh nur, Paula. Sollten wir uns nicht eine solche Bar zulegen?«

»Der Palast ist noch voll von altem Plunder, und da willst du schon wieder für solche Spielereien das Geld ausgeben«, entgegnete seine Frau.

»Die Sachen sind veraltet. Heutzutage ist *Art déco* angesagt.«

Die Industrie hatte die Weltausstellung geschickt zur Bekämpfung der Wirtschaftskrise genutzt, indem sie im Bürgertum Begehrlichkeiten nach Produkten weckte, die bisher nur einigen wenigen vorbehalten gewesen waren. Plötzlich wollte jeder Radios, Kaffeemaschinen, Bügeleisen und Autos haben – und Ernesto wollte alles für La Isabela. Wie viele andere betäubte er seine politischen und wirtschaftlichen Sorgen mit Konsum.

Natürlich brauchte La Isabela gewisse Symbole des Fortschritts, um mit anderen, moderneren Bädern wie Vichy oder Caldes de Malavella mithalten zu können, aber die finanziellen Mittel der Familie waren nun mal begrenzt.

»In Katalonien ist alles viel mondäner«, klagte er.

»Dafür sind wir naturnaher«, tröstete ihn seine Frau.

Doch der Regen machte alle Pläne zunichte. Bis Mitte April hielt die Sintflut an; es war, als fielen nicht Tropfen vom Himmel, sondern kleine Teufel, die keinen Stein auf dem anderen ließen.

Das Gesicht des Verwalters Abel, als er im durchweichten Trenchcoat und mit tropfendem Regenschirm die Wohnung der Familie Montemayor betrat, sprach Bände.

»Mein Gott, Abel.« Paula gab dem Dienstmädchen den nassen Mantel und rieb ihm die Schultern trocken. »Sie sind ja eiskalt. Soll ich Ihnen eine heiße Brühe machen?«

»Nein, einen Kamillentee, Paula. Es gibt Dinge, die nur schwer zu verdauen sind. Wo ist Ihr Mann?«

»Sie machen mir Angst.«

»Aus gutem Grund.«

Die beiden Männer schlossen sich im Arbeitszimmer ein, und durch die Glastür konnte Paula das Gespräch beobachten, das mit einem förmlichen Lächeln begann und damit endete, dass Ernesto die Hände vors Gesicht schlug, denn der Bericht des Verwalters hatte ihn zutiefst getroffen.

Über die Mitte der Iberischen Halbinsel war der Regen hereingebrochen wie eine biblische Plage.

Auf dem Weg des Guadiela von seiner Quelle bis nach La Isabela ergossen sich zahlreiche angeschwollene Nebenflüsse in den Fluss, und bald hatte er sich in eine Schlammflut verwandelt, deren Zerstörungswut die Anwohner nichts entgegenzusetzen hatten. Ohnmächtig mussten sie mitansehen, wie das Wasser außer Kontrolle geriet, und jedes Dorf betete nur noch, dass es irgendwie von der Flutwelle verschont bleiben möge.

Doch der Fluss hinterließ eine Spur der Verwüstung. Er unterspülte die Uferböschungen, riss Baumstämme und Steine mit sich, verschlang gebrechliche Brücken. Als er sich La Isabela näherte, schien er sich ein wenig zu beruhigen. Hinter der Brücke bremste der Guadiela seinen rasenden Lauf. Aber das Wasser verließ sein Bett, floss, wohin es wollte, und ganz La Isabela wurde von Entsetzen gepackt.

Der Verwalter erzählte Ernesto, wie sich die Einwohner am Beginn der Promenade versammelt und zugesehen hatten, wie die nasse Hölle über sie hereinbrach. Das Erste, was in Sekundenschnelle in den grünen Fluten verschwand, war die Uferbefestigung. »Es wird bis zum Kurhaus steigen«, schrien die Dorfbewohner entsetzt, und noch bevor sie den Satz ganz ausgesprochen hatten, leckte das Wasser schon an Rosen- und Oleanderbüschen, füllte die Beete und schleuderte die tönernen Blumentöpfe wie Kegel an die Hauswand.

Zungen aus Wasser leckten über die Erde und verschlangen alles, was sich ihnen in den Weg stellte. Später erzählten diejenigen, die dabei gewesen waren, übereinstimmend, dass es die Stille war, die sie am meisten beeindruckt hatte; die Lautlosigkeit, mit der das Wasser das Kurhaus einschloss und von Minute zu Minute stieg, als ob das Gebäude zu schrumpfen schien. Niemand im Dorf hatte je etwas Ähnliches gesehen. Vom Wald blieben nur gespenstische Wipfel, die auf hölzernen Stecken auf einem dunklen, trügerischen Meer trieben. Alles andere – das Hospital, die Abfüllerei, das Gartenhäuschen, das Waschhaus – war nur noch eine Handvoll roter Dächer.

Anderthalb Meter hoch stand das Wasser, begrub Ländereien und Häuser unter sich und zerstörte die Arbeit von Jahren.

Unaufhaltsam strömte es durch die Türritzen herein, quoll durch die Fenstergitter. Bis zu diesem Tag hatte die Kanalisation in den Innenhöfen selbst heftigen Regengüssen problemlos standgehalten, aber nun wurde sie von der Masse des eindringenden Wassers verstopft, und ähnlich wie drei Jahre zuvor beim Tod des Gärtners spie jede Toilette, jeder Abfluss mit Flusswasser vermischtes Quellwasser aus.

Keine Tür hielt dem Druck dieser gewaltigen Macht stand, die wie eine Lawine Becken und Wannen unter sich begrub. Alles andere wurde aus den Verankerungen gerissen und schwamm durch das ganze Gebäude.

Stühle, Praxismöbel und das Sofa aus der Eingangshalle, Nachttischlampen und Dutzende Gläser, Handtücher, Laken und Pritschen, alles trieb ziellos umher.

Alles war dem Wasser zum Opfer gefallen.

Eine Woche lang war La Isabela vollkommen von der Außenwelt abgeschnitten, Straßen und Wege waren nicht mehr begehbar. Die umliegenden Gemeinden taten, was in ihren Kräften stand, um zu helfen, während die Einwohner von La Isabela sich in der Kapelle versammelten und beteten.

Erst am ersten Mai konnte Ernesto Montemayor nach La Isabela fahren, um die Flutschäden in Augenschein zu nehmen. Obwohl Paula drängte, ihn begleiten zu dürfen, wollte er sich das Unglück zuerst allein ansehen.

Als Ernesto in La Isabela ankam, war der Guadiela schon wieder fast vollständig in sein Bett zurückgekehrt. Zu seinem Entsetzen musste er aber feststellen, dass alles unterschiedslos mit einer feinen braunen, in der Sonne getrockneten Schlammschicht bedeckt war: die Oleander- und Ligusterbüsche, die Rosen und Azaleen, die Esstische aus rosafarbenem Granit, die Fenster mit ihren grünen Gittern, die weißen Wände, der beigefarbene Stein, bis hin zu den Handtüchern … die ganze Schönheit des Paradieses.

In der Eingangshalle des Kurhauses, unter der alten Pendeluhr, weinte Ernesto bittere Tränen, schrie er seine Verzweiflung hinaus, dass es in dem beschädigten Gebäude widerhallte, und der Kummer wurde zum Saatkorn einer schleichenden Krankheit, die nur allzu bald ausbrechen sollte.

Die Fluten hatten ein Stück seines Lebens davongespült.

Drei Tage später reisten Paula und der Verwalter an, um gemeinsam zu retten, was noch zu retten war.

»Eigentlich war es ein Wahnsinn, das Gebäude so nah am Flussufer zu bauen«, urteilte Abel, als er die Verwüstung sah.

»Es ist nun einmal, wie es ist«, sagte Paula, die, mit Papier und Bleistift bewaffnet, eine Schadensliste erstellte. »Da hilft alles Jammern nichts, die Quelle ist seit zweitausend Jahren da. Oder noch länger.«

»Was nicht heißen muss, dass man es nicht besser machen kann.«

»Sehen Sie«, entgegnete Paula kämpferisch, »sicher war

es nicht das erste Mal, dass der Fluss über die Ufer getreten ist, und unsere Vorgänger haben es auch überstanden, oder? Dann wird es uns auch gelingen.«

Und sie fuhr mit ihrer Arbeit fort.

Der Inhalationssaal war ebenso in Mitleidenschaft gezogen wie alles andere, sodass sie zunächst fürchteten, die Saison werde ausfallen müssen, doch Paula wollte auf keinen Fall klein beigeben.

»Ernesto, die Saison wird wie immer am 1. Juli eröffnet. Bis dahin bleiben uns noch zwei Monate, um Ordnung in dieses Chaos zu bringen.«

Zum Glück zeigten sich die Dorfbewohner außerordentlich hilfsbereit und nahmen unter Balbinas Leitung den Wiederaufbau in Angriff, als ginge es um ihr eigenes Hab und Gut.

»Es ist ein Wunder! Sie werden nicht glauben, was geschehen ist, Señora!« Balbina stürzte in den Saal, wo die Montemayors soeben die Schäden am Inhalationsgerät begutachteten. »Das Wasser hat die Kapelle verschont!«

»Was soll das heißen? Sehen Sie sich doch nur an, wie es hier aussieht – und die Kapelle liegt direkt gegenüber.«

»Wenn ich es doch sage! Es ist, als hätte der Schlamm um den heiligen Ort einen Bogen gemacht. Sehen Sie selbst.«

Paula begleitete Balbina zur Kapelle, wo der Dorfpfarrer gerade eine Messe abhalten wollte. Paula sah, dass einige Frauen die Arbeit hatten ruhen lassen und nun in den Holzbänken saßen, die nach dem langen Winter, in dem die Kapelle ungenutzt blieb, rissig und staubig waren. Beunruhigt musterte sie die Wände, suchte nach einer Spur des Wassers, aber die Kapelle sah noch genauso aus wie ein paar Monate zuvor, als sie geschlossen worden war. Verwirrt bekreuzigte sie sich und ging wieder zurück an ihre Arbeit, doch ihr Herz schlug so schnell, dass sie eine Pause machen und tief einatmen musste.

»Sehen Sie nun, dass ich recht hatte?«, fragte Balbina, die ihr auf den Fersen gefolgt war.

»Kommen Sie mir nicht mit Wundern: Es muss irgendeine Erklärung dafür geben.«

»Paula, ich habe mit eigenen Augen gesehen, wie der Fluss alles verschlungen hat. Ich schwöre Ihnen, von der Kapelle sah nur noch der Glockenturm hervor. Ach, wenn doch unsere Gebete auch das Kurhaus gerettet hätten!«

Die Geschichte vom Wunder des heiligen Antonius, der seine Kapelle vor den Fluten bewahrt hatte, ging in den Legendenschatz von La Isabela ein und sprach sich in der ganzen Gegend herum. Noch im selben Jahr kamen die Kranken, um den Heiligen um Heilung anzuflehen.

Die Schlammschicht zu entfernen war keine leichte Aufgabe. Zuerst mussten die Männer den trockenen Schlamm mühsam von den Fliesen kratzen, dann wischten die Frauen sie sauber und wienerten sie mit Leinöl, bis sie wieder glänzten. Das Tropenholz im Inhalationssaal mochte der asiatischen Regenzeit widerstehen, dem wild gewordenen Fluss aber war es nicht gewachsen, und so war kaum eine Diele noch zu gebrauchen.

»Glauben Sie mir, Don Ernesto, mit Dielen aus einheimischem Pinienholz sieht der Boden genauso edel aus. Lassen Sie mich nur machen, dann werden Sie schon sehen«, erbot sich Blas, der Schreiner.

Auch die Möbel waren größtenteils unbrauchbar, und so ersetzte Paula sie durch Möbel aus dem Palast, ebenso wie das Porzellan, das zu Bruch gegangen war. Und nachdem das Gebäude gründlich gelüftet worden war, wurden zu guter Letzt die Innenwände neu gekalkt, während die Außenwände in der Sonne trockneten.

»Sie haben Großartiges geleistet, doch eigentlich müssten auch die Fundamente erneuert werden«, sagte der Verwalter eines Nachmittags zum Kurdirektor. »Leider fehlt es dafür aber an Geld.«

»Lassen wir es, wie es ist, Abel. Vielleicht im nächsten Jahr, so Gott will.«

Nach zwei Monaten Plackerei, in denen das Ehepaar immer wieder aus Madrid angereist war und die Dorfbewohner durch harte Arbeit ihre Loyalität den Montemayors gegenüber unter Beweis gestellt hatten, konnte das Kurbad wieder eröffnet werden, auch wenn man die Spuren der Flut nicht ganz hatte beseitigen können.

Am 1. Juli, dem Tag der Eröffnung der Kursaison, standen die Montemayors, feierlich herausgeputzt, am Eingang des Gasthofs und warteten auf den Wagen, der die ersten Kurgäste von der vierzehn Kilometer entfernten Bahnstation herbeibringen sollte.

Ernesto musterte unruhig die Landstraße, die sich am Horizont verlor, und brach plötzlich ohnmächtig zusammen.

36

Es dauerte eine ganze Weile, bis Ernesto Montemayor das Bewusstsein wiedererlangte. Seine Frau war außer sich vor Sorge.

»Das sind die Nerven, Paula«, versicherte ihr der Kurarzt, »seien Sie unbesorgt. Der Körper weiß sich zu helfen: Ihr Mann hat durchgehalten, bis alles erledigt war, und dann hat sich die Anspannung bemerkbar gemacht.«

»Glauben Sie wirklich, Doktor?«

»Ich glaube das nicht nur, ich bin mir sicher«, entgegnete der Arzt beruhigend. »Er soll mit mir ins Kurhaus kommen und einmal selbst hier Patient sein, und Sie empfangen unterdessen die Gäste.«

»Kümmern Sie sich um meinen Mann, er muss wieder zu Kräften kommen, um das alles hier in Gang zu halten.« Paula lächelte schwach.

Schließlich jedoch musste sie die Leitung des Kurbetriebs übernehmen, denn Ernesto war in eine tiefe Traurigkeit versunken, die ihn außerstande setzte, die Geschäfte zu führen.

Paula erwog sogar, eines der von ihr gehassten Projekte zu verwirklichen, das sie im Jahr zuvor noch als zu kostspielig verworfen hatten, in der Hoffnung, das könne ihren Mann vielleicht aufheitern. Ein paar Tage nach Ernestos Zusammenbruch fand sie in seinem Büro die Fotos vom Musikpavillon in Mondariz, die er während seiner Spionagereisen zur Konkurrenz heimlich geschossen hatte.

Am nächsten Tag beim Frühstück – die Kinder waren gerade aus Madrid angereist – legte sie ihm die Fotos vor. »Erinnerst du dich noch daran?«, fragte sie.

Ernesto Montemayor warf einen kurzen Blick auf die Bilder und legte sie dann neben die Schale mit in Milch eingeweichtem Brot, die ihm Balbina hingestellt hatte. Er schwieg eine Weile, dann sagte er: »Das war keine gute Idee. Du hast gesagt, dass wir keine Musikkapelle finden würden, die jeden Abend spielen könnte.«

»Was Mondariz kann, können wir auch.«

»Es ist zu teuer«, gab Ernesto zur Antwort, stand auf und ließ Paula einfach sitzen.

Für die Ersparnisse der Familie war es ein Segen, dass Ernesto keinerlei Interesse an der Errichtung eines Jugendstil-Musikpavillons zeigte, aber Paula hätte alles darum gegeben, ihn aus seinem Trübsinn zu reißen. Immerhin war wenigstens die Ankunft ihrer Kinder ein Anlass zur Freude.

Die Tochter der Montemayors war nun sechzehn Jahre alt, ein hübsches junges Mädchen, das sich seine widerspenstigen Haarspitzen nach innen bürstete, Rouge auflegte und Anzüge trug, wie es die Mode der Zeit verlangte, aber immer noch so rebellisch und neugierig war wie früher.

Amadas Gegenwart gehörte zu dem Wenigen, was ihrem Vater in diesem Sommer ein Lächeln entlockte. Sie sah aus wie die Verkörperung der Frauen aus den Zeitschriften, in denen er so gern blätterte: trotzige, unabhängige Wesen ohne Hüften und Rundungen, die rauchten und gefährliche Sportarten trieben. Außerdem war Amada bereits im zweiten Jahr eines Fachseminars für Lehrerinnen, worauf Ernesto sehr stolz war.

Kaum in La Isabela angekommen, fiel sie ihrem Vater

um den Hals, versprach ihm, nicht von seiner Seite zu weichen und ihn aufzumuntern, doch schon bald stahl sie sich davon und lief ins Kurhaus hinüber. Sie wollte sich unbedingt ansehen, welche Schäden das Wasser in der Bibliothek angerichtet hatte. Schon auf den ersten Blick erfasste sie das ganze Ausmaß der Katastrophe.

Zwar hatte die Feuchtigkeit, die in den Wänden hochgestiegen war, die Bücher in den oberen Regalreihen nicht erreicht; der Rest der Bibliothek, um die sich niemand kümmerte außer ihr, war allerdings zu einem Brei aus aufgelöstem Papier und zerflossenen Buchstaben geworden.

Ihre Wut gab ihr die Kraft, die Papiere in den hinteren Hof zu schleppen, von der Feuchtigkeit schwere Kisten hinter sich herzuziehen und in der Sonne alles auszubreiten, von dem sie hoffte, dass es noch zu retten sei. Als sie zwei aneinanderklebende Schriftstücke vorsichtig voneinander löste, stieß sie in einem dieser Papiere auf ein paar Zeilen, die ihre Aufmerksamkeit erregten.

Es war ein Gutachten aus dem Jahr 1830, in dem der königliche Verwalter nach einem erneuten Hochwasser des Guadiela eine Schadensliste erstellt hatte. In einer Notiz am Ende klagte er, dass sich die Überschwemmungen mit ihren verheerenden Folgen viel zu häufig wiederholten. Amada las den Absatz wieder und wieder, weil er bewies, dass das Wasser auch schon hundert Jahre zuvor unberechenbar gewesen war.

»Was machst du denn hier? Wenn die Männer hierherkommen, werden sie alles zertrampeln.«

Olvido hatte Amada schon eine Stunde zuvor die Promenade hinuntergehen sehen und war zu ihr hingegangen, um sie zu begrüßen. Nun schleppte sie einen Korb voller Flaschen durch den Hof.

»Olvido, wusstest du, dass es hier auch früher schon Überschwemmungen gab?«

»Ich habe im Dorf davon reden hören, aber nie besonders viel auf das Geschwätz gegeben. Wieso?« Die Badefrau stellte den Korb ab und lugte über die Schulter des Mädchens auf die Papiere. »Kaum bist du angekommen, steckst du deine Nase wieder in diese alten Schriften! Wenigstens wirst du Lehrerin; sicher, weil du all diese Bücher gelesen hast.«

»Warum hat niemand meinen Vater gewarnt?«

»Ich glaube nicht an Flüche, Kind, das ist was für die alten Dorfweiber.«

»Wovon redest du?«

»Das ist nur dummes Gewäsch von Leuten, die nichts Besseres zu tun haben. Halt mich nicht auf, ich habe es eilig.« Die Frau wollte gehen, doch Amada hielt sie zurück.

»Ach, Kind, du bist aber auch ein rechter Dickkopf! Was willst du hören? Dass La Isabela verflucht ist? Das ist bloß ein dummer alter Aberglaube.«

»Verflucht? Wer sagt das, Olvido, und warum?«

»Das ist nur Gerede, aber mit dem Hochwasser ist es wieder aufgekommen«, erzählte Olvido und ließ sich neben dem Mädchen nieder. »Im Dorf heißt es, der Ort sei verdammt, weil dort mehr Tränen vergossen würden, als Wasser den Fluss hinunterfließt. Und die Alten sagen, dass es mit jedem, der von außerhalb kommt, ein schlimmes Ende nimmt, denn wer hierherkommt, um Geld zu verdienen, wird alles verlieren. Aber das stimmt nicht, sieh nur, was deine Eltern hier aufgebaut haben.« Sie strich dem Mädchen eine Haarsträhne hinters Ohr, dann stand sie entschlossen auf. »Und das war's, mehr gibt es nicht zu erzählen.«

»Haben die vorherigen Besitzer alles verloren?«

»Ihre Zeit hier war irgendwann zu Ende.«

»Aber was ist aus ihnen geworden, Olvido?«

»Lass die Vergangenheit ruhen, es bringt nichts, sie wieder hervorzuholen.« Und damit ging die Badefrau und nahm ihre Erinnerungen mit.

Amada wusste nicht, was diese Geheimniskrämerei zu bedeuten hatte, aber dass es Geheimnisse gab, war offensichtlich. Es war, als liege eine Decke aus Schweigen über La Isabela, die niemand anheben wollte.

Plötzlich hörte sie den Schrei einer vertrauten Stimme und sah Ernesto, ihren ältesten Bruder, vom Wald herüberlaufen.

»Amada, hol den Arzt, schnell, Papa ist schon wieder zusammengebrochen!«

»Was ist los?«

»Ich weiß es nicht. Tu, was ich dir sage!«

Ernesto Montemayor hatte gerade die Rebstöcke inspiziert – der aus ihren Trauben gekelterte Wein brachte einen zusätzlichen Ertrag –, als er plötzlich umgefallen war.

Den ganzen Nachmittag über hatte er zart über die Blätter gestrichen, bemerkt, dass einige Reben noch nicht so weit waren, wie sie hätten sein sollen, und die Propfreiser der Sorten untersucht, an denen ihm besonders viel lag. Dann hatte er eine kleine Wurzel ausgerissen und gegen das Licht betrachtet. Als er die weiße Schicht bemerkte, begann sein Herz zu rasen. Wenig später brach er zusammen.

Er ertrug es nicht, mitansehen zu müssen, wie alles, was er aufgebaut hatte, verloren ging. Zwar hatte der Zustrom an Kurgästen nicht spürbar nachgelassen, doch seine anderen Einkommensquellen waren durch das Hochwasser fast vollständig versiegt. Der Obst- und Gemüsegarten hatte infolge der Überschwemmung die schlechteste Ernte seiner Geschichte erzielt, und die Wurzeln seiner Weinstöcke waren im Wasser verfault und für immer zerstört.

Ernesto Montemayor konnte mehrere Tage lang das Bett nicht verlassen. Der Kurarzt und seine Familie sahen ständig nach ihm, aber keine Medizin der Welt konnte ihn von seinem Kummer heilen.

»Wie geht es deinem Vater?«, fragte der Verwalter Amada eines Morgens, als er ihr am Eingang zum Kurhaus begegnete.

»Er tut so, als wäre alles in Ordnung, aber der Kummer frisst ihn innerlich auf.«

»Ich mache mir ernste Sorgen um ihn, das habe ich deiner Mutter auch schon gesagt. Er ist völlig entkräftet.«

»Das ist es nicht allein, Don Abel«, meinte Amada. »Es ist, als wäre jegliche Freude aus ihm gewichen. Früher hat er immer von seinen Plänen gesprochen, und jetzt scheint ihm allein das Leben schon zu viel zu sein.«

»Ihr müsst gut auf ihn achtgeben.«

Paula bemühte sich nach Kräften, ihren Mann aufzuheitern, und so bestellte sie Ende Juli einen Fotografen nach La Isabela, der mit einer Ausrüstung anreiste, als wollte er einen ganzen Film drehen und nicht bloß ein paar Bilder für die Nachwelt festhalten.

»Wir brauchen neue Bilder für den Katalog, die alten sind nicht mehr zu gebrauchen«, verkündete Paula eines Nachmittags ihrem Mann.

»Tu, was du willst«, erwiderte dieser lustlos.

Drei Tage lang war der Fotograf in La Isabela unterwegs, stets gefolgt von einer Kinderschar, die er, wenn er Statisten brauchte, am Mariblanca-Brunnen, vor der Kapelle, vor dem Kurhaus oder auf der Promenade platzierte. Eines Morgens kam es ihm in den Sinn, die Angestellten abzulichten, und er ließ die Badefrauen für sich posieren. Da sie sich selbst aber noch nie auf einem Foto gesehen hatten, erschraken sie, als sie sich mit ihren dunklen Gesichtern und den weißen Kitteln erblickten, und schworen, sich für derartige Dinge nie wieder zur Verfügung zu stellen.

Ernesto hatte die ganze Zeit über kaum Interesse an der Arbeit des Fotografen gezeigt, am letzten Tag aber sah er ihm dann doch zu. Er selbst war zwar nur Hobbyfotograf, hielt sich aber für leidlich begabt. Vor diesem Meister seines Fachs aber musste er den Hut ziehen.

Erst als Ernesto Montemayor ein Telegramm seines Freundes Gregorio Marañón, eines bekannten Arztes, erhielt, konnte ihn das, zumindest zeitweise, aus seiner trüben Stimmung reißen. Nachdem dieser so oft seinen Besuch angekündigt hatte und dann doch nicht gekommen war, würde er ihn nun endlich in La Isabela willkommen heißen können. Diese Aussicht riss ihn aus seiner Lethargie.

In Marañóns Gesellschaft schöpfte Ernesto die nötige Kraft, um in den darauffolgenden Monaten die wirtschaftlichen Herausforderungen des Kurbetriebs anzugehen. Es wurde ein anstrengender Winter, in dem nicht klar war, ob das Geld reichen würde, aber Ernesto zeigte sich entschlossen, nach den gewaltigen Anstrengungen des Vorjahres auch 1926 die Saison zu bestreiten, obwohl er sich in seinen Ambitionen gewaltig einschränken musste.

Seine Liebsten beobachteten ihn währenddessen ganz genau; sie waren besorgt, denn sie ahnten, dass Ernestos Seele Höllenqualen litt, seit der Guadiela sein Paradies verschlungen und es beinah tödlich verletzt wieder ausgespien hatte.

Vielleicht hatte das Unglück aber auch schon vorher seinen Lauf genommen. An dem Tag, als Ernesto Montemayor zum ersten Mal seinen Fuß auf die Straßen von La Isabela gesetzt hatte.

37

Kursaison 1926 – Oktober 1930

Ernesto Montemayor starb am 5. September 1926 im Alter von neunundvierzig Jahren. Er war ein guter Mann gewesen, ein Träumer, der all seine Zeit und alle seine Ersparnisse auf ein Fleckchen Erde und dessen Wasser verwandt hatte, das auf alle eine heilsame Wirkung hatte – bis auf ihn.

Am Nachmittag hatte ein gewaltiges Gewitter, angekündigt durch zahllose Blitze in der Ferne, seinen Zorn über die Gegend rund um La Isabela entladen und den Hauch des Todes mitgebracht.

Den ganzen Tag über hatten Ernesto höllische Kopfschmerzen geplagt, und als er nach dem Abendessen an die Luft gegangen war, war er auf offener Straße einfach umgekippt. Sein ganzes Leben hatte er im Kreise vieler Menschen verbracht, doch gestorben war er einsam.

»Ich glaube, mir ist das Essen nicht bekommen, Paula«, hatte er gesagt, als er vom Tisch aufstand. »Ich gehe mal zum Palast hinüber, mir ein bisschen die Beine vertreten, und kann bei der Gelegenheit auch gleich ein paar Papiere holen, die ich durchsehen will.«

»Ich spüle noch schnell das Geschirr, dann komme ich mit.«

»Nein, ich gehe lieber allein.« Mit diesen Worten hatte er sie auf die Wange geküsst, bevor er zum letzten Mal die Statue auf dem Mariblanca-Brunnen grüßte.

»Ist euer Vater nicht schon recht lange weg?«, hatte Paula nach einer Weile gefragt. »Amada, warum gehst du nicht mit deinem Bruder los und holst ihn? Wahrscheinlich sitzt er wieder bei Kerzenlicht und liest; er wird sich noch die Augen verderben.«

Nach dem Hochwasser war so vieles instand zu setzen gewesen, dass die Einführung von elektrischem Licht sich als unerschwinglicher Luxus erwiesen hatte. Amada hatte sich gemeinsam mit ihrem Bruder Rodrigo auf den Weg zum Palast gemacht, aber kaum waren sie um die Ecke gebogen, erschraken sie, weil sie unter einem Maulbeerbaum ihren Vater regungslos liegen sahen.

Amada schrie: »Vater!«, und ihr Ruf klang durchs ganze Dorf. Türen und Fenster wurden aufgerissen, dann strömten die Nachbarn herbei. Doch noch vor ihnen waren alle seine Kinder bei dem Toten.

Zögernd kam schließlich auch Paula herbei, auf Balbina gestützt, denn sie wusste, dass sie nun das erwartete, wovor sie sich am meisten gefürchtet hatte.

Erschüttert vom plötzlichen Tod des Kurdirektors, kehrten die Dorfbewohner still in ihre Häuser zurück, damit die Familie ungestört Abschied nehmen konnte. Paula schloss dem Toten die Augen und bedeckte sie mit Küssen. Ihre Liebe für ihren Mann dauerte weit über seinen Tod hinaus.

Die Familie wusste auch ohne ärztliche Meinung, was geschehen war: Weil jeder Schmerz, den man in sich verschließt, sich früher oder später Bahn bricht, hatten Ernestos angestaute Sorgen sich schließlich in einem Hirnschlag entladen. Er war aus Kummer gestorben.

Die Männer des Dorfes trugen den Toten ins Haus und richteten einen der Salons, so gut es ging, für die Totenwache her, während die Frauen den Toten in seinem Bett zurechtmachten. Schließlich kam der Schreiner Blas mit einem Nussbaumsarg, den er in jahrelanger Arbeit für seine eigene Beerdigung gefertigt hatte.

»Doña Paula«, sagte er mit geröteten Augen, »nehmen Sie ihn, ich werde mir einen neuen machen.«

Im Morgengrauen vernahmen die Trauernden, die Paula Gesellschaft leisteten, das heisere Keuchen von Paco Marugáns Hispano. Der Rechtsanwalt hatte sich in den Wagen gesetzt, kaum dass ihn der Anruf über das im Gasthof neu installierte Telefon erreicht hatte.

»Was willst du tun, Paula?«, fragte er. »Du sagst mir, wie du ihn beerdigen willst, und ich erledige alles für dich.«

»Wir werden ihn hier begraben, Paco. Er soll an dem Ort ruhen, an dem er am glücklichsten gewesen ist.«

Als die Sonne am 7. September 1926 über die Hügel lugte, legten die Menschen, die Ernesto Montemayor geliebt hatten, Trauerflor und schwarze Schleier an und gaben ihm das letzte Geleit zum Friedhof von La Isabela.

Ein steiniger Pfad führte zur ewigen Ruhe. Paula, die neben dem Sarg ging, versuchte, die Würde zu wahren und sich aufrecht zu halten, doch ihre Füße stolperten und wollten sie kaum tragen. Auf ihre Söhne Ernesto und Julián gestützt, war sie in eine Wolke aus Schmerz gehüllt. Amada, die hinter ihr ging, ahnte das Kreuz, das ihre Mutter trug, ihre Reue darüber, ihren Mann nicht begleitet zu haben, und das drückende Schuldgefühl, als er starb, nicht rechtzeitig bei ihm gewesen zu sein.

Amada hätte alles darum gegeben, die Dämonen vertreiben zu können, die ihre Mutter plagten, aber am Friedhof angekommen, konnte sie ihr nur den Arm um die Hüfte legen und an ihrer Schulter weinen.

»Ich glaube, es wäre das Beste, wenn ich die Familie mit zurück nach Madrid nehme«, sprach der Rechtsanwalt aus, was er dachte.

»Vor Ende der Saison? Und wer soll sich dann um die Gäste kümmern?«, protestierte der Bürgermeister.

Paula, die den Wortwechsel mitbekommen hatte, schaltete sich ein, um der Diskussion ein Ende zu setzen.

»Ich habe nicht vor, von hier wegzugehen, Abel.«

Sie putzte sich die Nase, unterdrückte ihr Schluchzen und richtete sich auf.

»La Isabela wird der Kurort werden, von dem Ernesto immer geträumt hat«, sagte sie entschlossen.

Nach der Beerdigung zeigte die Witwe eine Stärke, die alle erstaunte. Paula stellte sich den Herausforderungen, die sie erwarteten, und übernahm die Geschäfte. Sie legte die Trauerkleidung an, die die Näherinnen des Dorfs für sie fertigten, und empfing die Kunden in einem Büro, das sie sich im Kurhaus einrichtete, bis sie am 30. September die Saison bis zum nächsten Jahr für beendet erklärte.

Sie bot dem Schicksal die Stirn.

Der Rechtsanwalt und der Verwalter erwiesen sich als verlässliche Berater, aber eine grundsätzliche Entscheidung bezüglich ihrer Finanzen wollte sie erst treffen, wenn die Familie zurück in Madrid wäre. Dort angekommen, traf sich Paula regelmäßig mit den beiden Männern, und schnell wurde ihr klar, dass sie sich nicht mehr den gleichen Lebensstil leisten konnten wie noch zu Lebzeiten des Familienvaters. Es war ein harter, trauriger Winter.

»Bist du sicher, dass du das Kurbad halten willst?«, fragte Paco Marugán. »Als Anwalt ist es meine Pflicht, dir zu sagen, dass es mit so viel Personal ein äußerst schwieriges Geschäft ist.«

»Lass mich ihm nicht untreu werden«, bat ihn Paula jedes Mal, wenn das Gespräch diese Richtung nahm. »Er war dein Freund, und du weißt genau, was er wollte.«

»Dann musst du die Kosten reduzieren, Paula, eine andere Möglichkeit gibt es nicht. Wir sollten den Restaurationsbetrieb im Gasthof und die Beförderung der Gäste an Fremdunternehmen vergeben. Außerdem kannst du es dir wohl nicht mehr leisten, zwei Wohnsitze zu unterhalten.«

»Ja, das klingt mir sehr vernünftig. Kümmerst du dich darum? Was den Wohnsitz betrifft ... Lass mich darüber nachdenken, das kann ich nicht auf die Schnelle entscheiden.«

Schweren Herzens versammelte Paula am darauffolgenden Sonntagmorgen alle Kinder um den Esszimmertisch. Draußen ließ sich schon der Frühling erahnen, doch im Wohnzimmer war davon nichts zu spüren.

»Kinder: Was würdet ihr davon halten, wenn wir von nun an das ganze Jahr über in La Isabela lebten?«, begann sie ohne Umschweife.

»Und was wird aus meiner Ausbildung?«, rief Ernesto, dem nur noch ein Jahr bis zum Abschluss seines Jurastudiums fehlte.

»Du könntest bei Großmutter wohnen und zweimal im Monat zu Besuch kommen. Kinder, es ist unmöglich, beide Wohnungen zu halten, dazu sind die Dienstboten und die Unterhaltskosten zu teuer, deshalb denke ich, es wäre vernünftig, diese Wohnung hier zu vermieten und nach La Isabela zu ziehen, denn dort befindet sich schließlich unsere Einnahmequelle.«

Amada schwieg. Ihr anderer großer Bruder Julián hatte vor einiger Zeit die Schule abgeschlossen und sich immer berufen gefühlt, im Kurbetrieb zu arbeiten. Ihm kam der Vorschlag natürlich entgegen, aber sie hatte eine Stelle als Lehrerin an einer anerkannten Schule in Aussicht.

»Amada, du könntest dich um die Kleinen kümmern, schließlich bist du ja Lehrerin. Was hältst du davon, Kind?«

Amada hatte das Gefühl, dass Paulas Entschluss schon

gefasst war und ihr keine Wahl blieb, also sagte sie: »Großartig, Mutter«, obwohl ihr der Gedanke nicht behagte.

Sie verkroch sich für den Rest des Tages in ihrem Zimmer und dachte darüber nach, wie schnell sich Pläne in Nichts auflösen können; vor allem aber wurde ihr bewusst, wie eng ihr Schicksal mit dem ihrer Familie verknüpft war und dass die Liebe, die sie für sie empfand, unvereinbar war mit ihrem Wunsch nach Freiheit und Unabhängigkeit.

Auch wenn sie nach wie vor an La Isabela hing und immer wieder gern dorthin zurückkehrte, hatte Madrid für ein achtzehnjähriges Mädchen unvergleichlich viel mehr zu bieten. Während einige ihrer Freundinnen schon Hochzeitspläne schmiedeten, fühlte sie sich zu einem Leben in einem abgeschiedenen Dorf verdammt.

So lag sie grübelnd auf dem Bett, als ihr großer Bruder an die Tür klopfte.

»Du willst hier nicht weg, stimmt's?«, fragte Ernesto und setzte sich neben sie aufs Bett. »Warum sagst du es ihr nicht?«

»Spinnst du?«, rief Amada und richtete sich auf. »Wie könnte ich Mama jemals im Stich lassen? Ach, wäre ich doch nur ein Mann, Ernesto! Dann bräuchten wir dieses Gespräch gar nicht zu führen.«

»Du könntest die Dorfkinder unterrichten.«

»Es gibt dort schon eine Lehrerin. Außerdem weißt du ganz genau, dass es nicht das ist, was ich will.«

Ernesto hatte an der Universität sein Interesse an der Politik entdeckt und sich einer Gruppe von Studenten angeschlossen, die sich für ein Ende der Diktatur einsetzten. Seine kleine Schwester hatte sich von seinen Ideen anstecken lassen und hegte wie er große Pläne für die Zukunft. Als sie nun an Ernestos Freunde dachte, die auch die ihren waren, war es mit ihrer Beherrschung vorbei. Trost suchend lehnte sie sich an ihren großen Bruder.

Wie in den Jahren zuvor reiste die Familie auch 1927 zu Beginn der Saison nach La Isabela, doch dieses Mal nicht nur für drei Monate, sondern für immer.

Das ganze Ausmaß der Veränderung wurde ihnen allerdings erst nach Ende der – übrigens außergewöhnlich erfolgreichen – Saison bewusst.

Mit den letzten Kurgästen, die sie am 30. September verabschiedeten, verschwand auch die Fröhlichkeit aus La Isabela. Der Winter wurde ungewöhnlich hart, und der Ort versank in Düsternis.

Die Familie verbrachte die Wintermonate zurückgezogen in der Wohnung, unterhalten nur durch Balbinas Geschwätz und die Streiche der Kinder, die immer mehr verwilderten. Doch trotz gelegentlicher Reibereien hielt die Familie fest zusammen, vereint durch das Gedenken an den Vater, der ihnen nun näher zu sein schien als zeit seines Lebens.

So vergingen die Monate, und der gleichförmige Alltag machte ihren Kummer nach und nach erträglicher, bis 1928 der Frühling anbrach und die Vorbereitungen auf die Saison keine Zeit mehr für Trauer ließen.

Paulas Bemühungen um gute Werbung für den Kurort trugen ebenso Früchte wie ihre guten Beziehungen zu Gästen und Lieferanten und die vom Kurarzt eingeführten neuen Techniken, und so war das Bad die ganze Saison über vollständig ausgebucht. Selbst die Dorfbewohner, die normalerweise keine Zimmer vermieteten, taten es nun, weil sie gepfefferte Preise dafür verlangen konnten.

»Ich muss gestehen, Paula, dass sich meine Befürchtungen nicht bestätigt haben: Der Kurbetrieb floriert mehr denn je«, gestand ihr der Rechtsanwalt eines Nachmittags, als sie im Hof des Palasts spazieren gingen. »Gut, dass du in diesem Fall nicht auf mich gehört hast.«

»Wenn die Geschäfte so weitergehen«, sagte sie und

hängte sich bei ihm ein, »sollten wir überlegen, den Palast zu renovieren und ein Hotel daraus zu machen, wie Ernesto es sich immer erträumt hat.«

»Na, du hast aber Mut!«

Nach dem Ende der Kursaison ging Paula daran, ihre Pläne zu verwirklichen. Doch dann brach das Schicksal über sie herein wie drei Jahre zuvor das Hochwasser.

38

Am 19. November 1928 bat Héctor, der jüngste Sohn der Familie, der nun zwölf Jahre alt war, seine Mutter, die Brüder zur Kirchweih im nahen Pareja begleiten zu dürfen. Paula sträubte sich gegen den Wunsch ihres Sohnes, denn er hatte sich noch nicht ganz von einem hartnäckigen Katarrh erholt, und die Sonne wärmte um diese Jahreszeit zwar tagsüber noch, aber wenn sie untergegangen war, legte sich ein Mantel aus Feuchtigkeit über die Gegend und setzte sich in den Lungen fest.

Der Junge bat und bettelte, während sie vor ihrem Toilettentisch saß und sich das Haar zu einem Knoten zusammensteckte. Sie war hager geworden und gab sich keinerlei Mühe, ihre Falten oder die Spuren ihres Alters zu verdecken.

»Ich gehe mit den anderen«, sagte Héctor. »Was kann da schon passieren?«

So entschlossen Paula sich bei ihren Geschäften zeigte, so nachgiebig war sie ihrem jüngsten Sohn gegenüber, den sie abgöttisch liebte. Also drehte sie sich resigniert zu ihm um, gab ihm einen Kuss und sagte nur: »Zieh dich warm an, mein Junge, der Tag ist trügerisch.«

Nach dem Mittagessen brachen sie auf. Auf Bitten seiner Mutter fuhr Héctor auf einem Karren mit und hüllte sich in eine Decke, aber auf halbem Weg legte er sie beiseite und stieg vom Karren, um mit den anderen Kindern herumzutollen. Dabei merkte er nicht, wie ihm die Kälte unbarmherzig in die Knochen drang, und als sie im Dorf ankamen, waren seine Glieder steif, und er hatte so hohes Fieber, dass sie ihn direkt zum Arzt in Pareja brachten.

Dieser benachrichtigte, voller Sorge über den Zustand des Jungen, die Mutter und beschloss, ihn zur Beobachtung dazubehalten und erst am nächsten Tag nach Hause holen zu lassen. Das übernahm Mateo, der Fahrer, der Héctor auf dem Rücksitz seines Fords in Decken wickelte. Doch trotz aller Vorsichtsmaßnahmen war der Junge bei seiner Ankunft bewusstlos.

Nach einem schrecklichen Tag, an dem weder Medikamente noch kalte Bäder und das Einreiben mit Rosmarinalkohol das Fieber hatten senken können, begann Héctor gegen elf Uhr abends immer mühsamer zu atmen.

Paula saß an seinem Bett, und ihr schien, als blicke sie in einen Abgrund. Immer wieder rief sie seinen Namen, doch er sank tiefer und tiefer, fiel unaufhaltsam.

Das Zimmer war vom süßlichen Geruch nach Medizin und dem Gestank des Todes erfüllt. Die Geschwister, der Arzt von La Isabela und Balbina standen um das Bett herum und sprachen nur im Flüsterton miteinander, bis Paula plötzlich alle hinausschickte: »Lasst mich allein!«

»Paula, Sie müssen ausruhen. Sie können so nicht weitermachen«, warnte der Arzt.

»Ich sagte: raus!«, schrie Paula weinend.

Amada verließ den Raum als Letzte. Durch die geschlossene Tür hörte sie noch einen rauen Schrei, dann das verzweifelte Wimmern ihrer Mutter: »Du nicht, mein Sohn, du nicht! Lass mich stattdessen gehen. Héctor, mein Liebling, lass mich zu deinem Vater gehen, nimm meinen Atem, ich will ihn nicht mehr, und bleib hier. Ich bin des Lebens so müde, mein Sohn. Und wenn du gehst, lass mich nicht hier, nimm mich mit. Nimm deine Mutter mit, mein Liebling!«

Im Zimmer hielt Paula, vom Schmerz überwältigt, ihren jüngsten Sohn in den Armen, wiegte ihn, küsste ihm den Schweiß von der Stirn, streichelte sein feuchtes Haar und schüttelte den zarten Körper in der Hoffnung auf eine Antwort, ohne zu merken, dass er seit einigen Minuten bereits tot war. Erst als sie einen Augenblick lang innehielt, spürte sie, dass sein Herz nicht mehr schlug. Da heulte sie auf wie eine Wölfin, der ihr Junges entrissen wird.

Als Paula das Zimmer verließ, war sie eine alte Frau. Mit fünfundvierzig Jahren war für sie das Leben vorbei.

Auf Geheiß seiner Mutter wurde Héctor Montemayor neben seinem Vater begraben, eine der wenigen Entscheidungen, die Paula, die wie ein Schatten umherwandelte und nicht mehr ansprechbar war, noch traf.

Der furchtbare Schmerz der Mutter drang in die Wände des Hauses, setzte sich dort für alle Zeiten fest und erfüllte jeden Winkel, so sehr Balbina auch lüftete, um die Traurigkeit zu vertreiben.

Da Ernesto in Madrid lebte und als junger Anwalt bei Paco Marugán arbeitete, musste Amada die Verantwortung für die Familie und die Geschäfte übernehmen, denn ihre Mutter war dazu nicht mehr in der Lage, und die nächste Saison rückte unaufhaltsam näher.

In den Wintermonaten durfte sie noch weinen, aber als der Sommer kam, musste sie den Kurbetrieb leiten, und die Gäste wollten von Trauer und Tränen nichts wissen.

Paula fand eine Möglichkeit, ihrem Schmerz Ausdruck zu verleihen, der Amada zur Verzweiflung trieb, weil sie tatenlos zusehen musste, wie ihre Mutter den Verstand verlor. Immer wieder stahl sich Paula aus dem Haus und in den ersten Stock des Palasts hinauf, wo sie bei Kerzenschein wie ein Geist umherirrte und ihren Schmerz hinausschrie, bis Amada kam und sie in ein von Balbina gestricktes Tuch hüllte. Dann ließ sich Paula widerstandslos nach Hause führen.

So wurde Amada mit zwanzig Jahren in der Kursaison von 1929 zur Herrin von La Isabela. Don Abel, der Verwalter, stand ihr zur Seite, um ihr zu helfen.

Mit all ihrer Kraft widmete sie sich den Aufgaben innerhalb und außerhalb der Familie, um bloß nicht nachdenken zu müssen, denn jeder Gedanke, den sie fassen konnte, galt nur einer möglichen Flucht aus dem verlorenen Paradies.

Im August kam ihr Bruder Ernesto nach La Isabela, und er brachte Javier mit, einen Freund aus Studientagen, den Amada sehr mochte. Javier erwies sich als heilsam für die Stimmung im Haus, denn er ließ vom ersten Augenblick an keinen Zweifel daran, dass er kein Freund von Kummer und Tränen war, und es gelang ihm sogar, Paula ab und zu ein Lächeln zu entlocken.

Die jungen Leute machten sich mit Begeisterung daran, Sportveranstaltungen für die Kurgäste zu organisieren, und dabei vergaßen die Geschwister zeitweise ihr Leid um diejenigen, die nicht mehr unter ihnen weilten.

Eines Abends, als Amada und Ernesto bei einem Glas Brandy auf der Veranda saßen, wie es auch ihr Vater immer gern getan hatte, gesellte sich Javier zu ihnen. Nach einer Weile sprach Ernesto schließlich aus, was Amada all die Zeit über verdrängt hatte.

»Ist dir eigentlich klar, Amada, dass es so nicht weitergehen kann?«

Amada schien das Thema zu privat, um es vor jemandem zu erörtern, der nicht zur Familie gehörte, aber Ernesto beruhigte sie: »Ich habe schon oft mit Javier darüber gesprochen, nicht wahr?« Sein Freund nickte. »Er ist mein bester Freund, Amada, vor ihm habe ich keine Geheimnisse. Wir müssen bald eine Lösung finden, denn … es gibt da etwas, was du nicht weißt.«

Amada runzelte die Stirn und sah ihren Bruder fragend an.

»Erinnerst du dich, dass Vater sich damals, als die Weinstöcke nach dem Hochwasser verfault waren, Geld geliehen hat?«, fragte er. »Nun ist der Gläubiger bei uns im Büro aufgetaucht; er will nicht länger auf das Geld warten. Ich habe mit Paco Marugán darüber gesprochen, und der meint auch, dass es das Beste sei, La Isabela zu verkaufen.«

»Glaubst du nicht, dass es Mutter bald wieder besser gehen wird und sie die Geschäfte wieder übernehmen kann?«

»Selbst wenn es so wäre: Kannst du mir mal verraten, was hier aus euch werden soll? Im Winter ist das hier eine Einöde, es gibt nichts. Was ist mit deiner Zukunft?«

»Du weißt sehr wohl, wie gern ich nach Madrid zurückkehren und dort unterrichten würde. Aber willst du wirklich den Traum unseres Vaters aufgeben?«

»Wir haben das Recht, unser Leben zu leben«, sagte Ernesto und schenkte sich nach.

»Ich will mich ja nicht einmischen«, warf Javier ein, »aber ich stimme deinem Bruder zu. La Isabela war der Traum eures Vaters – aber wovon träumt ihr?«

Amada fand keine Antwort, ihre Gedanken überschlugen sich.

»Und wenn wir verkaufen wollen, wird es höchste Zeit«, fügte Ernesto hinzu. »Die Lage ist alles andere als ruhig.«

»Du machst mir Angst«, sagte Amada.

»An der Universität ist der Teufel los, das Militär ist nervös, und der nächste Generalstreik braut sich zusammen. Es wird nicht leicht sein, einen Käufer zu finden.«

»Und was soll ich deiner Meinung nach tun?«

Amada beschloss, das Haus im Oktober zu schließen und nach Madrid zurückzukehren, wogegen Paula sich aufs Heftigste widersetzte. Sie schwor, das Haus nur in einem Nussbaumsarg zu verlassen wie ihr Mann.

»Mach dir keine Sorgen«, tröstete Ernesto seine Schwester, »das Wichtigste ist, dass wir uns entschieden haben. Wir suchen in der Kanzlei nach einem geeigneten Käufer, einverstanden?«

Selten war Amada der Abschied von ihrem Bruder so schwergefallen wie dieses Mal. Außerdem hatte sie die Gesellschaft von Javier sehr genossen und sah ihn nur ungern scheiden.

Die Montemayors verbrachten einen weiteren Winter in La Isabela. Obwohl es schneite wie selten zuvor, ging es Paula von Woche zu Woche besser. Immer seltener zog es sie zum Palast hinüber; stattdessen nahm sie wieder am alltäglichen Leben teil, was bewies, dass sie nach und nach ihr seelisches Gleichgewicht wiederfand. Vielleicht würde sie sich doch noch von einer Rückkehr nach Madrid überzeugen lassen.

Eines Nachmittags im Frühjahr 1930 war Paula plötzlich verschwunden. Amada war in großer Sorge, weil sie ihre Mutter nicht finden konnte.

»Hast du sie irgendwo gesehen?«, fragte sie Balbina. »Ich habe dir doch gesagt, du sollst auf sie aufpassen, wenn ich nicht da bin.«

Sie suchte im Garten, rund um den Platz, auf der Promenade und lief schließlich zum Palast hinüber. Doch auf dem Weg vernahm sie plötzlich Geräusche, die sie allzu lange nicht mehr gehört hatte. Leise schlich sie zur Tür des

Tanzsaals, denn darin saß ihre Mutter am Klavier, spielte und sang.

Lautlos zog sich Amada zurück. Am Haupttor des Palasts sank sie zu Boden und brach in Tränen aus.

In den folgenden Monaten hoffte sie auf einen Käufer, doch ihre Hoffnungen drohten sich zu zerschlagen, denn der Börsenkrach von 1929 und das Ende der Diktatur in Spanien schreckten mögliche Investoren ab. In diesen wirtschaftlich und politisch unruhigen Zeiten wollte sich niemand an neue Geschäfte wagen. Doch dann begegneten die Montemayors einem Mann, der ihr Leben verändern sollte: dem Marqués de la Vega-Inclán.

39

Oktober 1930 – November 1937

An einem trüben Tag Anfang Oktober hielt ein Wagen am Haupteingang des Kurhauses, dessen Pforten offen standen, obwohl die Saison längst zu Ende war.

Ein schneidender Wind rüttelte an den Baumkronen, und der dunkle Himmel verhieß Regen, als ein gutmütig aussehender, pausbäckiger Mann der Limousine entstieg und den beiden Damen des Hauses, die ihn schon erwarteten, die Hand küsste.

Als Amada bewundernd den Wagen betrachtete, bemerkte sie auf dem Rücksitz eine Frau mit dunklem Teint, spitzer Nase und im Nacken lose zusammengestecktem Haar, die offenbar nicht aussteigen wollte. Es war die Frau, die der Marqués liebte und mit der er seit vierzig Jahren zusammenlebte, obwohl er sie nie geheiratet hatte, aber das wusste Amada da noch nicht.

Mit dem sorgfältig gescheitelten grauen Haar, dem Kinn- und Backenbart und der aristokratischen Haltung war der Marqués eine stattliche Erscheinung, doch das Gehen fiel ihm schwer, und so stützte er sich auf einen Stock und hatte sich bei seiner Gastgeberin eingehängt, die ihn im ganzen Kurhaus herumführte. Von Zeit zu Zeit blieb er stehen und wischte sich die Brille mit einem Taschentuch sauber.

Amada folgte den beiden in einiger Entfernung, sodass sie sich ein Bild von dem Mann machen konnte: Er schien ihr höflich und freundlich, doch wirkte er auch irgendwie traurig.

»Würde es Ihnen etwas ausmachen, mich hier einen Augenblick allein zu lassen?«, fragte er Paula, als sie im Inhalationssaal angekommen waren.

»Natürlich nicht! Wenn Sie nichts dagegen haben, gehe ich schon mal zurück ins Haus und bereite einen Imbiss vor.«

Die beiden Frauen machten sich eilig auf den Heimweg; Amada voller Hoffnung, vielleicht doch noch einen Käufer für das Kurbad zu finden, obwohl der Gedanke sie auch traurig stimmte.

Als Benigno de la Vega-Inclán allein war, ließ er sich auf einen Schemel sinken und stützte die Ellbogen auf einen der Tische rund um das Inhaliergerät, das ihm ein wenig antiquiert erschien. Gerade hatte man ihn gezwungen, die Leitung der Königlichen Tourismuskommission aufzugeben, dabei stand ihm noch gar nicht der Sinn danach, sich aufs Altenteil zurückzuziehen. Aber fühlte er sich noch kräftig genug und in der Lage, einen solchen Kurbetrieb zu führen? Der Marqués nahm eine der Inhalationsmasken und stülpte sie über. Da fühlte er sich auf einmal von so großem Selbstvertrauen erfüllt, dass er schon nach dem zweiten tiefen Atemzug wieder aufstand. Sein Entschluss war gefasst: Nicht einen, sondern Hunderte solcher Kurbetriebe wollte er führen, ein privates Imperium errichten.

Mit neuem Schwung, der sogar seinen Beinen Kraft verlieh, verließ der Marqués bester Laune das Kurhaus und ging zu seiner Limousine. Der Chauffeur öffnete ihm die Tür, er stieg ein und gab Anweisung, ihn zum Haus der Besitzerin zu fahren.

»Ich werde es tun«, sagte er zu der Frau neben sich, die seine Träume teilte, und kurz darauf teilte er auch Paula seinen Entschluss mit.

»Es ist ein wunderbarer Ort«, sagte er ihr bei einer Tasse heißer Schokolade. »Ich werde das Kurbad zum bedeutendsten Thermalbetrieb des Landes ausbauen.«

»Mir ist, als hörte ich meinen Mann reden«, sagte Paula mit Tränen in den Augen.

»Er muss ein guter Mann gewesen sein, und seine Ideen klingen keineswegs unvernünftig. Und ich kann mir für den Palast nichts Besseres vorstellen, als daraus ein Luxushotel zu machen.«

»Ganz Spanien wird von La Isabela reden!«, rief er den beiden Frauen zu, bevor er nach dem Abschied in seinen Wagen stieg. »Das garantiere ich Ihnen, Paula!«

Ende Oktober 1930 wurde der Verkauf unter Dach und Fach gebracht, und die Montemayors bereiteten ihre Rückkehr nach Madrid vor.

In der Woche vor dem Umzug herrschte im Haus am Mariblanca-Brunnen ein ständiges Kommen und Gehen, denn alle Dorfbewohner wollten sich verabschieden, der Familie alles Gute wünschen und sie mit Geschenken überhäufen, die in dem Wagen, der sie nach Madrid bringen sollte, kaum Platz fanden.

»Amada, ich glaube, wir sollten die Möbel, ein paar von den Bildern und alles, was nicht unbedingt nötig ist, im Palast lagern und später nachsenden lassen«, schlug Paula vor, »wir sollten uns auf das Wichtigste beschränken.«

Amada war unendlich glücklich darüber, dass ihre Mutter nach langer Krankheit wieder so pragmatisch dachte, und so verzichtete sie vorerst gern auf ihre Bücher, die sie schon in eine Kiste gepackt hatte, und einige Erinnerungsstücke, die ihr besonders am Herzen lagen.

»Soll ich den Marqués anrufen und es ihm erklären?«, fragte sie, und ihre Mutter war einverstanden.

Beim endgültigen Abschied fiel es Mutter und Tochter

außerordentlich schwer, die Tür des Hauses hinter sich zu schließen. Denn sie ließen nicht nur ihre Lieben zurück, die sie einige Stunden zuvor zum letzten Mal auf dem Friedhof besucht hatten, sondern auch jede Menge glückliche Erinnerungen. Und als der Wagen anfuhr, schien ihnen La Isabela seltsam schutzlos zurückzubleiben; aber sie sprachen es nicht aus.

40

Anfangs mied die Familie aus Furcht vor Heimweh alle Nachrichten aus dem Kurort. Als die neue Wohnung eingerichtet war, besuchte Paula eine Cousine in Santander, und das Meer spülte die Spuren des Wassers von La Isabela hinweg, wie eine neue Liebe die alte verblassen lässt. Die Familie verwaltete ihre Zeit und ihr Geld maßvoll und klug.

Amada suchte sich eine Stelle als Lehrerin und bildete sich fort, denn das neue, moderne Spanien brauchte begabte, mutige und engagierte Frauen wie sie.

Der herrschenden Mode entsprechend, trug sie ihr Haar, das sie jahrelang hatte wachsen lassen, nun kurz und ließ sich neue Kleider nähen, denn die Hälfte ihrer Garderobe, die ihr zu altmodisch erschien, hatte sie in La Isabela zurückgelassen.

In langen Gesprächen am Kamin schmiedete Amada gemeinsam mit Ernesto und Javier Zukunftspläne.

Zurück in Madrid, hatte Amada versucht, ihre alten Freundschaften wieder aufleben zu lassen, aber die meisten ihrer Freundinnen waren inzwischen verheiratet oder verlobt, und so verbrachte sie ihre Freizeit hauptsächlich mit den beiden Männern. Mit der Zeit kamen sie und Javier einander immer näher, und als sie sich zum ersten Mal küssten, war ihr Bruder der Erste, der es erfuhr.

»Du hast doch hoffentlich nichts dagegen, oder?«, fragte

Amada ihn, ein wenig beschämt, weil sie das Gefühl hatte, ihrem Bruder den besten Freund zu stehlen. Dabei konnte der sich keinen Besseren an der Seite seiner Schwester vorstellen.

Und tatsächlich stand ihre Liebe in keiner Weise zwischen den dreien. Gemeinsam reisten sie im Land umher, um das neue, im Wandel begriffene Spanien kennenzulernen. Ende 1934 heirateten Amada und Javier, und Paula organisierte ein rauschendes Fest, denn schließlich war es seit Langem die erste Hochzeit in der Familie, und das musste ordentlich gefeiert werden.

Javier war ein impulsiver, idealistischer Rechtsanwalt und ein zärtlicher Ehemann und Liebhaber. In der kurzen Zeit, die ihnen miteinander vergönnt war, genoss Amada das Leben in vollen Zügen. Doch schon bald erhoben sich die Feinde der Republik, und der Spanische Bürgerkrieg begann. Javier fiel im Sommer 1936 bei der ersten Offensive in Alcalá de Henares.

Das Chaos, in dem das Land versank, machte es unmöglich, die Toten in Ruhe zu betrauern, denn eine schlechte Nachricht jagte die andere. Und so nahm die Familie in aller Eile Abschied von Javier und kehrte zu dem zurück, was im Krieg zum Alltag wurde.

Verwundert beobachtete Paula, dass Javiers Tod Ernesto härter zu treffen schien als seine Schwester. Tatsächlich bemühte sich Amada verzweifelt, nicht in Teilnahmslosigkeit zu verfallen. Sie widmete sich ganz ihren Schülern, die sie im Geiste des Spanien erziehen wollte, für das ihr Mann gestorben war. Dieser Gedanke und das Vorbild ihrer Mutter, die nach dem Tod ihres Vaters den Kurort geleitet hatte, gaben ihr die Kraft weiterzumachen.

Natürlich weinte sie um Javier, aber sie wollte auch stolz und mutig für seine Ideale kämpfen. Mit der Zeit aber verlor Amada den Glauben an den Sinn eines Konflikts, der den Frauen die Männer raubte, die sie liebten.

Und ihr wurde klar, dass sie mehr den Verlust des Freundes als den des Geliebten betrauerte, denn was sie mit Javier verbunden hatte, war eher Kameradschaft als Leidenschaft gewesen.

Ernesto seinerseits verfiel in tiefe Apathie, schloss sich in seinem Zimmer ein und wollte nichts mehr wissen von den Wechselfällen einer Politik, der er sich immer verpflichtet gefühlt hatte.

Paula verstand, dass man gewisse Formen der Liebe nicht mit Worten beschreiben kann, ohne großen Schaden anzurichten.

Und ohne ihn jemals zu fragen, wusste sie genau, welche Art von Liebe ihr Sohn für ihren Schwiegersohn empfunden hatte.

In der großen Wohnung der Montemayors in der Calle Argüelles wurde der Krieg im Radio verfolgt. Und irgendwann nahm auch Ernesto wieder Anteil am Geschehen. Der Gedanke, es werde nur ein kurzer bewaffneter Konflikt werden, erwies sich als falsch. Im März 1937 griff ein italienisches Bataillon auf Seiten der Franquisten ein, und da wussten sie, dass das Ende noch lange nicht in Sicht war.

»Hier können wir nicht bleiben, Amada«, erklärte Ernesto seiner Schwester kategorisch. »Das ist nicht länger nur ein Bruderkrieg, sondern ein Krieg zwischen zwei Weltanschauungen. Wir müssen fort aus Spanien.«

»Was redest du denn da?«

»Du musst mir helfen, Mutter zu überzeugen. Ich könnte zuerst gehen und alles für eure Ankunft vorbereiten.«

»Aber wohin?«, fragte Amada außer sich.

»Nach Venezuela. Dort werde ich mich an Papas Freunde wenden. Sicherlich werden sie uns helfen.«

Und so bestieg Ernesto im Frühsommer ein Schiff für die Reise über ein Meer, das ruhiger war als das spanische Festland. In Venezuela angekommen, setzte er alle Hebel in Bewegung, um eine gute Arbeit zu finden, und mietete in einem Vorort von Caracas ein Haus, in das die Montemayors noch vor Weihnachten einziehen sollten.

In Madrid befreite sich die Familie unterdessen von den Fesseln, die sie an ein im Wahnsinn versinkendes Land ketteten. Die Wohnung würden sie einer Schwester Paulas überlassen und nach Südamerika nur ein paar der Möbel mitnehmen, die sie seinerzeit in La Isabela zurückgelassen hatten.

Seit nunmehr sieben Jahren war Amada nicht mehr in dem Kurort gewesen, und einige der Angelegenheiten, die sie im Oktober 1930 nicht geregelt hatten, wie die Bestellung von Feldern, die ihnen gehörten, waren noch immer offen. So wie man es nach dem Tod eines Menschen eine Zeit lang nicht wagt, dessen Zimmer zu betreten, so war es der Familie Montemayor mit La Isabela ergangen.

Im November 1937 wollte Amada für lange Zeit von den Toten in La Isabela Abschied nehmen.

Aber die folgenden fünf Tage würden ihr Leben verändern.

41

3. November 1937. Landstraße von Sacedón nach La Isabela

Der Wagen stoppte jäh. Amada hatte die letzten Meter im Schritttempo zurückgelegt, die Hände um das Lenkrad gekrampft, die Füße eiskalt, bis sie hinter dem letzten schneebedeckten Hügel beschloss, anzuhalten und auszusteigen.

Ein plötzlicher Schauer rüttelte ihre Erinnerungen wach, und sie ging ein paar Schritte, um das vertraute, wie eingefroren wirkende Bild am Horizont besser bewundern zu können. Weiß, rot, grün. Vor dem Kurort erstreckte sich der Garten, der sich offenbar dieses Jahr nicht recht entschließen konnte, sich dem Winter zu beugen: Einige Bäume trugen noch braune und gelbe Blätter, andere waren schon ganz kahl. Sie sah nach rechts, wo vom Fluss eine Wolke aufstieg, die das Kurhaus verschlang. Das erinnerte sie an ihren ersten Besuch, bei dem ihr Vater ihr von ebendieser Stelle aus erklärt hatte, dass der Dampf aus der Thermalquelle an trüben Tagen wie diesem das Gebäude einhüllte.

Alles schien unverändert und doch ganz anders. Sie spürte, wie ihr die Kehle eng wurde, und in ihr erwachte Zorn auf sich selbst, weil sie, die ihren Ehemann begraben und ihre Familie in schlimmen Zeiten unterstützt hatte, ohne die Beherrschung zu verlieren, nun von der Begegnung mit ihrer Vergangenheit überwältigt wurde. Sie dachte an ihre Lieben und sah nach links hinüber, zur Krone der alten Pinie und dem Türmchen, das den Eingang zum Friedhof zierte. Dort ruhten sie.

»Bist du sicher, dass du nicht mitkommen willst?«, hatte sie ihre Mutter am Tag zuvor gefragt, weil sie sich dachte, dass Paula vielleicht ein letztes Mal Abschied von Mann und Sohn nehmen wolle.

»Das, was dort liegt, sind nicht sie«, hatte ihre Mutter entgegnet, die mit den Jahren ihren Pragmatismus zurückgewonnen hatte. »Dort liegen bloß Knochen.«

»So kann man das natürlich auch sehen, aber ich glaube, manche Dinge sollte man zu einem guten Abschluss bringen, Mutter.«

Ihre Mutter antwortete nicht, sondern spielte stattdessen weiter mit ihrem ersten Enkel. Amadas Bruder Julián hatte die Tochter entfernter Verwandter geheiratet, und die beiden hatten Paula dieses Glück beschert; nun erwartete ihre Schwiegertochter das zweite Kind, und das Paar hatte beschlossen, Spanien ebenfalls den Rücken zu kehren. Anfangs war Paula der Gedanke an die Reise unangenehm gewesen, aber jetzt freute sie sich darauf, weil sie eine Wiederbegegnung mit der Erinnerung an ihren Mann bedeutete, mit dem sie in jungen Jahren einige Zeit in Südamerika gelebt hatte.

»Vielleicht solltest du besser auch nicht nach La Isabela zurückkehren«, sagte sie plötzlich. »Wir könnten uns die Möbel nachschicken lassen, ohne dass du hinfahren musst. Immerhin herrscht Krieg, und ich habe wirklich Angst um dich.«

»Angst bringt einen nicht weiter, Mutter. Außerdem hat sich die Front längst verlagert. Es ist nicht gefährlicher als hier, glaub mir.« Amada küsste ihre Mutter auf die Stirn. Irgendwie hatte sie das Gefühl, sie müsse sich von ihr für länger verabschieden, dabei wollte sie ja nur einige Tage fort sein.

Eine Windbö fegte über die Kümmel- und Thymiansträucher hinweg. Amada schloss die Augen und ließ sich vom Wind wiegen wie damals beim Tanz im Ballsaal. Bei aller Wehmut fühlte sie, dass dies kein trauriges Wiedersehen werden würde: La Isabela würde ihr guttun, dessen war sie sich nun sicher.

Entschlossen stieg sie wieder in das Auto ihres verstorbenen Gatten und fuhr ins Dorf hinunter.

Vor Balbinas Haus hielt sie an. Die alte Frau schrubbte gerade ihre Haustür. Seit Amada ihren Besuch angekündigt hatte, war sie damit beschäftigt, alles blitzblank zu putzen.

Amada steckte den Kopf aus dem Wagenfenster und rief: »Wenn du so weitermachst, wird sie irgendwann tatsächlich glänzen!«

»Ich werd verrückt – was hast du denn am Steuer eines Wagens verloren?«

»Die Welt verändert sich«, erwiderte Amada, glücklich über das Wiedersehen.

»Leider. Komm her, lass dich einmal ansehen. Teufel auch, bist du hübsch geworden!« Sie wartete, bis Amada geparkt hatte, dann schloss sie sie in die Arme, wie sie es zu Amadas Kinderzeiten getan hatte, und als ihr beim Anblick ihrer Trauerkleidung einfiel, dass sie eine junge Witwe vor sich hatte, drückte sie sie noch fester an sich. »Ach, Kind, am Ende jedes Tunnels wird es wieder hell. Also halt durch, Gott wird dir auch wieder bessere Zeiten schicken.«

»Dein Gott hat mir zu viel genommen, deshalb sollten wir ihn lieber vergessen. Alt bist du geworden!« Zärtlich zerzauste sie Balbina die Frisur.

»Du freches Ding! Komm rein, solange die Leute uns noch in Ruhe lassen.«

Sie gingen ins Haus, und Balbina zeigte ihrem Gast das

Zimmer, das sie für sie hergerichtet hatte. Gemeinsam packten sie das Gepäck aus. Amada bemerkte, dass auf dem Nachttisch frische Blumen standen und eine dicke selbst gehäkelte Decke auf dem Bett lag, unter der zwei Wärmpfannen für Behaglichkeit sorgten.

Während Amada ihre schwarzen Kleider in den Schrank hängte, erzählte sie Balbina, dass sie gekommen war, um ihre Ländereien zu verkaufen – ein schwieriges Unterfangen – und ein paar kleinere Möbel mitzunehmen, vor allem aber, um noch ein letztes Mal das Wasser von La Isabela zu genießen.

»Mach dir keine falschen Hoffnungen. Das Kurhaus ist geschlossen«, erklärte ihr Balbina.

»Das ist es immer um diese Zeit. Wer kümmert sich denn jetzt darum?«

»Wach auf, Kind! Hier war den ganzen Sommer über niemand, und der Marqués ist verschwunden. Nach dem schrecklichen Unfall dieser armen Frau war er nicht mehr derselbe.« Balbina bekreuzigte sich.

»Was für eine arme Frau?«

»Na, die, die gestorben ist.«

»Wer ist gestorben, Balbina?«

Balbina war sichtlich unbehaglich zumute. Sie brach das Gespräch ab und führte Amada im Haus herum, um ihr zu zeigen, was sie alles neu hatte machen lassen; die Zeit bis zum Mittagessen vertrieben sie sich damit, Neuigkeiten über ihre Lieben auszutauschen. Zum Essen gab es einen Schmorbraten, der köstlich schmeckte.

»Du bist und bleibst die beste Köchin der Welt«, erklärte Amada.

»Bis es irgendwann mal gar nichts mehr zu essen gibt! Hier leiden viele Menschen Hunger.«

Amada schwieg, sie fühlte, wie der Schatten des Krieges sich über sie legte, auch wenn sie noch nicht über ihn gesprochen hatten, und fürchtete, er könnte unversehens durch die Türritze kriechen und sie beide traurig stimmen. Doch sosehr sie sich auch bemühte, die Augen vor der Wirklichkeit zu verschließen, konnte sie doch nicht leugnen, dass sich La Isabela in den letzten sieben Jahren grundlegend verändert hatte.

Sie hörte Balbina mit Töpfen klappern, und kurz darauf kam die alte Frau mit einer Kanne duftenden Kaffees herein, den Amada genussvoll trank. Dann stand sie entschlossen auf und griff nach ihrem Mantel.

»Wo willst du denn jetzt noch hin?«, fragte Balbina. »Draußen ist es jetzt eiskalt.«

»Meine Familie besuchen«, entgegnete Amada knapp.

Der einsame Spaziergang zum Friedhof tat ihr gut; sie hüllte sich gegen den Wind warm ein und schritt rasch aus.

Erst als sie am Friedhofstor angekommen war, bemerkte sie, dass das verwilderte Gelände neben dem Gottesacker mit namenlosen Kreuzen und Steinen übersät war. Dutzende neuer Gräber, viel mehr, als der alte Friedhof zu fassen vermocht hätte.

Amada streifte ziellos zwischen den Kreuzen umher; Wege gab es nicht, und ihre Füße sanken tief in den weichen Boden ein. Vergeblich hielt sie nach einer Inschrift Ausschau, die Auskunft darüber gegeben hätte, wer hier begraben lag. Es waren wohl Fremde, und sicher hatten sie Unmenschliches ertragen, bevor der Tod sie erlöst hatte.

Sie war so gebannt von ihrer Entdeckung, dass sie sich erst nach einer ganzen Weile wieder darauf besann, weswegen sie gekommen war. Auf dem alten Friedhof kauerte sie sich vor dem Familiengrab nieder und sprach ein paar selbst ersonnene Gebete für ihren Vater und ihren Bruder. Sie berichtete von den Plänen der Familie, als ob sie bei ihr säßen und sie hören könnten. Erst als die Kälte durch ihre Kleidung kroch, stand sie auf und ging.

Wieder bei Balbina, fragte sie sie gleich aus, was es mit den namenlosen Gräbern auf sich hatte.

»Wer sind diese Toten, Balbina?«

»Was hätten wir sonst mit ihnen machen sollen?«, murrte Balbina, die gerade Bohnen für das Abendessen putzte. »Irgendwo muss man sie ja begraben.«

»Hör mal, wenn sie im Kampf gefallen sind, sind es Kriegshelden und sollten als solche zu ihren Familien überführt werden. Wer ist derzeit Bürgermeister im Dorf?«

»Sotero Rojo. Kaum bist du angekommen, willst du alles besser machen. Halt dich da lieber raus. Außerdem sind nur wenige Soldaten darunter, die werden nämlich tatsächlich meist von ihren Angehörigen geholt.«

»Ich verstehe kein Wort, Balbina. Drück dich klarer aus.«

»Die, die da liegen, gehören fast alle zu den anderen, denn die sterben wie die Fliegen. Jeden Tag wird eine neue Leiche da oben angekarrt, und das war's. Und weil kein Pfarrer da ist, gibt's keine Totenmesse.«

Schon seit einiger Zeit beteten die Frauen von La Isabela nicht mehr in der Öffentlichkeit, genauer gesagt, seit dem vierten August 1936, an dem der Dorfpfarrer im Innenhof des Palasts von den Republikanern getötet wurde. Seit diesem Tag mussten die Menschen auf den Trost der Religion verzichten.

Amada erinnerte sich, dass ihnen im Jahr zuvor ein Dorfbewohner nach Madrid geschrieben und von den Ereignissen berichtet hatte. Ihre Mutter hatte daraufhin den Pfarrer in ihre Gebete für die Toten eingeschlossen, aber als kurz darauf Javier fiel, hatte Amada alle anderen Schreckensnachrichten aus ihrem Bewusstsein verbannt, denn sie hatte Grund genug zur Traurigkeit.

In dem Brief hatte gestanden, dass der Dorfpfarrer und sein Neffe, ebenfalls ein Geistlicher, hinterrücks erschossen worden waren. Miguel Suárez Toro, der seit seinem Abschied vom Militärdienst wieder in La Isabela lebte, hatte sich noch schützend vor sie geworfen und war dabei ebenfalls getötet worden.

»Dafür wird der liebe Gott uns strafen«, hatte Balbina noch am selben Nachmittag verkündet, während sie geholfen hatte, die Toten aufzubahren, überzeugt, dass La Isabela von diesem Tag an eine düstere Zukunft bevorstand.

Bis zum Ende des Bürgerkriegs ließ sich im Dorf kein Pfarrer mehr blicken. In der Kapelle des heiligen Antonius wurden keine Messen mehr gelesen, sie wurde nur noch von den frömmsten unter den Frauen besucht, die dort jeden zweiten Tag den Staub vom Altar wischten und dabei den Rosenkranz beteten.

»Aber wer wurde denn nun in all diesen Gräbern bestattet?«, beharrte Amada.

»Na, die Verrückten, Kind! Die Geisteskranken, die aus dem ganzen Land hierherverfrachtet werden und nichts als Unglück nach La Isabela bringen. Um uns zu bestrafen, hat Gott beschlossen, dass alle Verrückten Spaniens an diesen Ort kommen, um hier ihr Leben zu beenden.«

42

Amada sah die alte Hausangestellte verständnislos an; sie begriff nicht, von welchen »Irren« sie sprach.

»Wovon redest du?«

»Ach Kind! Eines Tages kam ein Lastwagen und brachte die ersten von ihnen, und tags darauf kam wieder einer. Dutzende. Sie haben sie abgeladen wie Vieh und mit Stöcken zum Palast getrieben. Hast du denn die Gitter vor den Fenstern noch nicht gesehen?«

Amada schüttelte den Kopf; so genau hatte sie sich noch nicht umgeschaut.

»Sie mussten sie anbringen, weil sie immer wieder weggelaufen sind. Jetzt sind sie eingesperrt wie Hunde im Zwinger, und nur die, die sich gut benehmen, dürfen raus. Aber es ist schrecklich, ihnen zu begegnen!«

»Sprich bitte nicht so über diese armen Menschen!« Der verächtliche Tonfall der Hausangestellten tat Amada weh. »Und was sagt der Marqués zu der ganzen Geschichte?«

»Der ist nur noch ein Schatten seiner selbst, Kind.« Balbina erhob sich, um das Feuer zu schüren.

Nach dem Verkauf des Kurbads war der Kontakt der Montemayors zu Benigno de la Vega-Inclán mit der Zeit eingeschlafen. Aus Höflichkeit hatte er sie mehrmals eingeladen, doch selbst einmal zur Kur zu kommen, aber die Furcht vor der schmerzhaften Erinnerung hatte sie dazu gebracht, das Angebot auszuschlagen. Zuletzt hatten sie, von ein paar Weihnachtsgrüßen abgesehen, nichts mehr aus La Isabela gehört.

Amada und Balbina rückten für ihr langes Gespräch näher an den Kamin.

»Bitte erzähl mir, wie das alles gekommen ist, Balbina.«

Guadalajara
Provinzkrankenhaus, 5. September 1936

An Herrn Sotero Rojo, Bürgermeister von La Isabela

Sehr geehrter Herr Bürgermeister,

mein Name ist Martín Rábago, und ich bin der Leiter des in Ihrem Bezirk neu gegründeten Sanatoriums. Ich schreibe Ihnen heute, um Sie zu informieren, dass die ersten Patienten bereits übermorgen in Ihrem Dorf eintreffen werden, und um Sie zu bitten, dafür Sorge zu tragen, dass die Räumlichkeiten im Palast entsprechend hergerichtet werden. Es genügt, wenn die Zimmer geputzt und von unnützem Gerümpel befreit werden.
Ich weiß, dass es nicht die richtige Zeit ist, Gefälligkeiten zu erbitten, aber vielleicht könnten Sie mir trotzdem freundlicherweise behilflich sein, im Ort ein paar kräftige Männer und Frauen zu finden, die bereit wären, im Sanatorium zu arbeiten.
Wie Sie sich sicher vorstellen können, gibt es viel zu tun, und unsere Mittel sind begrenzt, aber dennoch werden diese Leute natürlich jeden Monat ihren Lohn erhalten. Wir benötigen gutes Pflegepersonal – besondere Kenntnisse sind nicht vonnöten – und Leute für die Wäscherei, zum Putzen, Kochen, zur Instandhaltung der Einrichtung usw. Des Weiteren möchte ich Sie informieren, dass auf Geheiß des Gesundheitsministeriums von nun an

regelmäßig Krankentransporte nach La Isabela stattfinden werden.
Was meine medizinischen Mitarbeiter betrifft, ist ihre Unterkunft bereits gesichert, sodass wir Ihnen nicht zur Last fallen werden. In der Hoffnung darauf, Sie bald persönlich kennenzulernen, verbleibe ich mit freundlichen Grüßen

Doktor Martín Rábago Aldama
Medizinischer Leiter des Sanatoriums von La Isabela

Es war dem Arzt nicht leichtgefallen, diesen Brief zu schreiben, denn der Umzug nach La Isabela bedeutete für ihn, vieles zurückzulassen. Außerdem erwartete ihn dort eine ausgesprochen schwierige Situation, und er würde wahre Wunder vollbringen müssen, um einen Haufen zerlumpter Hungerleider ernähren zu können, deren Zahl mit der Zeit auf zweitausend ansteigen sollte.

»Sie müssen mit Ihren Kranken woanders unterkommen, Doktor, wir brauchen die größtmögliche Anzahl Betten für die Kriegsverletzten. Der Kampf um die Stadt wird grausam, und es ist nicht einzusehen, dass die Geisteskranken hier weiterhin versorgt werden, während unsere Männer an der Front sterben«, hatte die Gesundheitsbehörde ihm im Sommer 36 mitgeteilt, und dem Psychiater war nichts anderes übrig geblieben, als innerhalb kürzester Zeit den Umzug seiner Patienten an einen friedlichen, ruhigen Ort in die Wege zu leiten. Und als solcher war ihm La Isabela beschrieben worden.

Der Marqués war zunächst sprachlos angesichts dieser Aktion, die in seinen Augen einer unrechtmäßigen Enteignung gleichkam und La Isabela zur Hölle machen würde. »Im August 1936 wurde ich durch die Internationale Rote Hilfe von Guadalajara de facto gewaltsam meines Eigentums beraubt«, sollte sich der Marqués de la Vega-Incán Jahre später über das Unrecht beklagen, das ihm im Krieg widerfuhr.

Während des Abtransports der psychisch Kranken aus dem Provinzkrankenhaus von Guadalajara nach La Isabela mussten die Lastwagen, auf denen sie fuhren, immer wieder anhalten, da entlang der Landstraße zahllose Militärposten errichtet waren, an denen die Papiere kontrolliert wurden. Die Kranken beunruhigte das nicht, im Gegenteil, jeder Halt wurde mit Beifall begrüßt.

»Was ist denn in die gefahren, verdammt noch mal?«, fragten die Milizionäre den Fahrer während eines solchen Stopps.

»Sie glauben, sie sind auf einem Ausflug«, erklärte der resigniert. »Heutzutage ist man besser dran, wenn man verrückt ist.«

Ein paar Tage vor den Patienten war in La Isabela mehr medizinisches Gerät eingetroffen, als man hier jemals zu Gesicht bekommen hatte – Betten, Glasvitrinen, Infusionshalter, Zwangsjacken und Medikamente –, und das neu eingestellte Personal hatte alles nach Gutdünken auf die leeren Räume des Palasts verteilt.

Nach ihrer Ankunft strömten die Kranken wie eine stille, kaum merkliche Plage durch das große Tor und nahmen den Palast in Besitz, dessen Träume von Luxus und Pracht damit endgültig ausgeträumt waren. Nichts würde jemals wieder so sein wie früher. Jeder Raum, selbst das königliche Schlafgemach, wurde von den Kranken vereinnahmt.

Zunächst kamen etwa fünfhundert Patienten nach La Isabela, Schizophrene, Oligophrene, Verwirrte, geistig Behinderte und Depressive, kurz gesagt, scheue Wesen mit freundlichem Blick, die von all dem Unbekannten ganz betäubt waren und denen ihre neue Unterkunft eher wie eine große Kirmes erschien als wie ein Hospital.

Doch ihre anfängliche Begeisterung schwand bald.

Im Dorf hingegen hörte man sofort die ersten Klagen darüber, dass der Ort zum Sammelplatz der Irren geworden war. Die Leute fragten sich, wer denn nun noch zur Sommerfrische kommen würde. Sie hatten noch nicht verstanden, dass diese Zeiten für immer vorbei waren.

Amada war bestürzt von diesen Neuigkeiten. Auch wenn ihr Balbina noch so oft versicherte, die Wahrheit erzählt zu haben, musste sie sich erst mit eigenen Augen davon überzeugen, bevor sie all dem Glauben schenken konnte.

»Ich werde ein bisschen spazieren gehen«, sagte sie, schon in der Tür.

»Jetzt? Aber es ist doch schon Nacht, Kind.«

Tatsächlich färbten sich die Hauswände bereits tiefblau, und im Dorf herrschte eine winterlich-trübe Stille, doch Amada ließ sich von ihrem Vorhaben nicht abbringen. Bald war sie am Mariblanca-Brunnen, in dem früher Enten geschwommen waren und an dem Kinder gespielt hatten. Nun lag er verödet, schmutzig und mit bröckelndem Mauerrand da, und der Anblick stimmte sie traurig. Sie hielt die Hand ins Wasser und merkte, dass es eiskalt war.

So stand sie lange, bevor sie es wagte, sich umzudrehen und einen Blick auf ihr altes Elternhaus zu werfen, das so viele Erinnerungen in ihr weckte. Als ihr der Geruch von frisch gebackenem Brot in die Nase stieg und sie Kinderstimmen vernahm, klopfte sie an die Tür.

»Ja bitte?«, fragte eine schlanke, brünette Frau mit braunen Augen, die ihr öffnete. »Kennen wir uns?«

»Ich … Ich habe mal hier gewohnt. Früher … vor langer Zeit …«, stammelte Amada. »Verzeihung, ich heiße

Amada Montemayor. Meine Eltern waren vor einigen Jahren Besitzer des Kurbetriebs und …«

»Oh ja! Wir haben schon von Ihnen gehört. Ich bin die Frau von Doktor Rábago, dem Leiter des Sanatoriums. Aber so kommen Sie doch herein, Sie müssen ja ganz starr sein vor Kälte!«

Während sie der Frau folgte, strich Amada mit den Fingerspitzen zärtlich über die Wände, wo eine Schicht weißer Tünche die Tapeten ersetzt hatte, die ihre Eltern aus Paris mitgebracht hatten. Drinnen erkannte sie einige Möbel wieder, auch wenn diese jetzt an anderen Stellen standen.

»Wir haben die Wände gekalkt. Wegen des Typhus«, erklärte die Frau. »Einige unserer Patienten könnten im Dorf eine wahre Katastrophe auslösen, würden wir nicht die nötigen Vorsichtsmaßnahmen treffen.«

»Ich verstehe«, nickte Amada. »Hören Sie, ich will Sie nicht stören, aber ich bin nach La Isabela gekommen, um einige Familienangelegenheiten zu regeln, und da Ihr Mann jetzt hier die Verantwortung hat, würde ich gern mit ihm reden.«

»Können Sie das nicht mit mir besprechen?«, fragte die Frau kühl.

»Nein, ich glaube nicht, sehen Sie, es ist so, dass …« Die plötzliche Schroffheit der Frau machte Amada nervös.

»Wenn Sie mir jetzt schon verraten könnten, worum es geht …«, unterbrach sie die Frau.

»Ist er jetzt im Sanatorium?«

»Ja, aber ich kann Ihnen nicht versprechen, dass er Sie empfangen kann.« Mit diesen Worten wies die Frau zur Tür. Ihre Augen wirkten plötzlich nicht mehr braun, sondern stahlgrau, und Amada fiel auf, dass ihre Mundwinkel bebten. Diese Reaktion war ihr ganz und gar unbegreiflich.

»Nun, ich werde mein Glück versuchen«, war das Einzige, was sie zum Abschied hervorbrachte.

Bevor sie die Tür hinter ihr schloss, sagte die Frau des Arztes, als fiele ihr plötzlich ein, was sich gehörte: »Wenn Sie mal einen Moment Zeit haben, möchten Sie ja vielleicht in Ihrem alten Haus einen Kaffee trinken. Was meinen Sie?«

»Ja natürlich, sehr freundlich.«

Amada fühlte sich besser, als sie die feuchte Abendluft auf ihrem Gesicht spürte, aber sie wunderte sich immer noch über das Verhalten der Frau, die sich in diesem Ort, wo es so wenig Abwechslung gab, eigentlich über Besuch hätte freuen sollen. Doch als sie den Palast vor sich sah, war das Gespräch vergessen. Das elektrische Licht, das der Marqués noch hatte installieren lassen, drang durch die Ritzen der Fensterläden, dazu das Schreien und Jammern seiner Bewohner, die einzigen Geräusche in der traurigen Abendstille.

Amada sah, dass das große Holztor dasselbe wie früher war, aber während es damals nur selten geschlossen gewesen war, war es nun fest verriegelt. Die alten Türklopfer waren ebenso verschwunden wie die Glocke, und so hieb sie kurzentschlossen mit der Faust dagegen, doch ihre Hoffnung, in das Gebäude hineinzukommen, schwand rasch, als keine Antwort kam.

Sie stand noch eine Zeit lang da, horchte auf ihren eigenen Atem, aber schließlich wurde sie des sinnlosen Wartens müde und beschloss zu gehen.

Als sie einige Schritte gegangen war, überraschte sie das laute Quietschen des Türriegels. Gleichzeitig kreischten die Angeln; sie drehte sich um und sah zwei mit Bündeln beladene Männer raschen Schrittes die Straße hinuntergehen. Noch bevor das Tor wieder zuschlug, kam eine Frau heraus, die Amada sofort erkannte.

»Gloria!«, rief sie. »Erinnerst du dich noch an mich? Ich bin's, Amada. Wie geht es dir?« Sie umarmte die Frau, doch diese erwiderte ihre Umarmung nicht.

»Ich lebe, und das ist dieser Tage schon viel, Señorita«, erwiderte sie, ohne aufzublicken.

»Sei doch nicht so abweisend. Lass dich mal ansehen.«

»Da gibt es nichts zu sehen.«

»Wahre Schönheit vergeht nicht, Gloria. Sag, wie ist es dir ergangen, seit …« Doch bevor sie die Frage ganz gestellt hatte, war Gloria schon davongelaufen. Von ferne rief sie noch: »Es sind verfluchte Zeiten!«

Amada rügte sich selbst für ihren Mangel an Takt, denn natürlich war Gloria beim Gedanken an Miguel mit Bitterkeit erfüllt.

Amada ging weiter, und an der nächsten Kreuzung bemerkte sie etwas, was ihr bisher entgangen war: Statt der hübschen Keramikschildchen mit den Straßennamen waren grobe Metallplatten angebracht. Sie ging näher heran, reckte sich auf die Zehenspitzen und sah, dass die Calle de la Iglesia, die Kirchenstraße, jetzt Calle Pablo Iglesias hieß. Beunruhigt suchte sie das Straßenschild der Calle de la Reina, der Straße der Königin, und stellte fest, dass sie in Calle Manuel Azaña umgetauft worden war.

Sie rannte los, bis sie wieder an der Plaza de Mariblanca war, die offiziell Plaza del Príncipe Alfonso hieß, und stieß auch dort auf ein neues Schild: Plaza de la República.

Als sie die Haustür aufriss, füllte Balbina gerade zwei Suppenteller mit Brühe. Eine Schüssel mit gedämpften Bohnen stand schon auf dem Tisch.

»Das wird dir Kraft geben«, sagte die alte Frau lächelnd. Sie machte keinen Hehl aus ihrer Freude, Amada verwöhnen zu dürfen.

»Sie haben die Straßen umbenannt«, klagte Amada.

»Ach ja, das habe ich dir noch nicht erzählt. Das war im

letzten Jahr. Da haben sie beschlossen, dass es bedeutendere Persönlichkeiten gibt als die Angehörigen des Königshauses.«

Trotz ihrer politischen Überzeugungen verstand Amada nicht, wieso mit allen alten Gewohnheiten gebrochen werden musste, und war empört, als Balbina ihr erzählte, wie am 12. Juli, sechs Tage vor Francos Putsch, der Gemeinderat von Sacedón einstimmig beschlossen hatte, die Straßen von La Isabela umzubenennen.

»Aber wir benutzen hier alle noch die alten Namen.«

Tatsächlich ist die Macht der Gewohnheit ja häufig stärker als jede Anordnung von oben. Und ein wenig getröstet, widmete sich Amada dem Essen.

»Wer aus dem Dorf arbeitet eigentlich im Sanatorium, Balbina?«, fragte sie schließlich, während sie den köstlichen Pudding genoss.

»Diejenigen, die nichts zu brechen und nichts zu beißen haben, denn wer ein Stück Ackerland hat, gibt sich nicht für so etwas her.«

»Ich habe Gloria gesehen.«

»Ach je, die Arme, was soll sie sonst tun, als sich um die zu kümmern, deren Seele zerbrochen ist wie ihre.«

»Die Tochter der Montemayors war da. Hier im Haus.«

»Wer, sagst du?«

»Die Tochter der alten Besitzer, derjenigen, die vor dem Marqués hier waren.«

»Und was zum Teufel will sie hier?«

»Ich weiß es nicht, sie will mit dir reden.« Die Frau drehte sich im Bett um, schlang die Arme um ihren Mann und flüsterte ihm ins Ohr: »Ich habe Angst, Martín, große Angst.«

Der Psychiater schwieg und küsste seine Frau auf die Stirn. Dabei dachte er, dass ihre Haut immer noch so zart und weiß war wie an jenem Nachmittag, als sie sich am Eingang eines Kinos kennengelernt hatten. Sie war mit ein paar Freundinnen unterwegs gewesen und hatte ein Gazekleid getragen, das in der Brise des wunderbaren Frühlingstags geflattert hatte, und ihr Lächeln hatte dem Medizinstudenten sofort das Herz geraubt. Er hatte sich auf der Stelle und so heftig in sie verliebt, dass er nie wieder im Leben eine andere Frau begehrte. Zwei Jahre später hatten sie geheiratet.

Martín Rábago küsste seine Frau noch einmal auf die Stirn, dann schlief er ein.

Draußen vor dem Schlafzimmerfenster hielt die Statue des Mariblanca-Brunnens Wacht, als ahnte sie, dass schlimme Zeiten bevorstanden.

43

Am nächsten Morgen erwachte Amada frisch und erholt und beschloss, gleich ans Werk zu gehen.

Beim Frühstück – es gab in heiße Milch eingewecktes Brot – bat sie Balbina: »Erzähl mir vom Marqués. Ich verstehe nicht, wie er sich bereit erklären konnte …«

»Glaubst du denn, er hätte eine Wahl gehabt, Kind?«

Die Hausangestellte berichtete ihr, dass der Marqués nach dem Abschluss des Kaufvertrags gleich das erste Weihnachtsfest in La Isabela begangen und zur Feier aus Sevilla eine lebensgroße hölzerne Krippe hatte liefern lassen, die im Palasthof aufgebaut wurde. Dann wurden mehrere Feuer entfacht, und die Kinder aus den Nachbardörfern strömten zu Dutzenden herbei und fühlten sich, als wären sie tatsächlich bei der Geburt des Heilands anwesend.

Im Januar hatten dann die Umbauarbeiten begonnen. Zuerst wurde das obere Stockwerk des Kurhauses hergerichtet, um noch mehr Gästezimmer zur Verfügung zu haben, aber immer wieder fehlte es an Material, stürzte eine Mauer ein, oder der Marqués verwarf die zuvor beschlossenen Baupläne, sodass einige Zimmer zu Saisonbeginn noch gar nicht fertig waren.

Außerdem hatte der Marqués während der Bauarbeiten plötzlich entschieden, dass die Bäder im Erdgeschoss Vorrang hätten, und ein Großteil der Arbeiter wurde dorthin abgestellt.

»Wenn man ihm widersprach, wurde er wütend, und so wagten die Arbeiter keine Einwände«, erklärte Balbina.

»Kam er gut mit den Leuten im Dorf zurecht?«

»Er war eher wortkarg, ganz anders als dein Vater. Sie dagegen war eine freundliche, herzensgute Frau. Sie kam aus Sevilla und war sehr hübsch, die Arme. Sie hatte einen großen Anteil daran, dass im ersten Sommer dann doch alles ausgebucht war. Es war ein Riesenerfolg. Die beiden wohnten im Kurhaus und ließen sich nur selten im Gasthof blicken. Hätten sie dort gewohnt, dann wäre das Ganze vielleicht gar nicht passiert.«

»Was denn, Balbina?«

»Der schreckliche Unfall der Geliebten des Marqués, Kind.«

María Belén López-Cepero hatte vierzig Jahre das Leben des Marqués geteilt, ohne dass die beiden ihre Verbindung jemals durch eine Ehe besiegelt hätten. Sie war es auch gewesen, die ihm bei der letzten großen Entscheidung seines Lebens zur Seite gestanden hatte, obwohl sie an jenem Oktobertag 1930 in La Isabela gar nicht aus der Limousine ausgestiegen war. Damals hatte niemand gedacht, dass María Belén hier einmal den Tod finden würde.

Hinterher hieß es, es sei das Herz gewesen, aber alle, die sie im Sommer 1931 gesehen hatten, versicherten, sie sei nie krank gewesen. Sie hatte auf den Bällen im Palast getanzt, lange Nachmittage im Casino und natürlich in den Bädern verbracht und sich stets als die Herrin des Kurbads gegeben.

»Die Arme! Und kein Arzt konnte ihr helfen?«

»Es war viel schlimmer, Amada«, entgegnete Balbina. »Sie starb nicht an einem Herzinfarkt. Sie ist die Treppe hinuntergefallen und lag mit zerschmettertem Schädel im Innenhof des Kurhauses.«

»Wie schrecklich! Wie konnte das passieren?«

»Offenbar ist sie gestolpert oder ausgeglitten, aber niemand weiß etwas Genaues, weil das Ganze ja immer totgeschwiegen wurde. Eine Ironie des Schicksals: Da stürzt jemand ausgerechnet an diesem heilbringenden Ort in den Tod!«

»Das ist furchtbar! Dabei hatten die beiden so große Pläne … Was für eine Katastrophe!«

Balbina stand auf, holte sich ein Tuch und wischte sich die Tränen ab, ohne sich ihrer zu schämen, dann trat sie zu Amada und packte sie bei den Schultern.

»Das ist der Fluch von La Isabela. Du brauchst dir ja bloß deine Familie anzusehen.«

»Red kein dummes Zeug, du warst doch nie abergläubisch.«

»Jetzt bin ich es.«

Es schmerzte Amada zu hören, dass das Unglück den Marqués ausgerechnet an diesem Ort ereilt hatte, in den er so große Hoffnungen gesetzt hatte. Sie vermutete, dass das mit ein Grund war, warum der Kontakt zu ihrer Familie abgebrochen war, und sie schämte sich ein wenig, nichts davon gewusst zu haben.

Um ihre Verwirrung und Trauer zu verscheuchen, besann sie sich auf das, wozu sie hergekommen war, und so machte sie sich auf zum Palast, um dort erneut ihr Glück zu versuchen. Diesmal stand das Tor offen.

»Könnte ich mit dem Direktor sprechen?«, bat sie einen Angestellten. »Sagen Sie ihm, Amada Montemayor sei da.«

Während sie wartete, sah sie sich im Hof um, in dem um diese Uhrzeit reges Treiben herrschte. Einige der Anwesenden, so schloss sie, mussten wohl Patienten sein, denn sie waren ärmlich gekleidet und nach Männern und Frauen getrennt. Zwischen ihnen liefen junge Männer in weißen Kitteln umher, zogen hier und da einen Verirrten aus der Menge oder traten ein paar Schritte beiseite, um eine Zigarette zu rauchen. Einige Frauen trugen Eimer und Schüsseln.

Neben den Patienten, die sich frei bewegen durften, sah sie auch welche, die, nur mit einer schmutzigen Unterhose bekleidet oder ganz nackt, in einer Schlange hintereinanderstanden, scharf bewacht von ihren Aufsehern. Sie vermutete, dass es sich dabei um die Patienten aus der geschlossenen Abteilung handelte, und ihr fiel auf, dass es ihnen nichts auszumachen schien, dass eine fremde Frau sie in ihrer demütigenden, erzwungenen Blöße ansah.

»Sie warten darauf, dass ihre Genitalien desinfiziert werden, um Schlimmeres zu verhindern.« Die Stimme des jungen Mannes mit Pomade im Haar und einem strichdünnen Schnurrbart, der plötzlich neben ihr stand und ihr die Hand hinstreckte, riss sie aus ihren Gedanken. »Ich habe gesehen, dass Sie sie betrachtet haben«, fügte er entschuldigend hinzu. »Ich bin Alberto Bañuls, der Verwalter des Sanatoriums. Vielleicht kann ich Ihnen weiterhelfen, der Doktor ist mit einem Patienten beschäftigt, der einen Anfall erlitten hat.«

»Nun ja … vermutlich schon. Könnten wir uns irgendwo unterhalten, wo es wärmer ist, bitte?« Plötzlich fühlte Amada sich unwohl und fror.

Mit einer herrisch anmutenden Geste wies der Verwalter auf die Treppe, aber kaum waren sie zwei, drei Stufen hinaufgegangen, warfen sich ein paar Patienten, die auf der Treppe gesessen hatten, vor ihre Füße. Sie waren in Decken gehüllt, in denen Amada die alten Stofftücher wiedererkannte, mit denen Paula die Möbel abgedeckt hatte.

»Weg! Weg mit euch, sage ich!« Bañuls schlug mit einem Stock, den er bei sich trug, auf sie ein. »Benehmt euch, oder ich rufe Cayo.«

»Hören Sie auf damit! Ist es denn wirklich nötig, sie derart zu züchtigen?«

»Das sind Verrückte, mit denen kann man nicht vernünftig reden.«

Sie betraten das Gebäude, und Amada hob den Kopf, um ein Gemälde zu betrachten, das sie schon in ihrer Kindheit fasziniert hatte und das inmitten dieser schäbigen Umgebung stoisch ausharrte. Da sah sie, dass ein hagerer junger Mann, fast noch ein Jugendlicher, mit auf den Rücken gefesselten Händen gemächlich eine Ecke der Leinwand ableckte. Er hatte die Augen geschlossen und schien das, was er tat, zu genießen, als lutschte er ein Bonbon.

»Er hält sich für einen Künstler. Die anderen bleiben dem Bild fern, weil ihnen die Kanone darauf Angst macht. Wenn wir ihn losbinden, beschmiert er das Bild mit allem, was er findet. Eines Morgens hatte er Exkremente darauf verteilt, die er zuvor in der Toilette gesammelt hatte.« Offenbar versuchte der Verwalter, sie abzuschrecken. »Jetzt malt er mit der Zunge, sagt er. Und glauben Sie mir, Señorita, er ist nicht der Schlimmste …«

»Ich heiße Amada«, sagte sie und schluckte.

Der Verwalter ging ihr voraus, eine Galerie entlang und dann noch eine, während sie sich bemühte, alle Veränderungen an dem Gebäude zu erfassen, das immer noch einen erhabenen Eindruck machte. Vor dem Zimmer der Königin blieben sie stehen, und der Verwalter öffnete die Tür.

»Gehen wir hier hinein, das ist mein Büro.«

Es fiel Amada nicht leicht, die Schwelle des Raumes zu überqueren, den sie einst unter völlig anderen Umständen betreten hatte, einmal erfüllt von *La Parisinas* ansteckender Lebensfreude, und später, um ihre Mutter dem Wahnsinn zu entreißen. Abgesehen von dem großen Spiegel, waren alle Möbel von damals verschwunden. Leicht verstimmt wandte sich Amada an den Verwalter: »Darf man erfahren, wo die Möbel hingekommen sind?«

»Die aus diesem Zimmer? Wer weiß das schon. Haben Sie eine Ahnung, wie kalt es in diesem alten Kasten ist? Da muss man immer ein Feuer unterhalten.« Der Mann lächelte spöttisch und nahm hinter seinem Schreibtisch Platz. »Erzählen Sie mir nicht, dass Sie gekommen sind, um ein Inventar dessen zu erstellen, was Ihrer Familie nicht mehr gehört.«

»Der Marqués de la Vega-Inclán hat sich verpflichtet, einige wertvolle Stücke aufzubewahren, die wir bei unserer Abreise aus La Isabela nicht mitnehmen konnten.«

Vom ersten Augenblick an hatte Amada gespürt, dass das Gespräch mit dem Verwalter kein angenehmes werden würde. Die Höflichkeit ist dem Krieg zum Opfer gefallen, dachte sie; jetzt beschränken wir uns in unseren Gesprächen auf das, was wir erreichen wollen.

»Ich verlange zu erfahren, was aus den Möbeln geworden ist«, beharrte sie.

»Sie verlangen? Glauben Sie, dass heutzutage noch irgendjemand in diesem Land irgendwas verlangen kann? In was für einer Welt leben Sie denn? Schauen Sie mal da raus und sagen Sie mir, ob Sie es wagen, irgendetwas von irgendeinem dieser Idioten zu verlangen.«

Wütend stand Amada auf, und genau in diesem Augenblick öffnete sich die Tür.

»Martín! Darf ich dir Amada vorstellen? Das Fräulein ist gekommen, um seine Möbel abzuholen.«

»Ich dulde Ihre Unverschämtheiten nicht länger!«, erwiderte Amada wütend und wollte aus dem Zimmer stürmen, wurde jedoch von dem Neuankömmling aufgehalten, der ihr die Hand entgegenstreckte.

»Ich bin Doktor Rábago Aldama. Es tut mir leid, wenn wir Sie verärgert haben sollten. Alberto, du gehst jetzt besser und holst Cayo. Du wirst unten gebraucht.«

Das also war der Leiter des Sanatoriums! Amada musste

sich eingestehen, dass er ganz anders aussah, als sie erwartet hatte. Sie hatte sich einen Psychiater immer als alten Mann mit wirrem Haar vorgestellt. Martín Rábago hingegen war ein recht attraktiver Mann mittleren Alters, groß und kräftig, mit grau meliertem, vielleicht ein wenig zu langem Haar, das er ohne Scheitel nach hinten gekämmt trug, mit Schnurrbart, Kinnbart und glatter Haut.

Er sprach langsam, aber bestimmt, und der Satz, den er zu dem Verwalter gesagt hatte, erschien Amada wie ein zuvor abgesprochenes, schon häufig benutztes Losungswort. Rábago rückte ihr einen Stuhl zurecht, dann nahm er eine Brille aus der Tasche seines Kittels. Er setzte sie sich mit langen, knochigen Fingern auf die Nase und fragte: »Wie kann ich Ihnen behilflich sein?«

44

Amada erzählte dem Psychiater nur das Nötigste, denn sie vertraute niemandem in diesem Sanatorium. Außerdem meinte sie während des Gesprächs, dass Rábago sie ansah wie jemand, der kein reincs Gewissen hatte.

»Hören Sie nicht auf das, was der Verwalter sagt, er ist der geborene Provokateur«, beschwichtigte sie der Arzt zunächst. »Bestimmt stehen Ihre Möbel in irgendeinem Winkel herum.«

»Es sind nicht nur Möbel, Doktor«, stellte sie richtig und dachte an die alten Bücher aus der Bibliothek. »Wie auch immer, Sie werden sicher verstehen, dass ich mir den Palast und das Kurhaus gern noch einmal ansehen würde, aus reiner Sentimentalität.«

»Ah, die Gefühle! Die sind immer gefährlich, Amada. Nun, was den Palast betrifft, sehe ich kein Problem, aber das Kurhaus ist verschlossen, und niemand von uns hat die Schlüssel.« Das klang ehrlich.

»Und der Hausmeister?«

»Ich weiß nicht, wen Sie meinen.« Der Arzt beugte sich zu Amada vor, nahm ihre Hände und schlug einen väterlichen Tonfall an. »Amada, beurteilen Sie La Isabela nicht nach Ihren Erinnerungen; die glücklichen Zeiten, in denen Sie hier lebten, sind vorbei. Im Krieg überlebt nur derjenige, der sich von seinen schmerzlichen Erinnerungen trennen kann.«

»Täuschen Sie sich nicht in mir, ich bin kein kleines Mädchen …«

»Aber Sie haben Ihren Mann an der Front verloren, nicht wahr? Und das ist eine schwere Bürde.«

»Woher wissen Sie das?«

»Ganz ruhig, meine Liebe, vertrauen Sie mir. Haben Sie Probleme zu schlafen? Ich könnte Ihnen etwas verschreiben …«

Unbehaglich zog Amada ihre Hände zurück, und der Arzt nutzte die Gelegenheit, aufzustehen und damit zu verstehen zu geben, dass das Gespräch beendet war.

»Sie können jederzeit zu mir kommen, solange Sie hier sind. Und nun entschuldigen Sie mich bitte, ich kann Sie bei Ihrem Rundgang nicht begleiten, ich habe Sprechstunde.«

»Und wann wäre es Ihnen möglich?«, fragte Amada, so ruhig sie konnte.

»Heute Nachmittag um vier?«, antwortete er unsicher.

Es schien Amada, als wäre er überrascht über ihre Frage, aber sie konnte diesen Mann nicht einschätzen.

»Ich werde hier sein.«

Sie machte sich auf den Weg zum Haupteingang des Palasts. Auf dem Treppenabsatz stieß sie wieder auf den Verrückten, der jetzt mit offenen Augen eine andere Ecke des Bildes mit der Zunge bearbeitete. Als Amada an ihm vorbeiging, lächelte er sie an und zeigte ihr seine schwarze Zunge.

Am Haupttor angekommen, sah sie, wie ein Trupp Patienten einen hölzernen Karren die Straße hinaufzog, die zum Waschplatz führte. Eine andere Gruppe von Kranken, die zurückgeblieben war, sah ihnen zu und applaudierte. Neben ihnen saß auf dem Boden, an die Hauswand gelehnt, ein Alter in Hemdsärmeln und nähte gewissenhaft verschiedenfarbige Fäden an einen Filzhut. Sie ging auf ihn zu.

»Ist Ihnen nicht kalt, wenn Sie hier so auf dem Boden sitzen?«, fragte sie, aber er schien sie nicht zu hören. »Gehen Sie rein, ich bitte Sie, Sie holen sich sonst noch eine Lungenentzündung.«

Der Mann hob den Kopf, lächelte, und blutiger Speichel erschien auf seinen Lippen. Dankbar für die Aufmerksamkeit, streckte er ihr den einzigen Schatz hin, den er besaß, den Hut. Amada strich mit der Hand darüber, bis den Alten plötzlich die Furcht packte, sie könne ihn ihm wegnehmen, und er schrille Schreie auszustoßen begann.

Erschrocken stand sie auf und ging in Richtung Kurhaus davon. Der Alte sah ihr misstrauisch nach.

Erst unter dem schützenden Dach der Ulmen, das an die frühere Geborgenheit von La Isabela erinnerte, fühlte Amada sich wohler. Sie vergaß für einen Moment die abfälligen Bemerkungen des Arztes und atmete tief die vertrauten Düfte ein. Als sie an der Kapelle vorüberkam, sah sie, dass die Tür offen war, sodass sie ungehindert eintreten konnte. Einen Augenblick lang gedachte sie ihrer Toten, aber auch der armen Namenlosen, die nun in der Erde von La Isabela ruhten.

Dann verließ sie die Kapelle wieder und ging direkt auf das Kurhaus zu. Obwohl ihre Knie zitterten, zwang sie sich, das Gebäude anzusehen.

Da spürte sie plötzlich in ihrem Nacken einen Hauch wie das leichte, fast unmerkliche Prickeln, das indiskrete Blicke auf der Haut hinterlassen. Zunächst traute sie sich nicht, sich umzudrehen, aber schließlich tat sie es doch – und tatsächlich, sie wurde beobachtet.

Manuel stahl sich oft davon zur Kapelle, lief die Promenade entlang und beschleunigte, wenn er entdeckt wurde, seine Schritte, ohne zurückzusehen, sodass die Pfleger zueinander sagten: »Lass ihn, mit dem wissen selbst die Ärzte nichts anzufangen!« In der Kapelle haspelte er dann mechanisch ein Gebet herunter und stellte dem Heiligen die Fragen, die die Menschen ihm nicht beantworten konnten.

Er kam hierher, wenn Schuld und Scham ihn überwältigten, wenn er das Gefühl hatte, kein richtiger Mann zu sein in diesem vom Krieg heimgesuchten Land, in dem einzig Mut und Tapferkeit galten.

An diesem Morgen hatte er gedankenverloren die Figur des heiligen Antonius angestarrt, die einst die Überschwemmung unbeschadet überstanden hatte, als er plötzlich vor der Tür das Rascheln trockener Blätter hörte. Er wusste, dass es keine der Frauen aus dem Dorf sein konnte, weil die immer erst nachmittags kamen. Einmal hatten sie ihn überrascht, als er in seinem Versteck eingedöst war, und er hatte sich hinter dem Altar versteckt, wie er es auch jetzt wieder tat.

Die beunruhigenden Schritte kamen näher, dann hörte er die Tür in den Angeln quietschen und die Schritte, mit denen der Unbekannte die Kapelle betrat. Ein Schauer lief ihm über den Rücken, und er überlegte, ob es klüger war, in dem Versteck zu bleiben, oder ob er lieber kreischend daraus hervorstürzen sollte. Schließlich galt er als Irrer, das machte die Dinge leichter.

Doch als er seine Beine bewegen wollte, merkte er, dass sie wie gelähmt waren, und er gab jeden Gedanken an Flucht auf. Er schloss die Augen und rechnete mit dem Schlimmsten.

Dann hörte er das Murmeln einer Frauenstimme, und nach ein paar Minuten beruhigte er sich ein wenig, während ihn der Duft von Jasmin einhüllte und schläfrig machte. Kurz darauf hörte er die hölzernen Bodendielen erneut knarren und dann die Tür auf- und zugehen. Er war wieder allein.

Er atmete tief durch und sog den Jasminduft in seine

Nase. Noch nie war er jemandem begegnet, der so roch. Manuel packte die Neugier, und als er unter dem mottenzerfressenen Tuch hervorkroch, das über dem Altar hing, sah er gerade noch eine dunkle Gestalt verschwinden.

Kaum hatte Amada das Sanatorium verlassen, rief Rábago den Verwalter wieder zu sich. Er musste sichergehen, dass er sich auf ihn verlassen konnte und Bañuls diese Fremde, die ihnen Scherereien machen konnte, richtig behandelte.

»Du warst unbesonnen, Alberto. Du musst lernen, deinen Zorn im Zaum zu halten«, tadelte er ihn.

»Ich bin kein Arzt und kann mir Fehler erlauben. Was hat sie dir gesagt?«

»Ach, nichts Besonderes«, sagte Rábago. »Sie ist nostalgisch und will sich von Dingen verabschieden, die ihr einmal viel bedeutet haben. Was mich jedoch beunruhigt, ist ihre Neugier. Übrigens: Hat Cayo seine Arbeit erledigt?«

»Ich denke schon. Heute sind wieder zwei gestorben. Zwei Frauen«, sagte Bañuls.

»Aha. Alberto« – der Tonfall des Arztes wurde wieder schärfer –, »sie will den Palast und das Kurhaus sehen. Ich habe ihr gesagt, dass sie in das Kurhaus nicht hineinkann. Gib mir trotzdem die Schlüssel.«

»Alle?«

»Ich sagte doch, die Schlüssel, oder? Nimm die Frau um vier in Empfang und bring sie in die Ambulanz, verstanden?« Dann lächelte Rábago, um seiner Anordnung die Schärfe zu nehmen: »In Ordnung?«

»Wie du befiehlst.« Der Verwalter verließ türenknallend den Raum.

Doktor Rábago war diese Respektlosigkeit gleichgültig, denn er wollte allein sein. Er sah sich um, und wie an jenem Tag im September fiel ihm auf, dass von den Wänden der Putz bröckelte. Damals hatten der Verwalter und er die

Räumlichkeiten untereinander aufgeteilt; sein Büro war bescheidener als das von Bañuls, weil er keinen Wert auf Äußerlichkeiten dieser Art legte und die Rangordnung ihm gleichgültig war. Seine Sorge galt allein den Kranken, den Therapien, der Möglichkeit, Leben zu retten, kurz gesagt, seiner Aufgabe als Arzt, und die definierte sich nun einmal nicht über einen Chefsessel und eine Plakette mit einem hochtrabenden Titel an der Tür.

Tatsächlich war sein Büro spärlich möbliert, und die Diplome hingen nur an der Wand, weil seine Frau sie ohne sein Wissen aufgehängt hatte. Auf einer Kommode stand eine hölzerne Kiste von der Größe eines Grammophons.

Martín Rábago ging auf sie zu und betrachtete den Umschlag, der auf dem glänzenden Deckel lag. Es handelte sich um einen Brief aus Rom, dessen Inhalt er kannte, ohne ihn gelesen zu haben. Er legte ihn beiseite.

Er spürte, dass seine Hände schweißnass waren, und versuchte, sich zu beruhigen. Dann hob er den Deckel der Kiste, wie ein kleiner Junge es mit einer Schatztruhe tun würde, und betrachtete den Inhalt, als handelte es sich um Gold und Edelsteine. Zwar war das, was darin war, weniger wertvoll, aber zugleich unendlich kostbarer. Es war ein 55-Watt-Wechselstromgerät mit Zeitschalter, Voltmesser und Rheostat. Aus der Mitte ragten zwei mittelstarke Kabel hervor, die am Ende mit Silberelektroden versehen waren.

Dann las er den Brief:

Sehr geehrter Kollege,

ich habe mich keineswegs willkürlich für Sie entschieden, ganz im Gegenteil. Kein anderer verstünde besseren Gebrauch von dem zu machen, was ich meine »Büchse der Pandora« nenne, weil keiner von uns weiß, welche Stürme sie auslösen wird.

Ich habe mich immer noch nicht entschließen können, ihre Wirkung an Menschen auszuprobieren, auch wenn die Experimente an Schweinen ausgesprochen erfolgreich verlaufen sind. Nun habe ich das Gefühl, wir sollten einen Schritt weiter gehen, und hoffe, dass Sie mir Ihre Erfahrungen detailliert schildern werden, damit ich sie für spätere Publikationen verwenden kann.
Ohne mich in Ihre Arbeit einmischen zu wollen, würde ich Ihnen doch raten, mit einer subkonvulsiven Dosis von siebzig Watt für einen Sekundenbruchteil zu beginnen und dann nach und nach die Voltzahl bis auf hundert zu steigern. Ich bin begierig darauf, von Ihren Erfahrungen zu hören, mein Freund.
Mein lieber Martín, ich weiß, dass wir beide gemeinsam Geschichte schreiben werden.

Ugo Cerletti
Psychiater

Rábago vermisste seinen Kollegen. Er stellte sich vor, wie er mit dem Blick seiner kleinen Augen unter den buschigen Brauen in fremde Köpfe eindrang. Cerletti lächelte selten, aber wenn er es, beflügelt von einem seiner Erfolge, doch einmal tat, leuchtete alles um ihn her, und wenn er ihn jetzt bei sich gehabt hätte, hätte er ihn aus Dankbarkeit über das Vertrauen, das er ihm entgegenbrachte, in die Arme geschlossen.

Rábago ließ seine Finger über die Bakelitschalter gleiten, und ein Freudenschauer überlief ihn, als er das Gerät sachte betastete, um sich mit ihm vertraut zu machen. Auch der Geruch nach Edelholz gefiel ihm gut.

Es war das erste Mal, dass seine Hände ein Elektroschockgerät spürten, und er war tief beeindruckt.

45

Amada war dieses prickelnde Gefühl im Nacken nicht unbekannt, und ihre Ahnung bestätigte sich, als sie einen Mann gewahrte, der sie vom Eingang der Kapelle aus musterte.

»Wer sind Sie?«, rief sie ihn an. »Können Sie mich hören?«

Da der Mann nicht reagierte, ging sie auf ihn zu. Als sie sich ihm näherte, sah sie, dass er hochgewachsen und sehr schlank war; sein schwarzes Haar fiel ihm in wirren Strähnen in die Stirn, und er war unrasiert. Amada fragte ihn noch einmal, wer er sei, aber er antwortete nicht, sondern starrte sie nur weiterhin mit durchdringenden, ja geradezu furchteinflößenden Blicken an. Dann sprang er über eine Buchsbaumhecke und verschwand im Wald.

Auf den ersten Blick hatte er nicht wie ein Verrückter gewirkt oder zumindest nicht wie jene verlorenen Seelen, die sie zuvor im Sanatorium gesehen hatte, aber trug der Wahnsinn nicht die seltsamsten Masken?

Dann dachte sie daran, dass Balbina ihr am Morgen erzählt hatte, das Dorf sei voller Flüchtlinge aus anderen Landesteilen, und vielleicht war er einer von ihnen.

Wer wusste schon, in welcher persönlichen Notlage sich der flüchtige Unbekannte befand!

Dieser lief inzwischen etwas langsamer und suchte Deckung hinter den Bäumen, damit niemand merkte, dass er gerannt war. Manuel war Amada nahe genug gekommen, um feststellen zu können, dass sie neu im Dorf war. Sicher kam sie aus der Stadt und würde bald auch wieder dahin zurückkehren. Nun musste er nur noch herausfinden, wer diese Frau mit dem Jasminduft wohl war.

Amada versuchte, den Unbekannten aus ihren Gedanken zu verbannen und sich ganz und gar auf das vor ihr liegende Gebäude zu konzentrieren. An der Vorderfront fand sie kein brauchbares Fenster, und so ging sie um das Haus herum und versuchte es auf der Rückseite, aber dann hörte sie, dass Frauen am Waschplatz zugange waren, und beschloss, zu ihnen zu gehen. Sie war erst ein paar Meter weit gekommen, da erkannte sie eine von ihnen. Ihr Rücken war gebeugter als früher, und ihr Haar war ergraut, doch war sie immer noch so spitzzüngig wie früher.

»Olvido!«

»Amada, bist du das? Lass dich ansehen! Du bist ja eine richtige Frau geworden!«

»Ich wollte nachher bei dir zu Hause vorbeigehen …«

»Du brauchst nichts zu erklären, Balbina will dich am liebsten ganz für sich alleine haben!«

Seit sieben Jahren hatten Amada und die ehemalige Badefrau einander nicht gesehen, und so tauschten sie nun erst einmal Erinnerungen aus, bis sie zur Gegenwart gelangten und Amada dazu kam, sich nach den riesigen Messingkesseln zu erkundigen, die am Waschplatz standen.

»Was ist das alles, Olvido?«

»Die Wäsche aus dem Sanatorium muss sterilisiert werden, denn dort ist alles voller Läuse und Wanzen.« Und sie erklärte, dass sie die Oberaufsicht über die Wäscherinnen führte.

»Weißt du, das Schlimmste sind nicht die Läuse, sondern die offenen Wunden einiger Patienten«, erklärte Olvido und fuhr dann, auf das Kurhaus weisend, fort: »Seit über einem Jahr hat niemand mehr das Gebäude betreten. Der

Marqués ist wie vom Erdboden verschluckt, und so müssen wir zusehen, wie wir unseren Lebensunterhalt verdienen.«

»Ich verurteile dich nicht, Olvido.«

»Ja, aber man muss sich schämen, wenn man ihnen ins Gesicht sieht, findest du nicht? Solange die Irren irgendwo weit weg versteckt gehalten werden, ist alles in Ordnung, aber wenn sie dann in die Nachbarschaft ziehen ... das ist etwas anderes!«

Um das Thema zu wechseln, fragte Amada: »Wer sind die Frauen dort?« und deutete auf die anderen Waschfrauen, die mit langen Holzstöcken Laken in das kochende Wasser tunkten und wieder hervorzogen.

»Frauen von Evakuierten. Sie sind vor dem Krieg an einen ruhigen Ort geflohen – und nun müssen sie sich hier mit mir herumschlagen«, erklärte Olvido lachend. »Es sind etwa zwanzig, und sie sind in den Häusern der Badefrauen untergebracht. Wieso?«

»Ich weiß nicht, vielleicht würde ja eine von ihnen unser Land erwerben wollen. Ich bin nämlich hier, um es zu verkaufen, Olvido.«

»Das ist kein guter Zeitpunkt. Die Leute haben kein Geld, und wer es hat, hält es beisammen.«

Die beiden Frauen unterhielten sich noch ein Weilchen und verabschiedeten sich dann mit einer Umarmung und dem Versprechen, am nächsten Tag zusammen einen Kaffee zu trinken. Amada ahnte nicht, dass sie dazu gar keine Zeit mehr haben würde.

Entschlossen machte sie sich auf den Weg zum Kurhaus, war aber noch nicht weit gekommen, als sie die Badefrau hinter sich herrufen hörte: »Amada, was Rábago mit diesen armen, zerlumpten Menschen tut, ist ein Werk der Barmherzigkeit. Verachte es nicht!«

Amada lief den Hügel zum Kurhaus hinauf, fast atemlos

vor Aufregung und gespannt darauf, ob der Riegel an der Hintertür immer noch kaputt war. Sie steckte die Hand durch das rostige Türgitter und seufzte erleichtert auf. Jetzt wusste sie, wie sie in ihr nasses Heiligtum gelangen konnte.

Der Arzt betrat den Gasthof durch eine Seitentür, nachdem er sich vergewissert hatte, dass kein neugieriger Dorfbewohner in der Nähe war. Drinnen überprüfte er, ob die Fensterläden geschlossen waren, und ging dann ins obere Stockwerk hinauf. Die Nussholztreppe knarzte unter seinen Schritten. Oben angekommen, sah er, dass die erste Tür nur angelehnt war, und rief in das Zimmer hinein: »Doña Guillermina, wie kommt es, dass Sie die Tür offen gelassen haben? Ich habe Sie doch gebeten, vorsichtiger zu sein!«

»Ach, lieber Doktor, holen Sie mich hier raus!« Kaum hatte die Frau ihn erblickt, brach sie in Tränen aus.

»Psst. Bald.« Der Arzt nahm eine Tablette aus einem Glasröhrchen und legte sie in ihre Hand. »Nehmen Sie das, und nachher komme ich und sehe wieder nach Ihnen, aber öffnen Sie auf keinen Fall die Tür, verstanden?«

Dann ging er hinaus, den Gang entlang bis zum letzten Raum. Es überraschte ihn nicht zu sehen, dass jemand die schwarze Nummer vom Türschild abgekratzt hatte. Leise klopfte er an die Tür.

»Ich bin's, Rábago.«

»Immer hereinspaziert«, rief eine klangvolle Stimme von drinnen.

»Haben Sie die Nummer entfernt, Dionisio?«

»Die Dreizehn ist eine Unglückszahl für einen Künstler, ich konnte es nicht mehr ertragen, sie dort zu sehen.«

»Wie geht es Ihnen?«

»Ich bin verzweifelt, ich will hier raus!«, rief der Mann aufgebracht.

»Sie werden mir nicht glauben, aber Sie sind noch nicht so weit. Ihre Lehrzeit ist noch nicht beendet.«

Doktor Rábago tat, was er immer tat: Er ging ans Fenster, vergewisserte sich, dass es verriegelt war, überprüfte die Wasserflaschen, die Temperatur der Ölheizung und legte zuletzt – und das war neu – ein Päckchen auf den Tisch.

»Das sind hausgemachte Plätzchen, die werden Ihnen schmecken. Aber seien Sie heute lieber still«, fügte er hinzu.

»Wenn ich nicht singe, ersticke ich!« Als Dionisio merkte, dass seine Provokation keine Wirkung zeigte, fuhr er fort: »Sie halten sich wohl für Gott, was?«

Der Arzt sah ihn nachsichtig an.

»Nein, Sie täuschen sich. Sie alle sorgen dafür, dass ich mich zutiefst menschlich fühle.«

46

Mit einem Blick auf ihre Armbanduhr stellte Amada fest, dass es Zeit für ihre Verabredung war, also trank sie schnell ihre Tasse leer. Sie hatte gerade einen Teller von dem Schmorgemüse gegessen, das den ganzen Morgen über auf kleiner Flamme vor sich hin geköchelt hatte, und dabei Balbina von ihrer Begegnung mit Olvido und ihrer Entdeckung des neuen Waschplatzes erzählt. Nun stand sie auf, um den Leiter des Sanatoriums aufzusuchen.

»Kind, seit du hier bist, hast du nicht einen Augenblick lang still gesessen. Wo willst du denn jetzt schon wieder hin?«

»Ich habe eine Verabredung mit meinen Erinnerungen, meine Liebe«, antwortete Amada lachend und küsste Balbina.

Draußen stellte sie fest, dass das Dorf zur Zeit der Siesta wie ausgestorben war. Beim Sanatorium angekommen, fand sie das Tor abermals verschlossen vor. Es fiel ihr schwer, die Veränderungen zu akzeptieren, nicht nur die neuen Straßennamen, sondern vor allem auch die neue Funktion des Palasts. »Sanatorium«, murmelte sie ein paar Mal vor sich hin, »Irrenanstalt, Klapsmühle«, und stellte fest, wie viele hässliche Bezeichnungen es für derartige Einrichtungen gab.

Natürlich verstand sie, dass in dem Hospital eiserne Regeln aufgestellt werden mussten, dass die Tore morgens geöffnet und zur Mittagessenszeit wieder geschlossen wurden und bis zum nächsten Morgen geschlossen blieben, also klopfte sie an. Nach einigen Sekunden öffnete ihr Alberto Bañuls höchstpersönlich.

»Gott belohnt die Pünktlichen«, sagte er lächelnd.

»Glauben Sie denn an Gott?«, fragte Amada.

»Früher wäre das einfach eine neugierige Frage gewesen, aber in den heutigen Zeiten ist diese Frage …«

»… unangemessen?«

»Doktor Rábago erwartet Sie schon«, beendete der Verwalter das Gespräch, ohne sich anmerken zu lassen, wie unangenehm es ihm war. »Ich vermute, Sie wollen den Palast besichtigen. Selbstverständlich … das macht die Vergangenheit wieder lebendig, nicht wahr?«

»Wo sind sie?«, fiel ihm Amada ins Wort.

»Wie bitte?«

»Die Kranken! Heute Morgen waren sie hier im Hof, und jetzt ist niemand da.«

»Sie haben vor einer Weile gegessen und halten jetzt Mittagsruhe. Psychisch Kranke brauchen einen geregelten Tagesablauf, und für die seelische Ruhe bedarf es auch körperlicher Ruhe.« Bañuls wandte sich nach ihr um. »Amada, Sie wissen nicht, wer Doktor Rábago ist, nicht wahr?«

»Wenn Sie seinen Ruf meinen … Nein, ich muss gestehen, auf dem Gebiet der Psychiatrie kenne ich mich nicht aus.«

»Rábago ist eine Koryphäe.« Mit stolz gerecktem Kopf ging Bañuls weiter. »Er könnte an jeder Universität der Welt lehren; stattdessen hat er sich für diesen abgelegenen Winkel entschieden, wo er versucht, ein paar Besessene vom Wahnsinn zu heilen.« Unvermittelt wandte er sich wieder zu ihr um und murmelte: »Er ist ein Idealist, ein Mann, der an seinem Traum festhält wie an einem Glaubenssatz: Er will denen ihre geistige Gesundheit zurückgeben, die sie verloren haben.«

»Ich vermute, das geht allen großen Ärzte so. Denken Sie nur an Ramón y Cajal.«

»Nein, da täuschen Sie sich. Es war Ehrgeiz, der den Nobelpreisträger angetrieben hat, nicht der Wunsch zu heilen wie bei Rábago.«

Sie bogen in eine überdachte Galerie ein und gelangten in einen Raum, der früher einmal ein hell erleuchteter Salon gewesen war und an dessen Eingang jetzt stand: »Ambulanz. Zutritt verboten.«

»Was hat das zu bedeuten?«, fragte Amada, überrascht darüber, dass er sie hierhergeführt hatte.

»Das werden Sie gleich sehen.«

Der Verwalter klopfte an die Tür, der Arzt rief: »Herein!«, und sie betraten einen Raum, der Amada vom ersten Augenblick an faszinierte. Sie hatte ein modern ausgestattetes Behandlungszimmer erwartet, fand sich aber stattdessen in einer Art Labor wieder, dessen Wände von Vitrinen voller Flaschen gesäumt waren. Von morbider Neugier getrieben, trat sie, ohne den Arzt zu grüßen, an die Vitrinen und sah, dass einige der Flaschen ganz gewöhnliche Medikamente enthielten – von denen sie manche kannte –, andere hingegen mit handschriftlichen Etiketten versehen waren. Es gelang ihr, einige der seltsamen alphabetisch geordneten Namen zu entziffern: Cardiazol, Dextropur, Ephedrin, Insulin, Lithiumbromit, Luminal, Kampfer, Morphin, Promethazin, Reserpin, Salvarsan …

»Schlangengift?«, rief sie entsetzt aus, als sie ein Etikett mit dieser Aufschrift entdeckte.

»Seine schmerzstillende Wirkung ist schon lange bekannt, und die heutige Medizin setzt es dort als Schmerzmittel ein, wo Morphium zur Abhängigkeit führen könnte«, erklärte der Arzt von oben herab. »Ich sehe schon, Sie interessieren sich für Pharmazie.«

In diesen Räumlichkeiten wirkte der Arzt in seiner Rolle fast perfekt, aber irgendetwas an seinem Tonfall klang aufgesetzt. Amada gab ihm die Hand, und er erschien ihr nicht wie jemand, der sein Leben der Heilung von Kranken verschrieben hat, vielmehr hatte sie den Eindruck – ohne dass sie hätte sagen können, warum –, dass dieses Arztzimmer eine reine Kulisse war, das perfekte Alibi, um etwas Dunkleres zu verschleiern. Insofern es etwas Dunkleres gab als Dutzende von Substanzen, die dazu dienten, den menschlichen Willen zu brechen.

Sie sah sich weiter in dem Raum um und entdeckte mehrere Tische mit komplizierten Destillationsgeräten, Mikroskopen und mechanischen Apparaten, die sie nicht einordnen konnte.

»Brauen Sie hier Ihre Tränke für die Kranken, Doktor?«, fragte sie spöttisch.

»Es ist weniger romantisch, als Sie denken, ich bin nicht Mary Shelleys Frankenstein. Was Sie hier sehen, ist der Schatz aus dem Provinzkrankenhaus; wäre das alles in Guadalajara geblieben, hätte es die Militärbehörde für sich beansprucht, als das Krankenhaus in ein Feldlazarett umgewandelt wurde.« Der Arzt setzte sich auf einen Schemel und sah durch ein Mikroskop. »Sieh an, noch einer mit Wurmbefall!«

»Anscheinend gedeihen die Parasiten hier prächtig«, sagte Amada spitz. Sie dachte an das, was sie am Waschplatz erfahren hatte, aber der Arzt tat geflissentlich, als hätte er nichts gehört, und bot ihr einen Schemel neben dem seinen an.

»Diese verwundeten Soldaten bringen einen Krankenhausbetrieb völlig durcheinander«, fuhr er fort. »Da geht es nicht mehr um Medizin, sondern um Schlachterei. Deshalb haben wir das Herzstück des Krankenhauses hierher-verlegt. Sehen Sie diese Flaschen? Die meisten sind leer oder mit destilliertem Wasser aufgefüllt, um die Medikamente zu strecken. Heutzutage bekommt man nirgendwo mehr Barbiturate und Betäubungsmittel, weil sie für die Kameraden an der Front benötigt werden. Dabei frage ich mich, Amada, welcher Schmerz größer ist: wenn ein Bein amputiert wird oder wenn eine Seele zerbricht?«

»Ich nehme an, wir alle empfinden Schmerz unterschiedlich stark.«

»Was Sie meinen, heißt Schmerzgrenze und ist, genau wie unser Bedürfnis nach Liebe, nicht fassbar. Was halten Sie von dem Plakat an der Tür?«, wechselte der Arzt das Thema, und sie zuckte gleichgültig mit den Schultern. »Es soll die Kranken abschrecken.«

»Ich glaube nicht, dass ein Verbotsschild sie daran hindert hereinzukommen. Heißt es nicht, Verrückte seien äußerst raffiniert?«

»Einige Schizophrene, ja.« Rábago stand auf und reichte ihr höflich den Arm. »Begleiten Sie mich?«

Als sie das Gebäude verließen, hatte der Himmel sich zugezogen, und sie fanden sich plötzlich vom Geruch nach feuchter Erde umgeben. Doktor Rábago nahm den Weg zur Rechten, bis sie den Frauenpavillon erreichten, einen großräumigen Schlafsaal voller millimetergenau ausgerichteter cremefarbener Metallbetten. Einige Patientinnen lagen bekleidet oder in Decken gehüllt auf ihren Betten, andere saßen geistesabwesend auf dem Bettrand und wieder andere starrten gedankenverloren durch die Fenster.

Ein halbes Dutzend Krankenschwestern in makellosen Uniformen der Roten Hilfe kümmerte sich um sie.

»War das Essen heute gut, Petra?«, wandte sich der Arzt an eine junge Frau, deren grindiges Gesicht sich aufhellte, sobald sie ihn erblickte. »Sie hat eine traurige Geschichte«, erklärte er Amada. »Eines Tages kam der Bürgermeister ihres Dorfes zu mir und sagte: ›Ihre Eltern wollen sie nicht mehr haben, weil sie zu nichts mehr nutze ist und nur ein weiteres Maul, das es zu stopfen gilt. Was soll ich mit ihr tun?‹ Also wurde die Arme ins Provinzkrankenhaus abgeschoben, und jetzt«, er strich ihr über die Wange, »ist sie eine meiner liebsten Patientinnen, nicht wahr, Petra?«

Doktor Rábago hatte sich vorgenommen, seiner Besucherin bei diesem Rundgang nichts zu ersparen. Im Gegenteil, er wollte ihr den Wahnsinn in seiner ganzen Grausamkeit vor Augen führen, so deutlich, dass ihr die Lust verging, sich je wieder hier blicken zu lassen. Also beobachtete er genauestens jede ihrer Gesten und Regungen; Martín Rábago analysierte Amada, als wäre sie eine seiner Patientinnen. Petras Geschichte war nur eines der erschütternden Schicksale, die er Amada Montemayor schildern wollte, um sie zukünftig vom Sanatorium fernzuhalten.

»Nun will ich Ihnen eine Frau zeigen, die früher oder später ihrem Namen alle Ehre machen wird«, erklärte er ihr in diesem nachsichtig-väterlichen Tonfall, der seine Patienten zu beruhigen schien. »Victoria, das ist Amada.«

Amada betrachtete die Frau, die zitternd zusammengekauert auf dem Fußboden saß, den Kopf auf den Knien und die Arme fest um sich geschlungen. Sie ging neben ihr in die Hocke und streichelte sacht ihre Hände, um sie dazu zu bewegen, ihre Haltung aufzugeben. Nach einer Weile entspannte sich die Patientin, und als sie Amada ansah, stellte diese fest, dass sie blaue Augen, strohblondes Haar, eine ausgeprägte Stirn und eine kleine Nase hatte, die mit getrocknetem Rotz verschmiert war. Sie war schön. Einen Augenblick lang hielt die Frau ihrem hilflosen Blick stand, und überwältigt von Zärtlichkeit, nahm Amada sie in den Arm.

»Victoria hat schon mehrmals versucht, sich das Leben zu nehmen, aber sie wird diesen Kampf gewinnen, nicht wahr, Schätzchen?« Der Arzt hielt ihr ein Glas Wasser hin, und die Frau trank teilnahmslos.

Über ihre spröden Lippen kam kein Laut, aber das war auch nicht nötig, denn in ihren beinahe durchsichtigen Pupillen zeigte sich ihr ganzes inneres Leid. Plötzlich traf die Stimme des Arztes Amada wie ein heimtückischer Dolchstoß.

47

Doktor Rábago, der diese Geste weiblicher Solidarität beobachtet hatte, sagte: »Sieh mal, Amada hat das Gleiche durchgemacht wie du und hat sich trotzdem nicht aufgegeben. Victoria hat ihren Mann an der Front verloren und mit dem Leben abgeschlossen«, fuhr er fort, »anders als Sie. Sie hat einfach keinen Lebenswillen mehr. Ihr Beispiel könnte ihr sehr hilfreich sein …«

Einen Augenblick lang zögerte Amada, dann umarmte sie die Kranke noch einmal und stand auf.

»Es kann uns allen passieren, dass wir diese Linie überschreiten, nicht wahr, Doktor? Meinen Sie das?«, fragte sie. »Ist es das, was Sie mir sagen wollen?«

»Nein.« Ungerührt ging der Arzt weiter in Richtung Tür. »Ich möchte nur, dass Sie sich persönlich davon überzeugen, dass es in diesem Krieg Opfer gibt, die in keiner offiziellen Statistik auftauchen. Es sind lebende Tote, von denen niemand spricht.«

Im Schutz des schweren Eingangstors zum Sanatorium krümmte sich Manuel vor Kälte und Aufregung zusammen.

Als er Amada hereinkommen sah, hatte er beschlossen zu handeln. Noch einmal würde sich eine solche Gelegenheit nicht bieten, und so machte er sich auf die Suche nach einem Stück Papier, um seine Bitte aufzuschreiben. Allerdings erwies sich das als keine leichte Aufgabe, denn im ganzen Pavillon war kein Papier aufzutreiben. Schließlich stibitzte er in der Krankenstation einen Block, auf den er mühsam einige Sätze kritzelte. Er hatte in der letzten Zeit so wenig geschrieben, dass er völlig außer Übung war.

Er wollte ihr den Zettel zustecken, bevor sie ihm auf die Schliche kamen, und hoffte, dass Amadas Rundgang nicht allzu lange dauern werde. Plötzlich spürte er die Feuchtigkeit in seinen Knochen, und als er aufsah, entdeckte er zu seinem Missfallen, dass der Himmel sich vollständig zugezogen hatte und Regen drohte.

Für den Fall, dass er noch länger warten musste und Gefahr lief, entdeckt zu werden, stieß er die gutturalen Laute aus, die er sich angeeignet hatte, und wiegte den Oberkörper vor und zurück, denn so kannte man ihn im Sanatorium.

Amada war dem Arzt aus dem Frauenpavillon hinaus in den gegenüberliegenden Flügel gefolgt, in dem die Männer untergebracht waren. Dieser war dem Frauenpavillon sehr ähnlich, nur war der Gestank hier unerträglich; die Mischung aus Urin, Schmutz und Krankheit verschlug Amada den Atem, kaum dass sich die hölzernen Türen öffneten. Gleich wurde sie von einem kleinen Männchen mit wirrer Mähne angesprungen.

»Hast du ’ne Kippe für mich? ’ne Kippe, Señorita«, bettelte er und tastete dabei mit seinen gelben Fingern unablässig seine Manteltaschen ab. »Eine Zigarette, nur ’ne kleine …«

Amada sah, dass er in seinen Fingern mit den langen, gekrümmten Nägeln eine Zigarettenkippe hielt. Er war zerlumpt und abstoßend, aber sie bemühte sich, ihren Widerwillen nicht zu zeigen, und lächelte.

»So, der Erste hat sich bereits vorgestellt«, sagte der Arzt freundlich. »Verschwinde, Fume, und lass uns in Frieden, wir haben nichts für dich!«

Fume sah aus wie fünfzig, obwohl er wahrscheinlich nicht älter als dreißig war. Es war, als hätte der Wahnsinn seinen Körper innerhalb kürzester Zeit zusammenschrumpfen lassen. Vielleicht war er aber auch schon immer so gewesen, ein Männchen, nicht mehr als einen Meter fünfzig groß, dessen auffälligstes Merkmal die großen, hervorstehenden Augen waren. Kaum jemand wusste, wie er wirklich hieß, denn seine Leidenschaft fürs Rauchen hatte ihm diesen Spitznamen verschafft – Fume, der Raucher –, der ihm bis an sein Lebensende anhängen sollte. Er rauchte das Gras von den Wiesen, Holzspäne, die er in Plätzchenpapier wickelte, Kartoffelschalen, die er zuvor weichgekaut hatte, Blätter aus dem Obstgarten, Eselshaare, kurz: alles, was brennbar war und Rauch produzierte, den er dann genüsslich inhalierte.

»Keine Sorge, er ist nicht gewalttätig. Im Gegenteil: Er ist uns sehr nützlich.« Da Fume nicht aufhörte zu drängen, suchte der Arzt in seinen Taschen. »Nicht wahr, Fume? Hier«, er gab ihm eine zerdrückte Zigarette. »Und jetzt verschwinde. Er leidet unter einer Zwangsneurose, und das hat unter anderem zur Folge, dass er nicht schlafen kann. Und da wir nichts gegen seine Schlaflosigkeit unternehmen können, haben ihn die Krankenpfleger zum ›Chefnachtwächter‹ ernannt. Und er macht seine Arbeit sehr gut!«

Der Arzt berichtete Amada in allen Einzelheiten, wie Fume während seiner Nachtwache durch die Flure schlurfte und dabei die Blätter alter Tageszeitungen oder Zigarettenpapier rauchte. Er ging von Bett zu Bett, beugte sich über die anderen Patienten, lauschte auf ihre Atemzüge und inhalierte sie wie den Rauch einer Havanna, weil er glaubte, sich so mit ihrem Schlaf anstecken zu können. Starb aber einer der Patienten nachts, wies er ungerührt mit dem Arm in Richtung Friedhof und flüsterte ihm immer wieder den gleichen Satz ins Ohr wie eine Litanei: »Jetzt bist du dort. Für immer.«

Amada lauschte dem Arzt beklommen; dieses abstoßend aussehende, von dunklem Verlangen getriebene Wesen machte ihr Angst; gleichzeitig aber fühlte sie sich paradoxerweise erleichtert, weil sie nun bestätigt fand, was Balbina über die Gräber, auf die sie bei ihrer Ankunft in La Isabela gestoßen war, gesagt hatte.

»Soll das heißen, sie sterben hier ganz allein, Doktor? Und ihre Angehörigen? Ihre Kinder, ihre Frauen … wo sind die?«

»Amada, hören Sie mir gut zu.« Der Arzt sprach langsam und eindrücklich. »Ich bin ihre Familie. Niemand wacht in dieser Hölle über sie, wie ich es tue.«

Ohne eine Antwort abzuwarten, nahm Rábago seine Brille aus der Tasche, setzte sie auf, nahm das Stethoskop zur Hand und begann, die in den Betten liegenden Patienten abzuhören.

Der königliche Architekt hatte nie einen Keller für den Palast geplant, und niemand in La Isabela wusste, wie die riesigen Gewölbe entstanden waren, die unter einem Großteil des Gebäudes verliefen und die Geheimnisse des Sanatoriums bargen. In den vergangenen Jahrzehnten war hier das Material gelagert worden, das ursprünglich in den Arbeitsräumen gestanden hatte und nun von Feuchtigkeit und blinden Insekten zerfressen wurde, die nie das Tageslicht gesehen hatten.

Während Amada Doktor Rábago auf den verschlungenen Pfaden durch das Sanatorium folgte, saßen unter ihnen ein Mann und eine Frau beisammen, küssten sich lachend und teilten sich eine Zigarette. Es war nicht das erste Mal, dass sie sich hier trafen.

»Sie sieht gut aus, nicht wahr?«, fragte die Frau mit einem Anflug von Eifersucht.

»Ich habe nicht darauf geachtet«, log der Verwalter.

»Lügner! Ich kenne dich doch! Und was sucht sie hier?«

»Möbel.«

»Möbel?« Die Krankenschwester lachte laut auf, dann zog sie an der Zigarette. Die Spitze leuchtete tiefrot in dem Mundstück auf. »Das Land versinkt im Chaos, und da ist diese Idiotin auf der Suche nach Möbeln?«

»Sie sagt, es seien Familienerbstücke«, erklärte der Verwalter und nahm ihr die Zigarette aus dem Mund, um sich daran eine neue anzuzünden.

»Und wie will sie sie mitnehmen, wenn sie sie findet? Etwa in dem Auto, mit dem sie gekommen ist? Was für eine Närrin!«

»Was geht dich das an? Na los, komm her.« Er packte die Krankenschwester und zog sie zu sich heran.

Die beiden schwiegen, doch das Echo ihrer Worte hallte durch das Kellergewölbe, einen der wenigen Orte, an denen es sich im Winter ohne Heizung aushalten ließ. Dennoch verirrte sich nur selten jemand hierher, weil der Geruch nach vergorenem Wein und ranzigen Nüssen das Atmen schwer machte. Die Wände waren mit einer schwarzen Schmutzschicht bedeckt, die die Umrisse aller hier gelagerten Gegenstände verwischte, sodass die gewaltigen Tonkrüge kaum von den Säcken mit dem wurmstichigen Mehl und den Ackergeräten zu unterscheiden waren.

Plötzlich vernahmen sie ein Geräusch: ein angestrengtes Keuchen vom hinteren Ende des Kellers, wo Dutzende von Mündern mühsam nach Luft schnappten.

»Hörst du das?«, fragte Alberto Bañuls. »Es klingt, als ob jemand im Sterben liegt. Warum gehst du nicht mal nachschauen?«

»Jetzt?«

»Jetzt.« Er versetzte der Krankenschwester einen liebevollen Klaps.

Die Frau ging davon, mit wiegenden Hüften, weil sie wusste, dass der Mann ihr nachsah. Bañuls warf einen Blick auf seine Uhr, stellte beruhigt fest, dass ihnen noch genügend Zeit für ihr Schäferstündchen blieb, und zog sie dann auf.

Der Verwalter war ein Lebemann. Als jüngster Spross einer Kaufmannsfamilie hatte er schneller Rechnen als Schreiben gelernt und schon früh auf eigenen Füßen gestanden. Rábago schätzte ihn als fähigen und klugen Mann, der keine Fragen stellte und auch ohne viele Worte verstand, was man von ihm wollte.

Die beiden hatten sich Jahre zuvor kennengelernt, als Bañuls als Vertreter für neue chirurgische Geräte die Krankenhäuser bereist hatte, und waren einander auf Anhieb sympathisch gewesen. Ende August 1936 hatte Rábago ihm erzählt: »Man hat mich mit der Leitung der neu gegründeten größten psychiatrischen Klinik des Landes betraut.«

»Das freut mich für dich«, hatte Bañuls erwidert.

»Wir befinden uns im Krieg, und das wird keine leichte Aufgabe. Ich werde einen Verwalter brauchen, und dabei habe ich an dich gedacht.«

Bañuls nahm an, ohne lange nachzudenken. Er war dreißig und hatte als eingefleischter Junggeselle nicht die Absicht, in nächster Zeit eine Familie zu gründen, war also frei für neue Herausforderungen.

Als die weiß gekleidete Gestalt im Dunkel verschwunden war, zog er einen Inhalator aus der Tasche, wie er es immer tat, wenn die Probleme überhandnahmen und er spürte, dass seine Arbeitskraft nachließ. Er atmete ein paar Mal tief ein, denn er wusste, dass ein einmaliges Luftholen nicht ausreichen würde, um ihm das berauschende Gefühl zu verschaffen, die ganze Welt erobern zu können. Gerade wollte er die Prozedur noch einmal wiederholen, da hörte er, dass die Krankenschwester zurückkam. Rasch ließ er sein kleines Geheimnis – »Benzedrininhalator« stand auf dem Röhrchen mit der wunderbaren Wirkkraft – wieder in der Hosentasche verschwinden.

»Gut erkannt, Bañuls«, sagte die Frau. »Wieder einer weniger.«

»Dafür werde ich bezahlt.«

»Wir müssen Bescheid sagen, dass …«

»Das hat Zeit. Wo waren wir stehen geblieben, Süße?«

Die beiden trafen sich regelmäßig hier unten, denn in Kriegszeiten ist williges Fleisch das einzige greifbare Gut; Gefühle hingegen waren für Bañuls genauso wenig wert wie politische Ideale: Sie währten nicht länger, als eine Kugel braucht, um die Luft zu durchschneiden.

»Von wem hast du das nur gelernt?«

»Von denen, die an der Front gefallen sind«, antwortete die Krankenschwester spöttisch.

»Na, dann lass uns ihr Andenken ehren!« Er packte die Frau bei der Schulter und zog sie zu Boden, während er sich die Hose aufknöpfte.

48

Die Ungezwungenheit, mit der der Arzt Leben und Tod gleichermaßen gegenübertrat, überraschte Amada.

Die Krankenschwester, die ihm das Tablett mit Spritzen in verschiedenen Größen reichte, war geschminkt und zurechtgemacht wie ein Pin-up-Girl und erschien Amada seltsam fehl am Platz, wie ein Farbtupfer in einer Schwarzweißfotografie. Rábago nahm die Spritzen, eine nach der anderen, und verabreichte sie den Patienten.

Während des restlichen Besuchs ignorierte er Amada; dafür erregte sie unter den Patienten umso mehr Aufmerksamkeit. Sie umringten sie neugierig, um dann in wirren Selbstgesprächen ihre Eindrücke loszuwerden.

Plötzlich sprach einer von ihnen sie an. Amada lächelte freundlich, froh, auf diese Weise der Lächerlichkeit zu entgehen.

Sie empfand das Verhalten des Arztes ihr gegenüber als demütigend und unangebracht, doch ihr Stolz verbot ihr, einfach wegzugehen. Der Mann, der sich an sie wandte, war groß und ausgemergelt, sein Haar war kurz geschoren mit kahlen Stellen dazwischen, wie Amada schaudernd bemerkte. Unter der Decke, in die er gehüllt war, glaubte sie, einen Stern der republikanischen Armee hervorblitzen zu sehen.

»Haben sie dich geschickt?«, fragte er sie flüsternd. »Pssst! Sag ihnen nicht, dass ich hier bin! Wenn sie es erfahren, sagen sie es meiner Frau, und die wird böse mit mir. Versprochen?«

»Keine Sorge, mich schickt niemand, glaub mir. Aber vielleicht kann ich dir helfen. Wer sind ›sie‹? Sag es mir.«

Vertraulich trat Amada einen Schritt auf ihn zu, doch der Arzt, der sie keine Sekunde aus den Augen gelassen hatte, mischte sich sofort ein.

»Hören Sie auf!«, rief er. »Wecken Sie in den Patienten nicht die Hoffnung, Sie könnten ihnen helfen, das könnte fatale Folgen haben.«

Martín Rábago gab sein Arztbesteck der Krankenschwester und trat zu den beiden.

»Quimet ist Valencianer«, erklärte er, »und ein Held, auch wenn er es selbst nicht glauben mag. Er hat als Unteroffizier der Volksarmee an vielen Fronten gekämpft, bis sein Kopf nicht mehr mitmachte.«

»Der Mann hat eben seine Frau erwähnt, Doktor.« Amada nahm all ihren Mut zusammen. »Das heißt also, er hat Familie.«

»Ja, natürlich, eine Frau und zwei Kinder. In Valencia. Wollen Sie damit andeuten, dass seine Frau vom anderen Ende Spaniens her anreisen sollte, um ihren Mann mitzunehmen? Wohin denn? Können Sie mir das mal verraten?« Der Arzt verlor allmählich die Geduld. »Quimet wurde gemeinsam mit mehreren hundert Patienten aus dem Krankenhaus von Gilet evakuiert, als dieses von den Truppen der Nationalen angegriffen wurde. Was, denken Sie wohl, wäre aus ihm geworden, wenn er den Aufständischen in die Hände gefallen wäre? Er hätte keine zwei Tage überlebt.«

»Verstehen Sie mich nicht falsch. Ich kenne die derzeitige Lage sehr wohl, aber es ist nicht leicht zu begreifen …«

»Quimet ist nicht der Einzige. Allein hier in diesem Saal liegen mehrere Soldaten, deren Seele an der Front zerbrochen ist. Nur sehr wenige gewöhnen sich daran, täglich Menschen sterben zu sehen.«

»Daran gewöhnt sich niemand!«, entgegnete sie aufgebracht.

»Eben. Und das nennt man dann Kriegsneurose, Werteste«, erklärte Rábago in einem belehrenden Tonfall, der Amada zur Weißglut brachte.

Ohne ein weiteres Wort wies der Arzt auf die Tür und machte sich dorthin auf den Weg.

»Bist du Künstlerin? Du bist nämlich sehr hübsch ... wie eine Künstlerin«, rief der Verrückte ihr nach. »Kennst du Chelito? Ich ja. Ich habe sie im Eslava-Theater gesehen ...«

»Hör auf, Quimet, lass die Dame in Frieden und nimm deine Medizin!« Eine Krankenschwester, die herbeigeeilt war, um den Patienten zu beruhigen, lächelte Amada an. »Manchmal erzählt er, dass er mal Bühnenarbeiter war ... dann wieder, dass er fürs Innenministerium als Chauffeur gearbeitet hat. Bei denen weiß man nie.«

Amada stützte sich auf die Steinbalustrade, wie es ihre Mutter viele Jahre zuvor unzählige Male getan hatte, und hob das Gesicht zum grauen Himmel, der Regen verhieß, um zu verhindern, dass ihr die Tränen übers Gesicht rannen. Neben ihr rauchte der Arzt eine Zigarette.

»Armer Quimet. Er ist eher des Geldes wegen als aus Überzeugung Soldat geworden. Die bekommen nämlich fünfzehn Peseten am Tag, das ist mehr, als meine Krankenpfleger verdienen. Aber das Geld schützt nicht vor Wahnsinn. Möchten Sie eine?« Der Arzt bot ihr eine Zigarette an, aber Amada lehnte ab. Ihr Mund fühlte sich pelzig an. »Am schlimmsten war der Politkommissar, an den er zu seinem Pech geraten war. Der sagte ihm den ganzen Tag Sprüche wie: ›Du schaffst das, Quimet. Reiß diesen Scheißfaschisten die Gedärme raus!‹ Und Quimet sagte keinen Ton und versuchte, tapfer zu sein, während sein ganzer

Körper danach verlangte wegzulaufen. Bis er einfach nicht mehr konnte.«

»Weiß seine Frau, dass er hier ist?«

Der Arzt wiegte gleichgültig den Kopf, runzelte die Stirn und fuhr fort: »Einige Kollegen sind der Ansicht, dass Fälle wie Quimet auf Seiten der Republikaner häufiger anzutreffen sind, weil sie Wahnsinn mit Fanatismus und Scheitern gleichsetzen und ihrer Meinung nach die gescheiterten Existenzen zum Marxismus tendieren. Und wissen Sie, was noch schlimmer ist?« Rábago nahm einen tiefen Zug und warf die Kippe einfach in den Hof – die Verrückten würden sich später darum reißen. »Sie glauben, dass die Soldaten der Volksfront weniger intelligent sind, und haben das sogar durch Studien nachzuweisen versucht.«

»Das ist nicht möglich.« Amada sah ihn ungläubig an. »Sie scherzen wohl.«

»Keineswegs. Ihrer Meinung nach ist jeder zehnte Milizionär minderbemittelt … oder, um es deutlich zu sagen, strohdumm«, erklärte Rábago.

»Soll das heißen, dass es unter den aufständischen Nationalisten keine Geisteskranken gibt? Was für ein Blödsinn!«

»Die größten Lügen werden zu Wahrheiten, wenn man sie nur häufig und überzeugend genug wiederholt.« Rábago seufzte tief; er hatte es satt, mit vernünftigen Argumenten das zu widerlegen, was andere durch grobe Fälschungen verfochten. »Die Psychiatrie wird in diesem Krieg zu einer äußerst gefährlichen Waffe, und Quimet dem Wahnsinn zu entreißen heißt auch, eine Schlacht zu gewinnen, Amada.«

Einen Augenblick lang fühlte sie Mitleid mit ihm und versuchte, sich in seine Lage zu versetzen, die eines Arztes, der nicht nur Leben rettete, sondern darüber hinaus irriges

Denken und Verhalten zu korrigieren versuchte. Seine Arbeit war sicher alles andere als leicht. Sie hatte das Gefühl, ihm zeigen zu müssen, dass sie nichts gegen ihn hatte, aber ihr Geständnis fiel persönlicher aus, als sie wollte.

»Nicht alles im Leben ist Politik, Doktor. Das Einzige, was wirklich zählt, ist Zuneigung und … wenn die fehlt, verzweifeln wir.«

Plötzlich überwältigte sie die Erinnerung an ihre Lieben, die in diesen Mauern so vieles, Schönes wie Schreckliches, erlebt hatten, vor allem ihre Mutter, die hier beinahe den Verstand verloren hatte. Im Stillen gestand sie sich ein, dass sie sie mehr vermisste denn je.

»Wir sollten besser runtergehen, Ihnen ist doch bestimmt schon ganz kalt«, schlug Rábago vor.

»Welcher ist der schlimmste Wahnsinn von allen?«, beharrte sie und konnte ihre Tränen nur mühsam zurückhalten. »Der Wahnsinn derer, die genau so sind wie wir, aber eines Tages aufhören, es zu sein, weil der Schmerz sie überwältigt. Kann Leid uns einander entfremden?«

»Keine Sorge, Sie scheinen mir ein sehr ausgeglichener Mensch zu sein.« Amada glaubte, im Lächeln des Arztes eine gewisse Bosheit zu erkennen. »Sie werden darüber hinwegkommen, dessen bin ich mir sicher.«

Amada bereute ihre Frage bitter.

Die Sorge über Amadas langes Ausbleiben trieb Balbina auf die Straße. Sie liebte die junge Frau wie eine Tochter, wie ihre vier Söhne, die nach und nach geheiratet hatten, aus dem Haus gegangen waren und sie allein zurückgelassen hatten.

»Sie könnten doch hier bleiben! Platz ist mehr als genug«, hatte sie sich jedes Mal bei ihrem Mann beklagt, wenn einer der Jungen fortzog.

»Wer heiratet, will sich ein eigenes Nest bauen, Frau.«

Ihre Söhne ließen sich nur selten einmal blicken. Umso mehr freute sie sich jetzt über Amadas Besuch, auch wenn sie ahnte, dass ihm ein bitterer Abschied für lange Zeit folgen würde.

Als Amada endlich zurück war, rieb Balbina ihr gleich Arme, Schultern und Oberschenkel warm, zog ihr dann die Schuhe aus und wusch ihre Füße mit Lavendelwasser.

»Will deine Mutter wirklich Möbel mit nach Argentinien nehmen?«, fragte sie, um das Mädchen zum Reden zu bringen. »Ich habe nie verstanden, was sie immer mit all dem Kram wollte.«

»Venezuela: Wir fahren nach Venezuela. Aber weißt du was? Ich bin noch gar nicht richtig dazu gekommen, mir die Möbel anzusehen«, entgegnete Amada, und Balbina hielt inne und musterte sie erstaunt. »Was hätte ich tun sollen? Der Doktor hat darauf bestanden, mir das Sanatorium zu zeigen, und …«

»Und?«

»Und nichts weiter. Was soll ich dir erzählen? Es ist voller armer Irrer, ein jämmerlicher Anblick. Sie sind halb tot vor Hunger und Kälte.«

»Ein Grund mehr, die Möbel schnell zusammenzupacken und sie mit nach Argentinien zu nehmen, sonst enden sie noch alle als Feuerholz.«

»Nach Venezuela!«

»Siehst du, ich bin auch schon ganz wirr im Kopf. ›Gegen Wahnsinn hilft nur der Tod.‹ Wahrscheinlich ende ich genauso wie die Bekloppten vom Sanatorium!«

Die beiden Frauen lachten, um die Bitterkeit zu vertreiben, die der Besuch des Sanatoriums bei Amada hinterlassen hatte. Dann erzählte sie weiter, verschwieg jedoch einige Details, weil sie Balbinas harsche Reaktion fürchtete.

Zwar berichtete sie, wie ihr Doktor Rábago zuletzt voller Stolz die alten Werkstätten gezeigt hatte, von denen viele für die Beschäftigungstherapie der Kranken genutzt wurden, wie man es von den psychiatrischen Kliniken in Deutschland übernommen hatte. Aber sie erzählte Balbina nicht, dass sie, als man ihr das große Tor wieder aufschloss, genau wie am Morgen einen Blick im Nacken gespürt hatte, vor dem nicht einmal der hochgeschlagene Mantelkragen Schutz gewährte. Und dass sie sicher war, dass die Augen, die sie anstarrten, wieder die des Mannes waren, dem sie am Morgen in der Kapelle begegnet war. Sie erwähnte Balbina gegenüber den Schatten nicht, der am Ausgang auf sie gelauert und ihr ein Stück Papier in die Hand gedrückt hatte, die jetzt noch von der Berührung zu prickeln schien.

Und sie erzählte nicht, wie sie rasch zur nächsten Laterne gelaufen war, um den sorgfältig gefalteten Zettel zu lesen.

»Ich muss Sie unbedingt sprechen, es geht um Leben und Tod. Morgen um elf in der Kapelle. Bitte vertrauen Sie mir.«

49

Der Morgen des fünften November war düster; dichte Wolken hingen über den Dächern von La Isabela und rissen erst am Nachmittag auf. Amada beschloss, sich als Erstes um die Gräber ihrer Lieben zu kümmern, die – wie sie am ersten Tag hatte feststellen müssen – ziemlich vernachlässigt waren. Sie frühstückte rasch und schlüpfte dann in ihren Mantel.

»Ist es nicht zu kalt für die Jahreszeit?«

»Das Wetter ist genau richtig. Es ist unser Blut, das uns in den Adern gefroren ist«, erwiderte Balbina, ohne vom Geschirrspülen aufzublicken.

Amada küsste sie, bevor sie hinausging; die merkwürdige Begegnung, die ihr bevorstand, machte sie nervös.

Der Weg zum Friedhof war ein unwirtlicher, steiniger Pfad durch raureifbedeckte Felder, auf denen vereinzelt halb kahle Bäume standen. Amada hatte ein flaues Gefühl in der Magengrube. An der Steigung glitt sie ein paar Mal aus und wäre beinahe hingefallen, hielt sich aber mit Mühe auf den Beinen. Als sie am Friedhof ankam, schmerzten ihre Fingerglieder, so heftig hatte sie die Hände zu Fäusten geballt.

Als Erstes rupfte sie das Unkraut, das rund um die Grabsteine wucherte. Dann säuberte sie die Steinplatten, polierte sie, bis sie glänzten, fuhr mit den Fingern die eingravierten Namen ihres Vaters und ihres Bruders nach und sprach sie laut vor sich hin.

Als ihre Tränen getrocknet waren, sprach Amada zu ihren Lieben.

Ach Vater, wenn du wüsstest, wie es um La Isabela steht! Es ist nicht mehr der Ort, den du kanntest. Wenn man es so sehr liebt, wie du es getan hast, ist es besser, es in seinem jetzigen verwahrlosten Zustand nicht zu sehen.

Gestern war ich im Palast. Ich bin mit denen, die jetzt dort leben, durch die Räume gegangen, dein altes Arbeitszimmer, den Spiegelsaal, wo nichts mehr daran erinnert, dass dort einmal Klaviermelodien erklangen. Stattdessen erfüllen nun Schreie der Verzweiflung die Luft. Vater, du kannst dir das Ausmaß der Zerstörung nicht vorstellen! So viel vergeudete Mühe, so viele zerplatzte Träume …

Erinnerst du dich noch an die Lampions, mit denen Mama die Promenade schmückte? Gestern habe ich Reste davon zwischen Müll und alten Stofffetzen entdeckt, bei den Samtsitzen des ehemaligen Theaters, die wir für das erste Sommerkonzert aufgestellt haben. Nun sind sie zerschlissen und ohne Beine, weil die im letzten Winter sicherlich verheizt wurden. Wie traurig ist das alles!

Es wird kein Casino geben, Vater. Nicht, solange dieser entsetzliche Krieg dauert. Auch kein Grand Hotel. Der Palast dient nun als Sanatorium für Geisteskranke, die dort ausharren, bis der Tod sie heilt. Was für einen jammervollen Anblick bieten diese Menschen doch, so ganz allein, ohne Angehörige, die ihnen Trost spenden! Und so wie sie leben, sterben sie auch, Vater.

Wie kommt es nur, dass ein Ort wie La Isabela, der der Gesundung und Erholung diente, nun diejenigen beherbergt, die an der schlimmsten aller Krankheiten leiden?

Es ist besser, Vater, dass du diesen Niedergang nicht hast mitansehen müssen.

Heute werde ich zum Kurhaus hinuntergehen – und ich fürchte das Schlimmste. Wenige Tage vor Kriegsbeginn wurde es geschlossen. Dabei hast du immer gesagt, nach dem Winter müsse das Gebäude gut durchgelüftet werden, weil die Feuchtigkeit aus der Quelle in die Fugen der Fliesen, in die Pritschen und Frotteehandtücher kriecht, ja sogar in die gläsernen Flaschen und Karaffen im Behandlungszimmer des Kurarztes, wenn man nicht genügend Luft hineinlässt, um sie zu vertreiben. Und seit mehr als einem Jahr ist nicht ein einziger Lichtstrahl hineingedrungen.

Ach Vater, all deine Mühe ist durch menschliche Unvernunft zunichte gemacht …

Stimmen rissen Amada aus ihrer Zwiesprache mit dem Vater, und sie verstummte.

Aufgeschreckt schlich sie sich zum Eingang des Friedhofs zurück und verbarg sich dort in einer Mauernische. Von dort aus sah sie kurz darauf den groteskesten Trauerzug, den sie je erblickt hatte.

Eine Gruppe von Männern schleppte einen grob zusammengezimmerten, mit einer Decke verhüllten Karren den Pfad hinauf. Die einen zogen, die anderen schoben, wobei sie einander murrend abwechselten. Einmal ließen die Schiebenden plötzlich den Karren los, sodass er ins Wanken geriet und die Decke samt eines darunterliegenden Bündels zu Boden glitt. Die heimliche Beobachterin brauchte einen Augenblick, bis sie erkannte, dass es sich um ein totes, von geronnenem Blut bedecktes Neugeborenes handelte.

Amada schlug beide Hände vor den Mund, um den Schrei und die Übelkeit zu ersticken, die in ihr aufstiegen; aber sie wandte den Blick nicht ab und sah, dass auf dem Karren zwei weitere Tote lagen, ein obszönes Gewirr aus Armen und Beinen.

Sie sah auch, wie ein kräftiger Mann den sich anbahnenden Aufruhr im Keim erstickte, indem er mit rüden

Gesten einen Stock schwang, auf die Männer, die den Karren schoben, einschlug und sie anschrie.

»Cayo schlägt sie, Cayo schlägt sie«, rief einer von ihnen und lachte dabei.

Amada erkannte, dass es Fume war, der am Ende des Zuges ging, in ein altes Messgewand gehüllt, ein Messbuch in der einen und einen Rosenkranz in der anderen Hand, mit dem er das Kreuzzeichen über den Teilnehmern des Zuges schlug. Offensichtlich hatte er sich für diesen gespenstischen Trauerzug selbst zum Priester ernannt und führte sich wie ein solcher auf. Den ganzen Weg über sang er eine unverständliche Litanei vor sich hin wie ein Responsorium.

Unterdessen hatte der Mann, den Fume Cayo genannt hatte, die Beerdigung rücksichtslos zu Ende gebracht, indem er den Karren an zwei bereits ausgehobenen Erdlöchern anhalten ließ und jeweils so weit anhob, dass die Leichen – beides weibliche – in die Löcher rutschten. Das Neugeborene legte er zu einer der Toten dazu, dann wurden die Gräber zugeschaufelt. Wie Amada schon vermutet hatte, markierten sie sie nicht einmal mit einem Kreuz.

Als die Männer wieder verschwunden waren, suchte Amada ein paar Äste zusammen und legte sie über Kreuz auf die frische Erde. Dann betete sie für die Toten.

Während sie auf den Erdhügeln kniete, erinnerte sie sich an etwas, was Doktor Rábago am Tag zuvor nebenbei erwähnt hatte. Er hatte ihr erzählt, dass die Klinik weniger Frauen als Männer beherbergte. Nun waren gleich zwei Frauen beerdigt worden. Bedeutete das, dass mehr Frauen starben als Männer?

Und woran waren die Kranken gestorben, denn eine Geisteskrankheit war ja nicht tödlich? Diese Frage ging ihr auf dem Weg zurück ins Dorf nicht aus dem Kopf, und sie beschloss, Bürgermeister Sotero Rojo danach zu fragen.

»Sie verhungern, Amada«, erklärte dieser wenig später in seinem Laden. »Anfangs haben wir fünfhundert von ihnen gezählt, aber … Weißt du, was es bedeutet, so viele Münder stopfen zu müssen? Inzwischen sind es fast zweitausend, und es gibt hier nicht genug für alle. Und ständig kommen neue hinzu.«

Auch Sotero Rojos Laden hatte sich verändert. Die Schätze, die sie als kleines Mädchen bewundert hatte – die Postkarten, Kämme und Krawattennadeln –, waren verschwunden; stattdessen lagen Haushaltsgegenstände im Schaufenster. Kaum hatte Amada den Laden betreten, war Sotero aufgesprungen, um sie zu begrüßen, aber ihre Freude über das Wiedersehen währte nur kurz, denn als sie zusammen an einem Tisch saßen und einen wässrigen Kaffee tranken, überkam sie tiefe Traurigkeit.

»Sie essen sogar Esel«, berichtete er. »Die Kühe der Bauern und die Schafe, die hier herumlaufen, reichen nicht aus, also sind sie auf die Idee gekommen, Esel zu züchten.«

»Geht es denn wenigstens dir gut?«, fragte Amada und strich ihm über den Arm.

»Mal so, mal so. Solange das Feldlazarett hier untergebracht war, gab es mehr zu tun. Manchmal haben Offiziere bei uns gewohnt. Aber jetzt sind nur noch zwei einfache Soldaten im Sanatorium stationiert, die sich kaum noch auf den Beinen halten können. Eines Tages fallen die auch noch tot um. So wie alle.«

Sotero Rojo sollte bis zum Kriegsende Bürgermeister von La Isabela bleiben. Die Tatsache, dass der Ort im republikanischen Gebiet lag und die Rote Hilfe hier ein Zentrum unterhielt, sollte jedoch schließlich sein Schicksal besiegeln.

Nach dem Ende des Bürgerkriegs wurde Sotero Rojo gemeinsam mit zwei anderen Dorfbewohnern, die bis zuletzt unerschrocken für die Republik gekämpft hatten, standrechtlich erschossen. Drei Tote für drei Tote, so rächten die Sieger die Ermordung des Dorfpfarrers, seines Neffen und Miguels durch die Republikaner im Innenhof des Palasts. Aber an diesem kalten Novembermorgen 1937 ahnte er natürlich noch nichts von dem, was die kommenden Jahre für ihn bereithielten.

Amada kaufte mehrere Päckchen Zigaretten, verabschiedete sich herzlich und machte sich auf den Weg zum Kurhaus.

Unterwegs sah sie linker Hand die düstere Silhouette des verlassenen Gasthofs an der Straße liegen. Einige Monate zuvor, als Felder und Wiesen vom Geschosslärm der Schlacht um Guadalajara widerhallten, waren dort einige Verletzte untergebracht worden, aber als das Feldlazarett weiterzog, wurde das Gebäude verrammelt, und nun hausten dort nur noch Mäuse und Ratten.

Das zumindest glaubte Amada. In Wirklichkeit aber herrschte im Gasthof weit mehr Leben als in den meisten Häusern von La Isabela. Das jedoch durfte sie niemals erfahren, ja mehr noch: Dieses Wissen war so gefährlich, dass Amada ihr Leben aufs Spiel gesetzt hätte, hätte sie das Gebäude betreten. Doch sie betrachtete es nur wehmütig und schwor sich, nicht abzureisen, ohne auch vom Gasthof Abschied genommen zu haben.

Plötzlich ertönte aus einer der Seitenstraßen ein ohrenbetäubender Lärm. Als sie ein paar Schritte zurückging, um nachzusehen, was diesen verursachte, bot sich ihr ein höchst seltsamer Anblick: Ein Mann in einem bodenlangen Mantel, mit Lederhandschuhen und hohen Stiefeln, setzte sich soeben einen Motorradhelm auf, während eine Schar von Kindern hinter ihm herlief und ihn unter Kreischen und Lachen nachahmte.

Amada sah zu, wie er sich auf seine Motorradfahrt vorbereitete – nur dass das Motorrad nicht existierte. Dennoch tat der Verrückte alles, was dazugehörte: Er ließ den Motor an, gab Gas und schaltete die Gänge seiner imaginären Maschine hoch. Die Motorgeräusche kamen allerdings aus seiner Kehle. Brumm, brumm, brumm, machte er, und die Kinder taten es ihm nach.

»Aus dem Weg, sonst fahren wir Sie über den Haufen«, rief er Amada voller Überzeugung zu.

Amada wich rasch aus, und die Kleinen lachten sich halb tot. An der Spitze seines Gefolges fuhr der Verrückte davon, und die Kinder von La Isabela folgten ihm immer noch lachend.

Als Amada auf ihre Uhr sah, merkte sie, dass es Zeit war herauszufinden, was der geheimnisvolle Mann von ihr wollte.

50

Der Arzt durchquerte entschlossenen Schrittes die Zimmerfluchten des Palasts und stürmte die Treppen hinunter, die in den Keller führten. Dort arbeitete er sich durch ein Labyrinth ausgedienter Fässer, bis er bei dem Vorhang angekommen war, den er selbst hier unten angebracht hatte. Mit einer brüsken Handbewegung schob er ihn beiseite.

Der Raum dahinter war von wenigen unregelmäßig verteilten Glühbirnen erleuchtet und von gleichmäßigen Atemzügen erfüllt. Die Luft war angenehm, ein wenig feucht, aber warm. Ein paar Krankenschwestern liefen emsig zwischen den Betten umher und sahen nach dem Rechten, überwacht von einem anderen Arzt, der, wie Rábago feststellte, gerade dabei war, Temperaturen in eine Tabelle einzutragen, mit einer Gemächlichkeit, die in diesem Haus ungewöhnlich war. Der Raum war ein Krankenhaus im Krankenhaus.

»Gibt es etwas Neues?«

Rábago trat auf den anderen Arzt zu. Dieser war etwa dreißig Jahre alt, mittelgroß und rundlich. Als er den Kollegen sah, lächelte er. Seine kleinen, unregelmäßigen Zähne waren gelb wie das Licht der Glühbirnen, und er redete sehr schnell.

»Abgesehen von dem Toten, nein. Aber die in Bett vierzehn hat Wehen«, verkündete er fröhlich.

»Ich hoffe, dass sich das vom letzten Mal nicht wiederholt«, sagte Rábago und griff nach den Krankenakten, die der andere unter dem Arm trug.

»Warum haben Sie so wenig Vertrauen zu mir, Doktor?«

»Ich bin von Natur aus misstrauisch. Trotzdem brauche ich Sie, denn es ist Ihre Aufgabe, mir Gewissheit zu verschaffen. Würden Sie bitte mit mir kommen?«

Die beiden Ärzte durchquerten den Raum und gelangten durch eine Tür in einen großen, quadratischen Saal, der offenbar als provisorischer Operationssaal diente. Auf dem OP-Tisch lag die Leiche eines jungen, aber ausgemergelten Mannes. Rábago untersuchte gründlich Schleimhäute, Brust und Unterleib, die von rosafarbenen Flecken übersät waren.

»Was halten Sie davon?«, wollte der Rundliche wissen.

»Ihr Urteil ist das, was zählt, schließlich sind Sie der Forensiker«, entgegnete Rábago barsch, denn was er sah, gefiel ihm nicht.

»Dass das Mittel dieses Mal nicht angeschlagen hat, heißt nicht, dass es nicht wirkt. Laut Professor Noguchi ist die allgemeine progressive Paralyse …«

»Von Büchern wird niemand gesund!«, rief der Arzt zornig. »Hören Sie auf mit diesem Geschwätz!«

»Dieser Patient war in einem sehr schlechten Zustand und wäre sowieso demnächst an irgendwas gestorben, an … der Ruhr, zum Beispiel.«

»Es war aber die Syphilis, die ihn ins Grab gebracht hat, Corominas.«

»Oder das Leben, wer weiß.« Wieder lächelte der Jüngere. »Sie mögen mich nicht, ich weiß. Aber Sie brauchen mich, und in schwierigen Zeiten zählt das mehr als Freundschaft.«

»Sind Sie jetzt unter die Philosophen gegangen?«

»Das kommt davon, wenn man Tag für Tag mit dem Tod zu tun hat.«

»Sie sollten öfter an die frische Luft gehen. Ihre Haut ist schon ganz grau«, sagte der Arzt spöttisch.

»Sehen Sie? Am Ende sind Sie ja doch um mich besorgt. Ach, die Zuneigung kommt doch manchmal auf die seltsamste Weise zum Ausdruck.«

Corominas warf eine Decke über den Toten und ging in Richtung Tür. Als er sah, dass der Chefarzt ihm nicht folgte, fragte er: »Wollen Sie noch ein Vaterunser für ihn beten, oder was?«

In Wirklichkeit hatte Rábago gerade darüber nachgedacht, wie wohl das Leben dieses Mannes verlaufen war, und dabei war ihm ein Satz des heiligen Augustinus in den Sinn gekommen: »Wer liebt, sündigt nicht.« Der Verstorbene hingegen war für sein Liebesleben mit Hirnerweichung bestraft worden. Ein echtes Paradox.

Rábago überließ den Keller und das dort untergebrachte Versuchslabor wieder. Agustín Corominas, der valencianische Arzt, war einige Monate zuvor mit einer Gruppe psychisch Kranker aus dem Krankenhaus von Cofrentes in La Isabela eingetroffen und hatte sich bald darauf in den Keller zurückgezogen, wo er die geistig Gesunden bewachte. Rábago bewunderte seinen Sinn für Humor, den er selbst in der Leichenhalle bewahrte.

Das ist die mediterrane Lebenshaltung«, hatte Corominas Rábago einmal erklärt, als dieser ihn provoziert hatte. »Wer in der kastilischen Hochebene geboren ist wie Sie, ist eben von Natur aus miesepetrig.«

Als der Chefarzt an den Werkstätten vorbeikam, warf er einen Blick hinein und stellte zufrieden fest, dass die Patienten Holzbretter abschliffen, Dachziegel, Backsteine und Krüge fertigten, Stoffe webten, Hanf flochten und selbstgetöpfertes Geschirr bemalten. Der Anblick hob seine Laune. Eines Tages, so dachte er, wenn der Krieg vorbei war, würde endlich jemand seine medizinischen Leistungen anerkennen, und dann würde er den lange verdienten Beifall ernten.

Im oberen Stockwerk angekommen, sah er, wie einige Angestellte Eimer voll kochenden Wassers in einen Raum schleppten, und ging ihnen nach, um zu erfahren, was dort los war. Im Zimmer tobten ein paar Patienten trotz angelegter Zwangsjacken.

»Sie haben eine schlimme Nacht hinter sich, Doktor«, erklärte eine der Krankenschwestern. »Mal sehen, ob sie das hier beruhigt.«

Ein Bad in abwechselnd heißem und eiskaltem Wasser galt zu jener Zeit, in der die Psychiatrie noch in den Kinderschuhen steckte, als eine der wenigen verfügbaren und erschwinglichen Therapien und wurde deshalb als Beruhigungsmittel für tobende Kranke hoch geschätzt. Plötzlich gelang es einem der Patienten, sich aus der Zwangsjacke zu befreien. Mit den losen Ärmeln der Jacke drosch er auf die metallenen Wannen ein und belegte die Wärter, die ihn zu bändigen versuchten, mit den übelsten Schimpfworten.

»Er wird gleich in einen katatonischen Zustand verfallen«, rief Doktor Rábago warnend. »Rasch, einen Fixationsabszess!«

Endlich gelang es zwei Wärtern unter großen Mühen, den Patienten festzuhalten. Unterdessen hatte eine Krankenschwester eine Spritze mit einer klaren Flüssigkeit aufgezogen, die der Arzt dem Kranken ins Gesäß jagte. Sogleich hörte dieser auf, sich zur Wehr zu setzen, begann aber laut zu weinen, weil das Mittel, das ihm verabreicht worden war, ihm große Schmerzen bereitete. Genau das war die Absicht gewesen: körperliches Leiden zu verursachen, um das seelische Leiden zu lindern.

Auf der Flasche, die die Krankenschwester in den Schrank zurückstellte, stand: »Terpentin für Geisteskranke«.

Amada war ein paar Minuten zu früh am Treffpunkt erschienen; sie war nervös, denn es war leichtsinnig, sich mit jemandem zu treffen, der möglicherweise aggressiv oder gar gewalttätig war. Andererseits, so sagte sie sich, hätte ein Verrückter niemals eine so sinnige Nachricht zustande gebracht wie die, die in ihrer Manteltasche steckte.

Die Kapellentür ließ sich problemlos öffnen, und Amada setzte sich in eine Bank. Hier drinnen war es angenehm warm.

»Ich warte schon eine ganze Weile«, sagte plötzlich eine deutliche Stimme.

»Zu früh zu kommen ist genau so schlimm, wie zu spät zu kommen. Weder das eine noch das andere zeugt von Maß«, sagte Amada scheinbar gelassen, während sie möglichst unauffällig nach dem Unbekannten Ausschau hielt.

»Versuchen Sie herauszufinden, wie verrückt ich bin?«, fragte der Mann und kroch hinter dem Altar hervor.

»Wer sind Sie?«

»Das ist nicht wichtig«, sagte er und kam auf sie zu.

Der Mann weckte in ihr eine unerklärliche, grundlose Angst, so wie ein Kind sich in einem dunklen Zimmer allein deshalb fürchtet, weil es darin nichts sehen kann. Die Angst war so groß, dass sie nervös von der Bank aufstand und bis an die Tür zurückwich.

»Kommen Sie nicht näher. Sie können mir von dort, wo Sie stehen, mitteilen, was Sie zu sagen haben.«

»Ganz ruhig, ich will nur mit Ihnen reden …«, sagte er, kam aber mit einem seltsamen, beunruhigenden Blick immer näher auf sie zu.

Amadas Herz raste, als sie in Richtung Kurhaus davonstürzte, wo sie sich am ehesten in Sicherheit wähnte, weil sie sich dort blind zurechtfand. Sie lief zum Hintereingang, weil sie wusste, dass sie nur dort ins Haus gelangen konnte.

Im Inneren verharrte sie mucksmäuschenstill, für den

Fall, dass der Irre ihr gefolgt war. Erleichtert stellte sie nach ein paar Minuten fest, dass sich nichts rührte. Erst jetzt wagte sie sich weiter in das Gebäude vor.

Es dauerte eine ganze Weile, bis sich ihre Pupillen an die Dunkelheit gewöhnt hatten, aber nach und nach erkannte sie, zutiefst bewegt von der Wiederbegegnung, die vertrauten Umrisse des Gebäudes wieder, an das sie in den letzten Jahren so oft hatte denken müssen. Sie zog ihre Schuhe aus; die Luft war von warmen, feuchten Dampfschwaden erfüllt. Sie ging auf einen Lichtstrahl zu, der von einem der Innenhöfe hereinfiel.

Es war alles fast noch genau so, wie sie es in Erinnerung hatte, nur die sevillanischen Fliesen, die einige Wände bis auf halbe Höhe bedeckten, zeugten von den Umbauarbeiten des Marqués. Dabei fiel ihr das tragische Schicksal von dessen Geliebten wieder ein, die die Treppe hinabgestürzt und vielleicht genau da, wo sie gerade ging, auf dem Boden aufgeschlagen war. Amada ließ sich auf die Knie nieder und berührte den roten Lehmboden, auf dem sie als kleines Mädchen so oft gespielt hatte.

Plötzlich hörte sie ein Geräusch, das sie zunächst nicht einordnen konnte. Es klang, als schleife jemand ganz in ihrer Nähe Stühle über den Boden. Hastig hielt sie Ausschau nach einem Versteck und schlich dann vorsichtig zurück bis zur Tür des Römischen Bades, das ihr ein sicherer Ort zu sein schien. Sie erkannte die verchromten Regale wieder, den Tisch und den Sessel, auf dem sie unzählige Male ihre Kleider abgelegt hatte, um ins Wasser zu steigen. Dann presste sie das Ohr an die Tür, um auf das Geräusch zu lauschen, das von irgendwoher aus dem Inneren des Kurhauses kam, und stellte fest, dass es nicht etwa Möbel waren, die gerückt wurden, sondern feste Schritte.

Rasch ging sie vom Vorraum in das Bad selbst, drückte sich dort an die Wand und versuchte, so still wie möglich zu verharren. Es würde sich wohl kaum jemand in diesen Raum wagen, der düster und furchteinflößend war, seit der Marqués das von Ernesto Montemayor eingebaute Glasdach hatte zudecken lassen. In der Finsternis konnte sie kaum weiter sehen als bis zu den ersten Stufen, die ins Becken hinunterführten.

Erschöpft und traurig kauerte sie sich auf den Boden. Niemals hätte sie gedacht, dass sie sich einmal so heimlich und verstohlen ins Kurhaus würde schleichen müssen.

Da legte sich plötzlich eine eiskalte Hand über ihren Mund.

51

»Du wolltest mich sprechen?«, fragte Alberto Bañuls den Leiter des Sanatoriums von der Tür des Sprechzimmers aus.

»Ja, komm rein«, sagte Doktor Rábago, der gerade den Inhalt eines Reagenzglases in ein anderes schüttete, ohne von seiner Tätigkeit aufzublicken. »Wo warst du gestern?«

»Wann gestern?«

»Das weißt du ganz genau.«

»Warum fragst du, wenn du die Antwort schon kennst? Was für eine idiotische Zeitverschwendung!«

Der Arzt stellte die Reagenzgläser in ein gläsernes Gestell und nahm langsam die Brille ab. Tadelnd schnalzte er mit der Zunge.

»Du lässt dich zu sehr von deiner Libido leiten, Alberto. Unsere Patienten sprechen sehr gut auf die chemischen Lusthemmer an, vielleicht sollten wir sie auch mal bei dir ausprobieren. Was meinst du?«

»Ich habe meine Arbeit nicht vernachlässigt.«

»Da täuschst du dich. Heute Nachmittag hat sich ein Patient in die Krankenstation geschlichen.« Der Arzt wandte sich wieder seinen Reagenzgläsern zu. »Zum Glück ist nichts verschwunden, aber es gab eine große Aufregung. Sprich mit Cayo, der wird wissen, was zu tun ist.«

»War's das?«, fragte der Verwalter beleidigt.

»Nein. Irgendwann im Laufe des Vormittags wird diese Frau hier auftauchen, um eine Inventarliste des Mobiliars zu erstellen.« Der Arzt sah ihn drohend an. »Lass sie nicht aus den Augen.«

Mit hängendem Kopf trottete Bañuls zur Tür, aber bevor er hinausging, drehte er sich noch einmal zu Doktor Rábago um, als habe er über seine Worte nachgedacht.

»Es ist nicht leicht, es hier auszuhalten, ohne der Versuchung nachzugeben, Martín. Du hast deine Frau und deine Kinder. Du kehrst nach Hause in dein warmes Bett zurück. Aber ich habe niemanden, der auf mich wartet, und meine Familie …«

»Deine Bettgeschichten sind mir völlig egal, solange das Sanatorium nicht darunter leidet«, fiel ihm Rábago wütend ins Wort. »Niemand hat behauptet, dass es einfach würde.«

Damit war für ihn alles gesagt.

Der Verwalter fand Cayo im Männerpavillon, wo er gerade einem Patienten, der gegen unsichtbare Riesen kämpfte, die Zwangsjacke anlegte. Der Kranke hatte die Augen verdreht, und weißer Schaum troff ihm aus den Mundwinkeln auf die Jacke.

»Reichen Sie mir ein Tuch, Bañuls, sonst erstickt er noch an seiner eigenen Zunge!«

»Schon wieder einer mit epileptischen Anfällen? Was für eine Woche!«

Der Verwalter und Cayo waren Seelenverwandte: Sie achteten einander als einsame Wölfe und verstanden sich auch ohne große Worte. Nun schoben sie mit vereinten Kräften dem Patienten ein Stück Stoff zwischen die Zähne, und dieser hielt still.

»Wie war der Morgen, Cayo?«

»Einen habe ich hart rannehmen müssen. Er war aufsässig und wollte den Karren nicht ziehen, also habe ich ihm eine Tracht Prügel verpasst.«

»Tun Sie, was Sie für richtig halten. Unten liegt noch ein Toter, nur dass Sie's wissen. Und was war das gestern auf der Krankenstation?«

»Keine Sorge, ich werde schon noch herausfinden, wer sich da herumgetrieben hat.«

»Schreien Sie nicht. Seien Sie leise, ich bitte Sie, um Ihrer eigenen Sicherheit willen. Und seien Sie unbesorgt, ich tue Ihnen nichts.«

Der Verrückte flüsterte Amada direkt ins Ohr, aber sie war vor Angst wie betäubt, sodass sie seine Worte zwar hörte, aber ihren Sinn nicht erfasste.

»Es ist besser, niemand merkt, dass wir hier sind«, fuhr der Mann fort.

»Was wollen Sie von mir?«, fragte Amada endlich, nachdem sie all ihren Mut zusammengenommen hatte.

»Zuerst müssen wir hier weg, irgendwohin, wo wir uns in Ruhe unterhalten können. Pssst. Seien Sie mal kurz still.«

Jetzt waren die seltsamen Geräusche, durch das Echo verstärkt, noch deutlicher zu vernehmen. Es klang nun wie Gläserklirren, außerdem hörten sie mehrere Stimmen, konnten aber nicht verstehen, was sie sagten. Beruhigt stellte Amada fest, dass der Verrückte sie nicht mehr ganz so fest gepackt hielt, sodass sie sich umdrehen und eine bequemere Haltung einnehmen konnte.

»Was ist da los?«, erkundigte sie sich neugierig.

»Pssst. Besser, Sie wissen es nicht und halten weiter Ihren Mund.«

»Sind denn hier im Kurhaus noch andere Leute außer uns?«, beharrte sie.

»Was sind Sie nur für ein Dickschädel! Was denken Sie denn? Dass das Gespenster sind?«

Amada hätte gern sein Gesicht gesehen. Sie wusste noch nicht, ob sie ihm dankbar sein sollte, weil er sie offenbar zu beschützen versuchte, oder ob sie ihm einen Schlag versetzen und weglaufen sollte. Zunächst einmal machte sie sich vorsichtig von ihm los und lehnte sich an die gekachelte Wand. So stand sie ihm gegenüber. Seine Augen leuchteten im Dunkeln.

»Wer sind Sie?«, fragte sie.

»Und wer sind Sie?«

»Das ist doch absurd! Ich möchte Sie daran erinnern, dass ich zu Ihnen gekommen bin, weil Sie mich darum gebeten haben!«

Der Unbekannte hielt ihr erneut den Mund zu. Ganz in der Nähe erklangen Schritte, als jemand den Hof überquerte.

»Verschwinden wir durch die Hintertür«, flüsterte der Mann ihr ins Ohr. »Sie gehen vor, und ich gebe Ihnen Rückendeckung. Bitte vertrauen Sie mir.«

Einen Moment lang blieb er so dicht neben ihr stehen, dass sie sich berührten, und er atmete den Duft ihres Haars ein. Amada war das unangenehm, allerdings musste sie sich eingestehen, dass seine Nähe sie im Augenblick weniger beunruhigte als das, was in diesem Gebäude nicht weit von ihnen entfernt vor sich ging.

»Sie kennen sich wohl hier im Kurhaus bestens aus, was?«, fragte sie, erhielt aber keine Antwort, weil Manuel schon in Richtung Ausgang ging.

Lautlos öffnete er die Tür und zeigte nach rechts, und sie folgte seinen Anweisungen.

Der Himmel war aufgeklart, doch die beiden schenkten den in der Sonne leuchtenden Gärten keinen Blick. So rasch sie konnten, liefen sie zum alten Hospital hinüber, in dem viele Jahre zuvor Fermín der Gärtner gehaust hatte, bevor er ermordet wurde.

»Woher kennen Sie sich so gut aus?«, fragte sie keuchend zum zweiten Mal.

»Nun, diese Gebäude bieten mir Unterschlupf, wann immer ich mich aus dem Sanatorium davonstehle.« Der Verrückte wischte den Staub von einem Schemel und reichte ihn ihr. »Bitte, nehmen Sie Platz.«

Die Luft in dem verlassenen Gebäude war drückend und abgestanden. Amada sah sich um und stellte fest, dass sich nicht viel verändert hatte.

»Wissen Sie, wo Sie hier sind? Wie heißt dieser Ort?« Sie bemühte sich, langsam und deutlich zu sprechen, in der Hoffnung, ihr Tonfall werde eine beruhigende Wirkung auf den Mann haben.

Manuel lachte laut auf.

»Sie reden schon wie die anderen!«, rief er verwundert aus. »Hat man Ihnen gesagt, dass Sie uns so behandeln sollen, dass man mit den Irren reden muss, als wären sie dumm?«

»Ich weiß nicht, was Sie meinen«, sagte Amada, aber er ging nicht weiter darauf ein, sondern setzte sich auf den Zementboden. Amada beobachtete alle seine Bewegungen aufmerksam. Wie ihr schon in der Kapelle aufgefallen war, war er groß und schmal, nur sah er jetzt trauriger und müder aus als zuvor. Er trug eine braune Stoffjacke, darunter einen Wollpullover in der gleichen Farbe und Arbeitshosen. Vom schnellen Lauf war sein Haar zerzaust, und ein paar Strähnen fielen ihm in die Stirn. Auf einmal legte er sich die Hände vors Gesicht. Er schien zu Tode erschöpft.

Um das lange Schweigen zu brechen, sagte Amada in förmlichem Tonfall: »Mein Name ist Amada Montemayor, und ich bin nur nach La Isabela gekommen, um …«

»Das weiß ich schon alles!«, unterbrach er sie und zerwühlte sich das Haar. »Ich weiß, wer Sie sind, weil ich gehört habe, wie die Ärzte über Sie gesprochen haben. Ich weiß auch, dass Sie bald wieder von hier fortgehen werden, und deshalb wollte ich Sie um Hilfe bitten. Ich heiße

Manuel und bin nicht geisteskrank, das schwöre ich Ihnen.« Seine Stimme klang fest und überzeugend. »Helfen Sie mir hier raus, bitte!«

Dann erzählte Manuel ihr seine Geschichte, ohne zu zögern oder zu stocken, wie ein reuiger Sünder, der seine Vergehen beichtet, wohl aber darauf bedacht, einen guten Eindruck auf Amada zu machen. Er sprach nur über das, was ihm ratsam erschien, und verlor kein Wort über diejenigen, die ihn bewachten. Erst als die Sonne durch das Fenster hereinschien, wurde ihm plötzlich bewusst, wie spät es war. Hastig drängte er zum Aufbruch, obwohl er mit seinem Bericht noch längst nicht zu Ende war.

»Wir müssen los«, sagte er und stand auf. »Wenn ich zu lange vom Sanatorium fortbleibe, bemerken sie es.«

»Aber ... wie soll es denn jetzt weitergehen ...«

»Vielleicht kann ich mich nach dem Mittagessen davonschleichen, damit wir unser Gespräch heute Nachmittag fortsetzen können, aber dazu brauche ich Ihre Hilfe: Sie müssen die Wärter ablenken. Dann könnten wir uns um vier wieder hier treffen.«

»Ich ... also ich ... ich weiß nicht ...«, stammelte Amada. »Ich weiß nicht, wie ich das anstellen soll.«

»Denken Sie nach. Sie sind eine intelligente Frau, Ihnen fällt bestimmt etwas ein.«

»Verzeihung, aber ... Woher soll ich wissen, ob all das stimmt, was Sie mir erzählt haben?«, fragte Amada. Sie zweifelte weniger an Manuels Bericht als daran, was er von ihr wollte.

»Ich kann Sie nur bitten, mir zu vertrauen«, erwiderte er.

Manuel sah Amada nach, wie sie im Schutze der Ulmen ins Dorf zurückging. Er blieb noch einen Augenblick lang in der Tür des Hospitals stehen und dachte über ihr Gespräch nach. Aus dem, was Amada gesagt hatte, schloss er, dass sie eine starke, zuverlässige Frau war, die sich nicht von dem abbringen ließ, was sie für richtig hielt. Allerdings war sie auch recht eigensinnig, und es würde sicher nicht leicht werden, sie zu überreden. Er brauchte mehr Zeit, dachte er.

Er seufzte tief, dann lief er eilig zurück zum Sanatorium. Auf dem Weg glaubte er noch immer, ihren Jasminduft zu riechen.

Im Gasthof hatte Dionisio schon am frühen Morgen ein Glas reinen Absinth geleert. Normalerweise trank er weder so früh noch so starken Alkohol, und eigentlich war er es auch nicht gewohnt, allein zu trinken, aber seit er hier war, schüttete er den Alkohol besinnungslos in sich hinein, nur um nicht denken zu müssen.

Es war leicht gewesen, die Koffer für seine Reise nach La Isabela zu packen. Das einzige Problem war gewesen, dass er nicht wusste, wie lange er bleiben würde, und so hatte er sich vorsichtshalber eine ganze Anzahl von Absinthflaschen aus Frankreich mitbringen lassen – wo der Ausschank verboten war – und sie in einen zusätzlichen Koffer gepackt. Als er ausstieg, stießen sie klirrend aneinander, und der Verwalter sah ihn verwundert an.

»Was ist denn das?«, fragte er und zeigte auf den Lederkoffer.

»Was soll das schon sein?«, erwiderte der Sänger von oben herab. »Das sind Musikinstrumente. Die brauche ich für meine Gesangsübungen.«

Bañuls fragte nicht weiter, denn er hatte schon verstanden, dass jeder Verrückte seine eigene Besessenheit pflegte, und war die seltsamen Vögel gewöhnt, die La Isabela bevölkerten.

In seinem Zimmer angekommen, räumte Dionisio die

Flaschen ins Regal, wo sie standen wie Heiligenfiguren auf dem Altar.

Dionisio trank, um seine Erinnerung an jene glücklichen Nächte zu wecken, in denen er im Zentrum der Aufmerksamkeit gestanden und in Applaus gebadet hatte. Um seiner Erfolge zu gedenken, denn mit dem Krieg war selbst eine universelle Kunst wie die seine zum Erliegen gekommen, und das, obwohl er auf den besten Opernbühnen der Welt gestanden hatte.

»Die marxistischen Bauerntrampel haben keine Ahnung, was Begabung ist! Diese roten Revoluzzer sind paranoid, Doktor«, rief er eines Tages im Gespräch mit Rábago wutentbrannt aus. »Sie wittern Gefahr, wo es doch nur ums Vergnügen geht. Sie sind keine Hedonisten, o nein, sie können nicht genießen, weil sie ganz von Groll und Rachsucht erfüllt sind. Was wollen sie ändern?, frage ich mich. Die Dinge sind nun mal, wie sie sind: Die Reichen sind reich und die Armen – nun, die nagen am Hungertuch, haben aber ihre Würde.«

Manchmal, wenn ihm der Alkohol die Kehle gewärmt hatte, versuchte er, seine besten Arien leise zu singen, aber von dem Versuch, seine mächtige Stimme zu dämpfen, waren seine Stimmbänder hinterher jedes Mal völlig verhärtet. Jetzt war es noch schlimmer, denn der Arzt hatte ihm vor ein paar Tagen das Üben völlig untersagt, was für ihn einem Todesurteil gleichkam. Seither trank er noch mehr.

»Wo liegt der Unterschied zwischen einem Glas Absinth und einem Sonnenuntergang?« Dieser Satz von Oscar Wilde, den er ansonsten gar nicht schätzte, weil er ihn für einen Wüstling hielt, traf seine jetzige Situation ziemlich genau.

Es war kurz vor eins, als Amada mit knurrendem Magen im Dorf ankam. Das Wetter war umgeschlagen, und die Luft war mild wie an einem Frühlingstag.

Unterwegs hatte sie sich noch einmal das Gespräch mit Manuel durch den Kopf gehen lassen, und ihr war klar geworden, dass sie diesem Mann nicht trauen konnte. Andererseits wollte sie unbedingt das Ende seiner Geschichte erfahren – Rätsel und Geheimnisse übten immer noch die gleiche unwiderstehliche Anziehungskraft auf sie aus wie in ihrer Kindheit. Sie wusste, dass es eigentlich schon ein wenig spät war, um die Möbel in Augenschein zu nehmen, wie sie es mit dem Direktor des Sanatoriums vereinbart hatte, aber sie musste noch eine Möglichkeit finden, um Manuel am Nachmittag die Flucht aus dem Sanatorium zu ermöglichen, also machte sie sich dorthin auf den Weg.

»Ich dachte schon, Sie kommen nicht mehr«, begrüßte Alberto Bañuls sie. »Doktor Rábago hat mir aufgetragen, Ihnen bei der Inspektion der Möbel zur Hand zu gehen.«

Amada verließ sich darauf, dass ihr schon etwas einfallen würde, wenn sie das Sanatorium erst einmal betreten hatte.

52

Die beiden überquerten den Hof, wo eine Gruppe Patienten sich eine Zigarettenkippe teilte. Amada tastete ihre Taschen ab, denn ihr war eingefallen, dass sie ja ein Geschenk dabeihatte. Der Brunnen war trocken – noch eine Veränderung im Vergleich zu früher –, und die Blumentöpfe, die einst seinen Rand geschmückt hatten, waren verschwunden, sodass die Patienten ihn nun als Sitzbank nutzen konnten. Unter ihnen erkannte sie Quimet.

»Hallo, Künstlerin! Wann singen Sie uns denn ein Lied?«, rief er mit einer spöttischen Verneigung.

»Na so was, das hätte ich Ihnen gar nicht zugetraut!« Bañuls weidete sich sichtlich an ihrer Verlegenheit. »Sie sind so still, ist irgendwas? Wenn Sie sich nicht wohlfühlen, können wir den Arzt rufen. Er versteht sich auf seelische Leiden wie kein anderer.«

»Wissen Sie das etwa aus eigener Erfahrung?«, fragte sie bissig zurück.

Der Verwalter warf ihr einen verächtlichen Blick zu und wies auf den Eingang zum Lagerraum, der in einer Ecke des Erdgeschosses lag. Bei der Einrichtung des Sanatoriums war dort alles gelandet, was für unbrauchbar erachtet wurde, und später hatte man sich der eingelagerten Möbel als Brennholz bedient. Schon am Tag zuvor hatte Amada festgestellt, dass es fast unmöglich sein würde, die wertvollsten Stücke herauszusuchen, da das Mobiliar der Familie irgendwo zwischen den Büromöbeln stand.

»Hier, das werden Sie gut gebrauchen können.« Der Verwalter hielt ihr ein Notizbuch und einen Bleistift hin. »Ich sehe, Sie haben kein Papier dabei, und ich weiß nicht, wie Sie das, was Sie sich vorgenommen haben, sonst erledigen wollen.«

»Wie schön, dass Sie mitdenken, das beweist, dass Sie ein guter Verwalter sind. Wenn Sie mich nun entschuldigen wollen …« Mit diesen Worten tauchte Amada in das Chaos ein.

»Ich mache Sie darauf aufmerksam, dass bald Mittagessenszeit ist«, sagte Alberto Bañuls, der sich in einem zerschlissenen Sessel an der Tür niedergelassen hatte, um die Patienten im Auge zu behalten, während sie hinter seinem Rücken zugange war.

»Keine Sorge, ich beeile mich. Aber falls nötig, könnte ich doch sicher später noch mal wiederkommen, oder?«

Er antwortete nicht, sondern rieb sich nur müde die Augen. Er fürchtete, dass sie ewig herumtrödeln würde, wie das Frauen eben so taten, und das missfiel ihm.

Als Amada das Notizbuch aufschlug, erkannte sie sofort das linierte Papier, auf das Manuel am Tag zuvor seine Nachricht gekritzelt hatte. Sie dachte, dass die Dinge je nach Benutzer höchst unterschiedlichen Zwecken dienten und dass sie, wenn sie reden könnten, einiges zu erzählen hätten. So wie die Möbel in diesem Raum, die einst Küsse, Tänze und Fröhlichkeit erlebt hatten und nun, achtlos übereinandergestapelt, Zeugen des im Sanatorium erduldeten Leids waren.

Entschlossen schrieb sie nur die Möbel auf, die noch stabil genug waren, um eine lange Reise zu überstehen; sie überprüfte, dass sie keine Holzwürmer hatten, und öffnete und schloss prüfend Schubladen und Türen, bevor sie entschied, welche Stücke gerettet werden sollten. Plötzlich entdeckte sie das geprägte Leder der Truhe, in der sie ihre alten Bücher aufbewahrt hatte, und kletterte auf einen Stuhl, um nachzusehen, ob sich der Schlüssel immer noch in dem Ledertäschchen unter einem der Griffe befand. Erfreut stellte sie fest, dass er da war, schloss auf und hob den Deckel an, was sie einige Mühe kostete, da die Scharniere verrostet waren. Alles, was sie sieben Jahre zuvor hineingepackt hatte, war noch da, aber das Papier war von Feuchtigkeit zerfressen und von grünen Schimmelflecken überzogen. Doch das war ihr egal; sie beschloss, dass sie diesen Schatz auf jeden Fall mitnehmen würde.

Innerhalb eines Stapels von Schreibtischen fiel ihr einer wegen seiner wunderbaren Intarsien ins Auge, und sie erinnerte sich, dass er früher bei ihnen zu Hause gestanden hatte. Er war in einem sehr schlechten Zustand; trotzdem warf sie einen Blick in all die kleinen Fächer, die zur Aufbewahrung von Umschlägen, Schreibpapier und Federkielen gedient hatten, und in einem davon fand sie eine kleine Kostbarkeit: einen Stapel alter, handsignierter Fotografien, zusammengehalten von einem Frauenstrumpfband. Es waren die Autogrammkarten, die Adelita bei ihrem Abschied Paula geschenkt hatte.

Plötzlich kam Amada eine Idee, und sie eilte auf den Hof hinaus.

»Sind Sie schon fertig?«, fragte Bañuls. »Hallo! Wo laufen Sie denn hin?«

»Ich habe ein Geschenk für dich, Quimet«, verkündete Amada.

Sie war bei dem Brunnen angelangt, wo Quimet mittlerweile allein saß und ein tonloses Lied vor sich hin summte. Er lächelte sie an.

»Sie hat mir aufgetragen, dir auszurichten, dass du der beste Kulissenschieber bist, mit dem sie je zusammengearbeitet hat.« Mit dieser frommen Lüge hielt Amada ihm eine Autogrammkarte hin.

»Adelita *La Parisina*«, schrie er, riss ihr die Karte aus der Hand und bedeckte sie mit Küssen. »Erinnert sie sich wirklich noch an mich, Señorita?«

»Ja. Und sie erzählt jedem, dass du der Beste bist.«

Amada war sich sicher, dass Quimet einmal gute Arbeit geleistet hatte. Und sein freudestrahlender Blick, als er hörte, dass man sich auch Jahre später noch daran erinnerte, bewies seine Aufrichtigkeit. Hochzufrieden ging Amada davon, überzeugt, dass ihr kleiner Regelverstoß sich gelohnt hatte, auch wenn der Verwalter alles andere als begeistert war.

»Das hätten Sie nicht tun dürfen«, tadelte er sie von oben herab. »Sie wecken falsche Hoffnungen in den Patienten.«

»Welche Hoffnungen kann man denn sonst in ihnen wecken, wenn sie diesen Ort nie verlassen werden, es sei denn, man karrt sie zum Friedhof?«, erwiderte Amada und ging an ihm vorbei, ohne ihn eines weiteren Blickes zu würdigen.

Angespannt, aber glücklich fuhr Amada noch ein paar Minuten mit ihrer Arbeit fort, bis sie hörte, wie die Patienten wieder in den Innenhof hinauskamen. Sie deponierte das Päckchen mit den Fotos unter einer Vitrine, ging zu Bañuls und sagte kurzerhand: »Ich gehe, aber nur dass Sie's wissen: Ich bin noch nicht fertig.«

Der Verwalter schwieg und hielt ihr die Tür auf, die, wie sie erst jetzt bemerkte, kein Schloss hatte. Sie wollte gerade die Treppe hinaufgehen, als sie Fume in einer Gruppe von Patienten entdeckte, die auf dem Weg zum Speisesaal waren, fröhlich und aufgeregt, da Essen an diesem traurigen Ort der einzige Trost war. Sie beschloss, dass dies der richtige Augenblick sei, ihm ihr Geschenk zu geben.

»Fume!«, rief sie ihn an. »Nimm, Fume!« Und sie warf die Zigarettenschachteln in die Luft.

Doch sie hatte nicht mit der Reaktion der Kranken gerechnet. Voller Entsetzen sah sie, wie sich alle, an die zwanzig Mann, auf die Zigaretten stürzten und sich mit ungeahnter Brutalität, unter Flüchen und Drohungen, Hieben und Fußtritten darum prügelten.

»Sind Sie noch zu retten? Was haben Sie getan?«, schrie der Verwalter. »Weg mit euch! Weg, sage ich! Cayo, ruf sie zur Ordnung!«

Cayo kam herbei und beendete den Aufruhr mit einigen kräftigen Schlägen. Widerwillig musste sich Amada eingestehen, dass sie froh war zu sehen, wie er die Meute bändigte, die Sekunden zuvor noch so friedlich gewirkt hatte. Und das alles wegen ein paar lächerlicher Zigaretten! Im allgemeinen Tumult hatte sie Fume aus den Augen verloren, bis dieser strahlend aus dem Gewirr von Armen und Beinen auftauchte. Seine Beute, eine Handvoll Zigaretten, hing ihm im Mundwinkel.

»Es sind doch keine Kinder, die man belohnen oder bestrafen kann.« Martín Rábagos Stimme hinter ihr ließ sie zusammenfahren. »Diese Sprache verstehen sie nicht, Amada. Sie wären bereit, für das zu töten, was Sie ihnen geschenkt haben.«

»Das freut Sie, was, Doktor? Dass ich mich aufgeführt habe wie eine Närrin?«

»Nun, das ist völlig normal. Woher sollten Sie wissen, wie man richtig mit Geisteskranken umgeht.« Seinen Worten widersprechend, klang sein Tonfall triumphierend.

Amada war nicht bereit, sich das gefallen zu lassen. »Auch ein Psychiater ist nicht allwissend«, sagte sie. »Sie tun so, als wären Sie Gott und könnten über die Leben dieser Menschen bestimmen, und das ist nicht gut.«

»Sie schätzen mich völlig falsch ein, und Sie ahnen

nicht, wie sehr ich das bedauere«, erwiderte der Arzt und verschwand die Treppe hinauf.

Auf dem Weg nach draußen bemerkte Amada in einer Ecke des Hofes einen Kranken, der sich hin und her wiegte und dabei seltsame Geräusche von sich gab. Sein Blick war leer, sein Kopf hing zur Seite und die Arme waren merkwürdig gekrümmt, kurzum, er bot einen ebenso grotesken wie überzeugenden Anblick.

Niemand hätte geglaubt, dass Manuel nicht hoffnungslos irre war.

Der Verwalter vergewisserte sich, dass Amada auch wirklich das Sanatorium verlassen hatte, dann lief er aufgebracht zum Direktor.

»Ich weiß, was du mir sagen willst«, fiel ihm der Arzt ins Wort, noch bevor er richtig loslegen konnte. »Ich habe alles mitangesehen.«

»Diese Frau ist unmöglich! Du bist viel zu nachsichtig mit ihr. Wenn es nach mir ginge, dürfte sie sich hier nicht mehr blicken lassen. Sie ist völlig übergeschnappt!«

»Unterschätz sie nicht. Du würdest dich wundern, wie viel Schaden selbst der Dümmste anrichten kann. Hat sie denn endlich diese verdammten Möbel inspiziert?« Der Arzt winkte resigniert ab, dann sagte er: »Gib der Nervensäge, was sie verlangt. Mal sehen, ob wir das Ganze so schneller hinter uns bringen.«

»Ich ertrage sie nicht, Martín. Kannst du mir mal verraten, was wir tun sollen, wenn sie in den Keller hinuntersteigen will?«

»Wir werden es ihr verbieten. Als ob das das einzige Problem wäre, mit dem du dich herumschlagen musst!« Der Arzt wandte seine Aufmerksamkeit wieder seinen Notizen zu, um dem Verwalter deutlich zu machen, dass er allein sein wollte.

»Wie du meinst«, lenkte Bañuls ein. »Noch etwas: Heute Nachmittag werde ich mit Reo nach Guadalajara fahren, um Konserven zu kaufen, unsere Vorräte sind schon fast wieder aufgebraucht, und die von Teruel werden bald hier sein. Hast du schon zu Mittag gegessen, Martín?«

»Nein. Ich warte noch auf eine Geburt.«

»Kannst du mir mal verraten, was wir tun sollen, wenn du krank wirst? Also pass auf dich auf. Ich werde dir etwas zu essen bringen lassen, in Ordnung?«

Der Verwalter war schon fast an der Tür, als der Arzt hinter ihm herrief: »Alberto!« Er zögerte kurz, dann fuhr er fort: »Du bist ein guter Mann.« Das war umso erstaunlicher, als der Arzt sonst nicht gerade zum Lob neigte.

Alberto Bañuls lächelte gezwungen, dann schloss er die Tür.

Vor lauter Sorge um die Geisteskranken vergaß Rábago manchmal die Normalen. Die harten Worte vom Vortag gegenüber Bañuls taten ihm leid, aber es fiel ihm schwer, sich bei dem Verwalter zu entschuldigen, obwohl der ihm stets unverbrüchlich die Treue gehalten hatte. Er konnte nur wenigen vertrauen, und Bañuls war einer von ihnen. Nun ja … und natürlich seine Frau.

Er musste an den Tag denken, als sie gemeinsam die Möbel mit Laken abgedeckt und Abschied von ihrer Wohnung genommen hatten. Seine Frau war von Zweifeln geplagt gewesen.

»Bist du dir sicher, dass das die richtige Entscheidung ist?«, hatte sie ihn immer wieder gefragt. »Ich bin schon nicht gern mit nach Guadalajara gekommen, und jetzt müssen wir schon wieder umziehen.«

»Es ist das letzte Mal«, hatte Martín Rábago voreilig versprochen.

Das war im Sommer 1936 gewesen, als in der Stadt kein anderer Laut zu hören war als das Dröhnen der Bomben und alle sich auf das Schlimmste gefasst machten. Es gab nicht einen sicheren Ort, und niemand wusste, ob die Stadt dem bevorstehenden Angriff standhalten würde.

»Warum können wir sie nicht einfach im Kloster lassen?« Der Arzt schüttelte den Kopf, und seine Frau gab die Hoffnung auf, dass die Kranken weiterhin im Gebäude der Benediktinerinnen der Anbetung bleiben könnten, wohin sie eine Woche zuvor evakuiert worden waren. »Was für ein gottverdammtes Leben ist das denn, Martín? Wer zieht so schon vier Kinder groß? Wie fahrendes Volk!«

Das Gesicht seiner Frau rötete sich, dann brachen die Tränen hervor, und er küsste sie ihr sanft von den Wangen, eine nach der anderen. Wie in ihren Liebesnächten.

»Sei unbesorgt, es wird keine Probleme geben. Das verspreche ich dir.«

»Versprich nichts, was zu halten nicht in deiner Macht steht.« Doch zuletzt war sie einsichtig gewesen und hatte ihm klaglos geholfen, die Möbel abzudecken.

Als die Familie in La Isabela angekommen war, wehte eine aromatische Brise. Zum Glück gewöhnten die Kinder sich rasch ans Landleben, und Rábagos Frau stürzte sich mit Feuereifer in die Hausarbeit, um nicht darüber nachdenken zu müssen, welches Luxusleben sie einmal geführt hatte und wie sehr sie sich jetzt beschränken musste.

Sie hoffte darauf, irgendwann einmal wieder in die Wohnung zurückkehren zu können. Dann würde sie die Möbel polieren, das Silber putzen und zu den Geburtstagen wieder Feste und Bälle veranstalten, denn wer bei Verstand war, konnte zur altgewohnten Routine zurückkehren, wann immer er wollte, während derjenige, der einmal in die Tiefen des Wahnsinns hinabgestiegen war, nie wieder von dort zurückkehrte.

Im Krieg hatte Martín Rábago eine neue Facette des Wahnsinns kennengelernt: Scheinbar normale Menschen drehten plötzlich durch und zogen sich in sich selbst zurück, weil sie den Weg, den ihr Leben nahm, nicht mehr verstanden. So erging es vielen der verletzten Frontsoldaten, die bei jedem Krankentransport unter den Vertriebenen waren.

Und während er versuchte, diesen Schmerz zu lindern, hütete er zugleich im Keller unter dem Sanatorium ein Geheimnis, von dem nur wenige erfahren durften. Ein Außenstehender schon gar nicht. Und gewiss nicht Amada Montemayor.

53

Der Arzt war aufgeregt, weil unten im Keller die Patientin von Bett vierzehn kurz vor der Geburt stand. Sie war Milizionärin gewesen, bis ihr im Juni 37 eine Granate das halbe Gesicht weggerissen hatte. Seitdem war sie blind und stumm. Zu der Zeit war sie bereits schwanger gewesen, aber infolge des unerträglichen Schmerzes hatte die junge Frau den Verstand verloren und vergessen, dass sie ein Kind im Leib trug. Als Frau hatte sie aufgehört zu existieren, aber als Gebärmaschine funktionierte sie einwandfrei.

»Sobald das Kind da ist, werde ich jemanden finden, der es umsorgen wird wie sein eigenes«, rief der Arzt aus, als sie ohne Familie und Ehemann ins Feldlazarett eingeliefert wurde, und ordnete an, sie in den Palastkeller zu bringen.

Dort versuchte das Leben, sich dem Tod zu widersetzen, der in La Isabela täglich zu Gast war, und vor allem das Gesetz außer Kraft zu setzen, nach dem bei jedem Unglück das schwächste Glied der Kette reißt, und das waren in diesem Fall die Kinder. Im Keller versorgte Martín Rábago die Patientinnen, die ungeplant und ungewollt schwanger geworden waren, und der Gedanke, dass er ihren Kindern ein Zuhause verschaffte, erfüllte ihn mit tiefer Freude.

Er hatte das auch zuvor schon gelegentlich getan: bei dem Kind einer Schizophrenen, die sie – obwohl die Kranken nach Geschlechtern getrennt waren – nicht davon hatten abhalten können, mit einem männlichen Patienten zu schlafen, weil ihre Krankheit sie liebestoll und zügellos gemacht hatte. Oder bei der geistig Zurückgebliebenen, die Männer nicht mal ansah und dann bei Vollmond plötzlich mannstoll geworden war. Oder bei dem Kind einer Hysterischen, die sich immer wieder heftig auf den Bauch geschlagen hatte, um die ungewollte Frucht loszuwerden.

»Als ob wir nicht schon genug Verantwortung zu tragen hätten!«, hatte Bañuls protestiert, als er ihm seine Pläne erläuterte. »Wäre es nicht einfacher abzutreiben?«

»Das kommt nicht in Frage«, erwiderte der Arzt sofort mit einer abwehrenden Handbewegung. »Keine Sorge, Bañuls, du wirst damit nichts zu tun haben. Und niemand sonst wird sich dafür interessieren.«

Martín Rábago hatte verstanden, was der Krieg war, als man die ersten einsamen, entwurzelten Menschen vor der Tür seines Krankenhauses abgeladen hatte, arme Teufel, die von ihren Familien abgeschoben worden waren, weil so ein Maul weniger zu stopfen und ein Problem aus der Welt geschafft war. Der Wahnsinn hat kein Zuhause, hatte er begriffen.

Und schon gar nicht in einem Land, das wie Spanien in Flammen stand.

Amada wurde von dem köstlichen Duft nach Fleischeintopf empfangen. Balbina war nicht davon abzubringen, ihren Gast nach Leibeskräften zu verwöhnen.

»Was gibt's denn heute?«, fragte sie und hob den Deckel.

»Rinderlende mit Karotten«, antwortete Balbina. »So, und jetzt weg von meinem Topf! Willst du mir nichts erzählen?«

»Ich habe gerade erst angefangen, deshalb muss ich gleich wieder hin«, schwindelte Amada.

»Dabei würde ich so gern ein bisschen mit dir plaudern! Leider gibt es viel zu erledigen. Aber ich verspreche dir, mir die Zeit zu nehmen, einen ganzen Nachmittag lang mit dir Linsen auszulesen und zu schwatzen.«

»Betrogene Hoffnung ist schlimmer als keine Hoffnung, besser ist's, ich warte nicht auf dich«, murrte die alte Frau. »Also lass uns essen.«

Gemeinsam deckten sie den Tisch, und beim Essen sprachen sie über Adelitas Fotos, die den irren Quimet an seine Vergangenheit beim Theater erinnert und glücklich gemacht hatten. Nach dem Essen gab es einen starken Kaffee, und gleich darauf machte sich Amada wieder auf den Weg zum Hospital.

Der Himmel war nach wie vor wolkenlos, und die Spätnachmittagssonne tauchte die Fassade des Palasts in ein goldenes Licht, in dem er wieder so vornehm aussah, dass man seine neue Bestimmung beinahe vergessen konnte.

Als Amada an die Tür klopfte, dachte sie, dass Manuels Geschichte zwar recht abenteuerlich klang, dass sie sie aber erst zu Ende hören musste, bevor sie sich ein Urteil bildete.

Sie war aufgeregt wie ein Kind, das den Erwachsenen einen Streich spielen will, und als ein Fremder, offenbar ein Krankenpfleger, ihr die Tür öffnete, wusste sie im ersten Augenblick nicht, wie sie reagieren sollte. Sie vermutete, dass Bañuls noch beim Essen saß, daher würde sie dem Unbekannten gegenüber doppelt vorsichtig sein müssen.

»Sie wünschen?«, fragte der Mann.

»Ich habe mit dem Verwalter abgesprochen, dass ich heute Nachmittag mit der Inventur der Möbel fortfahren werde«, erklärte sie.

»Ja, aber er ist nicht da, und ich kann Sie nicht hereinlassen«, sagte der Mann.

»Nun gut, aber dürfte ich wenigstens kurz ein paar Fotos holen, die ich heute Morgen aus Versehen hier habe liegen lassen? Sie können gern mitkommen, um zu kontrollieren, dass ich nichts anfasse.« Amada glaubte zu spüren, dass die Entschlossenheit des Mannes ins Wanken geriet. »Ich bin gleich wieder weg, ehrlich.«

Widerwillig gab der Angestellte nach, bat sie aber, sich zu beeilen. Amada ging hinter ihm her durch den Hof, und kurz darauf waren sie wieder am Eingang.

»Hier, als Dank für Ihre Mühe.« Sie gab ihm eine der Autogrammkarten, aus ihrer Sicht ein großzügiges Geschenk, doch der Mann sah sie nur verwundert an.

»Was ist denn das?«, fragte er und gab sie ihr zurück.

Amada zuckte nur mit den Schultern, sie wusste nicht recht, was sie sagen sollte. Der Wandel der Zeiten machte eben selbst vor der Kunst nicht halt. Während ihres kurzen Besuchs im Sanatorium hatte sie überall nach Manuel Ausschau gehalten, ihn aber nirgendwo entdeckt. Trotzdem beschloss sie, zu dem vereinbarten Treffpunkt zu gehen.

Auf dem Weg dorthin rief sie sich noch einmal ihr Gespräch vom Morgen ins Gedächtnis zurück.

»Helfen Sie mir, von hier fortzukommen!«, hatte er sie gebeten.

»Ich? Warum laufen Sie nicht einfach über die Felder davon, wenn Sie hier weg wollen? Sie würden es sicher ohne Schwierigkeiten bis zu einem der nächsten Dörfer schaffen.«

»So einfach ist das leider nicht. Man würde bald herausfinden, wer ich bin.«

»Na so was! Halten Sie sich vielleicht für Napoleon?«

»Spotten Sie nicht, ich wäre in Gefahr, wenn herauskäme, wer ich bin.«

»Hören Sie, Manuel … oder wie auch immer Sie heißen mögen. Ich weiß immer noch nicht, was Sie wirklich von mir wollen, und fühle mich irgendwie zum Narren gehalten …«

»Mein vollständiger Name ist Manuel Cañamate Fanjul«, unterbrach er sie mit voller, entschiedener Stimme, »und ich bin der Neffe von Oberst Rodrigo Cañamate, der Francos Aufstand vom ersten Tag an unterstützt hat. Als ich elf war, kamen meine Eltern und mein einziger Bruder auf dem Rückweg von unserem Ferienhaus in La Coruña bei einem Autounfall ums Leben. Seit dieser Zeit habe ich bei meinem Onkel väterlicherseits gewohnt.« Die Worte sprudelten nur so aus ihm heraus, als wolle er das Gesagte so schnell wie möglich loswerden. »Es war kein einfaches Leben, das kann ich Ihnen versichern.«

Amada sah ihn wieder vor sich, wie er dort auf dem Boden gesessen hatte, die Hände auf den Knien, den Blick fest auf sie gerichtet.

»Meine älteren Cousinen sind alle verheiratet, von den sechs Kindern meines Onkels und meiner Tante leben nur noch die drei jüngeren Söhne zu Hause. Und ich – aber ich habe mich nie zu dieser Familie zugehörig gefühlt. Sie haben es mir auch nie leicht gemacht.« Seine Stimme klang bitter. »Anfang 1936 bereitete mein Onkel Rodrigo sich auf die kommenden Ereignisse vor: Er war ein glühender Anhänger des Diktators Primo de Rivera gewesen und unterstützt jetzt mit der gleichen Begeisterung Franco, denn schließlich soll alles wieder so sein wie früher und nicht wie heutzutage, wo alles durcheinandergeht, ›Ehen auf Probe geschlossen werden, Frauen ihre ehelichen Pflichten vernachlässigen und die Dritte Internationale Spanien bedroht‹. Das sind die Worte meines Onkels. Tag für Tag musste ich mir beim Mittagessen in der Küche unserer Wohnung in Madrid die Geschichten von Francos glorreicher Erhebung anhören und meine Kommentare herunterschlucken wie die Kichererbsen auf dem Teller. Soll ich fortfahren?«

»Ja, bitte«, antwortete Amada, die ihm aufmerksam zugehört hatte.

»Bald verschwand der Oberst aus Madrid; die Familie schickte er ins Sommerhaus nach La Coruña. Auch ich wollte nicht länger in der Wohnung bleiben. Erstens hatte ich kein Geld zum Leben, und zweitens hatte ich Angst vor Plünderern. Mit fünfundzwanzig musste ich von einem Tag auf den anderen entscheiden, was ich mit meinem Leben machen wollte. Für den Anfang half mir meine Tante: Der Mann einer Freundin von ihr, Doktor Rábago Aldama, ehemaliger Leiter der psychiatrischen Klinik von Guadalajara, unterhielt mitten im Krieg eine ›Friedensoase‹, La Isabela, wo ich eine Zeit lang würde bleiben können. Zufrieden?«

»Heißt das, Sie sind als Flüchtling hier?«

»Verkleidet, versteckt, geschützt. Wie auch immer Sie es nennen wollen.«

»Aber warum wollen Sie dann weg, wenn Sie hier in Sicherheit sind?«

»Das ist eine andere Geschichte.«

Amada erinnerte sich, wie Manuel aus dem Fenster gesehen und plötzlich gesagt hatte, als hätte die Sonne ihm ein geheimes Zeichen geschickt: »Wir müssen los. Wenn ich zu lange vom Sanatorium fortbleibe, bemerken sie es.«

Als Amada beim ehemaligen Hospital ankam, stellte sie fest, dass die Tür halb offen stand. Sie rief Manuels Namen, aber niemand antwortete.

Sie ging hinein und wartete beklommen. Sie wartete so lange, dass sie zuletzt das Gefühl hatte, das verwahrloste Gebäude mitsamt der Mäuse und Kakerlaken, die in diesem Schmutz ungestört umherhuschten, in- und auswendig zu kennen. Schließlich gab sie auf. Sie schalt sich eine Idiotin, dass sie die Ammenmärchen, die ihr ein Verrückter über sein Leben aufgetischt hatte, für bare Münze genommen hatte.

Da der Nachmittag angenehm lau war, beschloss sie, noch ein wenig spazieren zu gehen. Am Renacuajos-Brunnen angekommen, stellte sie wehmütig fest, dass seine Stufen von Unkraut überwuchert waren und die Hecken rundherum dringend wieder einmal hätten gestutzt werden müssen. Trotzdem fühlte sie sich wieder in die Zeit zurückversetzt, als sie hier das Wasser in unterirdischen Rinnsalen hatte rauschen hören, die hier und da aus der Erde hervorbrachen und Lachen bildeten.

Plötzlich überkam sie das unwiderstehliche Verlangen, noch einmal im vertrauten Wasser der Quelle von La Isabela zu baden, darin einzutauchen und sich geborgen zu fühlen, bevor sie die kalten, finsteren Gewässer des Atlantik auf der Suche nach einer Zukunft überqueren würde, die noch im Dunkeln lag.

Entschlossenen Schrittes kehrte sie zum Kurhaus zurück und schlich sich, bereits zum zweiten Mal an diesem Tag, durch die Hintertür hinein.

54

Drinnen lauschte Amada aufmerksam, ob erneut ein fremdes Geräusch ihren Besuch störte, aber zum Glück hörte sie nur das Echo ihrer eigenen Schritte.

Anfangs glaubte sie, dass es nicht allzu schwierig sein würde, eine noch funktionstüchtige Badewanne zu finden, aber auf der Ostseite des Gebäudes hatte sie kein Glück, da sämtliche Räume abgeschlossen waren. Also versuchte sie es auf der anderen Seite. Sie wusste nicht, an wie vielen Türen sie schon gerüttelt hatte, als das Schicksal sie zu einem verbotenen Ort führte: dem Königlichen Bad.

Sie vermutete, dass das vornehmste Bad des Kurhauses ebenfalls nicht zugänglich sein würde, aber sie probierte es trotzdem. Ein leichter Ruck genügte, und der Türgriff zerbrach; die Tür schwang auf und gab den Weg in den Vorraum frei. Das Bad war von den Umbauarbeiten des Marqués verschont geblieben, und sie betrat es leichten Herzens.

Die Schönheit der Badewanne aus rosafarbenem Marmor lag unter einer dicken Staubschicht verborgen. Amada drehte das kupferne Wasserrad auf, was sie einige Mühe kostete, da es seit Jahren nicht mehr benutzt worden war, und ließ Wasser über ihre Hände laufen.

Während sie die Finger genüsslich in den Wasserstrahl hielt, kam ihr das ganze Glück ihrer Kindheit wieder in den Sinn: die Umarmungen ihres Vaters, die Sommerfeste, der Geschmack der reifen Brombeeren, das Labyrinth im Garten, Doktor Millares' klangvolle Stimme, die Marmeladen von Doña Julia, Adelitas prächtiges Hinterteil, die rauschenden Feste im Ballsaal. Sie weinte lautlos, und ihre salzigen, warmen Tränen mischten sich mit dem Quellwasser, das aus dem Hahn strömte.

Sie weinte um die Toten und um die Lebenden, die sie nie wiedersehen würde, und sie weinte, weil sie das Gefühl hatte, endgültig zu Hause angekommen zu sein.

Als das Wasser die Wanne gesäubert hatte, fühlte sie sich getröstet. Auf einem Schemel entdeckte sie einen Stöpsel, und wenig später füllte sich die Wanne. Sie legte ihren Mantel ab und machte sich auf den Weg zum Inhalationssaal, wo die großen Schränke standen, in denen ein Großteil der Wäsche für das Kurhaus aufbewahrt wurde, um ein Handtuch zu holen.

Unterwegs kam Amada an dem Brunnen vorbei, an dem die Badegäste früher ihre Flaschen gefüllt hatten, und stellte voller Nostalgie fest, dass er noch funktionierte, obwohl er ebenso vernachlässigt wirkte wie alles andere in diesem Gebäude. Als sie den Kopf an den Wasserstrahl hielt, um einen Schluck zu trinken, meinte sie neben dem Rauschen des Wassers ein Geräusch zu hören. Rasch schloss sie den Hahn, um zu lauschen: Es war ein Summen.

Dann ertönte plötzlich aus dem Inhalationssaal ein seltsames Quietschen, das von einer Maschine zu kommen schien. Hatten die Besucher von heute Morgen vielleicht vergessen, ein Gerät abzustellen?

Sie hatte ganz vergessen, Manuel nach den Geräuschen im Kurhaus zu fragen. Möglicherweise nutzte ein Mitarbeiter des Sanatoriums die Einrichtung des Kurhauses für irgendwelche verbotenen Zwecke.

Von Neugier getrieben, öffnete sie vorsichtig die Schwingtür zum Inhalationssaal. Was war wohl von den

Heiligtümern ihrer Kindheit übrig geblieben? Doch das, was sie sah, befremdete sie zutiefst.

Nichts erinnerte mehr an das, was einmal war. Bänke, Sessel und Tische waren an den Wänden und auf den Bodenluken über der Quelle lieblos übereinandergestapelt worden. Dadurch schien das Inhalationsgerät noch stattlicher als zuvor. Seine Arme wirkten wie Tentakel, an deren Enden gläserne Urnen hingen. Und von dort ging auch das inzwischen beinahe unerträglich laute Summen aus.

Rund um das Inhalationsgerät waren lange Tische aufgestellt, die mit medizinischen Geräten beladen waren, und etwas weiter weg zwei Pritschen, wie sie in Operationssälen üblich waren.

Offensichtlich wurde der Raum regelmäßig genutzt, denn auf dem Boden standen Pappkartons mit Müll, gebrauchten Spritzen und blutigem Verbandsmull, die aussahen, als wären sie noch nicht lange da. Getrieben von ihrer Neugier, zu welchen seltsamen Zwecken das Inhalationsgerät wohl nun genutzt wurde, trat Amada näher und nahm eines der Gefäße in Augenschein, doch das Glas war von innen so stark beschlagen, dass sie nicht hindurchsehen konnte.

»Bleib da weg! Ohne Schutzkleidung ist das gefährlich!«, vernahm sie plötzlich eine warnende Stimme.

Amada fuhr zusammen und sah sich um.

»Du könntest gestochen werden«, erklärte Manuel und kroch unter einem der Tische hervor. »Da sind Mücken drin. Moskitos, um genau zu sein. Die Weibchen sind eine tödliche Gefahr wie bei jeder Spezies. Und schau mich nicht so erschrocken an!«

»Was hat das alles zu bedeuten?«, fragte Amada beunruhigt und ging dabei unwillkürlich ebenfalls zum vertrauten Du über. »Und was machst du hier? Ich habe im alten Hospital auf dich gewartet!«

Da erklangen vom Haupteingang her das Quietschen zurückgeschobener Gitter und das Klirren von Schlüsseln.

»Wir müssen weg von hier, schnell!«, rief Manuel. »Komm, hilf mir!« Er deutete auf eine der Falltüren im Boden. Er schien sich wirklich gut auszukennen. »Sie werden noch eine Weile brauchen, um alle Gitter zu öffnen.«

»Du bist ja verrückt. Da sollen wir hinuntersteigen?«

»Ich werde es jedenfalls tun. Wenn du willst, kannst du ja hier auf sie warten und ihnen Guten Tag sagen«, entgegnete er.

»Meine Güte! Da habe ich mein halbes Leben hier verbracht und steige jetzt zum ersten Mal da hinunter.«

»Irgendwann ist immer das erste Mal.«

Dampfschwaden schlugen ihnen ins Gesicht, als sie die Luke angehoben hatten. Unten rauschte das Wasser.

»Mit Schuhen?«

»Du kannst sie ja oben stehen lassen, vielleicht kommt der Nikolaus vorbei.«

»Heute Morgen warst du nicht so gut gelaunt.«

»Lass dich nicht täuschen.« Er sah sie an, und sein Blick war traurig. »Hier habe ich gelernt, ein guter Schauspieler zu sein.«

Die beiden stiegen die Stufen hinab, und Miguel schloss dabei langsam die Luke über sich. Schließlich standen sie bis sie zu den Achseln im Wasser.

»Woher wusstest du, welche Luke die richtige ist?« Im Dunkeln konnte Amada nur seine Augen blitzen sehen. »Du bist schon oft hier gewesen, nicht wahr?«

Manuel antwortete nicht. Amada versuchte, ruhig zu atmen und sich an die merkwürdige Situation zu gewöhnen, in die sie das Schicksal gebracht hatte: Da war sie nun zum Kurhaus gekommen, getrieben von dem Wunsch, im heilenden Wasser zu baden, und nun stand sie mittendrin.

»Mein Mantel!« Plötzlich fiel ihr ein, dass sie ihn im

Vorraum des Königlichen Bades hatte liegen lassen. »Er ist … in einem Raum …«

»Pssst! Kannst du nicht endlich mal den Mund halten?«, zischte ihr Manuel ins Ohr. »Keine Sorge, da gehen sie nicht hin. Mit ein bisschen Glück werden sie sowieso nicht lange bleiben.«

Sie mussten aber dann doch eine ganze Weile auf der einzigen Stufe ausharren, auf der sie aufrecht stehen und ohne Schwierigkeiten atmen konnten, dicht beieinander auf dem beengten Raum des Wasserbeckens wie am Grunde eines Brunnens. Beide warteten geduldig, weil ihnen unausgesprochen klar war, dass ihr Leben in höchster Gefahr wäre, wenn sie entdeckt würden.

Amada hatte jedes Zeitgefühl verloren. Ihre Füße wurden taub, und das Atmen fiel ihr immer schwerer. Schläfrigkeit überkam sie. »Das ist der Stickstoff«, versuchte sie, sich zu beruhigen. »Der macht müde.«

Plötzlich fiel ihr auf, dass Manuels Körper neben ihr verschwunden war. Ob er das Bewusstsein verloren hatte? Sie wollte seinen Namen rufen, aber der Laut blieb ihr in der Kehle stecken. Was sollte sie tun, wenn er nicht bald ein Lebenszeichen von sich gab? Sie war nicht stark genug, die Luke ohne Hilfe aufzustemmen. Panik ergriff sie.

Plötzlich tauchte Manuel blubbernd neben ihr auf. Ein Schauer der Erleichterung überlief sie.

»Du spinnst wohl. Weißt du, wie sehr du mich erschreckt hast?«

»Sie sind weg, Amada.«

»Woher weißt du das?«

»Ich kenne ihre Gewohnheiten. Vertrau mir«, fügte er beruhigend hinzu.

»Wer sind diese Leute, Manuel?«

»Wer sollen sie schon sein? Sie kümmern sich um die Moskitos.«

55

Nachdem sie aus dem Becken gestiegen waren, trockneten sie sich mit zwei Handtüchern ab und warfen diese anschließend auf einen Stapel schmutziger Wäsche. Ein weiteres Paar Handtücher nahmen sie mit. Amada bemerkte, dass die Eindringlinge ein Glasgefäß umgebettet und ein Gestell mit Reagenzgläsern mitgenommen hatten, das zuvor neben dem Inhalationsgerät gestanden hatte.

»Glaubst du nicht, dass sie etwas merken werden, wenn sie wiederkommen, Manuel?«, fragte sie, als sie im Königlichen Bad angelangt waren. »Wir haben überall feuchte Fußspuren hinterlassen.«

»Vor morgen werden sie nicht wiederkommen. Sie machen nur Routinegänge«, erklärte er.

»Kannst du mir mal verraten, was das alles zu bedeuten hat?« Sie hatte das Gefühl, dass es allmählich Zeit wurde, Antworten auf ihre vielen Fragen zu erhalten. »Und wer bist du wirklich?«

»Das habe ich dir doch schon gesagt. Alles, was ich erzählt habe, ist wahr, Amada. Warum sollte ich dich belügen?«

»Und wozu brauchen sie diese Mücken?«

»Paradoxerweise züchten sie sie als Heilmittel. Aber wenn sie einen gesunden Menschen stechen, jemanden wie dich … dann kann derjenige daran sterben. Diese Mücken heißen Anopheles und übertragen Malaria …

Wohin gehst du?« Amada war schon halb im Vorraum verschwunden.

»Mir die nassen Kleider ausziehen.«

Manuel blieb im Bad. Er setzte sich auf einen einfachen Metallstuhl neben der vollen Badewanne, die nun doch nicht zum Einsatz gekommen war, und zeichnete mit dem Finger gedankenverloren Muster auf die Wasseroberfläche. Unterdessen bemühte sich Amada nebenan, ihre völlig durchnässte Kleidung abzustreifen.

»Ich nehme an, sie züchten die Viecher dort, nicht wahr?«, rief sie.

Sie bedeckte ihre Blöße mit einer langen Wolljacke, die ihr bis zu den Oberschenkeln reichte, und zog ihren Mantel darüber. Die nassen Kleider schnürte sie zu einem Bündel zusammen.

»Die Mücken brauchen eine feuchtwarme Atmosphäre, um zu überleben. Sümpfe sind ihre idealen Lebensräume.« Er klang wie ein Lehrer, der seiner Klasse einen Vortrag hält. »Deshalb gedeihen sie in unmittelbarer Nähe der Quelle prächtig. Das Verfahren ist ganz einfach: Die Ärzte gewinnen den Krankheitserreger aus den Insekten selbst oder aus dem Blut von Infizierten und spritzen ihn Patienten, die zum Beispiel an allgemeiner progressiver Paralyse leiden.«

»Und was ist das?«

»Syphilis im Endstadium.«

»Ich dachte, das hier sei eine psychiatrische Klinik.«

Manuel erklärte ihr, dass offenbar nur zwei Krankenpfleger und Doktor Rábago von diesem Versuchsbereich wussten, weil sie die Einzigen waren, die er hier hatte ein- und ausgehen sehen. Den Grund für die Geheimniskrämerei kannte er nicht, aber man musste dem Arzt zugutehalten, dass diese so finster erscheinenden Aktivitäten der Heilung dienten.

Als Amada die Tür des Vorzimmers öffnete, sah sie, dass auch Manuel sich entkleidet und in Handtücher gehüllt hatte.

»Ich kann nicht zurück«, erklärte er. »Nicht jetzt und nicht so, denn wenn sie meine nassen Kleider sehen, wissen sie gleich, dass ich hier gewesen bin.«

»Und was machen wir nun?«

»Ich denke, ich sollte morgen zurückgehen, aber … im Sanatorium wird jeder Regelverstoß bestraft.«

»Komm mit.« Sie nahm seine Hand und zog ihn von seinem Stuhl hoch. »Das hat so keinen Sinn. Sicher finden wir in irgendeinem Raum noch alte Dienstkleidung der Angestellten, denn deine Sachen taugen nur noch für den Müll. Manuel«, sie sah ihn lächelnd an, denn sie glaubte, erraten zu haben, was sein Beruf war, »du bist Lehrer, nicht wahr?«

»Nein«, erwiderte er brüsk.

Während sie in den ersten Stock hinaufstiegen, berichtete ihr Manuel, wie Doktor Rábago versuchte, durch die Mischung neuartiger Substanzen Medikamente für Krankheiten zu entwickeln, für die es bisher keine Heilung gab. Amada hatte also unrecht getan, an seiner ärztlichen Berufung zu zweifeln.

Diese sogenannte Malariatherapie war sinnvoll, weil man erkannt hatte, dass das Sumpffieber bei den Infizierten die Immunkraft gegenüber dem Syphiliserreger steigerte. Dieser wiederum verschaffte Linderung bei Schizophrenie, postenzephalitischer Psychose, Epilepsie, psychoasthenischer Hysterie oder geistiger Verwirrung, weshalb man den Kranken mit Syphilis verseuchtes Blut injizierte.

»Willst du damit sagen, dass sie eine Krankheit hervorrufen, um eine andere zu kurieren?«, fragte Amada ungläubig. »Oder, schlimmer noch: dass sie einige Patienten infizieren, um andere zu retten? Aber das ist doch schrecklich!«

»Medizinische Verfahren sind nicht immer leicht zu verstehen.«

»Du denkst wie er, der seine Patienten als Versuchskaninchen missbraucht. Und das soll Medizin sein, Manuel? Warum willst du von hier weg, wenn das nicht der Grund ist?«

»Meine Gründe haben nichts mit dem Sanatorium zu tun.«

»Rábago ist ein Mörder!«

»Jetzt hör mir mal gut zu.« Manuel packte sie bei den Schultern. »Red nicht über Dinge, von denen du nichts verstehst, hörst du? Rábago ist kein Mörder, er tut etwas, wozu nur eine Handvoll Mediziner weltweit in der Lage sind. Und er macht seine Sache sehr gut.«

»Nun, ich finde es abartig«, entgegnete sie hochmütig.

»Das Abartige sind die Krankheiten, Amada. Du bist nicht dort im Sanatorium und hast keine Ahnung, wie es da zugeht.«

Amadas emotionale Sicht der Dinge schien Manuel zu verärgern. Plötzlich war er wieder verschlossen, geheimnisvoll und widersprüchlich, wie er ihr schon zuvor erschienen war, und sie zog es vor, den Mund zu halten.

Ohne dass sie hätte sagen können, warum, kamen ihr mit einem Mal wieder Bruchstücke einer anderen bedrückenden Unterhaltung in den Sinn, die sie vor langer Zeit hier im Kurhaus mit jemandem geführt hatte, den sie nie hatte vergessen können, weil einem die prägenden Ereignisse der jungen Jahre für immer im Gedächtnis bleiben. Fast glaubte sie, Lucas vor sich zu sehen, den jungen Mann, halb noch ein Kind, der nach La Isabela gekommen war, um an Anselmo Montagut seine verlorene Liebe zu rächen.

Tatsächlich hatte sie in diesen Räumen immer das Gefühl gehabt, seine Präsenz zu spüren, und sie fragte sich, was nun, fünfzehn Jahre später, wohl aus ihm geworden war.

»Du glaubst es mir vielleicht nicht, aber ich verdanke diesem Arzt mein Leben. Deshalb möchte ich dich um etwas mehr Respekt bitten, wenn du von ihm sprichst«, sagte Manuel nach ein paar Minuten, und seine Stimme brachte Amada in die Gegenwart zurück.

In einem Schrank fanden sie eine Arbeitshose und mehrere Hemden, die Manuel passten, dazu eine Kommode voller Unterwäsche und Strickjacken. Während er sich anzog, ging Amada in die alte Küche in den ersten Stock hinauf, die inzwischen zu einem Schlafzimmer umgebaut worden war. Das Herz wurde ihr eng, als sie den Raum betrat.

»Es ist sicher nicht einfach für dich, hier zu sein«, sagte Manuel, der ihr nachgekommen war. »Jeder Winkel in diesem Gebäude muss für dich doch voller Erinnerungen stecken.«

Amada nickte mit Tränen in den Augen.

»Dieser Ort muss mal ein wahres Paradies gewesen sein«, fuhr er fort. »Ich habe ein paar Frauen darüber reden hören, als sie in die Kapelle kamen, um den Rosenkranz zu beten. Ich war auch dort und habe mich vor ihnen versteckt.«

»Sie hätten dir nichts getan, wenn sie dich dort gesehen hätten«, sagte Amada und tupfte sich verstohlen die Augenwinkel.

»Das glaubst du, aber einige von ihnen packen den Besenstiel fester, wenn man ihnen nahe kommt. Die Leute im Dorf mögen die Verrückten nicht.«

»Du bist aber kein Verrückter, Manuel.«

»Für sie schon. Und so soll es auch sein.« Er wechselte das Thema, als hätte er Angst, etwas Falsches zu sagen. »Ist das eine Abstellkammer?«, fragte er und zeigte auf eine

Tür, die Amada noch gar nicht aufgefallen war. »Vielleicht finde ich darin ja einen Mantel, ich könnte einen gebrauchen.«

Die Türklinke gab nicht nach, sie schien festgerostet, doch mit einiger Mühe gelang es ihnen, die Tür zu öffnen. Sie standen am Eingang eines Kämmerchens, das ziemlich tief zu sein schien und niedriger war als die übrigen Räume. Kisten und Koffer verstellten ihnen den Weg.

»Vielleicht finden wir hier irgendwo eine Schachtel Streichhölzer? Dann kann ich mich darin umsehen«, schlug Manuel vor, der anscheinend Gefallen an der Erkundung des Kurhauses gefunden hatte.

Kurz darauf hatte Amada etwas weit Besseres gefunden als Streichhölzer:

»Eine Öllampe und eine funktionierende obendrein! Was sagst du dazu?«

»Nicht schlecht!« Mit überraschender Zärtlichkeit strich er ihr eine Haarsträhne aus dem Gesicht. »Warte einen Augenblick, ich will Platz schaffen.«

Als der erste Lichtstrahl den hintersten Winkel des Kämmerchens traf, erblickte er eine an der Wand kauernde Gestalt, ein menschliches Skelett in einem blauen, von Würmern zerfressenen Hemd.

»Mein Gott!«, rief Manuel. »Seit wann der hier wohl liegen mag?«

Amada, die ebenfalls ins Kämmerchen getreten war, sah, was er sah. Sie stieß einen erstickten Schrei aus und konnte den in ihr aufsteigenden Brechreiz nur mühsam unterdrücken. Bittere Tränen strömten ihr über die Wangen, denn sie wusste sofort, wer dieser Tote war.

»Seit dem 21. Juli 1922, dem Tag, an dem das Leben für ihn jeglichen Sinn verlor«, beantwortete sie Manuels Frage.

56

In den fünfzehn Jahren, in denen Lucas in der Erinnerung derer fortgelebt hatte, die ihn kannten, war sein Körper zu Staub und Knochen zerfallen.

Amada brachte kein weiteres Wort hervor. Da saß er nun als Wächter über Koffer und Kisten, die Hosen, die sein Skelett bedeckten, in Fetzen wie der Bauernkittel, den er sicherlich von irgendeiner Wäscheleine im Ort gestohlen hatte, die Ledertasche noch quer über der Brust. Die Schätze, die sich darin befunden hatten, lagen vor ihm über den Fußboden verstreut: eine Spritze, zwei Glasfläschchen und das Gummiband, mit dem er sich den Arm abgeschnürt hatte, um seinem jungen Leben ein Ende zu setzen. Und das Wichtigste: das vergilbte Foto einer jungen Frau mit wasserhellen Augen und Bubikopf.

Amada wurde bewusst, dass sie der einzige Mensch in ganz La Isabela war, der Lucas im Sommer 1922 kennengelernt hatte; vor allen anderen hatte er sich versteckt gehalten. Sie war mithin die Einzige, die ihn beweinen konnte, und bei dieser Vorstellung musste sie so heftig schluchzen, dass sie außerstande war, Manuel zu erklären, warum sie weinte.

Ihr war, als ob mit einem Mal die anderen Männer in ihrem Leben ebenfalls ihren Tribut an Trauer einforderten, und so weinte sie auch um sie: um ihren Vater, ihren Bruder und ihren im Krieg gefallenen Mann. Sie schien in einen

Abgrund zu stürzen, obwohl sie mit beiden Füßen fest auf dem Boden stand. Manuel neben ihr wagte nicht zu fragen, welche Gespenster sie bedrängten.

»Ich kannte ihn, Manuel«, stammelte sie schließlich, als sie ihre Sprache wiedergefunden hatte. »Ich habe ihn vor vielen Jahren kennengelernt … er war noch ein Junge … Lucas, er hieß Lucas …«

»Schschsch«, machte er beruhigend und nahm sie in die Arme, um sie vor den Geistern ihrer Vergangenheit zu schützen.

Amada spürte, wie Kälte in ihr hochkroch, eine Kälte, die nicht einmal die feuchte Wärme der Quelle, die das ganze Kurhaus durchzog, zu vertreiben vermochte. Schutzsuchend schmiegte sie sich an Manuels Brust, ließ sich von seinen langen, kräftigen Armen halten und rührte sich nicht, als er den Duft von ihrem Nacken einsog, wie er es schon am Morgen getan hatte. Sie fühlte sich wie jemand, der nach einer Nacht in Schnee und Kälte nach Hause zurückkommt und sich am warmen Kamin niederlässt.

»Du musst mir nichts erzählen, wenn du nicht willst.«

»Doch, ich will«, sagte sie, und dann berichtete sie, was sie seit fünfzehn Jahren mit sich herumgetragen und nie einer Menschenseele erzählt hatte.

Manuel führte Amada zu einem unbezogenen Bett in einer Ecke des Raumes, wo sie sich setzen konnten. Immer wieder sah Amada unwillkürlich zu der Kammer hinüber, als erwartete sie, dort jeden Moment ihren Freund auftauchen zu sehen.

Als sie es sich im Licht der Öllampe bequem gemacht hatten, erzählte sie ihm die Geschichte des valencianischen Studenten, der sein Herz an eine Frau verloren hatte, die einem anderen gehörte, und von dem Fabrikanten, der, rasend vor Wut, die zukünftige Mutter seines Kindes getötet hatte. Aber damit nicht genug; als wolle sie endlich einmal jemandem ihr Herz ausschütten, erzählte sie Manuel die Geschichte des Kurbads La Isabela, die zugleich die Geschichte ihrer Familie war. Sie berichtete, wie sie am Morgen die Gräber ihrer Angehörigen besucht hatte, das ihres Bruders und das ihres Vaters, der seiner großen Liebe zu La Isabela zum Opfer gefallen war.

Ohne sich an die zeitliche Abfolge zu halten, ließ Amada Manuel an den Ereignissen teilhaben, am Erwerb und am Verkauf des Kurbades, an Samuel Millares' ehebrecherischer Liebe und an der tragischen Geschichte von Julia Escribano, die zuletzt einhundertunddreißig Kilo gewogen hatte. Sie erzählte davon, wie die kopflose Leiche des Gärtners gefunden worden war, und davon, wie sehr es sie erschüttert hatte, vom tödlichen Treppensturz der Geliebten des Marqués zu erfahren.

Sie sprach lange, und Manuel lauschte fasziniert. Anfangs schwieg er, doch dann begann er zu fragen und die Geschehnisse, von denen sie ihm berichtete, zu kommentieren. Das Ganze erschien ihm wie ein fantastischer Roman.

Amada versuchte, die Besonderheit von La Isabela in Worte zu fassen: Dieser Ort gewährte jedem die Freiheit, das Leben nach Gutdünken zu genießen. Man aß, wenn man hungrig war, und fastete, wenn man keinen Appetit hatte; man konnte bis in den Tag hinein schlafen und lieben, wen man wollte, für kurze Zeit oder für das ganze Leben; und weil das so war, war La Isabela von Liebe erfüllt gewesen. Ganz anders als in diesen Tagen.

»Die Frauen im Dorf sind traurig, weil sie wissen, dass es nie mehr so sein wird wie früher«, sagte sie.

»Warte nur ab, bis der Krieg vorbei ist.«

»Nein, Manuel«, widersprach sie ihm entschieden. »Es gibt zu viele, die in diesem Krieg gegen die Freizügigkeit, wie sie hier gelebt wurde, kämpfen. Denk nur an deinen Onkel.«

Niedergeschlagen musste Manuel sich eingestehen, dass Amada recht hatte. Und es beschämte ihn, dass er der Frau, die ihm soeben ihr Innerstes entblößt hatte, die ihm wie vor ihr so viele ihr Herz geöffnet hatte, von sich nichts preisgeben konnte.

»Wie spät mag es sein?«, fragte er, nachdem er durch die Lamellen der Fensterläden nach draußen gespäht und gemerkt hatte, dass es schon dunkel war.

Amada sah auf die goldene Armbanduhr, die ihr Mann ihr vor vielen Jahren geschenkt hatte, und stellte fest, dass der lange Aufenthalt im Wasser ihr nicht bekommen war: Sie war stehen geblieben. Traurig streichelte sie sie. Wie sehr vermisste sie das dichte Geflecht aus Freundschaft, Kameradschaft, Vertrauen und Innigkeit, das ihre Ehe gekennzeichnet hatte, auch wenn die Leidenschaft dabei fehlte.

»Was hast du, Amada?«

Plötzlich schämte sie sich, in ihrem langen Bericht über das, was ihr Leben war, ihre Ehe nicht erwähnt zu haben.

»Ich bin Witwe, Manuel«, erklärte sie ihm. »Mein Mann ist kurz nach Kriegsbeginn in Alcalá de Henares gefallen. Er war Rechtsanwalt, ein sehr guter Rechtsanwalt, und es wäre mir lieber gewesen, er hätte im Gerichtssaal gestanden, als zum Gewehr zu greifen.«

Manuel sah sie ernst an. »Das weiß ich schon«, sagte er. »Ich habe gehört, wie der Verwalter es bei einem Schäferstündchen einer Krankenschwester erzählt hat.«

»Sie haben über mich gesprochen?«

»Sie haben über dich gelacht, während sie es miteinander getrieben haben.«

Von seiner eigenen Taktlosigkeit erschreckt, bemühte sich Manuel sogleich um Wiedergutmachung.

»Entschuldige«, bat er. »Ich rede in letzter Zeit so selten mit anderen Menschen, dass ich manchmal vergesse, was sich gehört. Was ich damit sagen wollte, ist, dass im Sanatorium Sex eine Art Rauschmittel ist. Jeden Tag, wirklich ausnahmslos jeden Tag, sterben dort Menschen. An Erschöpfung, Ruhr, Blutvergiftung, Typhus oder Syphilis, an Hirnblutung, Lungenentzündung oder Unterernährung. Sie sterben, umgeben von Schmutz und Elend. Und um das für einen Moment zu vergessen, vögeln sie.«

»Du meinst die Verrückten.«

»Im Sanatorium treibt es der Krankenpfleger mit der Krankenpflegerin, der Patient mit der Patientin und der Verwalter mit allem, was er kriegen kann, um nicht verrückt zu werden. Und sie tun es voller Wut und Verzweiflung, wild und brutal, heimlich und ohne dass es eines Vorwands bedürfte. Sie tun es, um zu vergessen, dass ihr Nachbar gestorben ist und dass vielleicht sie als Nächstes dran sind. Mit Ausnahme von Doktor Rábago vertreibt jeder die Dämonen der Furcht durch Sex.«

Amada hätte nicht zu sagen gewusst, ob Manuel das, was er sagte, kritisch oder lobend meinte oder ob es einfach nur der Sarkasmus dessen war, der diesem Treiben unbeteiligt zusah.

»Und du?«, fragte sie und sah ihn durchdringend an.

»Ich will einfach nur hier weg. Sag mir, was du tun wirst. Wirst du mir helfen?«

Während Amada und Manuel, in ihr Gespräch vertieft, nicht merkten, wie die Zeit verging, rumpelte über die Landstraße von Sacedón ein Konvoi aus drei uralten, klapperigen russischen Lastwagen auf La Isabela zu, die es darauf anzulegen schienen, jeden Stein und jedes Schlagloch mitzunehmen. Auf ihrem Weg durch herbstliche Äcker und Wiesen hatten sie die Grenze zwischen den beiden

Seiten des Landes passiert, die gegeneinander Krieg führten – Spanien ging einem Winter entgegen, der Schlimmeres bringen würde als Kälte und Schnee.

»Gefahr im Verzug! Mauren vor der Küste!«, schrie ein Geisteskranker, der oben auf dem Turm stand, als er in der Ferne den Konvoi erblickte. »Kameraden, wir werden angegriffen. Auf zur Verteidigung!«

Seine Aufregung steckte die anderen Patienten an und verbreitete sich in Windeseile wie eine Seuche. Kurze Zeit später drängten sich bereits an die fünfzig Kranke um den Brunnen, schleppten herbei, was ihnen unterwegs unter die Finger gekommen war: Steine, Kartoffelschalen – die sie sich gegenseitig aus den Händen rissen, um sie sich in den Mund zu stopfen –, Schüsseln und Nachttöpfe, Stricke, mit denen sie ihre Hosen gürteten, weil man ihnen die Gürtel weggenommen hatte, damit sie sich mit den Schnallen nicht verletzen konnten, Stofffetzen und Decken.

»Runter vom Brunnen, verdammt noch mal!«, schrie der Verwalter. »Cayo, bring diese Idioten hier weg, die werden uns sonst die Neuankömmlinge in Aufruhr versetzen!«

Mit roher Gewalt brachte der Pfleger die armen Teufel unter Kontrolle, die ihren eigenen Krieg führten.

»Wir verteidigen das Vaterland bis zum Tod!«, schrie einer von ihnen und steckte für sein vorlautes Mundwerk einen Hieb ein.

Ratternd fuhren die Lastwagen durchs Dorf und kamen schließlich vor dem Sanatorium zum Stehen. Von dem vorderen sprang ein untersetzter Mann herab, der einen grauen Stoffmantel über seinem weißen Pflegerkittel trug.

»Sind Sie der Leiter dieses Krankenhauses?«, fragte er Bañuls. Offenbar hatte er es eilig, das Ganze hinter sich zu bringen.

»Der Verwalter, Alberto Bañuls«, antwortete dieser und streckte ihm die Hand hin.

»Unterschreiben Sie hier.«

Statt seine Hand zu nehmen, hielt ihm der Krankenpfleger die Empfangsbescheinigung unter die Nase. ›Krankentransport des Gesundheitsamts von Teruel. Psychiatrische Provinzklinik San Juan de Dios‹ stand darauf.

»Es sind siebenundsiebzig: sechsundzwanzig Frauen und einundfünfzig Männer. Zählen Sie selbst nach«, sagte der Mann und öffnete die Hintertüren der Lastwagen. »Im letzten Wagen sind die Betten, Laken und Decken, die Sie bestellt haben. Die laden wir aber nicht aus, klar? Also kümmern Sie sich drum, und zwar flott, wenn ich bitten darf, ich will nämlich so schnell wie möglich zurück nach Hause. Da braut sich ganz schön was zusammen, sag ich Ihnen. He, Kinder, ab in die Schule!«, schrie er dann und schlug mit der flachen Hand ein paar Mal dröhnend gegen den Laderaum, um die Kranken, die darin saßen, zum Aussteigen zu bewegen.

Ein Haufen schmutziger, stinkender Männer und Frauen quoll aus den Lastwagen. Einigen war anzusehen, dass sie sich unterwegs übergeben hatten oder Schlimmeres, was einen unerträglichen Gestank mit sich brachte. Bañuls sah eine Frau aussteigen, die einmal schön gewesen sein musste; jetzt jedoch war ihr langes, lockiges Haar verfilzt und starrte vor Schmutz, ihr Oberkörper war nackt. Geistesabwesend wiegte sie ein Bündel im Arm.

»Na, hören Sie mal, was soll denn das?«, rief der Verwalter. »Könnten Sie dieser Frau bitte etwas überziehen.«

»Wozu?«, protestierte der Pfleger. »So haben sie es doch am liebsten: sich ausziehen und es treiben wie die Hunde.«

Hinter der Frau erschien ein zahnloser Alter, der sich unablässig zwischen den Beinen kratzte, während er gedankenverloren auf das Gebäude starrte, das von nun an sein Zuhause sein sollte.

»Na los, Ambrosio, komm schon raus!« Der Pfleger

packte den Mann beim Arm, um zu verhindern, dass er die Stufen herabfiel. »Komm, Alter, sonst brichst du dir noch das Genick!«

Plötzlich entdeckte der Pfleger ganz hinten im Laderaum noch einen Mann, der zusammengekrümmt dalag und so fest zu schlafen schien, dass weder der abrupte Halt des Wagens noch das Gebrüll ihn geweckt hatten. Der Pfleger stieg in den Wagen und kam gleich darauf wieder heraus.

»He, Sie! Herr Verwalter!«, rief er Bañuls zu. »Es sind nur fünfzig Männer, einer ist uns grade verreckt.« Der Verwalter trat zu ihm und sah in den Lastwagen hinein. »Armer Kerl. Er war der Beste von allen, weil er sich nie beschwert hat. Er war stumm, wissen Sie? Und verrückt, klar. Vielleicht behalten Sie den besser auch gleich da und begraben ihn hier, denn bis ich wieder in Teruel bin ... Was meinen Sie?«

Amada wollte sich nicht zu etwas verpflichten, was große Risiken barg, solange sie nicht sicher wusste, dass sie Manuel vertrauen konnte.

»Manchmal verunsicherst du mich. Ich weiß auch nicht ... Einmal tust du so, als wärest du hier gefangen, dann wieder, als ob ...«

»Mein Leben hängt davon ab, dass ich meine Rolle überzeugend spiele«, unterbrach Manuel sie, »dass ich so gut lüge, dass man mir Glauben schenkt. Hör mir gut zu, nur Rábago weiß, wer ich wirklich bin, kein Krankenpfleger darf das je erfahren.«

»Nur er? Das glaube ich nicht. Niemand kann über Monate hinweg Theater spielen, ohne dass ihm irgendjemand auf die Schliche kommt.«

Sie war klug, sehr klug. Manuel sah ein, dass er nicht drumherum kommen würde, ihr einiges mehr von sich zu erzählen. Andernfalls würde sie ihm nie ihr Vertrauen schenken. Also gestand er schließlich: »Nun ja … Es gibt tatsächlich noch jemanden, der meine wahre Identität kennt. Aber auf ihn kann ich mich hundertprozentig verlassen, weil er mir ebenfalls sein Geheimnis anvertraut hat.«

Und Manuel erzählte ihr, wie er am Morgen des zwanzigsten März einen Punkt am Horizont hatte auftauchen sehen, der auf der schlammigen Landstraße näher und näher kam, erst zu einem senkrechten Strich wurde und dann zu einer menschlichen Gestalt, die sich mühsam voranschleppte. Er hatte bei der Pension gestanden, in der die Angestellten des Sanatoriums untergebracht waren, die von außerhalb kamen, und hatte zugesehen, wie der Mann, in La Isabela angekommen, erschöpft auf die Umrandungsmauer der Maultiertränke gesunken war und den Mund an den Hahn gehalten hatte, um einen Schluck Wasser zu trinken. Manuel wusste, dass das Wasserrohr mit Ruhrkeimen verseucht war, und für einen Augenblick hatte er seine Rolle als Verrückter vergessen, um den Fremden vor der Ansteckungsgefahr zu warnen. Wahrscheinlich hatte er ihm dadurch das Leben gerettet, und dafür war ihm der andere auf ewig dankbar.

»Wer war er, und warum kam er nach La Isabela? Zu Fuß?« Amadas Neugier war erwacht.

»Stell keine Fragen«, bat Manuel rasch. »Ich erzähle dir nur, was ich glaube, guten Gewissens erzählen zu können.«

»Einverstanden.«

»Der Mann heißt Álvaro und ist ein franquistischer Deserteur. Aber jetzt ist er mein Bruder.«

Dann berichtete er Amada in groben Zügen vom Leben des Mannes, mit dem ihn schon nach wenigen Monaten eine enge Freundschaft verbunden hatte. Er erzählte ihr, wie sehr sich sein Freund nach seinem Kind sehnte, das er noch nie gesehen hatte, und wie er mit der Zeit den Glauben an Ideale verloren hatte, die ihm einst unverbrüchlich erschienen waren. Wie er auf ein baldiges Ende dieses sinnlosen Krieges hoffte, um zu seiner Frau zurückkehren zu können. Und wie er stets ein Foto von ihr bei sich trug, das er so oft streichelte, dass es schon ganz abgegriffen war.

»Aber ich werde dir nicht verraten, wie er aussieht und wo er sich versteckt.«

»Nur eines noch, Manuel: Gibt es noch andere in eurer Lage?«

»Andere? Amada, unter den Patienten sind Dutzende wie wir.«

57

Am Spätnachmittag des fünften November erklang im Kellerraum des Sanatoriums endlich das Geschrei eines Neugeborenen.

Das Kind kam im Operationssaal zur Welt, der zum Kreißsaal umfunktioniert worden war, und der Leiter des Sanatoriums sowie der junge Arzt, der in den Kellergewölben hauste, waren die Geburtshelfer.

»Wir werden hier ein wenig sauber machen müssen, Corominas, es sieht ja aus wie im Schlachthof«, sagte Rábago zu seinem jungen Kollegen.

»Medizin ist immer ein schmutziges Geschäft«, erwiderte dieser. »Besser, Sie finden sich allmählich damit ab.«

Ganz in ihrer Nähe wiegte eine Krankenschwester das Neugeborene in den Armen und drückte es schützend an ihren üppigen, weichen Busen.

»Wenn ich nicht schon selber drei hätte, würde ich es nehmen.«

»Und wo sind Ihre Kinder, wenn man fragen darf?«, erkundigte sich Corominas.

»Bei meiner Mutter in einem Dorf in Asturien. Ihr Vater ist an der Front und ich … Was soll man dazu sagen.« Eine Träne rollte ihre Wange hinab.

»Genug geschwatzt. An die Arbeit«, befahl der Arzt.

Martín Rábago hatte mehr als genug zu tun, vielleicht war er deshalb so nervös. Besser gesagt, er war aufgeregt, denn heute würde er wieder einen Schizophrenen seiner neuen Behandlungsmethode unterziehen. Sollte diese sich als erfolgreich erweisen, würde er dank ihrer vielen seiner Patienten Linderung ihrer seelischen Leiden verschaffen können. Tatsächlich hatte er sich schon drei Jahre zuvor im Provinzkrankenhaus bei einem Morphiumsüchtigen von ihrer Wirksamkeit überzeugen können. »Ich habe mich seit Monaten nicht mehr spritzen müssen, Doktor«, hatte ihm der Mann begeistert berichtet, nachdem er sich freiwillig für den Versuch zur Verfügung gestellt hatte. »Ich verdanke Ihnen mein Leben!« Seither hatte der Arzt jedes Jahr ein Weihnachtspäckchen aus den exotischsten Winkeln der Welt bekommen. Nun, dieses Jahr würde er höchstwahrscheinlich darauf verzichten müssen. Im Krieg blieb keine Zeit für Aufmerksamkeiten.

Nur wenige im Sanatorium wussten, was im Keller vor sich ging; würden aber die klinischen Versuche die Ergebnisse erzielen, auf die der Arzt so hartnäckig hinarbeitete, so könnte eine Großzahl der Patienten davon profitieren. Dieses abgelegene Krankenhaus war der perfekte Ort für die Erprobung seiner revolutionären Heilmethoden – wie den Elektroschock, den er bald zum ersten Mal anwenden würde – sowie für bereits bewährte Methoden, deren Anwendung keinen angenehmen Anblick bot. Wie die Methode, die zu praktizieren er im Begriff stand.

»Ist es so warm genug?«, fragte ihn die Krankenschwester, die in allen Ecken des Operationssaals Öfen entfacht hatte und nun auf weitere Anweisungen wartete. Der Arzt nickte.

»Bringen Sie bitte diese Liege hinaus. Und holen Sie den Patienten.«

Kurz darauf schob die Frau ein Krankenbett herein und platzierte es unter der großen Deckenlampe in der Mitte des Raumes. Der Mann, der auf dem Bett lag, wehrte sich heftig gegen die Gurte, mit denen er festgeschnallt war. Als er den Arzt erblickte, spuckte er ihn an und ließ eine Tirade wüstester Beleidigungen vom Stapel.

»Ganz ruhig. Binden Sie ihn noch nicht los und bereiten Sie die Spritze vor. Corominas, vierzig Einheiten Insulin bitte.«

»Sakel empfiehlt, mit einer Dosis von fünfundzwanzig Einheiten Insulin pro Kubikzentimeter anzufangen«, widersprach sein Kollege.

»Ich sagte vierzig, Doktor. Wieso meinen Sie nur, sich immer sklavisch an die Vorgaben halten zu müssen?«

»Ich hatte ganz vergessen, dass in diesem Haus die Diktatur der Altershierarchie unantastbar ist.« Der Arzt lachte nervös, sodass man seine unregelmäßigen Zähne sah.

Als alles bereit war, verabreichte der Arzt dem Schizophrenen die Spritze, die bei dem Patienten einen Zuckerschock auslöste. Innerhalb kürzester Zeit verkrampften sich seine Glieder, sein Bewusstsein trübte sich, und er begann, heftig zu schwitzen.

Fast drei Stunden lang lauschten sie auf den schweren Atem des Patienten, dann begann er plötzlich wild zu zucken.

»Ein epileptischer Anfall, Doktor«, rief die Schwester besorgt. »Was sollen wir tun?«

»Nichts. Wir warten«, antwortete Doktor Rábago. »Es läuft alles wie geplant.«

Und tatsächlich fiel der Patient kurz darauf ins Koma.

Über Manuels und Amadas vertraulichem Gespräch war, von beiden unbemerkt, die Nacht hereingebrochen.

Nach seinem Bericht über den Freund, den ihm die Gefangenschaft beschert hatte, erzählte Manuel Amada, dass das Sanatorium von La Isabela nicht nur Geisteskranke beherbergte, sondern auch zahlreiche Patienten, die an einer schleichenden Krankheit namens Angst litten. Ein Heer von Verlorenen und Entwurzelten – so ließen sich die Verrückten und Gesunden vielleicht am einfachsten definieren.

»Ich könnte dir nicht sagen, wie viele es sind«, gestand er ihr, aber in den Palastmauern hatten Menschen aus ganz Spanien Zuflucht gefunden, die aufgrund ihres Berufes, ihrer Position oder ihres Familiennamens Repressalien oder Racheakte fürchten mussten. Oder die einfach vor der Hölle des Krieges geflohen waren, ein Bataillon von Fahnenflüchtigen. So wie es Álvaro von der Front in Guadalajara hierher verschlagen hatte. Menschen, die ihre Identität verheimlichten und lieber für die Dauer des Krieges so taten, als hätten sie den Verstand verloren, während die eigentlich Verrückten diejenigen waren, die einander in diesem Bruderkrieg umbrachten.

»Da gibt es zum Beispiel einen Piloten der Nationalen Luftflotte, der einen Abschuss unbeschadet überstanden hat. Er weiß genau, dass er ein zweites Mal nicht so viel Glück haben wird, also ist er gar nicht erst zur Armee zurückgekehrt«, erzählte Manuel.

»Hast du dich mit ihm unterhalten?«

»Ehrlich gesagt, ich weiß nicht einmal, wer er ist. Doktor Rábago erzählt mir manchmal solche Dinge, wenn er das ewige Schweigen nicht mehr ertragen kann, aber er verrät mir nie, um wen es sich handelt, und erwähnt keinerlei Details, die Rückschlüsse auf ihre Identität zuließen. Aber einiges kann ich mir zusammenreimen.«

Manuel war es gelungen, sich so weit unsichtbar zu machen, dass er unbemerkt im Sanatorium aus- und eingehen und sich dort frei bewegen konnte. Selbst dem Arzt konnte er sich unauffällig an die Fersen heften. Das waren die Vorteile seines Berufes, dachte er manchmal.

»Sind auch Frauen dabei?«

Manuel lächelte.

»Ja, und nun frag nicht weiter.«

Er strich ihr zärtlich über die Wange.

Es stimmte, dass er über die anderen falschen Geisteskranken so gut wie nichts wusste, denn diese Unwissenheit war die beste Garantie für seine Sicherheit und die ihre. Sollte eines Tages einer von ihnen erwischt und von der Roten Hilfe verhört werden, schützte seine Ahnungslosigkeit seine Leidensgenossen.

Und über all das wachte Martín Rábago wie ein Vater, kümmerte sich um sie und begab sich dadurch selbst in große Gefahr, denn wenn herauskam, dass er Franco-Anhänger versteckte, würde er verhaftet und verurteilt werden.

Nun glaubte Amada endlich zu verstehen, welches persönliche Motiv den Arzt zum Handeln bewog.

»Wie dreist von ihm, als Rechter ein Zentrum der Roten Hilfe zu leiten!«

»Du irrst dich. Rábago ist sehr viel fortschrittlicher als die meisten republikanischen Politiker.«

»Das kann nicht sein, Manuel. Das ist alles so widersprüchlich, da muss Betrug dahinterstecken.«

»Politisch steht er den Sozialisten nahe. Ich habe persönlich mit ihm darüber gesprochen, und seine ärztlichen Praktiken sind so fortschrittlich, dass einige konservative Kollegen sie als abartig oder sündhaft bezeichnen würden.«

»Und warum setzt er dann sein Leben aufs Spiel?«

»Er tut es weder aus beruflichem Ehrgeiz noch weil er sich mit irgendwelchen Orden schmücken will, sondern einfach, weil er ein guter Mensch ist. Schlicht und ergreifend aus Menschlichkeit. Verstehst du?«

»Und warum willst du dann weg von ihm?«

Manuel stand vom Bett auf. Da, wo er seit Stunden gesessen hatte, blieb eine warme Kuhle zurück. Er stieg in die Arbeitsstiefel, die er unter der gebrauchten Kleidung gefunden hatte, nahm die Öllampe, die inzwischen fast leer war, in die eine und den Mantel, den er sich organisiert hatte, in die andere Hand; dann sah er Amada an und wartete auf ihre Entscheidung.

»Es ist schon spät, wir müssen zurück. Hast du dich schon entschieden, ob du mir helfen willst?«

Amada starrte auf ihre nackten Knie und zerrte in dem vergeblichen Versuch, sie zu bedecken, an der Jacke. Sie wusste nicht, was sie diesem Mann antworten sollte, der einerseits Doktor Rábago so verbissen verteidigte und andererseits vor ihm fliehen wollte.

»Warum willst du hier weg, Manuel?«, fragte sie nach ein paar Sekunden erneut. »Sag es mir.«

»Um meine Ehre zu retten.« Und dann wandte er ihr den Rücken zu und ging zur Tür.

Ohne ein weiteres Wort verließen sie das Kurhaus und gingen ein Stück durch die Nacht, dicht nebeneinander, bis sie am Fuß des Hügels angekommen waren. Erst da brach Manuel das Schweigen.

»Hast du Angst, allein zurückzugehen?« Amada schüttelte den Kopf. »Dann verschwinde ich jetzt. Das, worum ich dich bitte, ist für mich von lebenswichtiger Bedeutung, und ich habe nicht viele Möglichkeiten, von hier wegzukommen.«

Er packte sie bei den Schultern und zwang sie, ihm in die Augen zu sehen.

»Du müsstest mich nur in deinem Auto bis Madrid mitnehmen und unterwegs, wenn wir in eine Straßenkontrolle geraten sollten, als Verwandten ausgeben. Nicht mehr. Einverstanden?«

»Ich muss darüber nachdenken. Ich weiß noch nicht, ob ich bereit bin, das Risiko einzugehen, jemanden deines Namens mitzunehmen. Es geht ja nicht nur um mich, sondern mehr noch um meine Familie. Ich könnte es nicht ertragen …«

»Alles wird glattgehen. Wir sagen einfach, ich hätte meine Papiere verloren.«

»Ich weiß nicht … Ich kann das jetzt nicht entscheiden. Ich muss darüber nachdenken …«

»Tu das. Morgen Mittag um zwölf Uhr werde ich hier sein und auf deine Antwort warten.«

Manuel strich ihr eine Haarsträhne hinters Ohr, dann lief er mit langen Schritten davon, während die kalte Nachtluft unter ihren Mantel kroch, dass sich die Härchen auf ihrer nackten Haut aufrichteten. Er war schon fast im Dunkel der Promenade verschwunden, da drehte er sich noch einmal um und rief ihr zu: »Eines wollte ich dir noch sagen: Mir gefällt dein Name!« Dann lief er weiter.

Es war kurz vor elf. Martín Rábago saß in seiner Wohnung an einem Schreibtisch neben seinem Bett und schrieb einen Brief.

»Willst du nicht zu Bett kommen?«, fragte seine Frau.

»Gleich.« Erst wollte er noch den Brief beenden.

»Diese Frau ist immer noch hier, stimmt's?« Sie biss sich ein Stück Nagelhaut ab, bis es blutete, und versuchte zum hundertsten Mal, sich auf die Seite eines Romans zu konzentrieren, dessen Anfang sich endlos in die Länge zog. Vergebens. »Worauf wartet sie?«

»Ich glaube, ihretwegen müssen wir uns keine Sorgen machen, Liebste.«

»Du sitzt auch nicht den ganzen Tag zu Hause und befürchtest, dass zwei Soldaten an deiner Tür klingeln und dir sagen, sie hätten deinen Mann verhaftet.« Die Frau machte einen Knick in die Seite ihres Romans, klappte das Buch zu und suchte auf dem Nachttisch nach einem

Taschentuch, um sich die Tränen abzuwischen, die ihr unwillkürlich übers Gesicht liefen.

»Ach herrje.« Martín Rábago legte die Feder weg und setzte sich zu ihr aufs Bett. »Das also geht dir den ganzen Tag durch den hübschen Kopf?« Er klopfte ihr zärtlich an die Stirn.

»Lach nicht, Martín«, erwiderte sie ernst. »Es wäre nicht das erste Mal, dass ihnen irgendwelche Gerüchte zu Ohren kommen, und dann hätten wir ruck, zuck eine Patrouille im Haus, die sämtliche Schränke durchwühlt.«

»Darf ich dich daran erinnern, dass einige von ihnen hier sind, weil du mich darum gebeten hast?«

»Das habe ich weiß Gott bitter bereut! Jeder sollte zusehen, wie er in diesem Leben allein zurechtkommt. Martín … Was soll ich bloß machen, wenn dir etwas zustößt? Mit vier Kindern!«

»Mir wird schon nichts zustoßen.« Der Arzt nahm seine Frau in die Arme und küsste sie aufs Haar, das genauso roch wie seine Kinder.

»Alberto ist ein verlässlicher, verschwiegener Mann, auf den du immer zählen kannst. Außerdem hast du die Familie, und ich … mir geht es bestens. Und diese Amada Montemayor ahnt von nichts, das schwöre ich dir. Und …«

»Ihr Mann ist gefallen.« Die Frau löste sich aus seinen Armen, ihr war die Sache nicht geheuer. »Wahrscheinlich kennt sie die halbe republikanische Armee oder Azaña höchstpersönlich, wie kannst du da …«

»Es reicht! Allmählich wirst du hysterisch. Du wirst noch die Kinder aufwecken.«

Doch seine Frau hörte ihm gar nicht zu, sondern redete weiter: »Vier Kinder. Und ich muss mir vorwerfen, dich zum Beschützer einer Bande von Strauchdieben gemacht zu haben. Denn das sind sie, zumindest die Hälfte von ihnen. Oh ja, natürlich: Sie sind in seidenen Kissen geboren, haben klangvolle Namen, viele Orden, eine Soutane … Aber das alles nützt ihnen nichts, wenn sie sie nicht verwenden können. O nein, gar nichts nützt ihnen das!«

»Also, ich weiß wirklich nicht, was heute Abend in dich gefahren ist, meine Liebe.« Der Arzt legte sich ins Bett und löschte das Licht.

58

Amadas Schuhe waren noch klatschnass, als sie im Dorf ankam. Das Leder war vom Wasser hart geworden, drückte sie am Spann und hatte dort eine hässliche Wunde hinterlassen, die sie noch tagelang spüren würde. Sie hoffte, dass Balbina schon schlafen würde, wenn sie nach Hause kam, sodass diese Kleinigkeiten nicht auffielen; aber kaum quietschte die Tür in den Angeln, da erklang schon Balbinas vorwurfsvolle Stimme: »Es ist nach elf.«

Sie saß am Küchentisch, vor sich einen Teller Linsen, der von Amadas Zuspätkommen zeugte. »Ich bin vor Angst um dich beinahe wahnsinnig geworden.«

»Warte, lass mich erst meine Schuhe ausziehen, mir tun die Füße weh!«, rief Amada, die noch im Flur stand. »Ich erzähle dir gleich, was passiert ist.«

Unter einem Vorwand verschwand sie zuerst im Schlafzimmer, um sich umzuziehen, nachdem sie das Bündel mit der immer noch feuchten Wäsche versteckt hatte.

»Olvido hat dich im Sanatorium gesucht und nicht gefunden. Sie hat sogar diesen Verwalter nach dir gefragt.«

»Und was hat der gesagt?«, fragte Amada voller Neugier darauf, was Alberto Bañuls geantwortet haben mochte.

»Was hätte er schon sagen sollen?«, entgegnete die Alte und stellte ihr eine Tasse mit Gemüsesuppe hin. »Dass wir uns nicht verrückt machen sollten und du schon auftauchen würdest, wenn es dir passt. Und dass du schließlich erwachsen seist. Kannst du mir mal verraten, wo du gesteckt hast?«

»Ich war im Kurhaus.« Das war immerhin nicht gelogen. »Ja, ich habe mich reingeschlichen. Schau mich nicht so an, du wusstest doch ganz genau, dass ich das vorhatte.«

Die alte Hausangestellte sagte nichts, sondern wärmte ihr nur die Kroketten auf und stellte sie auf einem Teller mit einem Stück Brot vor sie hin.

»Ich habe sie schon zum zweiten Mal aufgewärmt«, sagte sie tadelnd, dann setzte sie sich Amada gegenüber an den Tisch. »Hör mal, Mädchen, du hast ja ganz rote Augen.«

Amada sagte keinen Ton, während des ganzen Essens nicht, und Balbina, die vermutete, dass sie irgendeine alte Rechnung beglichen hatte, fragte nicht weiter.

In dieser Nacht fand Amada lange keinen Schlaf. Sie musste mehr an Manuel denken, als ihr lieb war, und das beunruhigte sie. Die Bilder all dessen, was sie in den letzten Stunden erlebt hatte, schwirrten in ihrem Kopf, doch am schlimmsten war der Kummer um einen Toten, für den nur sie allein beten konnte.

Als sie am vierten Tag ihres Aufenthalts in La Isabela erwachte, war Amada wie betäubt von der unruhigen Nacht und der Feuchtigkeit, die ihr noch immer in den Knochen saß. Erst im heißen Bad, das ihr Balbina bereitete, entspannte sie sich. Bevor sie ins Wasser gestiegen war, hatte sie Badeöl hineingegeben, und nun atmete sie den Duft ein und hatte das Gefühl, ihn mit jeder Pore ihres Körpers aufzusaugen.

Nach dem Baden entschied sie sich für ein schwarzes Wollkleid, das sie nie zuvor getragen hatte, und legte zum ersten Mal seit langer Zeit wieder etwas Rouge auf.

»Balbina«, verkündete sie beim Frühstück, »ich fahre morgen zurück.«

»Schon so bald, Kind?«

»Was soll ich hier noch? Außerdem will ich am neunten nicht in La Isabela sein.«

Am neunten November jährte sich der Todestag ihres Bruders Héctor zum neunten Mal. Außerdem hatte sie sich inzwischen damit abgefunden, dass sie keinen Käufer für ihre Ländereien finden würde. Darum hatte sie einen Entschluss gefasst, den ihre Mutter mit Sicherheit gutheißen würde.

»Ich habe beschlossen, dir unser Land zu überlassen. Deine Söhne sollen es bestellen.«

»Und was ist, wenn ihr wiederkommt? Das Land gehört deiner Familie.«

»Mach dir nichts vor, Balbina, wir kommen nicht wieder. Was sollten wir hier?« Und in einem Anflug von Ehrlichkeit, der ihr selbst wehtat, hörte sie sich hinzufügen: »Ich will nie mehr nach La Isabela zurück. Hast du nicht selbst gesagt, dass der Ort verflucht ist? Na also, Flüche vertreibt man am besten dadurch, dass man sie weit hinter sich lässt.«

»Das glaube ich dir nicht, Kind, das hier ist nun mal dein Zuhause.« Balbina umarmte Amada und drückte sie fest an sich.

Und um nicht in Tränen auszubrechen, begann sie, energisch ihren Herd zu schrubben.

Bis zu ihrem Treffen mit Manuel um zwölf war noch Zeit, und so beschloss Amada, die Inventur der Möbel zu Ende zu bringen. Sie machte sich also auf den Weg ins Sanatorium, wo um diese Zeit ein ständiges Kommen und Gehen von Pflegern und Kranken herrschte. Im Hof entdeckte sie Bañuls, der sie alles andere als freundlich empfing.

»Sie kommen aber auch immer zur rechten Zeit«, sagte er zur Begrüßung. »Glauben Sie bloß nicht, wir hätten auf Sie gewartet.«

»Keine Sorge, bald sind Sie mich los.«

»Ich kann es kaum erwarten«, brummte der Verwalter.

»Sagten Sie etwas?«

»Dass Sie sich beeilen sollten«, entgegnete er und öffnete ihr die Tür zum Lagerraum.

Bevor sie eintrat, warf Amada noch einen Blick über den Hof. Ihr fiel eine Gruppe von Patienten auf, die sich erwartungsvoll umsahen, vermutlich Neuankömmlinge, und sie fragte sich, ob unter ihnen wohl auch einige falsche Geisteskranke sein mochten. Neugierig betrachtete sie ihre Gesichter, ihre grotesken Verrenkungen, ihre verlorenen Blicke und suchte vergeblich nach Anzeichen von Verstellung.

Eine gute Stunde lang inspizierte sie die restlichen Möbel und heftete an alle Stücke, die sie mitnehmen wollte, Zettel mit der Aufschrift »Eigentum der Familie Montemayor«, um sie für die Spediteure zu kennzeichnen, die sie nach Madrid bringen sollten.

Still nahm sie Abschied von den Stücken, die bleiben würden, dann ging sie zu Bañuls und sagte: »Ich werde eine Spedition damit beauftragen, die Möbel abzuholen, und hoffe, dass Sie den Leuten keine Schwierigkeiten machen. Wenn Sie noch mal einen Blick …«

»Ich bin mit allem einverstanden, was Sie entschieden haben«, unterbrach Bañuls sie, der diese leidige Angelegenheit so rasch wie möglich hinter sich bringen wollte. »War's das?«

»Ich danke Ihnen für Ihre Freundlichkeit, Alberto«, sagte sie spöttisch und streckte ihm die Hand hin. »Es ist sicher nicht einfach für Sie hier so ganz allein. Eigentlich ist es erstaunlich, dass Sie nicht noch unausstehlicher sind.«

»Wie soll ich denn das verstehen?«

»Genau so, wie ich es gesagt habe.«

Während Amada die Promenade hinunterging, dachte

sie bei sich, dass sie sich nur von La Isabela würde freimachen können, wenn sie zu ihren Entscheidungen stand, ohne sich dafür schuldig zu fühlen.

Sie schätzte, dass es inzwischen Mittag sein musste, und so wartete sie zuerst unter den herbstlich bunten Ulmen etwa an der Stelle, an der sie sich am Vorabend verabschiedet hatten.

Als Manuel nicht erschien, ging sie zur Kapelle, sah hinein, rief seinen Namen, doch vergebens. Suchend lief sie um die Hecken, die Bäume, die kahlen Rosenbüsche und die Brunnen, doch sie fand ihn nirgends. Dann hatte sie plötzlich eine Eingebung: das Kurhaus.

Sie öffnete die Hintertür und ging in den ersten Stock, hin zu dem Raum, wo sie dem Tod begegnet war, aber auch dort war er nicht.

Immerhin blieb ihm dadurch, dass er sie versetzt hatte, Amadas Antwort auf seine Bitte erspart. Sie lautete Nein.

»Verzeihen Sie, Herr Doktor.« Eine Hilfsschwester stand auf der Schwelle von Doktor Rábagos Arbeitszimmer.

Es war früh am Morgen, die Patienten saßen beim Frühstück, und vielen von ihnen fiel es um diese Uhrzeit schwer, sich in die tägliche Routine einzufügen. Deshalb nahm er an, dass die Schwester ihm von irgendeinem Manisch-Depressiven berichten wollte, der mal wieder versucht hatte, sich das Leben zu nehmen.

»Es geht um einen Patienten aus dem Pavillon drei. Er ist sehr unruhig und halluziniert«, sagte sie. »Er will sich einfach nicht beruhigen. Ich glaube, Sie sollten mal nach ihm sehen.«

»Danke. Ich gehe gleich hin.«

Martín Rábago schwelgte noch im Triumphgefühl des Vortages, als er den Schizophrenen mit der Insulinschocktherapie behandelt hatte, deshalb konnte ihm an diesem Morgen kaum etwas die Laune verderben. Allerdings tat es ihm leid, sich von seinem Schmuckstück zu trennen.

Seit er das Elektroschockgerät bekommen hatte, verbrachte er jede freie Minute damit, die Präzision dieser Maschine zu bewundern. Während er durch die Gänge lief, dachte er daran, dass er sie so bald wie möglich einsetzen wollte.

Im Männerpavillon betrat er eines der wenigen Zimmer, in denen den Patienten eine gewisse Privatsphäre vergönnt war. Auf einem Bett, weit weg vom Fenster, sodass er vor der direkten Sonneneinstrahlung geschützt war, war ein Patient mit kräftigen Lederriemen festgeschnallt. Trotzdem ruckte er heftig mit Armen und Beinen, um sich loszureißen. Der Arzt trat zu ihm und winkte die diensthabende Krankenschwester hinaus. Dann setzte er sich auf einen Schemel am Kopfende des Bettes und strich dem Patienten das Haar aus der Stirn.

»Schschsch«, machte er beruhigend, dann flüsterte er ihm zu: »Was habe ich dir gesagt? Lass deine rechte Hand nicht wissen, was die linke tut. Es gibt hier Regeln, und die gelten auch für dich, Manuel.«

Manuels Stirnadern waren hervorgetreten, in seinen weit aufgerissenen Augen standen Tränen. Mit der Wut eines wahrhaft Wahnsinnigen versuchte er, wie von unsichtbaren Stürmen gepeitscht, die Fesseln abzustreifen und etwas zu sagen, obwohl er mit einem Stück Kautschuk und einem Tuch geknebelt war.

»Dachtest du allen Ernstes, du könntest verschwinden und mitten in der Nacht wieder auftauchen, ohne dass es jemand merkt? Schlimmer noch, ohne dass es Cayo mitbekommt? Als wärest du ein feiner Herr im Hotel« – der Arzt strich ihm liebevoll über die Stirn – »und nicht etwa ein Kranker. Entspann dich, Manuel, und versuche, ruhig zu atmen. Kämpf nicht dagegen an, sonst bleibst du den ganzen Tag hier so liegen.«

Resigniert schloss Manuel die schmerzenden Augen.

Der Arzt blieb ein paar Minuten lang schweigend bei ihm sitzen, bis er spürte, dass sein Widerstand erlahmt war. Dann rief er die Krankenschwester wieder herein und befahl: »Schließen Sie die Fensterläden und schalten Sie das elektrische Licht ein. Hat der Patient etwas gegessen?«

Sie schüttelte den Kopf, und während sie tat, was er ihr aufgetragen hatte, ging er in sein Arztzimmer, nahm eine kleine Flasche aus einem Glasschränkchen und kehrte zurück.

»Geben Sie mir eine Spritze und Kochsalzlösung.«

Er bereitete eine Injektion mit 0,5 Gramm Cardiazol vor und verabreichte sie dem Patienten intravenös. Das Ganze ging so schnell, dass Manuel gar nicht dazu kam, sich zu wehren. Keine dreißig Sekunden später verzog sich sein Gesicht vor Entsetzen zu einer schrecklichen Grimasse, er begann zu husten und wurde von so heftigen Zuckungen geschüttelt, dass die Lederriemen ihn kaum am Bett zu halten vermochten.

»Binden Sie ihn los, schnell!«, rief Rábago der Schwester zu, »oder er bricht sich das Rückgrat!«

Dann begann der Patient, unverständliches Zeug zu brabbeln, offenbar, um seinen Qualen Ausdruck zu verleihen. Seine Pupillen waren geweitet, Schaum stand ihm vor dem Mund. Der Arzt beobachtete das Ganze ungerührt. Plötzlich verstummte das Gebrabbel, und die Krämpfe begannen.

Mit tödlicher Präzision bäumte sich Manuel genau einmal pro Minute auf, wieder und wieder. Sein Rückgrat war durchgebogen, dass man hätte meinen können, er würde ausgepeitscht, und das Bettgestell quietschte.

Es war schrecklich mitanzusehen, wie er mühsam, qualvoll, um Atem rang und immer tiefer in den Abgrund des Wahnsinns glitt.

Noch ein paar Minuten später wurden seine wilden Bewegungen schwächer, und er versank in wohltuende Bewusstlosigkeit. Doktor Rábago verließ den Raum erst, als Manuel friedlich schlief.

»Sie rühren sich nicht von der Stelle und passen auf ihn auf«, befahl er der Krankenschwester. »Und decken Sie ihn zu, er ist sicher eiskalt.«

Die Frau stand, völlig ungerührt von Manuels Qual, vor dem Spiegel, rückte ihr Häubchen zurecht und zog sich die Lippen nach.

»Sie sind sehr hübsch«, sagte der Arzt schmeichelnd, und sie lächelte ihn an. »Sie brauchen sich nicht noch hübscher zu machen. Rufen Sie mich, sobald er aufwacht, aber lassen Sie ihn nicht allein. Vielleicht wird er beim Aufwachen wirres Zeug reden. Geben Sie nichts auf das, was er sagt.«

Die Krankenschwester fand den Arzt ausgesprochen attraktiv, aber zu ihrem großen Ärger zeigte er nicht das geringste Interesse an weiblichen Reizen, sonst hätte sie ihn nicht so ohne Weiteres gehen lassen.

Martín Rábago kehrte in sein Arbeitszimmer zurück. Ihm war bewusst, dass er sich eine fragwürdige Freiheit herausgenommen hatte – aber wie sonst hätte er Manuels unbändigen Willen brechen können?

59

Auf dem Rückweg ging Amada die Promenade viel langsamer entlang als auf dem Hinweg. Sie hätte sich gern von Manuel verabschiedet, auch wenn es ihr schwergefallen wäre, ihm klarzumachen, dass ihr das Risiko, ihn im Auto mitzunehmen, einfach zu groß war. Vielleicht hätte sie es sich sogar anders überlegt, wenn er nur gekommen wäre.

Seit Javiers Tod hatte sich ihr Glaube an Ideale und die Opfer, die man für sie erbringen sollte, relativiert. Sie war pragmatischer geworden und dachte vor allem an das Wohl ihrer Familie.

Allerdings musste sie sich eingestehen, dass sie für Manuel etwas empfand, das sie noch nicht zu benennen wagte. Sie fühlte sich zu ihm hingezogen, und es tat ihr weh, dass sie ihn wahrscheinlich nie mehr wiedersehen würde. In diese Grübeleien vertieft, ging sie die Hauptstraße entlang, als ihr auf der Höhe des Gasthofs aus heiterem Himmel der Irre mit dem imaginären Motorrad entgegenkam. Brumm, brumm, machte er und hätte sie um ein Haar über den Haufen gerannt.

»Sie haben wohl keine Augen im Kopf?«, schimpfte er. »Setzen Sie gefälligst den Blinker!«

»Entschuldigung, ich war in Gedanken.«

»Sehen Sie nur, Ihretwegen ist mir der Motor abgesoffen!«

Der Verrückte stieg von seinem unsichtbaren Fahrzeug und musterte sie angriffslustig, dabei hatte sie nicht die geringste Lust, sich mit ihm herumzustreiten.

»Sie fahren wohl selbst nicht, was? Sonst hätten Sie etwas mehr Respekt vor einer so wunderbaren Maschine wie der meinen.«

»Sie irren sich ...«, stammelte Amada verwirrt, weil sie nie eine auch nur annähernd so absurde Unterhaltung geführt hatte. »Aber ich bin normalerweise auf vier Rädern unterwegs.«

»Pah! Frauen am Steuer – so weit kommt's noch!«

Der Motorradfahrer stieg wieder auf, wobei er in seiner Kehle alle möglichen mechanischen Geräusche produzierte, bis er schließlich in den ersten Gang schaltete.

»Sie können von Glück reden, dass ich so ein geübter Fahrer bin, andernfalls ... Los, Kinder, auf nach Le Mans!«

Die Kinder, die ihm auf Schritt und Tritt folgten und in einiger Entfernung gewartet hatten, ließen ebenfalls ihre Maschinen an und folgten ihm johlend.

»Hier sehen Sie einen glücklichen Irren, Amada! Ich hatte schon befürchtet, Sie würden einen viel zu einseitigen Eindruck vom Wahnsinn mit nach Hause nehmen.« Doktor Rábago schien es sich zur Gewohnheit gemacht zu haben, sie von hinten anzusprechen.

Als sie sich umwandte, sah sie ihn rauchend an eines der Fenster des Gasthofs gelehnt. Sie betrachtete das Gebäude und hatte das Gefühl, dass es nie düsterer ausgesehen hatte als an diesem Nachmittag. Früher hingen dort zahllose Blumentöpfe an der Wand, die ihre Mutter je nach Jahreszeit bepflanzt hatte, jetzt war die Mauer kahl.

»Einer wiegt nicht das Leid der vielen anderen auf, Doktor.«

»Und darum sollte der eine sich schlecht fühlen?« Der Arzt kam auf sie zu. »Sollte er sich dafür schämen, sich eine eigene Welt erschaffen zu haben, weil ihm unsere nicht gefällt?«

»Hat er sie sich tatsächlich erschaffen?«, fragte Amada interessiert. »Existiert das alles hier vielleicht nur in unseren Köpfen?«

»Lassen Sie sich nicht beirren, Amada, Sie sind doch eine kluge Frau. Geisteskrankheit ist kein rein organisches Leiden, es entsteht nicht einfach im Gehirn.«

Amada sah ihn an, doch ihr Blick glitt immer wieder zu dem Gebäude hinter ihm, von dem sie so gern Abschied genommen hätte. Dem Arzt entging das nicht.

»Möchten Sie reingehen? Ich merke, dass Sie immer wieder hinüberschielen.« Amada nickte dankbar. »Die totalitären Theorien leugnen die negativen Einflüsse des Umfelds kategorisch, und das ist sehr gefährlich«, fuhr der Arzt mit seinen medizinischen Erläuterungen fort.

»Warum?«

»Glauben Sie, Quimet hätte den Verstand verloren, wenn er weiterhin in seinem friedlichen Alltag hätte leben dürfen?« Rábago zog einen Schlüsselbund aus der Tasche und schloss eine Tür in einem der beiden Seitenflügel des Gasthofs auf.

»Ich weiß nicht, was ich dazu sagen soll …«

Im Grunde genommen interessierte sie das Thema jetzt, da der Flur des Hauses vor ihr lag, herzlich wenig. Es war eine Begegnung mit ihrer Vergangenheit, bei der sie lieber allein gewesen wäre.

»Manchmal hat der Wahnsinn einen äußeren Anlass …«, setzte der Arzt seinen Vortrag fort, obwohl sie kaum zuhörte, »… und auch Manipulation, Frustration, Einsamkeit« – dieses Wort betonte er besonders, damit sie sich angesprochen fühlte –, »Gewalt oder moralischer Druck können krank machen.«

»Das heißt, Quimet wäre nicht verrückt, wenn er nicht

in den Krieg hätte ziehen müssen. Verrückte werden also nicht als solche geboren.«

»Manchmal schon.«

Amada ging einmal durch das ganze Erdgeschoss des Hauses und stellte fest, dass alles weitgehend unverändert war, da die Umbauarbeiten des Marqués sich auf das Kurhaus beschränkt hatten. Ihr Rundgang endete am Fuß der Treppe. Sie warf einen Blick nach oben in den ersten Stock, der im Gegensatz zum jetzt warmen, sonnigen Erdgeschoss dunkel und leblos wirkte. Währenddessen dozierte der Arzt munter weiter, offenbar völlig unbekümmert darum, ob sie ihm zuhörte oder nicht, was sie rücksichtslos und selbstgefällig fand.

»Könnten wir hinaufgehen?«, fragte sie und war schon auf der ersten Stufe.

»Die Wurzel des Übels sitzt sehr tief«, fuhr er fort. Er schien sie nicht gehört zu haben. »Wozu? Die Zimmer sind abgeschlossen, und ich habe die Schlüssel nicht dabei, außerdem sind sie in einem üblen Zustand, seit die Verwundeten von der Front dort untergebracht waren.«

»Ich bin nicht zimperlich.«

»Es gibt Geisteskrankheiten, die von einem Augenblick zum nächsten ausbrechen.«

»Wollen Sie mir Angst machen, Doktor?« Der Mann wurde ihr allmählich unheimlich.

Plötzlich kam ihr ein Gedanke, der ihr das Lächeln in den Mundwinkeln gefrieren ließ. Niemand hatte gesehen, wie sie das Haus gemeinsam mit dem Arzt betreten hatte, und folglich würde sich auch niemand wundern, wenn sie nicht beide wieder herauskamen. Falls Rábago also nicht der vertrauenswürdige Arzt war, als der er sich ausgab, falls er verrückter war als seine Patienten – dann konnte er hier mit ihr tun, was er wollte, ohne dass es jemandem auffallen würde. Er könnte sie mit Malaria infizieren oder in einem

Wutanfall die Treppe hinunterstoßen. Er könnte sie auch für verrückt erklären und für immer im Sanatorium einsperren.

Im schlimmsten Fall, so stellte sie sich vor, würde sie einfach auf Nimmerwiedersehen verschwinden, wie es zur Zeit mit vielen Menschen geschah, ohne dass Fragen gestellt oder Antworten gegeben wurden. Eine wachsende Panik schnürte ihr die Kehle zu. Trotzdem versuchte sie, sich nichts anmerken zu lassen, bis die Stimme des Arztes, der in gekünstelter Überraschung die Brauen runzelte, sie aus ihren Gedanken weckte.

»Ich hoffe, das war ein Scherz. Und ich sehe, Sie können einfach nicht von Ihren Erinnerungen lassen. Ihre verzweifelten Versuche, die Vergangenheit einzufrieren, werden Ihnen viel Leid bescheren, aber wenn Sie es so wollen … bitte sehr. Was hoffen Sie in diesen Zimmern dort oben zu finden, können Sie mir das mal sagen? Den Geist Ihres Vaters oder irgendeines reichen Schnösels, wie sie jeden Sommer zur Kur hierherkamen? Dort oben sind Männer gestorben, viele Männer, Dutzende, die kaum, dass sie hier angekommen waren, schon wieder fortgebracht wurden: zum Friedhof. Und jetzt hören Sie mir mal gut zu: Das, was dieser Ort in einem einzigen Jahr erlebt hat, reicht aus, um Jahrzehnte Ihrer rührenden bürgerlichen Geschichte auszulöschen. Der Krieg hat Ihre Erinnerungen verschlungen, meine Liebe.«

Die Härte des Arztes trieb ihr die Tränen in die Augen.

»Ihre Welt ist wie die Verrückten, die der Gesellschaft ein Dorn im Auge sind, wie meine Kranken, die in die Ecke geschoben und vergessen werden: Sie alle sind unsichtbar. Wachen Sie auf, Amada!«

Sie verließen das Gebäude, und wütend schlug Martín Rábago hinter ihnen die Tür des Gasthofs zu, schloss sie ab und gab Amada zum Abschied die Hand.

»Bañuls hat mir gesagt, dass Sie morgen abreisen. Ich möchte Ihnen sagen, dass es mir trotz allem ein Vergnügen war, Sie kennenzulernen, auch wenn Sie mir das nicht glauben werden.«

Dann ging er davon und ließ sie in tiefer Traurigkeit zurück.

60

Niemand hatte gesagt, dass es einfach würde. Sie hatte nie angenommen, dass ihre Rückkehr nach La Isabela ein Spaziergang würde, aber nach dem Gespräch mit Doktor Rábago war Amada am Ende ihrer Kraft.

Auf dem Weg zurück zu Balbinas Haus war sie so mit ihren Gedanken beschäftigt, dass sie ein paar Mal stolperte und fast gestürzt wäre. In gewisser Weise musste sie dem Arzt recht geben: Die Welt, die sie in Erinnerung hatte, war nichts weiter als ein Traum gewesen, der in Zeiten von Tod und Zerstörung fast obszön wirkte.

Sie beschloss, sich ihren Erinnerungen ein letztes Mal hinzugeben und sie am nächsten Tag für immer zu begraben.

So verbrachte sie den Nachmittag gemeinsam mit Balbina. Sie redeten über Balbinas Kinder, weinten, lachten, backten einen Zitronenkuchen und sahen zu, wie die Hefe ihn im Ofen auftrieb; sie schnitten die letzten Rosen, um sie am nächsten Tag auf die Gräber ihrer Angehörigen zu legen, und krönten das Ganze mit einem köstlichen Mahl, zu dem sie sich sogar einen heimischen Wein gönnten.

Und am Abend, bevor sie Abschied von einem Teil ihres Lebens nahm, schlief Amada auf dem Gästebett ein, während sie die Hand der Frau hielt, die jahrelang für ihre Familie so viel mehr gewesen war als eine Haushälterin.

Stunden nachdem Doktor Rábago mit Amada im Gasthof gewesen war, kehrte er dorthin zurück. Allmählich hüllte die Nacht La Isabela ein, und er betrat das Haus durch die Hintertür und zündete die mitgebrachte Lampe erst im Inneren an. In ihrem Schein stieg er die Treppe hinauf und klopfte dort leise mit den Fingerknöcheln an eine verschlossene Tür.

»Doña Guillermina, ich bin's, machen Sie bitte auf.«

Der Riegel wurde sofort zurückgeschoben, und der Arzt betrat das Schlafzimmer der älteren Dame, die völlig verweint aussah und am ganzen Leib zitterte.

»Ach, Doktorchen, ich dachte, die wären gekommen, um mich zu holen«, seufzte sie und sank in seine Arme. »Sehen Sie doch nur, was mir passiert ist, wie peinlich …« Sie zeigte auf einen Stuhl, dessen blauer Brokatbezug einen dunklen Fleck aufwies. »Ich habe mir in die Hosen gemacht, Doktor. Vor Angst.«

»Das macht doch nichts«, beruhigte Rábago sie freundlich. »Jetzt machen wir erst mal unsere Übungen, mal sehen, ob Sie Fortschritte gemacht haben.«

Sie nahmen sich zwei Schemel und benutzten das Bett als Tischersatz, auf dem sie mit Notizen beschriebene Karteikarten ausbreiteten. Dann fragte der Arzt: »Wissen Sie noch, was Sie machen müssen, wenn man Sie bittet, ein Bild Ihrer Familie zu malen?«

Er wusste nur allzu gut, dass einige seiner Flüchtlinge ihr Zimmer nie würden verlassen können, weil man sehr klug sein musste, um den Idioten spielen zu können. Er hatte rasch erkannt, dass einige von ihnen für diese Rolle völlig ungeeignet und somit zu einem Leben in Abgeschiedenheit verdammt waren, solange der Krieg dauerte.

Trotzdem trieb ihn sein Verantwortungsbewusstsein, sie in den unterschiedlichen Spielarten des Wahnsinns zu unterrichten.

Nach der älteren Dame hielt er mit ein paar weiteren diskreten Bewohnern des Gasthofs noch eine Lehrstunde ab, dann ging er zu dem Zimmer ohne Zahl am Ende des Ganges. Als ihm auf sein Klopfen nicht geöffnet wurde, rief er den Namen des Bewohners. Dann suchte er aus seinem Schlüsselbund den passenden Schlüssel heraus.

Dionisio, der Zimmerbewohner, hätte als berühmter Opernsänger überall auf der Welt Zuflucht vor dem Krieg gefunden, aber er hatte darauf bestanden zu bleiben, um den politischen Wechsel in seinem Land mit eigenen Augen zu sehen. Wenn er, zänkisch, wie er nun mal war, mit seinem Beschützer stritt, erinnerte er ihn gern in drohendem Unterton daran, dass er mit den allermeisten der Putschisten gut Freund sei. Nur für alle Fälle.

Dionisio litt sehr unter der Abgeschlossenheit.

Er wäre gern im Gasthof herumstolziert und hätte sich bejubeln lassen; immerhin hatten viele seiner Zimmernachbarn ihn irgendwann einmal auf der Bühne bewundert. Warum also sollte man diesen Erfolg nicht in seinem freiwilligen Gefängnis auskosten? Schließlich lebten hier Verfechter ältester Traditionen, Angehörige des Adels, Notare, Familienmitglieder ranghoher Militärs, Universitätsprofessoren, Großgrundbesitzer und Ärzte Tür an Tür mit vielen anderen, die ihren ganz persönlichen Krieg ausfochten, wie Manuel. Aber der Arzt hatte ihm zu seiner eigenen Sicherheit strengstes Stillschweigen verordnet.

Als Doktor Rábago die Tür öffnete, schlug ihm ein so durchdringender Ammoniakgeruch entgegen, dass er sich die Nase zuhalten musste. Dann roch er den süßlichen Duft von Absinth, der aus einer auf dem Boden liegenden Flasche floss. Dionisio lag auf dem Bett; im Frack wie zu seinen besten Bühnenzeiten wirkte er seltsam deplatziert. Rábago fühlte ihm den Puls und stellte fest, dass er noch lebte.

Er war nicht sonderlich überrascht, denn er hatte beinahe damit gerechnet, dass dies eines Tages passieren würde, und er hatte im Laufe seines Lebens schon einige Alkoholvergiftungen gesehen.

Im Hinausgehen fiel sein Blick auf den Nachttisch, und er sah, dass die hausgemachten Plätzchen noch genau da lagen, wo er sie am Tag zuvor hingelegt hatte.

Der siebte November 1937 war ein Sonntag, aber für Amada machte das keinen Unterschied. Hier in La Isabela war sie frei von festen Uhrzeiten und Alltagspflichten, und so schlief sie auch an diesem Tag, bis die Sonne hoch genug stand, um durch das Fenster zu scheinen.

Gemächlich stand sie auf und beschloss, noch bevor sie ins Bad ging, die Koffer zu packen. Dabei blitzten ihr zwischen ihrer Wäsche plötzlich die kräftigen Farben eines Seidenschals entgegen, und sie nahm ihn in die Hand. Es war ein buntes Halstuch, das sie bisher nicht hatte tragen wollen, weil sie noch immer in Trauer war, aber an diesem Morgen beschloss sie, es anzulegen. Schließlich hatte sie entschieden, ihre Vergangenheit zu begraben, und dazu gehörte auch die Trauer um ihren Mann.

»In früheren Zeiten hätten wir uns jetzt für die Kirche fein gemacht«, sagte Balbina, als sie die Salami und das Fleisch vom letzten Schlachttag einpackten, ihr Geschenk an die Familie Montemayor.

»Gräm dich nicht, wir werden schon nichts verpassen.«

»Gott wird dich für deine Ungläubigkeit strafen!«

»Ich denke, der hat Wichtigeres zu tun.« Amada lächelte traurig. »Ich fahre mal schnell den Wagen vor, dann können wir alles einpacken.«

Der Wagen hatte während der ganzen Zeit draußen gestanden, daher hätte sie damit rechnen müssen, dass er nicht ansprang. Vergebens versuchte sie, ihn anzulassen, bis sie zuletzt einsah, dass sie es mit einem Problem zu tun hatte, bei dem auch die Nachbarn, allesamt Kleinbauern, ihr nicht weiterhelfen konnten.

Es blieb ihr nichts anderes übrig, als zum Sanatorium zu gehen und Alberto Bañuls um Hilfe zu bitten, und so machte sie sich auf den Weg.

Vor dem Tor traf sie auf ein paar Patienten, die in der Sonne beisammenstanden und rauchten, und beschloss, sie zu fragen.

»Kennen Sie zufällig einen Mechaniker, der einen Blick auf meinen Wagen werfen könnte?«

»Da fragen Sie besser den Verwalter«, antwortete einer von ihnen.

Amada seufzte resigniert und fand sich mit dem Gedanken ab, Bañuls fragen zu müssen, was ihr nicht gerade leichtfiel.

»Würden Sie ihn bitte benachrichtigen?«

Kurz darauf stand Bañuls mit finsterer Miene vor ihr.

»Mir wurde gesagt, dass Sie mich suchen. Was wollen Sie denn jetzt schon wieder?«

»Jemanden, der nachsieht, warum mein Wagen nicht anspringt. Wenn Sie mir helfen, könnten Sie mich heute noch für immer loswerden«, sagte sie mit einem gezwungenen Lächeln.

»Was Sie nicht sagen! Dann helfe ich Ihnen natürlich mit Vergnügen!«

»Das war nichts, Fräulein, bloß ein loses Zündkabel.«

Der Verwalter hatte sofort reagiert und ihr den Mechaniker des Sanatoriums geschickt, der sie nun beruhigen konnte, nachdem er den Motor ihres Wagens zum Laufen gebracht hatte.

Der Mechaniker schien ein beflissener Mann zu sein. Er hatte einen sorgfältig gestutzten Schnurrbart mit theatralisch nach oben gebogenen Spitzen, trug sein eher schütteres Haar straff gescheitelt und bewegte sich mit einer Würde, die sie verwunderte, weil sie so gar nicht zu seinem Beruf zu passen schien.

»Wie heißen Sie?«

»Ich bin Claudio, der Chauffeur, stets zu Diensten«, antwortete er voller Stolz auf seine Berufsbezeichnung, die er wie einen Titel führte.

»Sind Sie von hier?«

»Nein, aus Iriepal, aber meine Heimat ist überall dort, wo ich Arbeit finde.«

»Sind Sie verheiratet?«

»Ja, und ich habe drei Kinder. Meine Frau arbeitet in der Küche des Sanatoriums, auch wenn es in dieser Zeit kaum etwas zum Kochen gibt.« Der Schatten des Kriegs trübte seinen Blick. »Ich sehe mir den Wagen vorsichtshalber noch ein bisschen genauer an, dann haben Sie hinterher garantiert keine Probleme.« Und er steckte den Kopf unter die Motorhaube, damit man ihm seine Traurigkeit nicht ansah.

Die Verletzlichkeit des Mechanikers rührte Amada.

Während er noch an ihrem Wagen zugange war, ging sie ins Haus und suchte unter den ausgedienten Dingen, die sich in Balbinas Hof stapelten, nach irgendeinem Schatz, der ihm auch wie ein solcher erscheinen würde. Sie fand ein Fahrrad, das einmal einem ihrer Brüder gehört hatte und das, abgesehen von einem platten Reifen, noch funktionstüchtig war. Und als sie in der Diele am Spiegel vorbeikam, fiel ihr auf, dass sie etwas trug, das einer anderen Frau besser anstehen würde. Sie nahm das geblümte Halstuch ab, legte es sorgfältig zusammen und ging hinaus.

»Hier, das ist für Ihre Frau, und das hier ist für Ihre Kinder.«

»Aber das ist doch nicht nötig, wirklich nicht«, stammelte der Mann verblüfft.

»Bitte. Ich bestehe darauf.«

Der Mann wischte sich die öligen Hände an den Hosenbeinen ab, fasste Amadas Halstuch vorsichtig mit den Fingerspitzen und steckte es in die Hosentasche. Dann ergriff er, freudig wie ein Kind, die Lenkstange des Fahrrads. Er konnte es kaum erwarten, die Reaktion seiner Familie zu sehen, wenn er ihnen diese unglaublichen Geschenke brachte, wo doch in diesen Tagen ein paar Steine und ein Pappkarton schon ein wahrer Luxus waren.

»Gott segne Sie!«, war alles, was er sagen konnte, denn er hatte einen Kloß im Hals.

»Nein, nicht Gott, Claudio. Mir genügt es, wenn die Menschen mich respektieren.«

Die Begegnung mit dem Mechaniker hatte Amadas Laune gehoben, und so fiel ihr der endgültige Abschied nicht so schwer.

Zuerst nahm sie den Rosenstrauß und ging zum Friedhof. Als sie ihn wieder verließ, sah sie von Weitem den grotesken Trauerzug des Sanatoriums auf das Gräberfeld der Verrückten zukommen, und um ihnen nicht zu begegnen, beschloss sie, einen Umweg über den Königlichen Garten zu machen.

Dort angekommen, blieb sie einen Augenblick am Gittertor stehen, das mit einem Schloss versperrt war, und sah hinein. Dann wandte sie sich ab und sah, dass die Ulmen auf dem Platz an der Promenade immer noch schützend ihre Äste über den wunderschönen Brunnen reckten, nur dass dieser jetzt trocken war, während seine Fontäne früher die Blätter der Bäume mit feinen Tropfen benetzt hatte.

Sie ging die Promenade hinunter, wobei sie immer mal wieder den Weg verließ und ein paar Schritte in den Wald vordrang, um dessen Duft zu genießen. Bei der Kapelle angekommen, beschloss sie, auch dieser noch einen letzten Besuch abzustatten, wie ihre Mutter es sicher auch gern getan hätte.

Sie griff durch einen breiten Riss in der Holztür, schob den Riegel zurück und setzte sich im Inneren der Kapelle auf eine Bank.

»Nimm mich mit«, hörte sie auf einmal die Stimme von Manuel, und ein Schauer überlief sie. Sie schwieg, nur ihr heftiges Atmen war zu hören. »Nimm mich mit«, sagte Manuel noch einmal.

61

Schwerfällig kroch Manuel hinter dem Altar hervor. Er schien sich kaum bewegen zu können.

»Mein Gott, was ist dir denn passiert?« Amada lief zu ihm hin und stützte ihn, weil es aussah, als könne er jeden Moment zusammenbrechen.

»Es ist nichts, keine Sorge«, versuchte er sie zu beruhigen. »Ganz im Gegenteil: Ich nehme gern noch mehr Wunden in Kauf, um endlich der zu sein, der ich sein will.«

Amada sah ihn erstaunt an; sie verstand nicht, was er meinte. Stattdessen überlegte sie, welcher Folter sie ihn wohl unterzogen hatten, dass er körperlich so angeschlagen war. Sie schleppte ihn zu einer Bank, kniete sich vor ihn hin und nahm sein Gesicht in beide Hände.

»Sag schon, was haben sie dir angetan?«, fragte sie entsetzt bei dem Gedanken an die schauerlichen Praktiken im Sanatorium. »Sie haben dich bestraft, nicht wahr?«

»Wolltest du etwa ohne mich wegfahren?«, fragte er.

Sie betrachtete ihn aus nächster Nähe, sodass sie sah, dass unter seinen Bartstoppeln Dutzende kleiner Äderchen geplatzt waren. Sein Blick war trüb, und an seinem Hals bemerkte sie ein paar dunkle Flecken, die er vergeblich unter seinem Wollpullover zu verbergen versuchte; auch um seine Handgelenke liefen dunkle Linien.

»Halt mich ganz fest und sag nichts«, bat er. »Die Stille beruhigt mich.«

Amada schlang sacht ihre Arme um seinen geschundenen Oberkörper, und er barg sein Gesicht an ihrem Hals und sog ihren Duft ein. So verharrten sie reglos eine ganze Weile, dann fragte sie wieder: »Warum haben sie dir das angetan, Manuel, wenn du nicht verrückt bist?«

»Weil ich ein Aufrührer bin«, entgegnete er und löste sich aus ihren Armen, »und das eine Gefahr für alle anderen ist. Doktor Rábago hat recht … wenn ich hierbleibe, muss ich mich den herrschenden Regeln unterwerfen.«

Er hob den Blick und sah Amada an, die nur den Kopf schüttelte und nicht wagte zu sagen, was sie wirklich dachte. Stattdessen fuhr sie mit den Fingerspitzen sanft über die Ringe unter seinen Augen, die davon erzählten, was Manuel in den letzten Stunden durchgemacht hatte, glitt hinunter zu seinem Bartansatz, der Kieferlinie und seinen Mundwinkeln.

Er nahm ihre Hand und küsste ihre Fingerspitzen. Amada war zutiefst verwirrt, ließ ihn aber gewähren, auch als er sie um die Hüften packte und an sich zog. Seine ersten Küsse waren zart und schmeckten metallisch, aber bald wurden sie hungriger.

Amada und Manuel küssten einander ohne Fragen, zuerst auf Mund, Wangen, Kinn, Augen und Hals und dann am ganzen Körper. Doch plötzlich meldete sich Manuels Gewissen; für einen Augenblick kam er zur Vernunft und bat: »Nicht hier, Amada, bitte nicht hier.«

Manuel fasste Amada bei der Hand und zog sie mit einer Kraft, die ihm niemand zugetraut hätte, der ihn noch kurz zuvor gesehen hatte, mit sich zum Kurhaus. Ohne Worte wussten beide, wohin ihr Weg sie führte.

Sie gingen hinauf in die alte Küche zu dem Bett, auf dem sie zwei Tage zuvor einander ihre Lebensgeschichten erzählt hatten. Bald war der Boden mit ihren Kleidungsstücken bedeckt. Manuel küsste Amadas Brüste, dann kniete er vor ihr nieder und erkundete mit seinen Lippen ihren ganzen Körper.

Amada spürte, dass seine Finger rau waren, und hatte das Gefühl, als würde ihre Haut unter ihrer Berührung noch empfindlicher. Sie liebte es zu fühlen, wie diese langen, schmalen Finger jene Winkel ihres Körpers erforschten, die seit dem Tod ihres Mannes niemand mehr berührt hatte. Sie biss in seine kräftigen, harten Schultern, weil sie im Dämmerlicht des Raumes die blauen Flecken nicht sah, die seinen Rücken, seine Beine und sein Hinterteil übersäten, aber er beklagte sich nicht, im Gegenteil, ihre Bisse taten ihm wohl.

Mit beiden Händen fuhr Amada die Konturen seines Körpers nach. Alles, was jenseits davon lag, existierte nicht länger für sie.

Ihre Unterleiber suchten und fanden einander. Erst streifte Manuels Glied sie nur sacht, doch beide waren so hungrig, dass sie bald in einen gemeinsamen Rhythmus verfielen, der ihnen den Verstand raubte.

An diesem Morgen lernte Amada, dass die Liebe, die sie in ihrer Ehe kennengelernt hatte, nichts mit der Leidenschaft zu tun hatte, in der Manuel und sie zusammenfanden, als hätten sie sich schon immer gekannt. Ihre Trauerzeit war vorüber, sie war bereit für neue Gefühle. Und sie musste sich eingestehen, dass sie Manuel mit allen Sinnen begehrte.

Auf dem unbezogenen Bett liebten sie sich wieder und wieder, bis sie schließlich erschöpft und eng umschlungen nebeneinanderlagen. So blieben sie lange Zeit beinahe reglos; er spürte ihre Brüste an seinem Rücken und ihre Knie in seinen Kniekehlen, und es war, als wären sie zwei Teile eines Ganzen, die perfekt ineinanderpassten.

Während der ganzen Zeit hatten sie kein Wort gesprochen, doch plötzlich sagte Manuel mit tiefer, bedächtiger Stimme, die eines jener Geständnisse ankündigte, die das Leben eines Menschen verändern: »Amada … Ich bin Priester.«

Und Amada fühlte, wie sämtliche Winter ihres Lebens in ihren Körper Einzug hielten.

Sie wusste nicht, wie lange sie beide so aneinandergeschmiegt gelegen hatten, aber als Manuel nun versuchte, seinen Arm um ihre Hüfte zu legen, lagen Amadas Arme wie eiserne Riegel um ihren Bauch und hinderten ihn daran. Traurig vergrub er sein Gesicht in ihrem Nacken, um ihren Duft zu atmen, und überlegte, wo er mit seinen Erklärungen beginnen sollte.

Schließlich riss Amada sich zusammen und richtete sich auf.

»Wohin gehst du?«, fragte er.

»Ich fahre zurück nach Hause«, erwiderte sie mit einer Stimme, die ihr selbst fremd klang.

»Ich dachte, dein Zuhause sei bei mir«, sagte er traurig.

»Jetzt nicht mehr.«

»Zuerst solltest du dir meine Geschichte anhören.«

»Sie interessiert mich nicht, Manuel.« Amada versuchte im Dunkeln ihre über den Boden verstreuten Kleider zusammenzusuchen.

»Du sollst sie aber hören … Ich bin dir eine Erklärung schuldig.«

»Du bist mir gar nichts schuldig! Hör schon auf mit diesen Geschichten, es reicht, dass …«

»Mein Onkel hat mich gegen meinen Willen ins Priesterseminar gesteckt«, begann Manuel so entschlossen, dass Amada verstummte, »denn so konnten sie mich bequem loswerden. Ich hatte sowieso nie richtig zur Familie gehört. Es stimmt, ich bin ein Feigling. Ich habe mich nie zum Priester berufen gefühlt, und doch habe ich ohne Widerspruch das Gelübde abgelegt. Ich bin ein geweihter Priester und habe die Messe gelesen«, fügte er leise hinzu.

Amada drehte sich um, um sein Gesicht zu sehen, das sie im Dunkel kaum erkennen konnte, und mit einem Mal hatte sie Mitleid mit ihm. Sicher war er in seinem Leben bisher nur selten glücklich gewesen, dass er auf diese Weise aus ihm geflohen war. Aber war der Betrug, in den er sich geflüchtet hatte, die richtige Lösung? Das glaubte sie nicht. Sie dachte daran, was in der Kapelle geschehen war, die für ihn als Priester ein heiliger Ort sein musste, und sie bekam Angst, weil selbst sie, die eigentlich nicht mehr glaubte, das, was sie dort getan hatten, als Sünde empfand.

Manuel schien ihre Gedanken zu lesen.

»Selbst die ewige Verdammnis ist besser als die Hölle, die ich durchlebt habe.«

»Du hättest weglaufen können.«

»Ich war eine Waise.«

Manuel erhob sich rasch, ging um das Bett herum, bis er vor Amada stand, und bedeckte ihre nackten Schultern mit seinem Mantel. Er griff nach ihren Händen, doch sie zog sie zurück.

»Hör mir zu: Ich bin Priester, aber ich bin kein Heiliger. Die schlichte Wahrheit ist, dass mein Leben ironischerweise tatsächlich etwas Schizophrenes hatte.« Er legte eine Hand unter ihr Kinn und hob ihren Kopf, sodass sie gezwungen war, ihn anzusehen. »Und ja, ich hatte auch schon andere Frauen. Na und, Amada? Haben das die Priester nicht seit Jahrhunderten so gemacht? Das Schlimmste ist nicht, mit Frauen zu schlafen, glaube mir, sondern nicht den nötigen Glauben zu haben, um ihn den dir Anvertrauten weiterzugeben. Und dieser Betrug ist mein wahrer Konflikt.«

Amada spürte, wie ihre Anspannung allmählich nachließ, und stille Tränen rannen ihr über die Wangen. Der anfängliche Schock wich widersprüchlichen Empfindungen. Einerseits konnte sie Manuel gut verstehen, andererseits verurteilte sie sein Verhalten, das zweifellos von Vorurteilen und Tabus geprägt war.

»Wer waren die anderen?«, fragte sie, von kindischer Eifersucht erfüllt, weil sie gern die Erste gewesen wäre. Das bewies ihr, dass sie ihre Gefühle für Manuel nicht einfach so beiseiteschieben konnte.

»Die anderen? Wen interessiert das schon! Frauen, die mich etwas fühlen ließen, was ein Priester nicht fühlen darf. Und dann kam der Krieg.«

»Bist du jemals einer gegenüber ehrlich gewesen?«

Manuel drückte ihre Hände, und Amada bemerkte, dass sie eiskalt waren. »Nur wenn ich mit dir zusammen bin, weiß ich, wer ich wirklich bin, welcher Dämon in mir haust, denn wenn ich in mich hineinschaue, fühle ich nur eine ungeheure Leere. Eine verzweifelte Leere.«

»Warum hast du mir das angetan?«, fragte sie leise, vorwurfsvoll.

»Was? Dich zu lieben?«

»Du sprichst von Liebe?«

»Ja, Amada. Ich will nicht noch mehr Zeit verlieren.«

Die beiden versuchten herauszufinden, wo die Wahrheit des anderen lag, bis Manuel endlich die Worte aussprach, die jeden Widerspruch unmöglich machten.

»Nimm mich mit«, bat er. »Ich muss an die Front.«

Am zehnten Oktober 1936 hatte Manuel Cañamate Fanjul sich nach einem langen und unerquicklichen Gespräch im Salon der Familie seines Onkels gezwungen gesehen, nach La Isabela zu gehen. Sein Onkel hatte es ihm klar und deutlich gesagt: »Ein Priester in der Familie ist eine Gefahr, daher musst du untertauchen, bis alles vorbei ist. Keine

Angst, es wird nicht lange dauern«, fügte er hinzu, was einen erstaunlichen Mangel an Weitsicht verriet.

Das erzählte Manuel Amada und auch, dass er sie zu seiner Retterin erkoren hatte, als er sie vor ein paar Tagen zum ersten Mal gesehen hatte. Doch dann hatte er sich hoffnungslos in sie verliebt.

Vielleicht war es in dem Moment geschehen, als er in der Kapelle das erste Mal ihren Duft wahrgenommen hatte. Oder als er sie stolz und unabhängig die Promenade entlanggehen sah. Als er in der Quelle ihren Atem hörte, so nah und doch so fern. Vielleicht war es gewesen, als er sie tröstend in die Arme geschlossen hatte, nachdem sie von Lucas' tragischem Selbstmord erfahren hatte; oder als sie auf der Matratze nebeneinandergesessen und über die dicke, reiche Marmeladenfabrikantin gelacht hatten. All das waren Momente, die er nie mehr vergessen würde.

Manuel erzählte Amada, wie er im Sanatorium Tag und Nacht gegrübelt hatte, bis er schließlich nur noch zwei Dinge sicher wusste: Er wollte nicht länger ein Priester sein, aber auch kein Verräter.

Manuel schämte sich seinen toten Eltern gegenüber, die einen so feigen, verlogenen Sohn nicht verdient hatten. Er schämte sich seinen Freunden gegenüber, die vom Marxismus und der Gleichheit aller Menschen geträumt hatten, weil er ihre Ideen zwar geteilt, aber für keine von ihnen gekämpft hatte, als es galt, Farbe zu bekennen. Er hatte seine Kollegen am Priesterseminar verraten, weil er seinen Glauben verloren hatte. Und Doktor Rábago, der ihn gelehrt hatte, den sabbernden Idioten zu spielen.

Und der schlimmste Verrat war der Verrat an ihm selbst, weil er mit seinen fünfundzwanzig Jahren für nichts kämpfte, sondern sich einfach treiben ließ.

»Ich verstehe trotzdem nicht, wieso du jetzt an die Front willst«, sagte Amada.

»Weil ich Angst habe zu sterben, ohne für etwas gekämpft zu haben. So habe ich keine Ehre. Ich will nicht in La Isabela sterben, Amada. Hilf mir.«

62

Als Amada sich bereit erklärte, Manuel mit nach Madrid zu nehmen, wusste dieser, wie schwer es sein würde, sich dort wieder von ihr zu trennen.

Amada nahm Abschied für immer von La Isabela. Es tröstete sie, dass sie den Ort von nun an als den in Erinnerung behalten konnte, wo sie erfahren hatte, was es wirklich bedeutete, einen Mann zu lieben. Sie schlichen sich durch den Wald, und als sie im Dorf ankamen, hatten sie keine Ahnung, wie spät es war, aber sie vereinbarten, dass er kurz darauf beim alten Gasthof in ihr Auto steigen sollte.

»Bereust du es auch nicht?«, fragte er.

»Ich bin eine Frau, die zu ihrem Wort steht. Oder glaubst du etwa nicht an mich?«

»Bedenke, dass ich ein Mann des Glaubens bin.«

Lachend verabschiedeten sie sich voneinander, dann begab sich Amada auf schnellstem Wege zu Balbinas Haus.

Dort stand das Essen schon auf dem Tisch, sodass Amada nicht drum herumkam, sich zu setzen und schnell etwas hinunterzuschlingen. Dann bat sie Balbina, ihr für unterwegs einen Imbiss einzupacken. Sie dachte dabei an Manuel.

»Das war aber ein langer Abschied, Kind«, bemerkte die alte Frau.

»Unser Abschied sollte jedenfalls kürzer werden, sonst muss ich weinen, Balbina.«

Nachdem die beiden Frauen sich umarmt hatten, knöpfte Amada sich den Mantel zu und nahm die beiden Hände der alten Hausangestellten. Ihr fiel auf, wie hinfällig sie geworden war, und plötzlich wusste sie, dass sie sie nie wiedersehen würde.

»Amada Montemayor, wie kommt es nur, dass ich dich so sehr liebe, wo ich doch sonst eine garstige Alte bin?«, fragte Balbina weinend.

Auch Amada war die Kehle eng, aber die Vorfreude auf das Wiedersehen mit Manuel stimmte sie froh, und so fuhr sie zu ihrem Treffpunkt, wenn auch voller Furcht, er könne vielleicht nicht kommen, weil man ihn im Sanatorium eingesperrt hatte.

Erst fünf Tage war es her, dass sie in La Isabela angekommen war, fünf Herbsttage, die ihr Leben in einer Weise verändert hatten, wie sie es nie für möglich gehalten hätte. Fünf Tage, die mehr zählten als fünf Jahre im Leben vieler Menschen, die nicht einmal merkten, dass sie vergangen waren.

Es war der gleiche Zeitraum wie damals, im Juli 1922, als Kommissar Fuentes in seiner Überzeugung bestärkt worden war, dass die Wahrheit in den einfachsten Dingen liegt; als die heimliche Liebe zwischen Samuel Millares und Ana Retuerto zu Ende ging; als Julia Escribano ein kurzes Glück und eine große Enttäuschung erlebte und Anselmo Montagut seine letzte Reise antrat. Fünf Tage voller Feste, Abschiede, Kämpfe, heimlicher Küsse und Varietélieder …

Nach seinem Abschied von Amada hatte Manuel beschlossen, dass es sicherer wäre, nicht ins Sanatorium zurückzukehren.

Als er ihren Wagen näher kommen sah, trat er ihm strahlend entgegen.

»Ich liebe Frauen, die ihrer Zeit voraus sind«, rief er lachend, als er Amada hinter dem Steuer ihres Wagens sitzen sah.

»Und ich mag Priester, die aufs Konzil pfeifen«, entgegnete sie.

Er stieg in den Wagen. »Ich verspreche dir, dass ich den Glauben an uns niemals verlieren werde.«

Als Amada gerade anfahren wollte, sollte sie erfahren, was Treue für Manuel wirklich bedeutete.

»Einen Moment noch«, bat er sie.

In diesem Augenblick bog der Verrückte mit dem unsichtbaren Motorrad in die Straße ein und hielt hinter ihrem Auto. Im Rückspiegel konnte Amada beobachten, wie er still stehen blieb, die Meute der Kinder hinter sich und ein im Wind flatterndes Tuch um den Hals, und sie unter dem Motorradhelm hervor musterte. Manuel stieg aus dem Wagen und ging auf den einzigen glücklichen Irren von La Isabela zu.

Die beiden Männer fielen einander in die Arme und blieben lange so stehen, denn für Manuel hieß es Abschied nehmen von dem einzigen Freund, den ihm sein Aufenthalt im Irrenhaus geschenkt hatte.

Manch einer könnte den Mann für einen Feigling halten, einen Drückeberger, der von der Front geflohen war und sich versteckt hielt, bis die Seinen ihn für tot erklärten. Aber es gehört sehr viel Kraft dazu, sich Frau und Kind aus der Seele zu reißen, sich von ihnen fernzuhalten. In Wirklichkeit war er sehr mutig, weil er den Seinen eher den Schmerz zumutete als bittere Erniedrigung, denn das wäre ihr Schicksal gewesen, wenn sie mit einem verachteten Menschen wie ihm hätten zusammenleben müssen.

Der Verrückte mit dem Motorrad öffnete eine Manteltasche und nahm einen Zettel heraus, auf den er etwas schrieb, den Rücken seines Freundes als Unterlage nutzend. Doch gleich darauf gab er sein Vorhaben auf und schlug beide Hände vors Gesicht. Manuel nahm das Stück Papier entgegen und versprach, gut darauf achtzugeben und es nach Kriegsende der Frau seines Freundes zu bringen. Dann sollte er ihr vom Schicksal ihres Mannes berichten und sie in seinem Namen um Verzeihung bitten.

So würde sie entscheiden können, ob ihr Sohn mit einer Lüge aufwachsen sollte oder mit der Wahrheit.

Und Manuel hielt sein Versprechen. An einem windigen, ungemütlichen Herbstnachmittag 1939 besuchte er die Frau und sprach mit ihr im Salon einer gutbürgerlichen Wohnung voller Spitzendeckchen und Marienbildchen. Er erzählte ihr von ihrem Mann, der vermutlich immer noch im Sanatorium lebte, berichtete von seinen schrecklichen Erlebnissen an der Front, von den Gräueltaten auf der einen wie der anderen Seite, von seinem Unverständnis für diesen sinnlosen Krieg und davon, wie er seinen Glauben in die Armee verloren hatte und geflohen war.

Bewegt schilderte er ihr, wie Álvaro sich in all den Jahren im Sanatorium stets mit Kindern umgeben und in ihren Gesichtern nach den Zügen seines eigenen Kindes geforscht hatte, dieses Sohnes, den er nie gesehen, der ihm aber immer die Kraft zum Weiterleben gegeben hatte. Und er erzählte ihr von den Träumen, die Álvaro für seinen Sohn hegte, und seiner immerwährenden Liebe zu ihr.

Dann gab Manuel der Frau einen verschlossenen Umschlag. Er enthielt den Brief, den ihr Mann ihr zwei Jahre zuvor, am 7. November 1937, auf ein Blatt gekritzelt hatte, dazu ein Foto der beiden Männer. Doch die Frau weigerte sich, den Brief anzunehmen. Manuel war entsetzt von ihrer Kälte. Er wollte einfach nicht glauben, dass dies ihr letztes Wort gewesen sein sollte, und so steckte er, nachdem er ihre Wohnung verlassen hatte, den Umschlag in einen zweiten, schrieb seinen Namen darauf und warf ihn in ihren Briefkasten.

Beim Abschied hatte er sie gebeten, ihrem Mann Gerechtigkeit widerfahren zu lassen, aber er hatte geahnt, dass sie schweigen und ihre bequeme Rolle als Witwe eines Frontkämpfers weiterspielen würde, der mit seinem Tod die Ehre des Landes verteidigt hatte.

In einer Cafeteria ganz in der Nähe hatte Amada auf Manuel gewartet. Als er nach dem Besuch bei der Frau seines Freundes zur Tür hereinkam, genügte ihr ein einziger Blick in sein Gesicht, um zu wissen, wie das Gespräch ausgegangen war, denn inzwischen kannte sie diesen Mann wie sich selbst, er war ein Teil ihres Lebens.

Zwar hatte Manuel tatsächlich die Uniform der Milizionäre angelegt, war aber schon kurze Zeit später aufgrund einer Verwundung wieder aus dem Militärdienst ausgeschieden. Amada hatte für ihn die Trennung von ihrer Familie in Kauf genommen. Und so kam es, dass der unsichtbare Faden, der an einem Sonntagmorgen im Kurhaus von La Isabela zwischen ihnen gesponnen worden war, sie zusammenhielt bis zum Tod.

Das heimliche Paar zog in die Wohnung der Montemayors, aus der sie zur Tarnung eine Pension machten – denn wie sonst hätte man während der Diktatur rechtfertigen können, dass ein Priester und eine Witwe unter einem Dach zusammenlebten?

Zu seinem großen Bedauern hörte Manuel nie wieder etwas von dem Verrückten mit dem Motorrad. Bei ihrer Abreise aus La Isabela hatte er seine unsichtbare Maschine beschleunigt, bis er neben ihrem Wagen stand. Dann hatte er den Helm abgesetzt, und Amada hatte an dem sehnsuchtsvollen Blick aus seinen großen, dunklen Augen erkannt, dass er zu gern mit ihnen mitgekommen wäre.

Aber er sagte ihnen nur Adieu, ernst und schwer, wie

man sich von jemandem verabschiedet, der an einen weit entfernten Ort aufbricht, von dem es kein Zurück gibt.

»Nun, Álvaro, ich vermute, das ist die Geschichte, um derentwillen du hierhergekommen bist. Du hast sie einer alten Frau entlockt, die die Erinnerungen mehr schmerzen als ihre Zipperlein.

Und jetzt, da du fragst … Ja, ich würde sagen, dieser Mann hatte deine Augen.«

ANMERKUNG DER AUTORIN

Claudio blickte nicht zurück. Das tat er schon seit Jahren nicht mehr, weil einige Erinnerungen einfach zu schmerzhaft waren. Er nahm die vier Bündel, die Piedad am Abend zuvor gepackt hatte.

»Hast du gesehen, wie sie uns von hier wegbringen wollen?«, klagte sie.

Sie trat ans Fenster und sah einen klapprigen Lastwagen, in dessen Kabine höchstens drei Leute passten. Die Ladefläche war nicht einmal mit einer Plane abgedeckt.

»Wo sollen bloß die Kinder hin? Die werden uns unterwegs erfrieren!«

»Sei still, Frau. Mal sehen, was ich tun kann.«

Aber da war nichts zu machen, wie ihm der Verwalter klar und deutlich sagte.

»Deine Zeit hier ist um, Claudio. Wir haben weder Geld noch Arbeit für einen Chauffeur. Du musst nach Valencia, und dieser Lastwagen ist das einzige zur Verfügung stehende Gefährt in der ganzen Provinz.«

Schließlich brachten die beiden ihre drei Kinder, so gut es ging, in der Fahrerkabine unter und stiegen selbst auf die Ladefläche, mehr schlecht als recht durch eine Decke geschützt. Der Fahrer war ein Milizionär mit zusammengewachsenen Augenbrauen, ungewaschen, verwegen und wenig vertrauenerweckend.

»Haben Sie gesehen, dass Ihr Tank fast leer ist?«, fragte

ihn Claudio, aber der Mann würdigte ihn keiner Antwort.

»Im Grunde tut es mir leid, von hier wegzugehen, eigentlich war es hier nicht schlecht.«

»Sei froh, dass wir weg können. Nach dem Krieg wird hier kein Stein mehr auf dem anderen stehen.«

»Und was wird aus den armen Irren, Claudio?«

Mein Großvater schwieg. Man durfte sein Herz nicht an einen Arbeitsplatz hängen. Und wenn man gehen musste, ging man, ohne zurückzublicken.

Und so verließen meine Großeltern 1939 La Isabela. Seither verfolgt mich das Raunen seines Wassers.

Jahre später, im März 1955, bedeckten die Wasser des Stausees von Buendía La Isabela. Wie endlose, unnachgiebige Finger tasteten sie sich über Felder und Wiesen, in den Wald, den Garten und die Straßen vor und drangen zuletzt bis in die Häuser, die in null Komma nichts für immer verschwanden.

Im Frühling dieses Jahres hatte es so heftig geregnet wie zuletzt 1924.

Die Einwohner erzählen, die Qual des langsamen Abschieds sei fast unerträglich gewesen. Einer nach dem anderen verabschiedeten sich die, die gingen, von denen, die noch am Packen waren, und am nächsten Morgen begann der Abschiedsreigen von Neuem. Sie fragen sich heute noch, wie sie es überstanden haben, ohne dass ihre Seelen dabei zerbrachen. Diejenigen, für die dieses Fleckchen Erde die einzige Heimat war, schmerzt die Erinnerung daran noch immer.

Allerdings hatte die lange Agonie des Ortes schon viel früher begonnen: Der Bau des Staudamms war bereits 1941 beschlossen worden, und von da an war den Einwohnern klar, dass sie La Isabela würden verlassen müssen.

In den darauffolgenden Jahren lernten sie, sich auf den nahenden Tod einzustellen. Bei den offiziellen Bauplänen vom 18. März 1941 wurde die geschichtliche Bedeutung dieses Ortes, der von der Landkarte verschwinden sollte, völlig ignoriert.

Die letzten Einwohner mussten La Isabela im Boot verlassen. Als sie am Abend zuvor zu Bett gegangen waren, war das Wasser noch mehrere hundert Meter entfernt gewesen, am nächsten Morgen leckte es bereits an den Stämmen der Maulbeerbäume. Es hatte den Garten und den Brunnen auf der Promenade geschluckt, wo sie noch wenige Stunden zuvor ihr Geschirr gespült hatten.

Vom Kurhaus ragte nur noch das mittlere Spitzdach heraus, unter dem die großartige Kuppel lag, der Gedenkstein für ein Ende, das langsam herbeigekommen war, Unglück für Unglück, wie es die Legende vom Fluch von La Isabela besagt, bis zuletzt alle, die den Ort kannten, einsehen mussten, dass in diesem Paradies nichts Gutes mehr geschah.

Im Dezember 1939 waren die psychisch Kranken nach Absprache mit den entsprechenden Provinzverwaltungen wieder dahin zurückgebracht worden, woher sie kamen, und seitdem stand das Sanatorium leer. Aber es war schon lange kein Palast mehr. Die Tragödien, die sich hier in den drei Kriegsjahren abgespielt hatten, hatten ihre Spuren in den Steinen hinterlassen, die Mitte der vierziger Jahre vom letzten Besitzer abgetragen und anderweitig als Baumaterial verwendet wurden.

Einige Jahre zuvor hatte der Marqués de la Vega-Inclán, alt und des ewigen Kämpfens müde, mit Datum vom 13. Oktober 1939 einen Brief an das Innenministerium geschrieben, in dem er die Behörde bat, das Kurhaus zu übernehmen, da es sich um eine »seit vielen Jahren bekannte und genutzte Einrichtung von öffentlichem Wert« handele, doch vergebens.

Erst als er 1942 ohne Nachkommen starb, ging La Isabela bei der Auflösung seines Vermögens in staatlichen Besitz über, und der Staat verkaufte es Stück für Stück.

Seit Juli 1936 hatte kein Kurgast mehr offiziell das Kurhaus betreten, das noch genauso da stand, wie es nach Ende der letzten Saison verlassen worden war. Die Dorfbewohner mieden es respektvoll.

Im Jahr bevor der Stausee gefüllt wurde, kam eines Tages eine ganze Lastwagenkolonne voller Forstarbeiter ins Dorf, die den Wald absägten und die jahrhundertealten Bäume tonnenweise fortschleppten. Einsam und kahl blieb nur das Kurhaus am Flussufer zurück, um auf die Fluten des Stausees zu warten. Manchmal sammelten sich die Dorfbewohner am unteren Ende der Promenade und blickten in die Augen eines Gespensts. Es war furchterregend.

Nun liegt es dreißig Meter unter der Wasseroberfläche begraben.

Wasser zu Wasser.

In den Trockenzeiten, wenn die Erde das Wasser schluckt wie eine durstige Kehle, zeigen sich dem Besucher die nackten Überreste von La Isabela. Die früheren Einwohner schmerzt der Anblick, als würden die Gräber ihrer Lieben geöffnet und die Knochen achtlos der Witterung preisgegeben.

Welche Zerstörungen richtet das Wasser doch an. Von einem menschlichen Körper wäre nicht einmal mehr das Skelett übrig, weil das warme Wasser alles zersetzt. Und doch ist La Isabela noch dort, von Algen bewachsen und Schlamm überzogen. Wenn man zwölf Meter tief in den Stausee hinabtaucht, kann man die Silhouette des Kurhauses erkennen. Es liegt da unten nackt und bloß wie ein Toter.

Ich kann es bezeugen.

Die erste Niederschrift dieses Buches war am 6. Januar 2009 beendet, nach Monaten endloser Recherche, die mich, wie alle Obsessionen, völlig erschöpft hatten.

Es war der Dreikönigstag nach einem eintönigen Weihnachtsfest, das ich nicht hatte genießen können, weil ich keine Zeit gehabt hatte. Ich nahm mir ein Stück vom traditionellen Dreikönigskuchen, in dem irgendwo eine kleine Plastikfigur versteckt ist, die demjenigen, der sie findet, im neuen Jahr Glück bringen soll. Und tatsächlich, ich fand sie: einen Baum, grün und rot, winzig klein und doch wunderschön. Wie die Bäume von La Isabela, dachte ich. Und ich beschloss, die Seiten dieses Buches zuzuschlagen und mein Leben weiterzuleben.

DANKSAGUNG

An einem Morgen des Jahres 2007 blickte ich bei einem Besuch der römischen Ruinen von Erávica von dem Hügel, auf dem ich stand, auf die beiden darunterliegenden Provinzen: Cuenca und Guadalajara. Plötzlich bot sich mir zu meiner Linken, dort, wo sich die blauen Finger des Kastilischen Meeres in der Ferne verlieren, ein traumhaftes Bild. »Was ist das?«, fragte ich den Ausgrabungsleiter, den Archäologen Miguel Ángel Valero. »Das sind die Überreste von La Isabela, einer königlichen Sommerresidenz, die unter dem Stausee von Buendía begraben sind. Bei Trockenheit treten sie teilweise zutage.«

Ich setzte Himmel und Hölle in Bewegung, um diese Überreste noch am selben Tag besichtigen zu können, obwohl die Fahrt dahin beschwerlich war. Von diesem Augenblick an habe ich nichts anderes mehr getan, als die Geschichte eines Ortes zu verfolgen – einst als Thermidas o Salam-Bir bekannt –, der mir immer faszinierender und geheimnisvoller erschien, je mehr ich über ihn erfuhr, bis ich im Laufe des Jahres 2008 anfing, in meiner Freizeit darüber eine genaue Dokumentation zu erstellen.

Aber das, was mir die wenigen noch lebenden Augenzeugen darüber berichteten, erweckte in meiner Fantasie andere Gestalten, die dort gelebt haben könnten. Sie sind die Protagonisten meines Buches. Mit Ausnahme einiger weniger namentlich erwähnter historischer Gestalten wie des Marqués de la Vega-Inclán ist also alles frei erfunden, obwohl ich sagen muss, dass die ehemaligen Bewohner dieses Paradieses mir wunderbar bunte Fäden geliefert haben, um daraus meine Geschichten zu spinnen.

Mein Dank geht an Jesús Mercado, den Mann für die göttlichen Angelegenheiten, für seine Mitarbeit an der Dokumentation und seine Ermunterung, diese Zeilen zu schreiben. An Clarisa, deren Seele immer bei mir sein wird. Trotz übereinstimmender Daten ist sie nicht Amada Montemayor, wohl aber habe ich mich von ihrer Liebe zu La Isabela inspirieren lassen.

Mein Dank gilt der Provinzverwaltung von Guadalajara und den Angestellten des dortigen Archivs, die ihre Schätze großzügig mit mir teilten. Luis Martínez García, dem Leiter der Institution Patrimonio Cultural de Castilla-La Mancha und dem Historischen Provinzarchiv. Und der Stadtverwaltung von Sacedón, in deren Papieren mich so manche Überraschung erwartet hat.

Mein Dank geht auch an die Psychiater José Alberto Martialay, den Leiter der Provinzklinik von Guadalajara, und den berühmten Victor Rodríguez Lafora, der La Isabela als Kind besuchte. Die beiden haben mich in die Geheimnisse einer Wissenschaft eingeführt, die in den dreißiger Jahren einige dunkle Flecken aufweist. An den Professor für Endokrinologie, Ángel Suso Osorio, und an Doktor Rafael Otero, die mit mir ihr Wissen über Drogen, Gifte und vor allem Morphium geteilt haben.

Besondere Erwähnung verdient der anerkannte Neurologe und Professor an der Universidad Complutense von Madrid, Eduardo Varela Seijas, dessen Vater gleichen Namens das Sanatorium von La Isabela leitete. Ich möchte ausdrücklich betonen, dass er trotz aller möglichen Parallelen bei den historischen Fakten nicht mit Doktor Martín Rábago gleichzusetzen ist. Doktor Varela de Seijas war ein vernünftiger, gerechter Mann und keine zwiespältige Persönlichkeit wie der Arzt meines Romans. Mehr noch: Seit ich einiges über ihn erfahren habe, möchte ich ihn als spanischen Psychiater hervorheben, dessen Einsatz für seine Mitmenschen jenseits aller politischen Ideologien ihn nach dem Bürgerkrieg ins gesellschaftliche Abseits stellte. Ein Teil unserer historischen Erinnerung sollte den Ärzten gelten, die während des Krieges ihre Heilkunst ohne jedes politische Sektierertum ausübten.

Sie alle haben mir deutlich gemacht, welche Bedeutung der Psychiatrie im Bürgerkrieg zukam.

Zuletzt mein Dank an alle, die mich ermutigt haben, diese aufregende Reise anzutreten. Sie wissen, wer sie sind.